RODICA DOEHNERT

DAS ADLON

ROMAN

WILHELM HEYNE VERLAG
MÜNCHEN

Editorische Notiz

Im historischen Kontext dieses Romans verwenden die Figuren auch rassistische, antisemitische, sexistische und ableistische Wörter und Konzepte, die zu der dargestellten Zeit üblich waren.

MIX
Papier aus verantwortungsvollen Quellen
FSC® C014496
Penguin Random House Verlagsgruppe FSC® N001967

2. Auflage
Deutsche Taschenbucherstausgabe 02/2022

Printed in Germany
Umschlaggestaltung: Nele Schütz Design, München
unter Verwendung von Richard Jenkins, akg-images (arkivi)
Satz: Danai Afrati & Robert Gigler
Druck und Bindung: GGP Media GmbH, Pößneck
ISBN: 978-3-453-42533-0

www.heyne.de

FÜR DIE WEGGEFÄHRTINNEN UND WEGGEFÄHRTEN,
DIE NACH ERKENNTNIS STREBEN

FREUDE SCHÖNER GÖTTERFUNKEN,
TOCHTER AUS ELYSIUM,
WIR BETRETEN FEUERTRUNKEN,
HIMMLISCHE, DEIN HEILIGTUM ...

PROLOG

Pandora missachtete Zeus' Rat und öffnete die Büchse. So kam all das Böse über die Welt: Krankheiten und Seuchen. Dürre und Hungersnot. Neid und Missgunst. Lieblosigkeit. Kriege, und mit ihnen, Verderben und der Tod.

Die Legende sagt, dass es auch etwas Gutes gab. Die Hoffnung. Dass aber die Büchse verschlossen wurde, noch bevor sie sich zeigen konnte.

Auf die Frage, was es denn mit der Hoffnung auf sich habe und ob wir uns nicht glücklich schätzen könnten, dass diese im Schutze der Büchse ruhe, antwortete ein deutscher Philosoph, dass die Hoffnung, das Schlimmste sei, weil sie die Menschen immer wieder dazu antreibe, die Schrecken neu zu erproben …

Doch nun ist es genug!

BUCH 1
Alma

Es war zwingend, dass sich die Enkelin und die Großmutter begegneten. Ein Fluch musste aufgelöst werden: »Die Frauen in unserer Familie taugen nichts.« So hatten es die Mütter ihren Töchtern über Generationen weitergegeben. Und alle litten sie unter diesem Makel und kämpften dagegen an. Doch jeder Kampf schien nur erneut Zeugnis über ihr verderbtes Wesen abzulegen.

Doch nun ist es genug!

1. Kapitel

Sonja Schadt war um fünf Uhr aufgestanden. Je älter sie wurde, desto früher zog es sie aus dem Bett. Und auch wenn sie viel weniger schlief als früher, hatte sie das Gefühl, dass die Stunden des Tages gar nicht ausreichten, um all die Dinge zu tun, die sie so sehr liebte. Der Morgen begann stets mit einer großen Kanne Kaffee. Dabei las sie die Zeitung.

An diesem Tag, einem Donnerstag, Anfang Oktober 1994 fiel Sonjas Blick auf die Schlagzeile *ADLON OBLIGE – BERLIN BAUT DAS NOBELHOTEL WIEDER AUF.* Die Reste des alten Gebäudes waren zehn Jahre zuvor gesprengt worden. Da stand die Berliner Mauer noch, und die Stadt war in Ost und West geteilt. Heute gab es gegenüber vom Brandenburger Tor neben der Akademie der Künste nur noch eine Wüste aus Schutt und Geröll. Verblüfft zog Sonja die Zeitschrift zu sich heran und griff nach der Lupe, um das Foto, das unter der Schlagzeile abgedruckt war, genauer zu betrachten. Ihr Vergrößerungsglas wanderte über die Gesichter der Gruppe, die sich zur Auftragsvergabe auf dem Pariser Platz zusammengefunden hatte. Neben der Berliner Baustadträtin stand der Regierende Bürgermeister, daneben die Star-Architekten Joachim Paarmann und Winfried Heller, selbstbewusste Männer um die fünfzig. Sonjas Vergrößerungsglas fing eine junge Frau ein, die am

Rande des Bildes stand, als sei sie nur zufällig dabei und gehöre nicht wirklich dazu. Die Lupe der alten Dame hob das Gesicht der Jüngeren deutlicher hervor. Sonja las den Namen. Einmal – und ein zweites Mal.

Katharina Zimmermann lief eilig über den Pariser Platz und sah Paarmann und Heller, ihre Chefs, Matthias Seifert, den Bauleiter, und die beiden Arbeiter der Wasserwirtschaft am stillgelegten Springbrunnen warten.

»Tut mir leid, Stau!«, murmelte sie verlegen und war froh, dass keine weiteren Fragen oder Beschwerden folgten.

»Sie können loslegen«, sagte Paarmann zu den beiden Arbeitern. Er war ein Hüne, in dessen dunkler Künstlermähne sich graue Strähnen breitmachten. Im Gespann mit seinem Architektenkollegen Winfried Heller, einem gut aussehenden Endfünfziger, gab er den Ton an.

Die Arbeiter setzten ihre Helme auf und begannen, die Abdeckung des Brunnenbodens mit Eisenstangen zu öffnen. Alle beobachteten die Anstrengung ehrfürchtig. Sie waren sich des historischen Moments bewusst.

Die Arbeiter hebelten und stießen in die Rille, die bei jeder Bewegung einen Millimeter breiter wurde. Endlich hatte einer den Rand des Deckels mit der Eisenstange gegriffen.

»Geh runter mit deinem Haken«, sagte der Arbeiter atemlos zu seinem Kollegen.

Die zweifache Hebelbewegung verdoppelte die Kraft. Knirschend bewegte sich der Deckel nun zentimeterweise zur Seite und gab endlich den Einstieg frei. Voller Respekt schauten alle in den Schlund, der in die Katakomben unter dem Pariser Platz führte und weiter in die Kellergewölbe des alten Adlon. Die Arbeiter traten zur Seite und zündeten sich eine Zigarette an. Sie würden warten, bis alle wieder oben waren, und dann den Brunnen verschließen.

Seifert gab ein Zeichen, dass die Architekten ihre Helme aufsetzten, und machte sich an den Abstieg. Heller folgte. Paarmann ließ Katharina den Vortritt.

Als sie die schmale Eisentreppe hinunterstieg, spürte Katharina, wie ihr Herz schlug. *Adlon!* Der Name des Hotels hatte ihre Kindertage begleitet und war Inbegriff für den Verrat, der in ihrer Familie geschehen war. Wenn sie ihre Mutter dazu befragte, wich diese aus.

Als Katharina den Fuß auf den staubigen Boden des Gewölbes unter dem Pariser Platz setzte, durchfuhr sie plötzlich der Gedanke, dass sie möglicherweise nur aus diesem Grund Architektur studiert hatte, um einmal hier herunterzusteigen und zwischen den Trümmern des untergegangenen Adlon nach Antworten zu suchen.

Nach wenigen Schritten glich der Abstieg einer Zeitreise. Der Lichtkegel von Katharinas Taschenlampe fiel auf das Emblem der untergegangenen DDR, das mit Ölfarbe an die Wand gemalt worden war: Hammer und Sichel wurden durch einen Zirkel gehalten und von einem Ährenkranz umschlungen. Hier unten war bis vor fünf Jahren die Grenze zwischen Ost- und Westberlin verlaufen.

Katharina sah Hakenkreuze, die nur notdürftig überpinselt worden waren. Sie schienen sich durch die Farbe zu fressen. »Schlagt Hitler«, verkündete eine Parole, die aus der Weimarer Republik Ende der Zwanzigerjahre stammte, genauso wie die Warnung: »Wer Hindenburg wählt, wählt Hitler, wer Hitler wählt, wählt den Krieg!«

»Hier beginnt der Keller des Adlon«, rief ihnen Seifert zu. Er zeigte auf eine zum Teil eingestürzte Wand, wo eine Eisentür immer noch verschlossen und majestätisch den Einlass verwehren wollte.

Sie stiegen einer nach dem anderen über die Steine und das Geröll neben der Tür in das legendäre Hotel. Nach wenigen Schritten blieb Paarmann stehen und fragte eine Spur zu pathetisch:

»Was spüren Sie, Katharina?«

Sie schaute sich um und wich aus. »Viel Arbeit!«

»Die Seele«, sagte Paarman. »Die Seele des alten Adlon.«

Natürlich wusste Katharina, was er meinte. Aber sie wollte sich seiner Gefühlserregung nicht anschließen, sondern nüchtern und wach bleiben. Für sie stand zu viel auf dem Spiel.

»Hier war der Weinkeller.« Der Lichtkegel von Hellers Taschenlampe erfasste morsche, zum Teil in sich zusammengefallene Holzregale, in denen sich sogar noch ein paar unversehrte Flaschen befanden. Paarmann griff sich eine und blies den Staub vom Etikett.

»Weinhandlung Lorenz Adlon.«

Katharina bückte sich nach einem Messer, das im Schutt zwischen Glasscherben lag, und polierte den Griff an ihrer Jacke blank, bis die Gravur LA zu lesen war.

»Lorenz Adlon«, murmelte sie.

»Oder Louis Adlon«, rief Paarmann herüber. »Der Sohn hat das Hotel nach dem Tod des Vaters weitergeführt.«

»Wir müssen noch die Denkmalbehörde durchschicken«, mahnte Seifert, während er die Kopie einer Karte auf einem maroden Holztisch ausbreitete. »Ein Kanalisationsplan aus dem letzten Jahrhundert.«

Er nahm den Hammer von seinem Gürtel und begann die Mauern abzuklopfen. Als Bauleiter musste er sich einen Überblick über die tragenden Wände und deren Zustand verschaffen. Katharina trat näher und sah, dass Seifert die Karte bereits für ihre Zwecke eingerichtet hatte.

»Das Nebengebäude, die Akademie der Künste, muss geschützt werden. Sie könnten schon mal einen Termin mit dem Statiker ausmachen.« Paarmann schaute über Katharinas Schulter. »Die Denkmalbehörde wird uns die nächsten Wochen für eine gründliche Vorbereitung schenken. Die gehen hier erst wieder raus, wenn sie jeden Stein und jedes Holzstück dreimal umgedreht haben. Vorher sind wir chancenlos. Also nutzen wir die Zeit für die Anträge und den Behördenkram.«

Als sie nach dem Abstieg zurück ins Architekturbüro kamen, wurden sie von Paarmanns Assistentin Laura mit der Nachricht erwartet, dass eine Frau Schadt angerufen habe.

»Sie behauptet, dass sie fast fünfzig Jahre im Adlon gelebt hat, und freut sich, wenn sie helfen kann, falls es Fragen gibt.«

Katharina schaute Laura entgeistert an: »Sonja Schadt?«

»Sie lebt in einer Pension in Prenzlauer Berg. Soll ich einen Termin ausmachen?«

»Ich kümmere mich drum«, sagte Katharina schnell und riss Laura den Zettel, auf dem die Angaben notiert waren, förmlich aus der Hand. Paarmann warf seiner Assistentin einen beschwichtigenden Blick zu.

»Sie müssen uns unbedingt in die Keller unter dem Pariser Platz begleiten, Laura, dann werden Sie verstehen, warum Frau Zimmermann vor Neugierde und Abenteuerlust platzt.«

Laura zog belustigt die Augenbrauen hoch und ging.

»Kümmern Sie sich um die Denkmalpfleger?«, rief Paarmann Katharina zu, die schon auf dem Weg zu ihrem Schreibtisch war. Als sie nicht reagierte, wiederholte er energischer: »Die Denkmalbehörde, Katharina, muss so schnell wie möglich mit der Arbeit beginnen.«

»Bin schon am Telefon.« Katharina hob zur Bekräftigung den Hörer in seine Richtung. Paarmann nickte und verschwand in seinem Büro. Katharina legte den Zettel mit dem Namen und der Telefonnummer auf den Schreibtisch und sah, dass er von ihrer Hand feucht geworden war.

Während sie die Französische Straße zum Gendarmenmarkt hinunterlief, verkroch sich Katharina in ihrer Jacke. Ein eisiger Wind kündigte den Winter an.

Zuerst hatte Katharina die Denkmalbehörde angerufen, dort niemanden erreicht und dann eine Weile auf den zerknitterten

Zettel gestarrt, bis sie sich entschloss, die Handynummer ihrer Mutter zu wählen. Sie war überrascht, als Anna-Maria sofort ans Telefon ging, und noch mehr, als sie erfuhr, dass die Mutter wegen einer Gerichtsverhandlung in Berlin war und erst am nächsten Tag zurück nach Frankfurt fliegen musste. Als Anna-Maria hörte, dass ihre Tochter sie dringend sprechen wollte, schlug sie ein Kaffeehaus in der Nähe des Gendarmenmarkts vor. Es kam selten vor, dass sich Mutter und Tochter so spontan trafen. Normalerweise hatte Anna-Maria einen übervollen Kalender, und eine Verabredung mit der Tochter musste langfristig geplant werden. Katharina war daran gewöhnt, dass die Mutter oft in letzter Minute absagte, weil eine Gerichtsverhandlung oder das Anliegen eines Mandanten wichtiger waren.

Gleich nach dem Abitur, die Berliner Mauer stand noch, war Katharina zu Hause ausgezogen und nach Westberlin gegangen, um an der Technischen Universität Architektur zu studieren. Wenn sie überhaupt noch nach Frankfurt fuhr, dann zu den Feiertagen. Die Mutter ihrerseits mied Berlin und kam nur in die geteilte Stadt, wenn ein Verhandlungstermin das erforderte. Das blieb auch so, als die Mauer fiel. Mutter und Tochter hatten sich früh verloren. Aber vielleicht hatten sie sich auch nie wirklich gefunden.

Katharina sah das Kaffeehaus mit den roten Markisen schon von Weitem. Die Fenster warfen ein warmes Licht auf die Straße. Drinnen saß ihre Mutter, las die *FAZ* und rauchte. Der Kellner brachte ihr einen Espresso. Sie entdeckte die Tochter, legte die Zeitung aus der Hand, stand auf und kam Katharina entgegen. Sie umarmten sich.

»Weißt du, wie lange wir uns nicht gesehen haben?« Anna-Maria schüttelte den Kopf. »Ich hab vorhin mal nachgerechnet. Und war ganz erschrocken.«

Sie setzten sich einander gegenüber.

»Du wolltest mich letzten Sommer auf dem Darß besuchen.« Katharina sagte es leichthin, versuchte jeden Vorwurf zu vermeiden und blätterte in der Getränkekarte, ohne etwas wahrzunehmen.

Die Mutter nickte bedauernd. »Ich bin im Sommer einfach nicht aus der Kanzlei weggekommen. Vielleicht sollte ich mir endlich einen Sozius nehmen. Aber du weißt ja, dass ich am liebsten allein arbeite.«

Sie griff sich die nächste Zigarette und holte ein Wochenmagazin aus ihrer Handtasche, fand die Seite schnell und legte die Zeitschrift aufgeschlagen auf den Tisch.

ADLON OBLIGE – BERLIN BAUT DAS NOBELHOTEL WIEDER AUF

Anna-Maria tippte auf das Foto, auf dem ihre Tochter rechts außen am Bildrand klemmte.

»Wie kommt es, dass ausgerechnet du bei diesem Bauprojekt dabei bist?«

Katharina schloss die Getränkekarte und schaute ihre Mutter an. »Ich habe mich beworben.«

»Wie beworben?«

»Lebenslauf. Bewerbungsschreiben. Vorstellungsgespräch«, sagte Katharina spöttisch. Dabei wurde ihr schwer ums Herz. Sie war gekommen, um ihrer Mutter Fragen zu stellen. Doch die übernahm augenblicklich die Gesprächsführung und brachte die Tochter in die Defensive. Einmal Anwältin, immer Anwältin, dachte Katharina und versuchte, die Ruhe zu bewahren.

»Du bewirbst dich, um diesen reaktionären Kasten aus Kaiserzeiten wiederaufzubauen?«

Statt einer Antwort griff Katharina in ihre Jackentasche, holte den zerknitterten Zettel hervor und legte ihn auf den Tisch. Anna-Maria folgte Katharinas Blick und las den Namen und eine Telefonnummer. Es wurde sehr still.

»Was ist damit?«

»Deine Mutter hat sich bei uns im Büro gemeldet.«

Anna-Maria zündete sich eine weitere Zigarette an.

»Wusstest du, dass sie noch lebt?«

»Sonja und ich, wir haben seit Jahrzehnten keinen Kontakt mehr«, erwiderte Anna-Maria kühl.

Katharina schüttelte den Kopf. »Wir haben keine Verwandten … keine Familie … ich kenne meinen Vater kaum … habe nur dich … Und jetzt meldet sich deine Mutter, und dich interessiert das nicht?«

Anna-Maria antwortete scharf: »Meine Mutter hat ihr Fähnchen immer nach dem Wind gehängt. Sie hatte keine politische Meinung, weder zu den Nazis noch zu den Kommunisten. Sie hat im Adlon gelebt, und mehr wollte sie nicht.«

»Sie wird zu uns ins Architekturbüro kommen. Und dann werde ich sie kennenlernen.«

Anna-Maria trank einen Schluck Kaffee. Katharina sah, dass ihre Hand zitterte. »Grab nicht in der Vergangenheit.«

Katharina wollte widersprechen, sich erklären. Doch Anna-Maria wiederholte: »Lass die Finger davon!«

Als Katharina kurze Zeit später wieder durch die nasskalten Straßen lief, war es stockdunkel. Sie waren ohne jede Annäherung auseinandergegangen. Als sich Katharina die Begegnung mit der Großmutter nicht ausreden lassen wollte, hatte Anna-Maria die Rechnung geordert, ihre Tochter mit einem letzten, kritischen Blick bedacht und war gegangen.

2. Kapitel

Das Spaghetti-Wasser kochte über. Alexander wischte mit routinierten Handbewegungen die Ceranoberfläche trocken.

»Deine Mutter hat wirklich nie über sie gesprochen?«, rief er ins Wohnzimmer.

Dort saß Katharina am Esstisch und hielt sich an einem Rotweinglas fest.

»1936 soll meine Großmutter ihren Mann und ihre Tochter im Stich gelassen haben. Da war Anna-Maria noch nicht mal drei Jahre alt. Vater und Tochter mussten Deutschland Hals über Kopf verlassen. Mein jüdischer Großvater hat keinen Fuß mehr zurück in seine Heimat gesetzt. Er hat die israelische Staatsbürgerschaft angenommen und nur noch hebräisch gesprochen. Ich hab ihn nie kennengelernt. Mutter und ich sind einmal nach Tel Aviv geflogen. Das war zu seiner Beerdigung. Da war ich neun.«

Alexander begann die Bolognese zu würzen. Die Zutaten richtig zu dosieren verlangte seine ganze Konzentration. Als die Soße bei kleiner Hitze köchelte, kam er ins Wohnzimmer und goss sich ein Glas Wein ein.

»Wir gründen unsere eigene Familiendynastie …« Er setzte sich Katharina gegenüber und schaute sie an. Sie wich seinem Blick aus. »… Knipsen Fotos, kleben sie in Alben. Machen Familienfeste.«

Sie ärgerte sich augenblicklich über ihren Zynismus und darüber, dass Alexander nicht aufgab, obwohl er doch wusste, dass sie nicht auf seinen Vorschlag, zu heiraten, wenigstens zusammenzuziehen, eingehen würde. Verflucht noch mal, warum musste er immer wieder damit anfangen?

Alexander prostete ihr zu.

»Genauso!« Er stand auf und ging zurück in die Küche.

Katharina war traurig. Sie schaute in ihr Glas, auf dessen Grund sich Weinstein abgesetzt hatte, und wusste selbst nicht, warum sie sich ein gemeinsames Leben nicht vorstellen konnte. Ganz bestimmt lag es nicht daran, dass sie ihn nicht genug liebte oder dass sie nicht zusammenpassten, weil er im Osten und sie im Westen aufgewachsen war. Sie genossen die unterschiedlichen Welten und ihre Erfahrungen und wurden nicht müde, sich die Geschichten ihrer Kindheit zu erzählen. Inzwischen sagten sie beide zum Supermarkt »Kaufhalle«, zum Spülmittel »Fit« und zu Papiertaschentüchern »Tempos«. Sie schufen sich eine vereinte Sprache und eroberten das ehemals geteilte Berlin. Sie waren ein ost-westdeutsches Paar.

Katharina war stolz, wenn sie Alexander ihren Freundinnen und Freunden vorstellte. Sie gehörten zusammen. Trotzdem hatte Katharina panische Angst vor einer verbindlichen Entscheidung. Eine gemeinsame Zukunft schien ein Raum zu sein, dessen Tür verschlossen war. Sie zu öffnen bedeutete Lebensgefahr.

Das Taxi hielt vor der Gründerzeitvilla mit den drei Etagen. Sonja zahlte und nahm die Quittung entgegen. Sie hatte rigoros abgelehnt, abgeholt oder begleitet zu werden. Immer noch war es für sie ein Abenteuer, frei und selbstbestimmt durch das wiedervereinigte Berlin zu fahren.

Als sie die wenigen Schritte zur Haustür ging, hatte sie das Gefühl, beobachtet zu werden. Doch sie widerstand dem Bedürfnis, sich umzudrehen. Die Tür öffnete sich mit einem Summton, und ein junges Mädchen kam ihr entgegen.

»Frau Schadt, wir haben telefoniert. Ich bin Laura. Wie schön! Ich hoffe, Sie hatten keine Umstände herzukommen«, sagte sie mit strahlendem Lächeln und mit einer Leichtigkeit, die zur Jugend gehört, wenn alles noch vor einem liegt. Wenn nichts getrübt ist durch die Last der Erfahrungen, dachte Sonja. Die Last der Erfahrungen? Spürte sie all die Erfahrungen, die sie in den neunzig Jahren ihres Lebens gemacht hatte, als Last?

An der Eingangstür zum Architekturbüro wurde Sonja von Lauras Chef erwartet.

»Was für eine Freude, Sie persönlich kennenzulernen, Frau Schadt. Ich bin Joachim Paarmann.«

Der Architekt schüttelte ihre schmale Hand. Sonja hatte das Gefühl, Botschafterin aus einer anderen Zeit zu sein. Dieses Gefühl amüsierte sie und verlieh ihr zugleich Selbstvertrauen.

Paarmann führte Sonja durch eine Zimmerflucht an Reißbrettern vorbei, an denen technische Zeichner arbeiteten. Ganz hinten befand sich der Konferenzraum, wo Laura inzwischen begonnen hatte, den Tisch mit Obst und Kuchen zu decken. Paarmanns Partner stand am Fenster zum Garten und telefonierte. Als er Sonja kommen sah, beendete er das Gespräch.

»So schön, dass Sie sich auf den Weg gemacht haben, Frau Schadt. Ich bin Winfried Heller. Aber bitte setzen Sie sich doch.«

Er bot ihr einen Platz direkt vor der Leinwand an, auf der schon der Lichtkegel des Projektors für eine Diashow tanzte.

Laura war fertig mit dem Eindecken.

»Tee oder Kaffee? Frau Schadt, was darf ich Ihnen bringen?«, fragte sie.

»Einen Kaffee mit ein wenig Milch, keinen Zucker«, erwiderte Sonja erfreut. Schon lange hatte sie nicht mehr so viel Aufmerksamkeit genossen. In der Pension war stets sie die Gastgeberin.

»Sehr gern«, erwiderte Laura und wandte sich zum Gehen.

»Wenn Katharina kommt, schicken Sie sie bitte gleich zu uns nach hinten«, wandte sich Paarmann an seine Assistentin.

»Ich glaube, dass ich ihr Auto schon auf dem Parkplatz vor dem Haus gesehen habe«, sagte Laura unbekümmert.

»Na, dann wird sie ja gleich da sein.«

Sonja lächelte in stiller Vorfreude.

Katharina gab sich einen Ruck und rutschte hinter dem Lenkrad hervor, von wo aus sie die Ankunft ihrer Großmutter beobachtet hatte.

Nach dem Treffen mit Anna-Maria hatte Katharina Laura gebeten, bei Sonja Schadt anzurufen und einen Termin zu vereinbaren. Sie selbst war zu verwirrt, um sich als die vorzustellen, die sie war – Sonjas Enkelin.

Außerdem, wusste die Großmutter überhaupt, dass es Katharina gab, dass sie eine Enkeltochter hatte?

Plötzlich fürchtete Katharina, ihre Mutter könnte recht haben mit der Behauptung, dass die Beschäftigung mit der Vergangenheit nichts Gutes hervorbringen würde. »Auf den Frauen in unserer Familie liegt ein Fluch!«

Könnte die Begegnung mit Sonja diesen Fluch zum Leben erwecken? Katharina wollte sich nicht in einer dunklen Vergangenheit verstricken. Aber hatte sie das nicht schon getan, als sie sich bei Heller & Paarmann bewarb?

Es war genau vor einem Jahr gewesen. Katharina schrieb an ihrer Diplomarbeit, als sie zufällig von ihrem Mentor erfuhr, dass der Neubau des Hotel Adlon am Pariser Platz geplant war.

Katharina hatte keinen Augenblick gezögert und sich beim zuständigen Planungsbüro um eine Stelle als Junior-Architektin beworben. Sie dachte nicht einmal darüber nach, ob sie als Absolventin überhaupt geeignet war, an einem solch renommierten Projekt teilzunehmen. Als die Bewerbung abgeschickt war, vertiefte sie sich wieder in ihre Abschlussarbeit, in der es um die Verlagerung von Gewerbe und Handwerk an die Ränder der Städte ging. Neben dem theoretischen Teil fertigte sie das Modell eines Gründerzentrums an, das als Mittelpunkt des Gewerbegebietes unterschiedlichste Branchen beherbergen sollte, damit sich die einseitige Entwicklung konstruktiv wandeln könnte. Es war ein idealistisches Projekt, dem sich Katharina da verschrieben hatte und mit dem sie ihre soziale Ader auslebte.

Als ihr Telefon klingelte, hatte sie gerade die Finger voller Klebstoff und einen Kurzzeitwecker auf dem Tisch, der sie erinnern sollte, die mit Leim präparierten Teile zum richtigen Zeitpunkt auf die entsprechenden Stellen zu setzen.

»Katharina hier«, sagte sie kurz angebunden, darauf aus, den Anrufer so schnell wie möglich abzuwimmeln. Es meldete sich die Sekretärin von Heller & Paarmann, um sie zu einem Vorstellungsgespräch einzuladen.

Mit klebrigen Fingern suchte sie nach ihrem Kalender und machte einen Termin aus. Dann legte sie auf und beobachtete regungslos, wie das Gründerzentrum in sich zusammensank, weil die fehlenden Teile inzwischen auf der Tischplatte statt im Modell festgeklebt waren.

Wenn etwas leicht geht, dann bist du auf dem richtigen Weg, hatte einmal ein Freund ihrer Mutter zu ihr gesagt. Sie hatte den Worten keine Bedeutung beigemessen. In ihrem Leben – davon war sie überzeugt – ging alles schwer. Sie hatte sich daran gewöhnt und auch daran, die Hürden zu nehmen, die diese Schwierigkeiten mit sich brachten.

Aber wider Erwarten war das Gespräch mit den Architekten einfach. Sie erzählte von den zwei Praxisjahren vor dem Studium, von den neun Semestern, die sie absolviert hatte, und von ihrer

Diplomarbeit. Sie beantwortete die Fragen, die nicht spitzfindig waren, sondern ehrlich und interessiert. Drei Tage später kam ein Brief, der ihr mitteilte, dass Heller & Paarmann sie für ein Probejahr anstellen wollten. All dies machte Katharina skeptisch. Was stimmte hier nicht? Es ging zu leicht.

Sie diskutierte ihre Zweifel mit Alexander. Er lächelte und hob die Schultern.

»Vielleicht finden sie dich sympathisch?« Und mit einem Anflug von Eifersucht setzte er nach: »Oder einer der alten Herren ist scharf auf dich?«

Dass er dieses Thema aufbrachte, gefiel ihr nicht.

»Immerhin kennen sie die Beurteilungen meiner Praktika. Sie kennen meine Prüfungsergebnisse. Ich war ja schließlich nicht mit leeren Händen da. Und ich gehöre zu den Besten meines Jahrgangs.« Sie bemühte sich eifrig, die schnelle Entscheidung der Architekten mit ihren Leistungen zu begründen.

»Schon gut«, beruhigte Alexander sie. »Es war eben ganz einfach. Freu dich drüber.«

Jetzt hätte sie am liebsten laut losgelacht. Denn leicht war ihr in diesem Augenblick, in dem sie das Architekturbüro betrat, um Sonja Schadt zu treffen, nicht mehr zumute. Im Gegenteil, sie verfluchte, dass sie sich auf diese Unternehmung eingelassen hatte.

Im abgedunkelten Konferenzraum servierte Laura den Kaffee, während Sonja auf die Leinwand schaute, auf der eine Diashow mit den Fotos des alten Adlon ablief. Damals hatte Sonja jede Ecke, jede Nische, jeden Korridor, jedes Möbel gekannt. Der Blick aus allen Fenstern des Hauses war ihr vertraut aus einer Zeit, als der Pariser Platz und die Straße Unter den Linden noch in vollem Glanz erstrahlten, und auch danach, als die Bomber der Alliierten Berlin zerstört hatten.

»Und das wollen Sie jetzt alles wieder aufbauen?«, fragte Sonja verblüfft.

»Wir werden ein neues Haus bauen. Aber wir wollen auch den historischen Geist wieder aufleben lassen.« Paarmann lächelte stolz.

»Was reizt Sie daran? Sie werden sicher gutes Geld verdienen. Aber darüber hinaus?«

Sonja bemerkte, dass die Architekten von dieser Frage überrascht waren. Sie wollte niemanden aufs Glatteis führen und fügte mit milder Altersweisheit hinzu:

»Es tut mir leid. Manchmal weiß man alles schon zu Beginn, doch meistens offenbart sich einem der Sinn ja erst später bei der Arbeit.«

Heller hielt die Diashow an.

»Nehmen Sie die Frage nicht zurück, entlasten Sie uns nicht«, sagte er aufgeschlossen.

»Um ehrlich zu sein – ich bin kalt erwischt.« Paarmann lachte. »Natürlich könnte ich Ihnen gute Gründe nennen: Ich möchte dabei sein, wenn der Pariser Platz neu entsteht. Ich möchte dem Adlon wieder ein Gesicht geben.« Paarmann holte tief Luft. »Und selbstverständlich ist es für unser Büro eine Ehre, dass wir den Zuschlag für diesen Auftrag bekommen haben.« Er sah sie nachdenklich an. »Aber wahrscheinlich reichen Ihnen diese Gründe nicht.«

Sonja trank einen Schluck Kaffee.

»Ich habe über fünfzig Jahre im Adlon gelebt. Sie müssen verstehen, dass ich neugieriger bin, als es mir vielleicht zusteht.«

»Sie dürfen alles fragen … Sie haben im Adlon gelebt? Waren Sie dort auch angestellt?«

»Später. Zuerst bin ich als Gast eingezogen.«

Sonja unterbrach ihren Gedanken, weil die Tür aufging.

»Katharina Zimmermann, unsere Junior-Architektin«, stellte Paarmann vor.

»Freut mich. Sonja Schadt.«

Sie reichte der Jüngeren die Hand.

»Guten Tag!«, erwiderte Katharina.

Oft genug hatte sich Sonja ausgemalt, unter welchen Umständen – und ob überhaupt – sie sich das erste Mal begegnen würden, und nun passierte es ausgerechnet im Adlon. Unsinn, korrigierte sie sich in Gedanken, nicht im Adlon, sondern wegen des Adlon. War es Zufall? Schicksal?

Vor dem Termin hatte Sonja überlegt, ob sie sich offenbaren sollte. Aber sie hatte ja keine Ahnung, ob Katharina überhaupt wusste, dass es sie gab. Außerdem erschien ihr eine Familienzusammenführung vor den fremden Menschen hier im Büro undenkbar. Nein, es war nicht der richtige Moment.

Katharina setzte sich hinter ihre Chefs. Sonja wandte sich wieder der Diashow zu. Heller startete.

Sonja war in ihren Gedanken bei Katharina. Die Enkelin war schlank, groß gewachsen, mit blondem Haar wie Julian es gehabt hatte. Auch ihre Körpersprache ähnelte der des Großvaters.

»Hinter der alten Fassade, die wir fast originalgetreu wiederaufbauen, werden wir unsere eigene Architektur schaffen«, erklärte Heller.

»Ach ja? Warum denn?« Sonja drehte sich zu den Architekten um, wagte aber nicht, Katharina anzusehen. »Das alte Adlon war in allen Details durchdacht.« Sie bemerkte, dass ihr Herz klopfte, und fürchtete, dass sie den Blick nicht halten konnte.

»Andere Zeiten, andere Anforderungen«, begründete Paarmann das Konzept. »Ist Ihnen nicht gut?«

»Nein, alles bestens.« Sonja schaute zurück auf die Leinwand und erklärte: »Das sind die Suiten. Sie waren so begehrt, dass die Adlons bei großen Anlässen oft nicht wussten, wie sie alle ihre Gäste unterbringen sollte, ohne jemanden zu brüskieren. Sie planen doch auch Suiten?«

Sonja gab sich einen Ruck und wandte sich nun direkt an Katharina. Die nickte erschrocken.

»Selbstverständlich!«

Sonja war erleichtert, dass es ihr gelungen war, Kontakt zu Katharina aufzunehmen, und sie zeigte fast ein wenig übermütig auf das nächste Bild.

»Hier hat Pola Negri gewohnt, fast ein Jahr lang.« Sonja war so glücklich wie ein Mädchen, das bei seiner besten Freundin zum Spielen eingeladen ist. »Und das war Carusos Lieblingszimmer. Und hier hat Anton Kuh residiert, ohne einen Pfennig dafür zu zahlen. Der Mann wusste, wie man schnorrt.«

Dann war die Show zu Ende, und Heller zog die Vorhänge auf.

»Mehr haben wir nicht«, sagte er bedauernd. »Was Sie gesehen haben, ist das Material, das wir für die Präsentation vor den Investoren zusammengestellt haben.«

»Oh, schade!«, entfuhr es Sonja enttäuscht.

»Den neuen Bau kann man in den technischen Zeichnungen sehen«, ließ sich Katharina unvermittelt aus dem Hintergrund vernehmen. Ihre Großmutter schien keine Ahnung zu haben, wer sie war und dass es sie gab. Wie hatte sie das überhaupt denken können? Anna-Maria hatte Sonja ganz sicher keine Geburtsanzeige geschickt. 1968 – da war die Mutter schon über sieben Jahre aus der DDR fort.

»Das ist natürlich etwas ganz anderes als dieses wunderbare Bildmaterial.« Sonja schenkte Katharina ein Lächeln.

»Architektur muss in geometrische Abläufe und mathematische Gleichungen verpackt werden, die während der Bauarbeiten Stück für Stück Form annehmen, um dann als Gebäude für Jahrzehnte, vielleicht sogar für Jahrhunderte zu bestehen«, dozierte Paarmann. Er mochte es, ihrer Arbeit eine universelle Dimension zu geben.

»Das Adlon hat allerdings nur achtunddreißig Jahre gestanden, bis weite Teile abgebrannt sind«, hielt Sonja dagegen. »Danach war das mondäne Hotel nur noch ein Schatten seiner selbst.«

Paarmann lehnte sich in seinem Stuhl zurück, verschränkte die Arme hinter dem Kopf und fragte neugierig:

»Wie konnte ein Mann wie Lorenz Adlon keinen Geringeren als den deutschen Kaiser dazu bringen, ihn beim Bau eines Luxushotels zu unterstützen? Soweit mir bekannt ist, haben die notwendigen Genehmigungen wie der Abriss des Vorgängerbaus Palais Redern und die für diese Zeit ungewöhnlich sachliche Fassadengestaltung des Hotels nur wenige Monate gebraucht, um von Seiner Majestät persönlich bewilligt zu werden.«

»Für die Genehmigung des Märchenbrunnens im Volkspark Friedrichshain hat Wilhelm II. dreizehn Jahre gebraucht«, fügte Heller an.

»Ja, ein Brunnen fürs Volk ist was anderes als ein Grandhotel.« Sonja lachte. »Das ist doch heute nicht anders, oder?«

Sie provoziert im gleichen Ton wie Anna-Maria, dachte Katharina amüsiert.

»Lorenz Adlon hat sich aus einfachsten Verhältnissen hochgearbeitet«, ergriff Heller Partei für den Hotelier.

»Vom Tischler zum Millionär. Zu denken, das können nur die Amerikaner, ist ein Irrtum. Jedenfalls haben sich unsere Gründerzeitväter keine Beschränkungen auferlegt und mit großer visionärer Kraft ihr Imperium aufgebaut.«

Sonja dachte an das Lieblingsthema ihres Großvaters.

»Im ersten großen Krieg, als um uns herum alles zusammenbrach, hat Gustaf Schadt immer wieder über die Zeit erzählt, als Lorenz Adlon sein Grandhotel im Herzen Berlins aufbaute, und er ihn dabei unterstützen durfte …«

3. Kapitel

In den Speichen der dahineilenden Räder fing sich das Sonnenlicht. Zwei Droschken fuhren durch die Straße Unter den Linden. In der ersten Droschke saß der fünfzigjährige Lorenz Adlon im hochgeschlossenen schwarzen Mantel, auf dem Kopf trug er würdig einen Zylinder. Dahinter folgte die zweite Droschke mit vier Livrierten. Ihre Gesichter waren ernst, als wären sie sich bereits der historischen Tragweite ihres Auftrags bewusst.

Die Droschken hielten vor dem Tor des Berliner Stadtschlosses. Auf den Wink eines wachhabenden Leutnants öffneten die Soldaten eilig das Tor. Die beiden Wagen fuhren hinein und hielten nur eine Armlänge vom Portal entfernt. Die vier Livrierten sprangen heraus und entluden im Laufschritt ein Wunderwerk von Torte, das Modell eines Gebäudes in Safrangelb und Pistaziengrün mit einem Dach aus Schokolade.

Adlon entstieg dem Wagen. Auf sein Handzeichen schulterten seine Bediensteten das silberne Tablett und marschierten hinter ihrem Patron ins Schloss.

Aus den Fenstern schauten die Damen und Herren des Hofstaates … *Impertinent! … Fabulös! … Der Adlon soll ja Millionen gemacht haben mit seinen Eisbechern! … Eis in Bechern! … Und seine Köche kommen aus Frankreich! …*

Die kleine Prozession gelangte in den Audienzsaal. Dort stellten die Livrierten das exquisite Gebilde auf dem Besprechungstisch ab, vor dem der Hofstaat wartete. Ein weiteres Mal öffnete sich die Flügeltür, und Kaiser Wilhelm II. betrat den Raum.

»Ihre Majestät wollten ein Modell sehen.« Adlon machte eine großartige Geste. »Dieses Haus wird Berlin verändern.«

Kellner zauberten silbernes Besteck hervor, deckten Teller auf, arrangierten bestickte Servietten und zückten blitzende Messer und Tortenheber, während der Souverän um das Wunderwerk herumschritt. Alle hielten den Atem an. Der Kaiser griff nach einem Löffel, stach mitten hinein in die safrangelbe Sahne. Den Löffel schon im Mund, hielt er plötzlich inne.

»Aber das ist ja kalt. Eiskalt!«, stöhnte er.

Hofstaat und Lakaien erstarrten.

Lorenz Adlon behielt die Fassung. Er trat sogar einen Schritt näher an den Kaiser heran.

»Eine Kreation aus Sahneeis.«

Des Kaisers persönlicher Adjutant erklärte beflissen: »Seine Majestät müssen wissen, dass der Adlon sein Geld mit Eis gemacht hat.«

Der Kaiser winkte ab. Es war ihm bekannt, dass Lorenz Adlon ein Kaffeehaus auf den Zooterrassen führte. Mit großem Erfolg. Doch hier handelte es sich um keine gewöhnliche Torte. Das Kunstwerk aus Eiscreme war ein Modell. Dieser Adlon scheut keine innovative Idee, um mir zu gefallen, dachte der Kaiser und begann, die schmelzende Süßigkeit zu genießen, weil nun auch seine Zähne bereit dazu waren.

»Formidable! Adlon, ganz ausgezeichnet.« Seine Majestät naschte wie ein Kind. »Und das soll also Sein Hotel werden, Adlon?«

»Wir werden Berlin mit einem Haus ausstatten, das allerhöchsten Ansprüchen genügt.«

»Wir übertreffen London?«, fragte Wilhelm II. und dachte an seine verstorbene Großmutter Queen Victoria und ihr Ritz am Piccadilly.

Adlon wusste, dass er jetzt zum Höhepunkt seiner Darstellung vorstieß. Die nächsten Minuten würden alles entscheiden.

»Unverkäuflich, Adlon!«, schnarrte der Kaiser.

Lorenz Adlon verneigte sich untertänig, um sich sofort wieder zu voller Größe aufzurichten.

»Es geht nur dort.«

Den Leuten des Hofes stand der Mund offen vor so viel Impertinenz.

»Er will das Gebäude einreißen, das Meister Schinkel gebaut hat? Lieber Adlon, er hat mich schon weit gebracht, aber hier kann und darf ich nicht zustimmen. Seiner Denkmalbehörde ist auch ein Kaiser verpflichtet.«

Adlon deutete wiederum eine Verneigung an.

»Das Palais Redern sanieren, um darin ein Hotel unterzubringen? Ihre Majestät werden verstehen, dass dies unserer Vision keinesfalls angemessen ist.«

Der Kaiser atmete hörbar aus. »Finde Er ein anderes Grundstück, Adlon, und bringe Er mir dann die Pläne.«

Seine Majestät beendete die Audienz und verließ den Saal.

Das Hotel aus Eis wankte. Ein erstes süßes Rinnsal floss über den Rand des Tabletts auf das Parkett. Die Fassade sackte in sich zusammen.

»Natürlich ließ sich Lorenz Adlon nicht von seinem Konzept abbringen.«

Sonja machte eine Pause, trank einen Schluck Kaffee und sah in die Gesichter der Architekten und in das ihrer Enkelin. Sogar Laura, die frischen Kaffee gebracht hatte, war an der Tür stehen geblieben und lauschte der Erzählung.

Ein paar Tage nach dem ersten Gespräch ließ der Kaiser Lorenz Adlon zu sich rufen. Diesmal standen sie im Salon neben dem

Thronsaal. Adlon nahm die intimere Situation zufrieden wahr. Wilhelm II. ging unruhig auf und ab.

»Eine marode Florentinische Fassade erhalten oder Platz schaffen für das Moderne? Das geht mir nun nach Seinem letzten Besuch nicht mehr aus dem Kopf.«

»Soweit mir bekannt ist, wollte Ihre Majestät das Brandenburger Tor umbauen lassen als Symbol einer neuen Weltzeit. Davor, auf dem Pariser Platz, könnte das Grandhotel seiner Weltstadt stehen.«

Der Kaiser schwieg. Adlons Vorschlag war so verführerisch wie seine Eistorte.

»Wir haben jede Möglichkeit, die Gesetze zu verändern. Schließlich geht es hier ums Prinzip!«, sinnierte der Kaiser.

»Alles ist eine Frage des Prinzips. Und nur ein Kaiser kann über Prinzipien entscheiden«, stimmte Adlon zu.

Wilhelm II. schaute den Hotelier verblüfft an. Der Mann hatte recht. Er war der Kaiser. Er legte die Prinzipien fest.

»Schreiben Sie«, wandte er sich an seinen Sekretär, »der Redern soll seine Vermögensverhältnisse offenlegen. Wenn er nicht sanieren kann, steht meine Entscheidung fest. Abriss! Punktum!«

Sonja hatte die Geschichte so bildhaft erzählt wie einstmals Gustaf Schadt. Alle hofften, dass sie fortfahren würde. Und das tat sie.

»Während sich Lorenz Adlon in jenem Frühling 1904 seinen Lebenstraum zu erfüllen begann, wurde ich geboren.«

4. Kapitel

»Pressen … du musst pressen!«

Ottilie hatte die Ärmel ihres Kleides hochgeschoben, stützte den Kopf ihrer Tochter und gab unerbittlich Kommandos.

Galla, das schwarze Dienstmädchen, kam mit einer Kanne heißen Wassers und goss es für die Hebamme in eine Schüssel. Voller Mitgefühl schaute sie auf Alma, die unter Schmerzen stöhnte. Die Fünfzehnjährige begriff nicht wirklich, was mit ihr geschah, doch sie tat ihr Bestes, um dem Kind, das aus ihrem Leib wollte, die Freiheit zu geben.

»Nicht nachlassen. Pressen!«, forderte die Mutter.

Die fünfunddreißigjährige Ottilie hatte Schweißperlen auf der Stirn.

Galla beugte sich über Alma, die sie seit ihrem zehnten Lebensjahr kannte.

»Atmen nicht vergessen, Alma, kräftig atmen«, riet sie leise, wie sie es als Kind gehört hatte, wenn die Frauen in ihrem Dorf auf dem Boden der Hütten ihre Kinder bekamen.

Alma klammerte sich an das Lächeln ihrer schwarzen Dienerin und brachte mit einem Schrei ein Mädchen zur Welt.

Ottilie beobachtete, wie Galla ihrer Tochter das Gesicht abtrocknete, wie die Hebamme das Kind wusch und wickelte und das

Dienstmädchen die blutigen Laken abzog und in einem Korb verstaute, um das Bett wieder frisch zu beziehen.

Ottilie wusch sich die Hände und dachte daran, dass in wenigen Minuten nichts mehr von dem Malheur zu sehen sein würde, außer dem Kind. Die Hebamme kam und legte ihr den Säugling in den Arm. Sie schaute auf das zerknautschte Köpfchen, auf die rosigen Hände, auf den kleinen Mund, der schon die Brust zu suchen begann.

»Es ist ein Mädchen, Alma.«

»Darf ich es sehen?«

Ottilie beugte sich zu ihrer Tochter, die erschöpft im frischen Bett lag, ließ sie einen Blick auf ihr Kind werfen und sagte dann sanft:

»Jetzt ruh dich aus.«

Benommen ließ sich Alma zurück in die Kissen fallen.

Ein paar Zimmer weiter bettete Ottilie das Neugeborene in eine Wiege, die in einem perfekt eingerichteten Kinderzimmer stand. Das winzige Mädchen schaute sie aus großen blauen Augen an, als erforsche es Ottilies Absichten.

Es klopfte. Das Dienstmädchen kam.

»Die Amme ist da, gnädige Frau.«

Ottilie drehte sich um. An der Tür knickste eine junge Frau, üppig, mit großen Brüsten.

»Sie werden meine Tochter stillen, wenn sie Hunger hat. Ich möchte kein Geschrei im Haus«, befahl Ottilie. »Alles bleibt so friedlich, wie es ist.«

Die Amme schaute die Herrin überrascht an.

»Denken Sie nur über die Dinge nach, die mein Kind betreffen.«

Die Amme verstand und nickte wortlos.

Es war tief in der Nacht, als Alma erwachte. In der Ferne glaubte sie das feine Stimmchen ihres Kindes zu hören. Nur den Hauch eines

Augenblicks, dann war es wieder still. Ohne sich darüber Gedanken zu machen, ob ihr geschundener Körper das schon aushalten konnte, stand Alma auf und tappte barfuß aus dem Zimmer. Der lange Flur im ersten Stockwerk der Villa lag leer und verlassen, ganz anders als am Tage, wenn die Dienstboten treppauf und treppab liefen und alles für sie und die Mutter richteten. Der Vater war die meiste Zeit des Jahres auf Reisen. Gustaf Schadt verdiente sein Vermögen mit dem Handel in den deutschen Kolonien. Kaffee, Kakao, Nüsse, Trockenobst, exotische Gewürze, tropische Hölzer und Elfenbein schaffte er nach Deutschland, um die Waren hier teuer zu verkaufen.

Am Ende des Flurs in einem der ehemaligen Gästezimmer sah Alma einen schwachen Lichtschein. Dort hatte die Mutter das Zimmer für ihr Kind eingerichtet. Die Tür war nur angelehnt. Alma schob sie vorsichtig auf und sah eine fremde Frau, das Neugeborene an ihrer Brust.

Die Amme schreckte auf, als sie das Mädchen im Türrahmen stehen sah. Der Säugling verlor die Brust und begann zu wimmern. Routiniert schob die Amme dem Kind die Brustwarze zurück in den Mund.

»Sie sollten schlafen, Fräulein«, sagte sie abwehrend, als sie Almas Blick bemerkte. »Ich kümmere mich um Ihr Schwesterchen.«

»Aber es ist doch …«, stammelte Alma.

Die Amme wollte nichts hören.

»Machen Sie mir keinen Ärger, Fräulein, und gehen Sie zurück ins Bett.«

Alma war erschüttert. Das Kind, das sie vor wenigen Stunden unter Schmerzen auf die Welt gebracht hatte, lag in den Armen einer anderen Frau und schien ihre, Almas, Nähe nicht einzufordern.

»Es wird der Kleinen an nichts fehlen«, versicherte die Amme.

Benommen tappte Alma zurück in ihr Zimmer, legte sich ins Bett, das noch warm war, und begann zu weinen.

Am nächsten Vormittag kam Galla mit dem Frühstück und der Nachricht, dass Ottilie dem Mädchen einen Namen gegeben hatte. Sonja, nach ihrer eigenen Mutter.

»Soll ich Friedrich Bescheid geben?«, flüsterte Galla.

Alma nickte, wieder kamen die Tränen. Galla streichelte ihr übers Haar und summte die ersten Takte eines afrikanischen Wiegenliedes.

Ein paar Tage später verließ Alma das Kindbett. Ottilies Macht war so groß, dass die Tochter nicht wagte, den Anordnungen der Mutter zu widersprechen. Alma musste ihr normales Leben fortsetzen. Die Hauslehrer, die in den letzten Wochen ihrer Schwangerschaft mit der Begründung abbestellt worden waren, dass Alma krank sei, kamen nun wieder täglich, um sie in Geschichte, Literatur, Englisch und Französisch zu unterrichten.

Ottilie lebte weiter wie bisher. Sie lag bis spät am Vormittag im Bett und las einen ihrer umfangreichen Romane, die jeden Monat mit der Post kamen.

Alma traf die Mutter erst zum gemeinsamen Mittagessen. Bei Tisch ging die Konversation stockend. Sie hatten sich nur wenig zu sagen. In den ersten Tagen nach der Geburt des Kindes wollte Alma das Gespräch auf ihren Wunsch bringen, Sonja selbst zu versorgen.

Doch Ottilie ließ sie gar nicht erst zu Wort kommen.

»Ich werde dafür sorgen, dass Papa nicht schimpft und wir alle unseren Frieden haben.« Damit war das Thema für sie abgeschlossen.

Alma grübelte, was zu tun wäre, wohin sie mit ihrem Kind fliehen könnte. Friedrich, seine Eltern und seine Geschwister waren über Nacht aus der Remise, wo sie all die Jahre gewohnt hatten, rausgeschmissen worden. Friedrichs Mutter hatte die Wäsche für die Schadts gewaschen, und sein Vater arbeitete als Gärtner. Und nun gab es Familie Loewe nicht mehr, und es durfte nicht über sie gesprochen werden – so lautete Ottilies Befehl, an den sich alle hielten.

Inzwischen hatte Alma einen Brief von Friedrich bekommen:

»Meine liebste Alma, vielen Dank für Deine Nachricht, die mir Galla überbracht hat. Es ist also ein Mädchen mit dem Namen Sonja. Wie gern möchte ich sie sehen. Bitte lasse mir über Galla Bescheid geben, wenn es Dir besser geht und ich Dich besuchen kann. Habt Ihr schon wieder einen neuen Gärtner? Ist unsere Remise wieder bewohnt? Sonst könnten wir uns dort treffen und alles besprechen. Dein Friedrich«

Friedrich Loewe war kaum älter als Alma. Die beiden waren gemeinsam aufgewachsen. Bei Familie Loewe fand Alma die Fürsorge und Wärme, die sie von ihren Eltern nicht bekam. Friedrichs Mutter zeigte ihr, wie man eine Suppe kochte, ließ sie die Nähmaschine ausprobieren und ein Tuch umsäumen. Vater Loewe mochte die Freundschaft seines Sohnes mit der Tochter des Hauses nicht. Doch er war kein Mann, der Verbote aussprach.

Ottilie hatte keine Ahnung, wie die heranwachsende Tochter ihre Tage verbrachte, was sie brauchte, wonach sie suchte. Alma und Friedrich verbargen ihr Spiel mit der Liebe sowohl vor seinen Eltern als auch vor Ottilie und der Dienerschaft. Selbst Galla bemerkte weder, dass die junge Herrin ihre Unschuld verloren hatte, noch die ersten Zeichen einer Schwangerschaft. Auch Alma verdrängte das Spannen in den Brüsten und die wachsende Wölbung ihres Bauches.

Ottilie, die der Entwicklung ihrer Tochter bis dahin keine besondere Beachtung geschenkt hatte, fiel eines Tages auf, dass Alma üppiger geworden war. Ihre Tochter wurde also eine Frau, stellte Ottilie fest. Eines Morgens überraschte sie die Tochter im Badezimmer. Da war Alma schon im siebten Monat. Zuerst flog eine Ohrfeige, dann wurde sie in ihrem Zimmer eingeschlossen. Eine Hebamme kam und untersuchte das junge Mädchen, um festzustellen, dass es nur noch wenige Wochen bis zur Geburt eines Kindes waren. Ottilie musste nicht lange überlegen, wer der Vater war. Zornig schickte sie Galla als Einzige, der sie in der Situation vertraute und die um die Umstände wissen durfte, in die Remise, um die Loewes fristlos zu entlassen. Alma und Friedrich hatten nicht einmal mehr Gelegenheit, sich zu verabschieden. Seitdem verwilderte der Garten.

Das schadtsche Anwesen lag südlich des Brandenburger Tors neben anderen prächtigen Villen. Der hintere Teil grenzte an den Tiergarten. Ottilie und Alma standen am Fenster und beobachteten, wie die Kutsche über die polierten Buckel der Pflastersteine in den Innenhof der Villa rollte. Als der Wagen hielt, verließen Mutter und Tochter den Salon und durchquerten die Halle bis zur großen Eingangstür. Davor hatte sich die Dienerschaft aufgebaut. Der Kutscher öffnete dem Herrn, der über ein halbes Jahr auf Reisen gewesen war, die Wagentür. Gustaf Schadt, ein Mittfünfziger mit Backenbart und Mittelscheitel im immer noch üppigen Haar, schälte sich aus der Kabine, reckte sich nach der langen Reise und richtete sich zu seiner stattlichen Größe von fast einem Meter neunzig auf. Dann pfiff er nach einem vielleicht zwölfjährigen afrikanischen Jungen, der neben dem Kutscher gesessen hatte.

Zwischen den Bediensteten stand Galla. Ihr Herz machte einen Sprung. Der Herr hatte sein Versprechen gehalten! Der Kleine sah die farbige Dienerin an, überrascht, in dem kalten und fremden Land auf seinesgleichen zu treffen. Gustaf griff ihn am Ärmel und erklärte für alle, vor allem aber in Gallas Richtung:

»Das ist Tawonga. Er wird als mein Butler arbeiten.«

Er gab dem Jungen eine Kopfnuss und schob ihn zu Galla.

»Macht euch bekannt. Es wird deutsch gesprochen. Galla, du bringst es ihm bei.«

»Sehr wohl, gnädiger Herr.«

Galla knickste überglücklich. Sie würde den Jungen über ihre Heimat ausfragen, vielleicht kannte er sogar ihre Familie.

Adlon nickte selbstbewusst und gratulierte sich insgeheim zu seinem Instinkt, der ihn zu diesem Spektakel inspiriert hatte.

»Wir übertreffen das Waldorf Astoria in New York?« Wilhelms Stimme klang kühn.

»Mindestens dreihundert Betten, fließend warmes und kaltes Wasser, Fahrstühle, Staubsaugersystem, Zentralheizung und natürlich die Suiten für die Gäste Ihrer Majestät. Französische Küche ganz selbstverständlich«, entgegnete Adlon.

Der Kaiser schluckte bei dem Gedanken an gutes Essen und drohte spielerisch mit dem Finger.

»Er will ein Haus errichten, das mein Stadtschloss in den Schatten stellt?«

»Ich werde ein Haus errichten, das die Hauptstadt Ihrer Majestät in höchstem Glanz erstrahlen lässt.«

Der Kaiser schlug Adlon auf die Schulter.

»Mein Schloss ist eine Bruchbude. Hier ist es kalt. Es zieht.« Er wandte sich an seinen Hofstaat. »Wer hat kein Rheuma?«

Klagende Gesichter. Sie kränkelten alle. Womöglich aber nicht von der Kälte im Schloss, sondern vom Nichtstun und vom Überdruss.

»Baue Er das beste Haus am Platze, Adlon«, befahl Wilhelm II. begeistert und gab seine Eistorte mit einer Handbewegung für die Damen und Herren des Hofes frei. Die stürzten sich auf die kühle Köstlichkeit und pikten mit dem Finger in die Stücke, die sie haben wollten.

»Wo soll Ihr Haus denn stehen? Ich will zu Fuß rüberkommen«, raunte Seine Majestät Adlon ins Ohr.

»Es gibt nur einen Platz, der diesem Haus angemessen ist. Der Pariser Platz.«

»Wo will er denn da bauen? Ist doch alles schon voll am Brandenburger Tor.«

»Ich dachte an die Stelle von Palais Redern …«

Alma stand neben ihrer Mutter bereit, den Vater zu begrüßen. Wie sehr hatte sie diesen Tag gefürchtet. Was würde sie dafür geben, einfach zu verschwinden. Sie hielt den Blick auf die Spitzen ihrer Schuhe gerichtet, auf deren blauem Samt sich ein wenig Staub abgesetzt hatte.

Gustaf machte sich den Spaß, Ottilie vor der Dienerschaft besitzergreifend in den Arm zu nehmen und aus seiner Lust nach Monaten der Abwesenheit kein Hehl zu machen. Dann wandte er sich seiner Tochter zu.

»Mausebär, lass dich anschauen. Bist ja erwachsen geworden und noch hübscher.«

Er griff der Tochter unters Kinn. Alma machte auf dem Absatz kehrt und rannte ins Haus. Irritiert drehte sich Gustaf nach seiner Frau um.

»Was hat sie denn?«

Ottilie schob ihre Hand unter seinen Arm und bedeutete ihm, mit ihr hineinzugehen.

Als die Eltern ins Haus traten, saß Alma am Klavier und spielte eine Nocturne von Chopin. Je mehr Zeit vergangen war, desto größer war auch Almas Abstand zu ihrem Kind geworden. Sie wusste wohl, dass die Kleine ihre Tochter war, doch sie fühlte es nicht mehr und floh aus der Realität in stundenlanges Klavierspiel. Vielleicht muss der Mensch Schmerzen empfinden, um sich selbst zu spüren, dachte sie und griff schräg in die oberste Oktave. Schrill knallte die Dissonanz in den Raum, und sie genoss die Tränen, die über ihre Wangen, ihr Dekolleté und auf ihre Hände tropften.

Gustaf stand vor dem Kinderbett und schaute auf das fremde Wesen.

»Deine Tochter wollte das Malheur nicht wahrhaben, hat es unter ihren Kleidern versteckt«, sagte Ottilie in angespannter

Erwartung, wie ihr Mann die Entscheidung, die sie hinter seinem Rücken getroffen hatte, aufnehmen würde. »Als ich es dann bemerkt habe, war es zu spät.«

Ottilie wusste, dass sie ihm keine Zeit lassen durfte. Je schneller sie ihm ihren Plan vortrug, desto größer war die Möglichkeit, dass er ihn schluckte.

»Wer ist denn der Vater?«

Schadt war um Orientierung bemüht. Wer konnte seiner Tochter das angetan haben? Was war jetzt von ihm gefordert? Er hätte sich nach der langen Reise weiß Gott etwas Besseres vorstellen können.

»Der Sohn vom Gärtner.«

»Der Friedrich? Ja, kann der denn schon?« Gustaf sah seine Frau verblüfft an. »Der ist doch noch ein Kind.«

Zumindest war es ihm so erschienen, als er Anfang des Jahres nach Afrika aufgebrochen war.

»Ich habe die Leute entlassen.«

»Wer weiß von der Sache?« Gustafs Ton wurde schärfer.

»Alle!« Ottilie ging zu einem Sessel und holte eine Zeitung unter einem bestickten Kopfkissen hervor, die sie dort für diese Unterredung deponiert hatte. Die Annonce nahm durch die Größe der Lettern fast eine halbe Seite ein.

GUSTAF SCHADT UND GATTIN GEBEN DIE GEBURT IHRER TOCHTER SONJA BEKANNT.

»Ich war dieses Frühjahr unpässlich und habe mich kaum in der Gesellschaft gezeigt.« Ottilie schaute ihrem Mann offen in die Augen. »Dann habe ich mich einmal … es war schon sehr peinlich«, sie machte eine Geste für einen dicken Bauch, »so in die Stadt fahren lassen zu einem unserer Vereinstreffen. Ich habe ein paar Scheine in die Sammelbüchse geworfen und bin wieder von der Bildfläche verschwunden. Du hättest ihre Gesichter sehen sollen. Aber«, sie triumphierte, »es hatte seine Wirkung. Alle haben mir die Schwangerschaft geglaubt.«

Das Baby begann zu weinen. Ottilie holte es aus der Wiege, ging ein paar Schritte und wippte es hin und her. Sie hoffte, dass sie ihren Mann berühren konnte, so wie damals, als sie junge Mutter gewesen war, und Alma ihr Spielzeug, mit dem sie vor seinen Augen poussierte.

Schadt war nach der langen Reise immer noch nicht ganz anwesend. Er entschied sich für Ruhe und Bequemlichkeit. Was sollte er sich einmischen, wenn seine Frau schon alles bedacht und organisiert hatte? Er trat näher und tippte mit dem Zeigefinger auf das Kind.

»Bist ja ein süßer Fratz, was!«

Ottilie rief erleichtert nach der Amme, die vor der Tür gewartet hatte, übergab ihr das Kind und verließ mit ihrem Mann das Zimmer.

Der Vater trat in den Salon. Alma spielte weiter. Tawonga folgte seinem Herrn mit einer Reisetasche, die ihn fast zu Boden zog.

»Stell sie auf den Tisch am Fenster«, befahl Gustaf und zeigte, was er meinte. Der Junge verstand und setzte sich dann mit gekreuzten Beinen auf den Boden.

»Stell dich gerade hin!«

Gustaf hob den Jungen am Ohr hoch und richtete ihn aus. Dann trat er zu seiner Tochter.

»Na, Mausebär, willst du deine Geschenke sehen?«

Alma brach ihr Spiel ab. Schadt beugte sich zu ihr herab und raunte verschwörerisch:

»Der Papa ist im Bilde.«

Alma wusste nicht, ob sie erleichtert sein sollte. Gustaf begann auszupacken. Zuerst einen Zulu-Speer, dann eine Maske aus Holz, die er sich vors Gesicht hielt, um seine Tochter zu erschrecken. Als

Alma nicht reagierte, legte er sie zum Speer, holte ein Säckchen mit Kakaopulver hervor und rief nach Galla. Sie kam eilig.

»Lass für unsere Alma in der Küche eine heiße Schokolade machen, damit sie wieder gut mit ihrem Papa ist, der sich so auf zu Hause gefreut hat.«

Galla nahm den Kakao und ging wie befohlen.

Gustaf zauberte eine Kette aus Halbedelsteinen hervor und wollte sie seiner Tochter um den Hals legen. Abrupt stand Alma auf, entzog sich ihrem Vater und verließ den Salon. An der Tür stieß sie mit der Mutter zusammen.

»Alma!«, empörte sich Ottilie. »Komm sofort zurück!«

Doch Alma lief weiter, die Treppe hoch, schloss die Tür ihres Zimmers und lehnte sich dagegen. Sie musste hier weg. Jetzt war es ihr klar geworden.

»Ich habe doch nichts falsch gemacht?«, fragte Gustaf hilflos und legte die Kette für die Tochter zu den anderen Geschenken auf dem Flügel.

»Sie hat sich noch nicht von dem Schock erholt«, erwiderte Ottilie kühl und betrachtete die Dinge, die ihr Mann für die Tochter aus Afrika mitgebracht hatte.

Gustaf wusste, dass auch seine Frau endlich ein Geschenk erwartete.

Er griff ihre Hand, küsste sie und steckte ihr einen Diamantring von beträchtlicher Größe an den Zeigefinger, weil die Ringfinger bereits belegt waren.

»Ich habe den Stein einem Stammeshäuptling abgeschwatzt und in Amsterdam schleifen lassen.« Gustaf lachte zufrieden. »Meine Liebe, das hast du großartig gemacht, werden wir noch mal Eltern auf unsere alten Tage.«

»Ich finde, dass uns das Kleine jung hält«, sagte Ottilie kokett und betrachtete den kostbaren Stein im Licht der Abendsonne, die sich zwischen den schweren Vorhängen in den Salon schob.

»Das Kind ist dir großartig bekommen.« Gustaf fasste seiner Frau an den Hintern. »Nach fast zwanzig Jahren Ehe werde ich mich wohl wieder in meine Frau verlieben.«

Ottilie kicherte wie ein junges Mädchen.

»Es sind doch erst sechzehn, Gustl«, berichtigte sie und war erleichtert, dass sich alles aufs Angenehmste fügte.

5. Kapitel

Ein paar Tage später fand ein Fest zu Ehren von Gustafs Rückkehr statt. Ab den frühen Morgenstunden hörte man Ottilies Befehle. Das gesamte Personal war mit der Vorbereitung beschäftigt. Am späten Nachmittag war alles gerichtet, und die Kerzen wurden angezündet. Das Haus erstrahlte in vornehmer Eleganz. Ottilie schritt ihr Werk ab. Die Gesellschaften, die sie in den wenigen Monaten, in denen Gustaf zu Hause war, gab, waren eine willkommene Abwechslung in ihrem sonst so eintönigen Leben.

Alma saß festlich gekleidet vor dem Spiegel. Galla bürstete ihr das lange Haar. Ottilie trat ein.

»Mach dich nur recht hübsch! Die Adlons kommen, und ich habe auch die Familie von Tennen eingeladen. Sie bringen ihren Sohn Siegfried mit.«

Ottilie begutachtete die Tochter. Alma zeigte keine Reaktion.

Die Gesellschaft bestand aus Lorenz Adlon und seinem Sohn Louis mit dessen Ehefrau Tilly, einer charmanten Österreicherin, dem Ehepaar Graf und Gräfin von Tennen und deren beiden Söhnen, dem achtzehnjährigen Siegfried und seinem zehn Jahre jüngeren Bruder Sebastian. Ottilie hatte Alma neben Siegfried von Tennen gesetzt. Der dünne Gymnasiast mit Pubertätspickeln im Gesicht erklärte ihr eifrig, dass er gerade seine Reifeprüfung ablege und danach in die Armee Seiner Majestät eintreten werde. Alma blieb schweigsam und war froh, als das Dessert gereicht wurde. Danach fand man sich im Salon zusammen. Alma erfüllte den Wunsch ihres Vaters und spielte in einer Klavierversion Beethovens *Ode an die Freude.*

Ottilie und Frau von Tennen – die beiden kannten sich aus dem Kolonialverein – warfen sich einen bedeutsamen Blick zu.

Alma beendete das Stück und bekam Applaus. Gustaf schnäuzte sich gerührt und verkündete:

»Wenn man wie ich den halben Erdball bereist, weiß man doch, dass wir Deutschen zur Bildung und Erziehung der Völker berufen sind.«

»Soweit mir bekannt ist, werden unsere Siedlungen neuerdings immer wieder von Negern angegriffen?«, wandte sich der alte von Tennen, Offizier der Kaiserlichen Armee, interessiert an Gustaf.

»Allerdings! Ich hoffe, dass Seine Majestät endlich mehr Truppen entsendet und einen guten Strategen, der die Situation beendet. Ich befürchte, dass wir hart durchgreifen müssen.«

Es ging Gustaf nahe, was er in Deutsch-Südwest erlebte, auch wenn er den Eingeborenen dafür die Schuld gab. Es kam ihm nicht in den Sinn, dass sie selbst es waren, die deutschen Kolonisten, die den Einheimischen ihre Lebensgrundlagen stahlen.

»Immerhin habe ich Galla und meinen Butler aus ihren armseligen Familien geholt und hierhergebracht«, brüstete sich Gustaf. »Man tut, was man kann, wenn man erst einmal in eine fremde Lebensweise involviert ist, die mit der unsrigen um Jahrhunderte differiert.«

»Aber auch den Deutschen müssen die Kolonien immer noch nahegebracht werden. Sie haben keine Ahnung, was unsere Männer in der Wildnis leisten«, gab Ottilie Gustafs Einschätzung recht. »Es müsste die Menschen doch interessieren, wie lange der Kaffee unterwegs ist, bis er in der Kanne aufgebrüht werden kann. Aber sie trinken ihn, als kämen die Kaffeebohnen aus unserer schönen Mark Brandenburg.«

Gustaf tätschelte seiner Frau den Arm, um ihr zu verstehen zu geben, dass sie das Thema nun nicht weiter vertiefen wollten. Er hatte in Afrika genug zu tun, die immer neuen Verordnungen der deutschen Behörden im Auge zu behalten und dabei die Nachfrage seiner Kunden nach Waren zu befriedigen. Und dann die Hitze, die Insekten, das schlechte Wasser, die Krankheiten – und schließlich auch noch die Eingeborenen. Gustaf mochte über all das an diesem Tag nicht mehr nachdenken. Mit einer Geste lud er die Männer in die Bibliothek zum Rauchen ein.

Ottilie führte die Damen in den Salon und befahl einem der Hausmädchen, Tee und Punsch zu servieren. Alma klappte den Deckel des Flügels zu und sah mit Erleichterung, dass sich Siegfried von Tennen, der sie die ganze Zeit nicht aus den Augen gelassen hatte, der Männerrunde anschloss. Der kleine Sebastian setzte sich brav zu den Frauen und spielte mit seinen Zinnsoldaten.

Alma stand auf und strich sich das Kleid glatt. Da niemand von ihr Notiz nahm, nutzte sie die Möglichkeit und verließ die Gesellschaft.

»Lieber Gustaf, ich bin froh, dass du wieder da bist, denn es warten große Aufgaben auf dich.«

Lorenz Adlon zündete sich bedächtig eine Zigarre an. Gustaf tat es ihm nach. Sie kannten sich seit ihrer Schulzeit in Mainz, wo sie beide armer Leute Kind gewesen waren. Über die Jahrzehnte hatten sie sich an die Spitze der Berliner Gesellschaft gearbeitet und genossen das Wissen um den Weg, den sie zurückgelegt hatten.

»Wozu willst du mich verdonnern?«

Gustaf trank einen Schluck vom Kognak, der weit mehr als den Boden seines Glases bedeckte.

»Ich brauche deine Mitarbeit bei meinem Hotel. Du musst mir erstklassige Materialien aus den Kolonien herbeischaffen. Mahagoni … Und dann wünsche ich mir luxuriöse Besonderheiten. Elfenbein und Intarsien aus Schildpatt.«

Gustaf lächelte geschmeichelt.

»Die Bauarbeiten am Pariser Platz haben bereits begonnen«, setzte Lorenz Adlon seine Rede fort. »Das Schinkelpalais ist entfernt. Ein paar Monate noch und die Fassade steht. Unser Kaiser hat von seinem Fassadenrecht Gebrauch gemacht und uns den Rücken gestärkt. Wir haben also die Genehmigung für eine vierte Etage bekommen. Ich verhandle gerade wegen des Zukaufs des Nachbargrundstücks Unter den Linden 2. Es ist zäh, aber aussichtsreich.«

Louis Adlon horchte auf, als sein Vater diese Neuigkeiten in die Runde warf, über die er nicht unterrichtet war.

Gustaf hob das Glas.

»Auf den großen Visionär unserer Hauptstadt.«

»Fast vierzig Jahre schon trage ich mein Hotel im Kopf herum. Da werde ich keine Kompromisse machen«, verkündete Lorenz mit entschlossener Selbstgewissheit. Alle hoben ihr Glas und tranken. Louis beließ es bei der Geste.

»Ein Genie, Ihr Herr Vater«, wandte sich Gustaf nun an den Sohn und reichte ihm die Schachtel mit den Zigarren. »Und Sie führen die Geschäfte indes im Continental?«

Louis wollte gerade antworten, als ihm der Vater ins Wort fiel.

»Wenn mein Herr Sohn nicht gerade im Tiergarten ausreitet.«

»Du folgst deinen Leidenschaften, Vater. Ich folge den meinen.«

Gustaf bemerkte die Spannung zwischen Vater und Sohn und wechselte das Thema:

»Die Afrikaner machen Likör aus den Früchten des Marula-Baums, auch Elefantenbaum genannt.«

Er stand auf und ging zu einem Wagen mit Schnäpsen.

»Ich muss euch das zum Probieren geben.«

Gustaf bedeutete seinem Hausdiener, Gläser herbeizuschaffen, und entkorkte persönlich die Flasche.

Tilly im Salon nebenan wurde auf das Gespräch der Männer aufmerksam. Ein Blick zu Louis sagte ihr, dass der Schwiegervater ihren Mann wie so oft in Gesellschaft brüskierte.

»Und dass er dann noch diese Neger mitbringen muss«, beklagte Ottilie Gustafs Enthusiasmus. »Als wenn ich nicht schon genug Sorgen hätte. Sie können sich nur schwer an die deutschen Verhältnisse gewöhnen. Außerdem muss man immer befürchten, dass sie krank werden.«

Ottilie nippte geziert an ihrer Tasse Tee.

»Aber lassen wir das Thema. Sie müssen sich damit nicht auseinandersetzen«, wandte sie sich zuerst an Frau von Tennen und dann an Tilly.

»Wie geht es denn Ihrem Susannchen?«

Das erste Kind von Louis und Tilly Adlon war nur ein paar Monate älter als Sonja.

»Sehr gut. Sie ist ein friedliches Kind.«

Tilly sprach mit dem weichen Akzent der Wienerin.

»Aber von mir aus könnt' ich es gern bei dem Susannchen bewenden lassen. So ein Putzerl ist doch sehr anstrengend. Außerdem mache ich mir Sorgen um meine Figur. Der Louis ist ein Schöngeist. Ich will ihn nicht enttäuschen.«

Tilly schaute noch einmal zu Louis in der Männerrunde, der sich von seinem Vater und Gustaf Schadt abgewandt hatte und nun angeregt mit Oberst von Tennen plauderte.

»Mit Kindern hält man jeden Mann. Da darf auch die Figur ein wenig fraulicher werden«, sagte Ottilie.

»Sie haben aber auch keine Probleme«, entgegnete Tilly mit einem Blick auf Ottilies schlanke Gestalt. »So schnell wieder in Form nach der Geburt!«

Ottilie lächelte geschmeichelt. »Die Natur hat mich beschenkt.«

In diesem Augenblick glaubte sie sich selbst und war von dem Lauf der Dinge beeindruckt.

Alma schlich zum Kinderzimmer und erschrak, als sie die Tür aufschob. Die Amme war da und saß neben dem Bettchen. Sie war eingeschlafen und schnarchte leise. Eigentlich hätte die Frau ihren freien Abend gehabt. Alma begriff, dass Ottilie der Amme den Ausgang gestrichen hatte, um während der Gesellschaft Ruhe im Haus zu haben. Sie trat vorsichtig ans Bett ihrer Tochter. Die Kleine schlief mit zusammengeballten Fäustchen.

»Sonja, mein Sonnenschein«, flüsterte sie und streichelte mit der Fingerspitze über die zarte Haut des Säuglings.

So leise, wie sie gekommen war, verließ Alma das Zimmer und huschte die Treppe hinunter, vorbei an den geöffneten Flügeltüren zum Salon und zur Bibliothek, weiter zu dem Teil des Flurs, der zur Küche und zum Bereich der Dienstboten führte, und verließ das Haus durch die Hintertür. Sie lief über den Hof, wo ein Teil der Dienerschaft ein Feuer angezündet hatte. Die Köchin bewirtete die Kutscher mit Bier, Brot und Knackwurst.

Tawonga saß auf dem Boden und schlug die Trommel. Dazu ließ Galla ihre Hüften kreisen. Sie hatte ihren Rock hochgeschlagen, und ihr kraftvoller Körper verschmolz mit dem Rhythmus der Trommel. Alma huschte weiter bis zur Remise. Hier hatten die Loewes gewohnt, geblieben waren nur ein paar Möbelstücke und der Staub, den ein Auszug zurücklässt. Es war dunkel und kalt.

»Friedrich?«, rief Alma zaghaft den Namen ihres Freundes. Doch nur die Trommel von draußen war zu hören. Sie ging ein paar Schritte, überlegte, wie lange sie hier bleiben durfte, ohne dass man ihr Verschwinden im Haus bemerken und nach ihr suchen würde. Als sie im hinteren Zimmer des Hauses ein Geräusch hörte, zuckte sie zusammen. Dann schlug ein Fensterflügel. Plötzlich stand

Friedrich vor ihr. Er war außer Atem. Alma stürzte in seine Arme. Sie hielten sich fest. Nach einer Zeit, in der sie sich unbehaglich gefühlt hatten, weil ihre Körper steif und schwer blieben, lösten sie sich.

»Ich konnte Sonja nicht mitbringen. Mutter hat der Amme nicht freigegeben.«

Friedrich nickte enttäuscht.

»Wir müssen hier weg, Fritz, mit Sonja, so schnell wie möglich. Dorthin, wo uns niemand finden kann. Nach Amerika. Ich habe mich erkundigt, ab Hamburg geht fast jeden Tag ein Schiff. Wenn wir dritter Klasse fahren, kostet es nur zweihundert Mark für jeden. Sonja darf ohne Fahrkarte mit.«

Der Gedanke, endlich die Verantwortung für ihr Kind zu übernehmen, machte Alma euphorisch. Plötzlich hatte sie das Gefühl, dass alles möglich war.

»Ich hab jetzt eine Stelle auf dem Kohlenhof. Da verdiene ich sechs Mark am Tag«, erklärte Friedrich seine Lage.

Alma missverstand ihn und sagte enthusiastisch: »Ich hab schon etwas Geld zusammen, wenn Papa seine Geldbörse liegen lässt, dann nehme ich gerade so viel, dass er es nicht bemerkt.«

»Ich kann mein Geld nicht behalten, Alma. Mutter braucht es.«

»Aber dein Vater arbeitet doch auch?« Sie sah in Friedrichs Augen den Kummer und wurde stiller. »Wo wohnt ihr denn jetzt?«

»Am Ostbahnhof, ein Zimmer und Küche.«

»Ein Zimmer für euch alle?« Sie erschrak. »Fünf Leute in einem Raum?«

»Vater kann ein paar Stunden im Kuhstall hinterm Haus arbeiten. Aber es bringt nicht viel«, sagte Friedrich nüchtern.

Plötzlich ahnte Alma die Tragweite dessen, was Friedrich und seiner Familie zugestoßen war.

»Ich lasse mir was einfallen, Fritz, wie wir das mit den vierhundert Mark hinbekommen.«

Friedrich hätte so gern daran geglaubt, darauf gehofft, dass sie sich ein gemeinsames Leben aufbauen könnten, doch die Welt, aus der er kam, dachte nicht an die Zukunft. Die Menschen darin waren mit dem täglichen Kampf ums Überleben beschäftigt.

»Du darfst deinen Vater nicht bestehlen, Alma«, sagte Friedrich. Und nach einer Pause fügte er leise an: »Ich kann meine Familie nicht im Stich lassen. Ich bin doch schuld, dass alles so gekommen ist.«

Alma wehrte heftig ab. Sie waren beide schuld. Sie vielleicht noch viel mehr als er, denn sie konnte genauso wie vorher weiterleben. Wie würde sie das nur wiedergutmachen können?

»Aber ich lieb dich doch, Friedrich.«

»Ich lieb dich doch auch«, sagte er unsicher. Ihre Liebe war etwas Schönes gewesen, als sie im Park gemeinsam spielten, als sie sich gegen Abend auf der Bank an der Mauer trafen.

Alma nahm Friedrichs Hände.

»Geh zum Küchenfenster. Ich sag Galla Bescheid, dass sie euch etwas zu essen einpackt. Wir schaffen das, ja?«

Er nickte, ohne daran zu glauben.

»Nächsten Sonntagabend hat die Amme bestimmt frei. Vielleicht kannst du Sonja dann sehen.«

Alma wollte ihn unbedingt trösten. Der Abschied war flüchtig. Sie konnten sich nicht in die Augen sehen. Alma schlüpfte zur Tür hinaus. Friedrich blieb noch einen Moment zurück.

Siegfried von Tennen kam über den Hof, wo die Atmosphäre inzwischen schwül war vom Feuer, dem Alkohol, den exotischen Rhythmen und Gallas Tanz. Siegfried ging zwischen den Leuten herum, die keine Notiz von ihm nahmen. Er war auf der Suche nach Alma. Galla wurde aufmerksam und behielt ihn im Auge. Da sah er Alma aus dem hinteren Teil des Gartens kommen und wollte ihr entgegengehen. Doch Galla versperrte ihm tanzend den Weg, bis Alma am Hintereingang der Villa angelangt war. Dann ließ Galla von Siegfried ab. Mit wenigen Schritten erreichte er Alma und fasste sie an der Schulter. Erschrocken fuhr sie herum. »Was machen Sie denn hier?«

»Ich dachte, dass Sie vielleicht meine Hilfe brauchen.« Siegfried deutete mit einer Kopfbewegung zum Hof. »In diesem Panoptikum.«

Alma schüttelte missbilligend den Kopf. Sie mochte es nicht, wenn jemand abfällig über die Dienstboten sprach. Sie wollte an ihm vorbei. Doch er versperrte mit einem Arm den Eingang ins Haus.

»Darf ich Sie in den nächsten Tagen zu einem Spaziergang treffen, Alma?«

Alma entdeckte den Schleier, der über seinen wässrigen blauen Augen lag.

»Ich glaube nicht, dass dies von meiner Mutter gern gesehen würde.«

Schnell schlüpfte sie unter seinem Arm hindurch. Siegfried folgte ihr ins Haus. Er wusste es bereits besser.

»Alma von Tennen – ein passabler Name.«

Ottilie saß vor dem Spiegel ihres Frisiertischs und richtete die Spitzen ihres Negligés. Natürlich konnte man eine Fünfzehnjährige noch nicht mit einem achtzehnjährigen Gymnasiasten verheiraten, aber man konnte bereits alles arrangieren und öffentlich machen. Dann war für Almas Zukunft gesorgt, und Ottilie konnte sich wieder sorglos ihrem Alltag widmen.

»Ich finde den jungen Mann etwas blass«, brummte Gustaf ohne Interesse. Nach dem langen Abend in guter Gesellschaft, dem üppigen Essen und dem Alkohol lag er zufrieden im Bett.

»Und er ist noch unentschieden, was seine Zukunft betrifft. Du kannst ihn dir heranziehen wie deinen eigenen Sohn«, sagte Ottilie wie eine Verkäuferin, die eine Ware feilbietet.

»Das ist das Einzige, was ich meiner Tochter übel nehme, dass es kein Junge geworden ist.« Gustaf klopfte neben sich aufs Bett, damit seine Frau nun endlich zu ihm käme.

»Gustaf!«

Ottilie drehte sich entrüstet um, wobei nicht ganz klar war, ob sich ihr Ausruf gegen seinen erwartungsvollen Blick oder gegen seine Äußerung wendete.

»Wäre doch viel praktischer gewesen, als mir jetzt einen blassen Fähnrich zum Assistenten heranzuziehen.«

Ottilie setzte sich nun endlich zu ihm. Gustaf wälzte seinen schweren Körper zu ihr herum und griff nach den Brüsten seiner Frau, um sich zu holen, was ihm im ehelichen Bett zustand. Auch außerhalb des Eheschlafzimmers war Gustaf kein Kostverächter. Ottilie wusste das nur zu gut, und die Wahrheit war, dass ihr Mann ihr in körperlicher Hinsicht zuwider war.

»In jedem Fall wird unsere Alma als Gräfin von Tennen durchaus die ein oder andere Einladung bei Hofe bekommen.«

Sie blieb hartnäckig beim Thema, das sie möglicherweise noch ein wenig länger vor dem bewahrte, was nun unweigerlich folgen würde.

»Und du wirst sie dahin begleiten, was, meine Liebe?«

Gustaf schob Ottilie aufs Bett.

»Ein wenig Abwechslung, wenn du auf deinen Reisen bist, täte mir gut.«

»Ich werde dir den Spaß nicht verderben.«

Gustaf war nicht mehr aufzuhalten. Ottilie ließ sich seufzend fallen und dachte an all die Annehmlichkeiten, die ihr Leben zu bieten hatte, und daran, dass sie morgen ein wenig mit Sonja durch den Garten spazieren wollte und dass ihr Tilly und Frau von Tennen letztlich das Kind neideten, weil es ihre Jugendlichkeit zeigte. Dabei verdrängte Ottilie, dass sie ja eigentlich Sonjas Großmutter war, und gab sich Gustaf hin.

6. Kapitel

Das Dienstmädchen kam Tilly und Louis Adlon entgegen, um beim Ablegen der Mäntel zu helfen. Sie spürte die Spannung zwischen den Eheleuten.

»Brauchen Sie noch etwas, gnädige Frau?«, wandte sie sich an Tilly. Louis ging in den Salon und goss sich Whisky ein.

»Nein, du kannst zu Bett gehen.«

»Danke, gnädige Frau.« Das Mädchen knickste und verschwand.

Tilly folgte ihrem Mann, der sich bereits ein zweites Mal einfüllte.

»Der Bau ufert aus, die Kosten explodieren.« Louis trank auch dieses Glas in einem Zug aus. »Bei anderen Leuten erfahre ich den Stand der Dinge. Mit mir spricht Vater kein Wort darüber, aber wahrscheinlich mit Jeschke, dem Bastard.«

Er meinte seinen Stiefbruder, der aus einem Verhältnis seines Vaters zwischen den zwei Ehen stammte. Louis wollte sich nachgießen. Tilly hielt seine Hand fest.

»Der Papa weiß doch, wie viel du zu tun hast. Mit dem Continental und den beiden Restaurants bist du rund um die Uhr beschäftigt.«

Louis machte sich los und goss ein. »Die Tagesgeschäfte! Dafür bin ich ihm gut genug.«

»Schatzerl, was glaubst, für wen der Papa das alles tut?« Tilly streichelte Louis über den Arm. »Der Jeschke darf ein bisschen der Adlatus vom Papa sein, aber zu deiner Position kann er's nicht bringen. Er ist doch nur ein unehelicher Sohn.«

Louis schaute wütend in sein Glas.

»Der Papa ist manchmal wie ein Kind. Der merkt gar nicht, wenn er dir schwere Stunden bereitet.« Sie gab ihm einen Kuss. »Sieh's ihm nach. Du bist doch der Klügere.«

Das Palais Redern Unter den Linden 1, ein Schinkel-Bau mit einem Garten im Innenhof, gestaltet vom Landschaftsarchitekten Lenné, war gegen den Protest vieler Berliner abgerissen worden. Vor dem Brandenburger Tor befand sich eine riesige Baugrube.

Lorenz Adlon stand in einer Holzbaracke, die ihm auf der Baustelle als Büro diente, und betrachtete Materialproben für die Fassadengestaltung. Durch das von Zementstaub getrübte Fenster sah er seine Schwiegertochter aus einem Wagen steigen. Sie kam allein. Er öffnete die Tür.

»Meine liebe Tilly, was gibt mir die Ehre deines Besuches?«

Er küsste sie zur Begrüßung auf beide Wangen.

»Schwiegerpapa!«

Tilly genoss Lorenz' Zuneigung, die er ihr vom ersten Tag ihrer Beziehung mit seinem Sohn entgegenbrachte. Sie schaute sich neugierig um und blieb vor den Gesteinsproben in unterschiedlichen Farbtönen von Zartgelb bis zu sattem Rot stehen. Lorenz nahm einen Stein in die Hand und hielt ihn ans Fenster.

»Ein Sandstein aus Südtirol«, erklärt er Tilly. »Wir haben den Sonnenuntergang hinter dem Brandenburger Tor, und mein Hotel wird also ab den Nachmittagsstunden stets in Licht gehüllt sein. Da brauchen wir Stein, der mit dem Licht geht.«

»Alle in der Stadt sprechen über Ihr Vorhaben, Papa.« Sie wanderte zum Modell des künftigen Hotels.

Er genoss ihr Interesse und nahm das Dach ab. Sie konnte nun von oben ins Vestibül schauen, dessen Zentrum von einer bemerkenswerten Treppe eingenommen wurde.

»Die Gäste werden beim Herunterschreiten gesehen werden.«

»Und sie werden das Gefühl haben, als wäre das Haus nur für ihren Auftritt gebaut«, nahm Tilly den Gedanken ihres Schwiegervaters auf.

Lorenz ging zu einem Tischchen und füllte zwei Gläser mit Likör.

»Auf unser Adlon!« Lorenz hob das Glas. Sie tranken.

»Sie dürfen den Louis nicht hinter den Lorenz Jeschke stellen«, sagte Tilly leise. »Das verletzt meinen Mann. Schließlich ist Lorenz Jeschke kein eheliches Kind.«

»Ich war längst Witwer, als Lorenz Jeschke auf die Welt kam«, verteidigte sich Lorenz Adlon.

»Aber Sie haben seine Mutter nicht geheiratet. Lorenz Jeschke ist nun einmal kein Mitglied der Familie.«

»Louis trägt die Titel, die ich ihm gebe. Aber er ist kein Hotelier«, erwiderte Lorenz Adlon und musste an sich halten, vor seiner Schwiegertochter nicht abfällig über seinen leiblichen Sohn zu sprechen. »Der Jeschke ist auch mein Blut, und der arbeitet so fleißig, wie ich es getan habe.«

»Zweimal kann sich eine Familie nicht hocharbeiten«, sagte Tilly mit einem schönen Lächeln und ging dem Alten um den Bart. »Sie haben es doch für Ihre Kinder getan, Papa. Jetzt geben S' dem Louis eine Chance, dass er zeigen kann, was in ihm steckt.«

In diesem Augenblick kam Jeschke in die Baracke.

»Frau Adlon, guten Tag!« Er nahm eilig seinen Hut ab.

»Herr Jeschke«, erwiderte Tilly kühl. Seine Anwesenheit gab ihr recht.

Adlon wollte sich keine Blöße geben und sagte bestimmt: »Die liebe Tilly hat mich gerade gebeten, den Louis stärker in die Arbeit einzubeziehen.«

»Das würde mich auch sehr freuen«, erwiderte Jeschke ehrlich. Er mochte nicht, dass der Vater einen Keil zwischen ihn und seinen älteren Halbbruder trieb, er wünschte sich vielmehr, anerkannt zu sein, gemeinsam mit Louis und dem Vater den Bau zu errichten und später dann auch gemeinsam zu leiten.

»Jetzt muss ich aber g'schwind zu meiner Susanne.«

Tilly stellte ihr Glas ab und ließ sich von ihrem Schwiegervater zum Abschied auf die Wangen küssen, nickte Jeschke zu und verließ die Baracke.

Lorenz Adlon schloss die Tür. Sie waren unter vier Augen.

»Gut, dass du da bist. Es gibt schlechte Nachrichten. Die Hotelbetriebs-AG hat sich zum Angriff entschlossen. Leopold Koppel hat Unter den Linden 2 gekauft.«

Adlon ging zu dem Grundriss, der ausgebreitet auf einem Tisch lag, und strich mit einem Zimmermannsbleistift das Grundstück durch, das neben dem rot schraffierten lag, auf dem gerade das Adlon errichtet wurde.

»Aber wir müssen erweitern.«

Lorenz Jeschke verstand das Problem nur zu gut. Die Kosten für den Bau hatten sich verzehnfacht, und entsprechend musste nun das Zimmerkontingent des künftigen Hotels erweitert werden, um für Einnahmen zu sorgen, die die Kredite tilgen sollten.

Zur gleichen Zeit stellte Louis Adlon seinen Wagen, einen Mercedes-Simplex, hinter der Tribüne ab. Auf der Rennbahn war um diese Tageszeit wenig los. Ein paar Arbeiter hatten in den Pferdeställen zu tun. Sein Stallbursche erwartete ihn. Der Hengst war bereits gesattelt und warmgeritten. Louis begrüßte seinen Stallburschen und klopfte dem noch jungen Tier auf den Rücken. Dann schwang er sich in den Sattel. Das Pferd sträubte sich zuerst, ließ sich dann aber auf die Führung seines Reiters ein. Louis ging im Schritt, steigerte das Tempo und ließ sich auf der Rennbahn in Trab fallen. Als sich

Pferd und Reiter wieder aneinander gewöhnt hatten, wechselte Louis zum Parcours.

Die Rennbahn füllte sich langsam, zuerst mit Jockeys, die ihre Pferde zu trainieren begannen, und dann mit Zuschauern, die auf der Tribüne oder auf der Terrasse des Restaurants Platz nahmen. Die Kellner brachten Frühstück und Erfrischungen. Die Damen öffneten ihre Sonnenschirme. Man nutzte die Ferngläser, um nach den Reitern zu schauen. Das allgemeine Interesse lenkte sich auf Louis Adlon. *... Sein Vater hat das Redern abgerissen ... Für ein Hotel wird ein historischer Bau geopfert ... Was für ein Skandal ... Der Kaiser soll den Adlon protegieren ... Nun, man weiß ja, dass Seine Majestät keinen Geschmack hat ... kein Gespür für die Künste, für den Wert eines Werkes ... gibt die Genehmigung für einen Neubau. Am Brandenburger Tor! ...*

Kommerzienrat Leopold Koppel stand hinter der palavernden Gesellschaft. Häme und Neid waren eine Währung, die für den Innovativen und Tüchtigen bestimmt war, dachte er mit Respekt für Lorenz Adlon. Dann schaute er hinüber zur Rennbahn, wo der junge Adlon gerade sein Training beendete und den Hengst dem Stallburschen übergab.

In der Nähe der Stallungen wusch sich Louis Gesicht und Hände, als ein Schatten auf ihn fiel. Er wandte sich um und sah im Gegenlicht eine dunkle Gestalt.

»Sieh da, Adlon junior reitet einen vorzüglichen Stil, genauso vorzüglich, wie sein Alter das Grandhotel am Brandenburger Tor begründet.«

Louis trat einen Schritt zurück und erkannte nun den Berliner Bankier Leopold Koppel. Der lüftete seinen Zylinder.

Louis wischte sich mit einem Taschentuch übers Gesicht. »Das sagt die Konkurrenz?«

»Meine Geschäftspartner und ich, wir schauen mit großem Interesse auf diese Unternehmung. Zwei Millionen Goldmark soll Ihr alter Herr für sein neues Hotel im Sparstrumpf haben.«

Louis ging zu seinem Wagen.

»Was wollen Sie, Herr Koppel?«

Der Bankier folgte.

»Im Vertrauen, Herr Adlon, ich komme gerade von der Vorstandssitzung der Bankvereinigung. Wie wir erfahren haben, hat Ihr Herr Vater seine Bausumme inzwischen verzehnfacht.«

»Mein Vater weiß stets sehr genau, was er tut«, erwiderte Louis, innerlich entsetzt über diese Information.

Koppel schien das zu spüren und bohrte seinen Stachel tiefer in Louis' Fleisch.

»Nun, da würde ich mich an Ihrer Stelle nicht in Sicherheit wiegen. Ich spreche aus der gleichen Erfahrung wie Ihr Herr Vater: Wenn unsereins die Lust auf Selbstverwirklichung packt, kennen wir kein Besinnen.«

Koppel lachte vergnügt und wurde dann plötzlich ernst.

»Nein, im Vertrauen, Herr Adlon, man macht sich auch Gedanken über diesen Lorenz Jeschke, den Ihr Herr Vater bei all seinen Entscheidungen befragt und dem leiblichen Sohn vorzieht. Ein Neffe Ihres Vaters, schreiben die Zeitungen.« Koppel wusste, wie sehr er Louis traf. »Aber im Zweifel wird der Neffe die Schulden seines Onkels«, er sprach es mit unüberhörbarer Ironie aus, »nicht tilgen müssen. Da wird man Sie zur Kasse bitten, Herr Adlon.«

Ein Blitzlicht ging. Louis zuckte zurück. Koppel beugte sich näher zu Louis.

»Verstehen Sie unser Gespräch als ein vertrauensvolles unter Geschäftsleuten«, raunte er ihm ins Ohr. Und ehe Louis zurücktreten konnte, blitzte es ein zweites Mal. Der Fotograf hatte den Vorsitzenden der Hotelbetriebs-AG, Lorenz Adlons größten Konkurrenten, und Louis Adlon im scheinbar einvernehmlichen Gespräch aufgenommen.

Leopold Koppel hatte sein Ziel erreicht. »Ich darf mich empfehlen und Ihnen einen guten Tag wünschen, Herr Adlon.«

Koppel lüftete seinen Hut und schlenderte zur Terrasse des Restaurants. Dort beobachtete er, wie Louis Adlon aufgebracht seinen Wagen startete und davonfuhr. Koppel winkte dem Kellner. Er hatte sich ein Frühstück verdient.

Louis fuhr von Hoppegarten direkt in die Friedrichstraße ins Hotel Continental, wo sich das Büro seines Vaters befand. Er erhoffte sich sofortige Aufklärung. Doch der Vater war nicht da, und der Portier teilte dem Sohn mit, dass Adlon senior bis Mittag auf der Baustelle sein werde. Ungeduldig begann Louis die Unterlagen auf dem Schreibtisch seines Vaters durchzusehen. Er bemerkte nicht, dass Jeschke in den Raum trat und sich peinlich berührt räusperte.

Louis hielt inne und drehte sich um.

»Vater muss jeden Moment kommen«, warnte Jeschke.

»Dann sind wir ja alle zusammen.« Louis klappte die Unterlagen zu.

»Louis, es tut mir leid, wenn du glaubst, dass ich mich in irgendeiner Art vordränge.«

»Bleiben wir doch beim Sie, Herr Jeschke. Denn ich werde Sie ganz sicher nicht in unsere Familie aufnehmen.«

Der Schlag saß. Jeschke wandte sich zum Gehen. An der Tür stieß er mit dem Vater zusammen, der Louis' Worte gehört hatte.

»Wer Teil unserer Familie ist, bestimme ich«, fuhr Adlon seinen Sohn Louis barsch an.

Jeschke war die Situation unangenehm.

Lorenz trat an seinen Schreibtisch und sah erstaunt, dass die Unterlagen nicht mehr an ihrem Platz lagen.

Louis ging in die Offensive.

»Vater, ich bitte dich, mir deine Pläne und die Kosten offenzulegen.«

Erneut wollte Jeschke das Büro verlassen. Doch der Vater hielt ihn zurück.

»Bleib bitte und höre dir die ängstlichen Argumente deines Bruders an. Vielleicht kannst du ihn beruhigen.«

Louis fuhr Jeschke an: »Ja, vielleicht können Sie mir erklären, Herr Jeschke, warum noch das Nachbargrundstück gekauft und bebaut werden soll.«

Jeschke antwortete zögernd. »Wir haben eine mögliche Auslastung des Hauses gegen das Darlehen gestellt und sind uns sicher, dass wir mit einem Drittel mehr Zimmern die Außenstände zufriedenstellend tilgen können.«

»Da sind Sie sich sicher«, attackierte ihn Louis ironisch. »Als Berater meines Vaters können Sie sich in allem Möglichen sicher sein. Aber haben Sie mal gerechnet? – Der Bau am Pariser Platz verschlingt Millionen.«

Ruhig fiel ihm der Vater ins Wort. »Und wir werden damit Millionen verdienen.«

»Die Zimmerpreise wird kein Mensch bezahlen können und wollen, Vater. Du treibst die Gäste in die Arme der Konkurrenz.«

»Im Gegensatz zur Konkurrenz beschäftige ich mich mit den Bedürfnissen meiner Gäste.« Lorenz wurde ärgerlich.

Doch Louis ließ nicht locker. »Ich habe mir die Zahlen der Berliner Hotels angeschaut. Niemand macht nennenswerte Gewinne. Die Leute wollen übernachten, und das so billig wie möglich.«

»Im Adlon wird man nicht übernachten. Im Adlon wird man leben«, donnerte Lorenz. »Es kostet, was es kostet!«

Es herrschte Stille. Louis nahm seine Sachen. An der Tür drehte er sich um.

»Vater, das sind Fantasien. Fantasien!«, wiederholte er verzweifelt. Die Tür fiel hinter ihm ins Schloss.

Lorenz griff nach der Mappe mit den Bauzeichnungen.

»Machen wir uns an die Arbeit«, sagte er zu Jeschke. Der zögerte, wollte etwas einwenden. Doch dann unterließ er es, zog sich einen Stuhl an den Schreibtisch und begann, die Blätter auszulegen.

Lorenz beobachtete ihn berührt. Er liebte diesen jungen Mann. Und hätte er es sich aussuchen können, hätte er Lorenz Jeschke zu seinem Erben erklärt. Doch genau das konnte er nicht. Die Gesetze und die Konventionen verboten es ihm. Die Beziehung zu Jeschkes Mutter war kurz gewesen in einer Zeit, als Adlon alle Hände voll zu tun hatte, seine Geschäftsideen zum Erblühen zu bringen. Vom gemeinsamen Sohn, den sie nach ihm benannt hatte, erfuhr er erst, als der Kleine bereits einige Monate alt war. Da war Lorenz Adlon schon mit seiner zweiten Frau verheiratet. Es war Ehrensache, dass er die Verantwortung übernahm.

»Ich habe deiner Mutter versprochen, dass es dir an nichts fehlen wird.«

Jeschke nickte. Er wusste, dass er sich auf seinen Vater verlassen konnte, so wie der sich auch auf ihn verlassen konnte.

7. Kapitel

Alma hatte alles vorbereitet: Eine Umhängetasche mit Kleidungsstücken und Windeltüchern war für Sonja gepackt. Für sich selbst hatte sie nur einmal Wäsche zum Wechseln dabei. Es würde schon irgendwie gehen. Ihr Geld und das, was sie ihrem Vater gestohlen hatte, trug sie in einem Samtbeutel unter ihrem Kleid.

Seit dem Treffen mit Friedrich hatte sie unentwegt gegrübelt, was sie tun sollte. Sie konnte kaum einen klaren Gedanken fassen und fühlte vor allem eines: Scham. Alma schämte sich, dass sie ein Kind zur Welt gebracht hatte, sie schämte sich, dass sie damit Friedrich und dessen Familie unermesslichen Schaden zugefügt hatte, und sie schämte sich über ihre Feigheit.

Gustaf schreckte hoch. Er war beim Zeitunglesen im Sessel eingeschlafen. Er fluchte. Ein Blick auf die Uhr sagte ihm, dass es bald zwei Uhr war. So schnell würde er nun nicht mehr einschlafen können. Am besten war es, Galla zu wecken und sich von ihr ein deftiges Nachtmahl zubereiten zu lassen. Er dachte an ihre üppigen Formen, die nur von einem Morgenmantel bedeckt sein würden, und wie er sie beim Braten von Eiern und Speck beobachten und vielleicht mehr als ein gutes Essen erleben konnte. Er rieb sich die Hände vor Vergnügen.

Der Flur zur Küche und zu den Räumen der Dienstboten lag in gespenstischer Ruhe. Plötzlich hörte er Dielen knarren. Gustaf stutzte. Den Dienstboten war es verboten, nachts im Haus herumzuschleichen. Er verharrte und lauschte in die Dunkelheit. Er hörte eine Tür klappen. Dann war es still. Totenstill. Gustaf ging eilig zu Gallas Kammer, machte sich gar nicht erst die Mühe zu klopfen, öffnete die Tür und erfasste mit einem Blick, dass ihr Bett leer war. In dem anderen lag eine Bedienstete und schnarchte leise. Was zum Teufel machte Galla um diese Tageszeit? Sofort durchzuckte ihn Eifersucht. Na, warte! Gustaf schnaubte vor Wut. Die Magd fuhr mit einem entsetzten Schrei aus dem Schlaf.

»Wo ist Galla?«, schnauzte er sie an.

Das Mädchen hielt sich mit beiden Händen die Decke bis zum Kinn und schüttelte ängstlich den Kopf. Gustaf winkte ab, verließ das Zimmer und ging mit schweren Schritten zur Hintertür. Sie war nicht verschlossen. Er durchquerte den Hof, fest davon überzeugt, Galla mit einem Mann zu überraschen.

»Das ist keine gute Idee, Alma. Wirklich nicht. Die Loewes haben doch gar keinen Platz für dich. Die Kleine hat es hier viel besser«, redete Galla auf Alma ein, die in der leeren Remise auf dem einzigen Stuhl saß, das Baby im Arm. Galla hatte sich vor ihren Schützling gehockt, Almas Beine umschlungen und wusste selbst nicht, was richtig war. Sie wusste nur, was falsch war: Nämlich dass die Herrin der Tochter das Kind gestohlen hatte. Aber Galla wusste auch, dass Alma für diese Flucht weder gewappnet war noch die Härte und Durchsetzungskraft für ein Leben außerhalb ihres Elternhauses besaß.

»Du wirst mich jetzt hinbringen«, beharrte Alma.

Die Tür flog auf. Galla sprang erschrocken hoch. Schadts riesige Gestalt stand im Türrahmen.

»Ins Haus!«

Er riss Galla von seiner Tochter weg und gab der Dienerin eine schallende Ohrfeige.

»Wird's bald!«, brüllte er Alma an und begann auf Galla einzuprügeln.

»Sie hat keine Schuld, Papa. Galla hat keine Schuld. Es war meine Idee«, schluchzte Alma. Ihre Tränen fielen auf das Baby, das stillhielt, als verstünde es bereits, was sich zutrug, und als fühlte es selbst eine Schuld, weil es auf die Welt gekommen war. Ohne Rücksicht auf den Säugling griff Gustaf seine Tochter am Arm und zog sie mit sich hinaus.

Blut tropfte aus Gallas Nase. Sie rannte zum Fenster und schaute Alma und Sonja nach, wie sie vom Vater zurück ins Haus gebracht wurden. Dort war inzwischen die Amme wach geworden und nahm Alma das Kind ab, das leise zu wimmern begann.

Gustaf stieß seine Tochter ins Arbeitszimmer und verschloss die Tür von außen. Von den Wänden glotzten die Masken aus Afrika. Alma stand da und wartete auf ihr Urteil. Am liebsten wollte sie sterben. Es blieb sich gleich. Sie weinte still.

Nach einer ganzen Zeit ging endlich der Schlüssel. Der Vater kam. Er hatte gefrühstückt, und seine Stimmung war besser. Er reichte ihr sein Taschentuch und nahm sich einen Stuhl. Als Alma sich geschnäuzt hatte, zog er sie zu sich heran und setzte sie auf sein Knie.

»Ich werde Mutter nichts davon sagen.« Seine Stimme hatte einen verschwörerischen Klang.

Im Laufe ihres Lebens hatte Alma gelernt, mit den Launen des Vaters umzugehen.

»Ich will doch mit Friedrich und Sonja zusammen sein«, schluchzte sie und wagte nicht, sich loszumachen. Zu sehr fürchtete sie das Umschlagen seiner Stimmung.

»Du willst mit deinem Kind in einem Loch leben? Ohne Geld, ohne Ausstattung? Wie stellst du dir das vor?« Er wippte mit den Knien, als könne er sie so beruhigen.

»Friedrich arbeitet doch, und ich kann mir auch was suchen.«

»Arbeit? Was denn?« Der Vater schmunzelte.

»Ich könnte … Klavierlehrerin sein … oder Handarbeiten machen.«

»Am Ostbahnhof lernt niemand Klavier. Da holt dich die Polizei, und du kommst ins Frauenhaus!« Gustaf lachte gutmütig.

Tränen liefen Alma über das Gesicht. Gustaf seufzte. Die Gefühle seiner Tochter strengten ihn an. Er wollte das Gespräch zum Abschluss bringen.

»Mausebär, dein Friedrich ist ein dummer Junge gewesen. Er sollte eine ordentliche Tracht Prügel bekommen. Bedanken kann er sich bei deiner Mutter, dass sie den Schaden klein hält.« Er schob sie vom Knie. »Und du auch.« Gustaf erhob seinen massigen Körper.

»Wenn ich weggehen würde von hier, weit weg … könnte ich dann Sonja mitnehmen?«

»Wo willst du denn hin?« Gustafs Stimme klang gereizt.

»Nach Amerika!« Alma hoffte, ihren Vater zu beeindrucken. Schließlich liebte er das Reisen.

»Was willst du denn dort allein mit einem Kind?«

Alma zögerte, sie hatte so gründlich über Amerika noch nicht nachgedacht, nur dass es weit genug weg war von zu Hause, um irgendwelche Nachteile für die Mutter und den Vater, für den Ruf der Familie, mit sich zu bringen.

»Ich könnte …«

Weiter kam Alma nicht. Eine Ohrfeige traf ihr Gesicht. Sie taumelte.

»Schluss jetzt mit diesem Unsinn!« Gustaf räusperte sich. »Wir werden die Verlobung mit Siegfried von Tennen bekannt geben.«

Alma wich angewidert zurück. »Das geht nicht … ich kann nicht.«

Allein die Vorstellung, diesem Mann anzugehören, womöglich das Ehebett mit ihm zu teilen, schüttelte sie.

Doch Gustaf war unerbittlich. »Du trägst Verantwortung für deine Familie.«

Alma schluckte.

»Um deinen Friedrich brauchst du dir keine Sorgen mehr zu machen. Da kümmere ich mich drum. Wäre doch gelacht, wenn am Ende nicht alle zufrieden sind. Was, Mausebär?!«

Gustaf ging zum Schrank, holte eine Flasche Likör und zwei Gläser. Während er gleich zwei Gläser hintereinander kippte, bekam Alma ein kleines Schlückchen, an dem sie brav nippte.

»Eine verheiratete Frau hat viele Möglichkeiten. Da fragt keiner, wenn sie Umgang mit ihrem Schwesterchen pflegt.«

Mit einem beredten Zwinkern machte Gustaf seine Tochter auf diese Möglichkeit aufmerksam.

Und da kam wieder diese Scham. Sie nahm Alma die Luft und legte sich auf ihr Herz. Sie schämte sich vor ihrem Vater, weil sie fliehen wollte, und sie schämte sich wegen ihrer Feigheit, dass sie es nicht tat.

Ein paar Tage später nahm Gustaf Alma mit ins Kontor. Nach der nächtlichen Auseinandersetzung wollte er das vertraute Verhältnis zur Tochter wiederherstellen und buhlte um ihre Zuneigung. Alma redete sich ein, dass sie das Beste für Sonja, für Friedrich und für dessen Familie tat, wenn sie den Vater für alles sorgen ließ. Sie verbot sich, den goldenen Käfig zu sehen, in dem sie saß, und dass sie nicht in der Lage war, sich zu befreien.

Gustaf hatte eine Lagerhalle und Büroräume zwischen dem ehemaligen Hamburger und Lehrter Bahnhof gemietet, wo er auf fast tausend Quadratmetern seine Waren lagerte und die Geschäfte abwickelte. Sein Kontor befand sich oberhalb des Warenlagers und war über eine Eisentreppe zu erreichen. Alma stand an der Fensterfront und schaute hinunter ins Lager, wo sich die Waren aus den Kolonien stapelten. Pralle Jutesäcke gefüllt mit Kaffee- und

Kakaobohnen. Etwas kleinere Säcke mit Gewürzen von Anis bis Zimt lagen nach dem Alphabet geordnet in Regalen. Auf dem Boden davor fanden sich Tropenhölzer, Kisten mit Elfenbein und Schildpatt, flankiert von Stiegen voll mit Halbedelsteinen.

Tawonga schleppte Materialproben die Treppe hinauf und legte sie auf einem Holztisch ab, der das Zentrum des Kontors bildete. Alma beobachtete, wie der Junge die Eisentreppe wieder hinunterflitzte. Unten angekommen, sah er hinauf und warf ihr einen konspirativen Blick zu. Alma reagierte unmerklich, wandte sich vom Fenster ab und dem Tisch zu und ließ ihre Fingerspitze über die kostbaren Materialien gleiten. Gustaf reichte ihr einen braunen Umschlag.

»Du wirst dich doch nicht langweilen, Mausebär?«

Alma schüttelte den Kopf. Sie spielte das Mädchen und wusste ihren Vater damit einzunehmen.

»In dem Brief findest du Fotos, die deinen Vater zeigen«, sagte er stolz. »Die Fotografin ist eine famose Frau. Sie reist allein, hat ihre Fotoausrüstung in Kisten dabei und verkauft die Bilder weltweit. Sie fand, dass dein Vater ein gutes Objekt zum Fotografieren ist.«

Alma zog die schwarz-weißen Aufnahmen aus dem Umschlag. Sie zeigten Gustaf in unterschiedlichen Situationen und Posen. Zwei schwarze Männer trugen ihn in einer Sänfte, übermütig schwenkte er seinen Tropenhelm in die Kamera. Auf einem nächsten Foto waren vier Galgen, an denen schwarze Männer hingen. Davor stand Gustaf mit Offizieren der Kaiserlichen Armee.

»Rebellen, die uns das Leben schwer machen«, erklärte Gustaf. »Sie versuchen ihre Landsleute gegen uns aufzuwiegeln. Die Soldaten waren gezwungen, ein Exempel zu statuieren.«

Alma blätterte schnell weiter. Eine Gesellschaft beim Essen auf der Terrasse eines Kolonialhauses.

»Wir feiern den Geburtstag unseres Gouverneurs.« Gustaf tippte auf den Mann, dann auf sich selbst.

Alma dachte über ihre Eltern nach. Während die Mutter zu Hause saß und für die wenigen Wochen lebte, in denen der Vater endlich in Berlin und bei der Familie war, nahm er sich alle Freiheiten.

Gustaf löste sich von Alma und ging Lorenz Adlon entgegen, der mit Jeschke die Treppe heraufkam. Die Männer begrüßten sich herzlich.

Alma schob die Fotos zurück in den Umschlag, dabei fiel ihr Blick auf den Stempel auf der Rückseite eines der Bilder. Er zeigte die Umrisse eines Frauenkopfes, kunstvoll war der Name der Fotografin hineingesetzt – Undine Adams. Sie hat all das Schöne und das Schreckliche gesehen, dachte Alma, und auch noch fotografiert.

»Alma ist heute an meiner Seite. Ihr fällt sonst zu Hause die Decke auf den Kopf«, erklärte Gustaf gut gelaunt. Lorenz Adlon und Lorenz Jeschke begrüßten Gustavs Tochter.

Gustaf führte seine Gäste zum Holztisch. »Ich habe hier meine besten Materialien ausgelegt. Findet heraus, was euch gefällt und zum neuen Haus passt.«

Lorenz Adlon griff nach dem Stoßzahn eines Elefanten, wog ihn in den Händen und reichte ihn an Jeschke weiter.

»Wie lange sind die Lieferzeiten, Gustaf?«

»Sechs, acht Monate werde ich brauchen, um alles heranzuschaffen«, erwiderte Gustaf.

»Das wird knapp! Ich muss mich drauf verlassen, dass es keine Verzögerungen gibt«, sagte Adlon senior kompromisslos.

Gustaf blieb entspannt. »Konntest du dich jemals auf mich nicht verlassen? Lass uns die Mengen festlegen.«

Er setzte sich an seinen Schreibtisch, um die Bestellung aufzunehmen. Jeschke schob für seinen Vater und sich die Stühle zurecht. Gustaf winkte seiner Tochter.

»Komm, Mausebär, setz dich zu uns.« Alma zögerte, und Gustaf glaubte zu erraten, was seine Tochter wollte. »Oder soll dir Tawonga die getrockneten Ananas zeigen und die Nüsse?«

Er lächelte verschmitzt und war sich sicher, dass sein Mausebär ein wenig naschen wollte. Alma lächelte brav. Und Gustaf rief, zufrieden über seine Intuition, nach dem Jungen.

Kaum war Alma außer Sichtweite der Männer, rannte sie die Eisentreppe hinunter.

»Pass auf, dass mir niemand folgt«, flüsterte sie Tawonga zu und wusste nicht genau, ob der Junge sie schon verstand. Galla hatte das Treffen organisiert und Tawonga eingeschworen, für ihre Sicherheit zu sorgen. Zur Bestätigung setzte er sich nun im Schneidersitz auf den Boden vor die Treppe, bereit, Alma zu warnen, wenn Gustaf oder die Gäste das Kontor verließen.

Alma musste nicht lange suchen, um Friedrich zwischen den Regalen zu finden. Sie fielen sich in die Arme.

»Dein Vater war bei uns. Er hat bei Herrn Adlon ein Wort für mich eingelegt. Alma, ich darf für ihn arbeiten.« Friedrichs Worte überschlugen sich glücklich. »Bei Herrn Adlon kann man aufsteigen, sagt dein Vater. Vielleicht kann ich irgendwann Page werden. Ich werde viel mehr Geld verdienen als auf dem Kohlenhof. Vielleicht«, er schaute sie voller Hoffnung an, »können wir dann heiraten.«

Diesmal war es Alma, die gedämpft auf die Zukunftspläne reagierte. Sie wollte endlich etwas richtig machen, etwas, das sich so anfühlte, als trage es Vernunft in sich, etwas, das ihr aus dieser unerträglichen Scham heraushalf.

»Ich muss standesgemäß heiraten, Friedrich. Vater hat mir versprochen, dass ich dann Sonja bekomme.«

Friedrich schaute sie irritiert an.

»Ich werde Sonja zu mir nehmen. Niemand kann einer verheirateten Frau verbieten, ihre jüngere Schwester zu versorgen. Wir können uns immer treffen … im Park … oder bei deinen Eltern.«

»Aber Sonja ist mein Kind.« Friedrich umgriff Almas Arme. »Wir drei gehören zusammen.«

Alma wand sich los. »Du tust mir weh.«

»Ich mache alles, was ich kann. Vielleicht hat Herr Adlon auch Arbeit für meinen Vater und …« Seine Augen flehten. »Alma, ich schaffe das.« Er nahm ihre Hände.

»Ich versuch es, Fritz. Ich versuche, tapfer zu sein.« Sie entzog sich Friedrich und strich ihr Kleid glatt. »Wie geht es euch denn so? Deiner Mutter und den anderen?«

»Meine Mutter hat jetzt Arbeit als Waschfrau. Mathilde und meine Brüder gehen wieder zur Schule.«

Plötzlich öffnete sich die schwere Eingangstür. Schnell tauchten sie hinter einer Kiste ab und beobachteten, wie Louis Adlon die Lagerhalle betrat. Tawonga stand auf, um ihn vorbeizulassen. Louis nickte dem Knaben zu, nahm die Stufen immer zwei auf einmal und verschwand im Kontor. Tawonga setzte sich wieder auf seinen Posten.

Alma holte ein paar Geldscheine unter ihrem Gürtel hervor und reichte sie Friedrich.

»Für euch. Es ist unser Reisegeld.« Friedrich wehrte ab. »Ihr braucht es jetzt.«

Entschieden schob ihm Alma das Geld zu. Als er es in seiner Hand spürte und sie losließ, wussten beide, dass nun jeder auf sich allein gestellt war.

Beim Eintritt ins Kontor sah Louis Adlon die Runde, die einvernehmlich mit der Ausgestaltung des künftigen Hotels beschäftigt war.

»Einen Teil der Ware werde ich über meine englischen Zwischenhändler ordern. Für die Hölzer habe ich einen Mann in Kamerun«, erklärte Schadt gerade, als er Adlon junior eintreten sah.

»Louis! Wie schön!« Gustaf erhob sich und ging ihm entgegen.

»Ich bitte um Verzeihung, dass ich störe.« Louis wandte sich an seinen Vater. »Ich muss dich sprechen, Vater.«

»Bitte, leg los!«, entgegnete der Alte unwirsch.

Jeschke stand auf und bot Louis seinen Stuhl an. Doch der beachtete seinen Stiefbruder nicht.

»Unter vier Augen.«

Lorenz erhob sich unlustig und folgte dem Sohn an die andere Seite des Kontors.

»Ich möchte dir etwas zeigen.« Nach der peinlichen Auseinandersetzung hatte Louis überlegt, wie er den Vater unterstützen könnte. Er holte eine Skizze aus seiner Tasche, die den Pariser Platz und die ihn umgebenden Straßen zeigte. »Ich habe mich nach diesem Grundstück in der Wilhelmstraße erkundigt. Es ist frei, wir könnten es sofort kaufen«, sagte Louis. Auf seiner Karte waren die Baustelle des künftigen Hotels und das neue Grundstück farblich hervorgehoben.

Lorenz sah, dass die Parzellen nur an einer Ecke zusammenstießen.

»Die Grundstücke liegen doch viel zu weit auseinander«, beanstandete der Vater.

»Wir schaffen einen Innenhof und verbinden die beiden Häuser.« Louis schraffierte die Verbindungsstelle.

»Nein! Wir brauchen das Nachbargrundstück Unter den Linden 2«, beharrte der Vater.

»Um das Zehn- oder Zwanzigfache des Werts zu bezahlen, weil die Konkurrenz die Hand draufhält?«

»Die werden wir ausstechen.«

Der Alte wollte wieder zurück auf seinen Platz an Gustafs Schreibtisch. Louis hielt ihn auf.

»Unter den Linden sind die Suiten. In der Wilhelmstraße bringen wir bezahlbare Zimmer für Touristen unter.«

»Mein Grandhotel steht auf dem Pariser Platz und nicht in einer Seitenstraße.«

»Ich habe das Grundstück bis heute Abend reserviert«, gab Louis nicht auf.

Der Vater klopfte ihm herablassend auf die Schulter und ging zurück.

»Was schlägst du als Material für die Intarsien vor?«, wandte er sich an Gustaf, als wäre sein Sohn gar nicht mehr da.

Louis Adlon fasste sich, wünschte allen einen schönen Tag, verließ das Kontor und dachte: Der Alte benimmt sich, als wäre er Gott.

Er spielt uns gegeneinander aus, dachte Jeschke.

Als Alma und Gustaf nach Hause kamen, spielte im Salon das Grammophon. Ein Dienstmädchen nahm ihnen die Mäntel ab.

»Ihre Frau hat Besuch. Die Baronin von Tennen.«

Gustaf nickte, brummte etwas Unverständliches und machte, dass er unbeachtet am Salon vorbeikam. Alma wollte es ihm gleichtun. Doch Ottilie, die mit Frau von Tennen eine Patience legte, rief mit süßer Stimme:

»Alma, Frau von Tennen und ich, wir träumen schon von der Hochzeit.«

Der achtjährige Sebastian, der zu Füßen der Frauen mit seinen Zinnsoldaten und Holzpferden spielte, sah neugierig auf. Alma trat ein.

»Wir werden Ende des Jahres die Verlobung bekannt geben«, flötete Ottilie und legte einen Herzbuben an seinen Platz. »Siehst du, die Karten sagen es auch.« Sie lachte über den Zufall.

Es klingelte an der Tür.

»Das wird wohl Siegfried sein.«

Frau von Tennen nickte Alma zu, zeigte auf den Platz neben sich und goss Tee ein.

Das Dienstmädchen führte den Bräutigam herein. Er trug wieder Leutnantsuniform, trat zackig auf die Frauen zu und verbeugte sich akkurat.

»Guten Tag, gnädige Frau Schadt. Mama. Alma.«

Siegfried nahm den freien Stuhl Alma gegenüber.

»Milch, Zucker, Zitrone?« Ottilie bediente den künftigen Schwiegersohn mit Tee.

»Ich danke sehr. Milch.« Siegfried nahm die Tasse entgegen.

Alma senkte den Blick.

Ottilie blieb in Hochstimmung. »Im Sommer geht Siegfried mit dem Papa in die Kolonien. Ich habe also meinen geliebten Schatz noch eine Weile im Haus. Dennoch werden wir ab sofort mit den Hochzeitsvorbereitungen beginnen.« Sie seufzte theatralisch. »Es ist so schön, wenn man sich dafür Zeit nehmen kann. Ach, wenn ich mir das nur vorstelle: Brüsseler Spitze, die Hochzeitstorte, die Gästeliste. Bei mir musste damals alles ganz schnell gehen. Zwischen zwei Reisen wollte Gustaf klare Verhältnisse schaffen.«

Siegfrieds Blick hing an Alma, die in ihre Teetasse starrte und den öligen Kreisen folgte, die der Tee bildete.

»Hatten Sie einen angenehmen Tag, Alma?«, riss Siegfried sie aus ihren Beobachtungen. Alma blickte auf und nickte.

»Alma, vielleicht zeigst du Siegfried den Garten«, schlug Ottilie vor, während sie die Karten mischte.

Alma hatte wenig Lust dazu. Doch es erschien ihr allemal besser, als weiterhin hier zu sitzen und von allen angestarrt zu werden.

Alma und Siegfried spazierten über den Hof, und ohne sich über ihre Gründe Rechenschaft abzulegen, führte Alma den künftigen Bräutigam zur Remise.

»Hier habe ich früher immer mit den Kindern von unserem Gärtner gespielt. Manchmal durfte ich auch ins Haus.«

»Kartoffelpuffer essen?«

Alma schaute Siegfried überrascht an. »Ja!«

Siegfried nickte. Plötzlich sah er jungenhaft aus und weich.

»Da hat man Spaß dran, was!« Er lachte. »Aber durch unsere Adern fließt anderes Blut. Wir haben nichts mit denen gemein.«

»Das ist doch Unsinn«, entfuhr es Alma.

Er lenkte ein. »Sie sind das hübscheste Mädchen, das mir je begegnet ist, und ich danke meiner Mutter, dass sie … dass sie uns zusammengebracht hat.«

»Und wenn ich Ihnen nun etwas sagte, das vielleicht kein gutes Licht auf mich wirft?« Alma hatte plötzlich Lust zu rebellieren.

»Kein gutes Licht auf Sie?« Siegfried schüttelte den Kopf. »Das kann es gar nicht geben.«

»Und wenn doch?« Alma spielte mit dem Feuer.

»Schütten Sie mir Ihr Herz aus, Fräulein Alma, dann werd ich es auch tun.« Er wurde ganz enthusiastisch.

»Sie zuerst!«, sagte Alma geistesgegenwärtig und zeigte auf eine Bank hinter der Remise. Sie gingen die wenigen Schritte und setzten sich.

Siegfried räusperte sich. »Das Angebot Ihres Herrn Vater, in seinem Geschäft zu lernen, ehrt mich. Aber ich werde in absehbarer Zeit Offizier sein. Ich werde in die Schutztruppe Seiner Majestät eintreten und in den deutschen Kolonien für Recht und Ordnung sorgen.«

»Recht und Ordnung?«, wiederholte Alma. Sie dachte an die Fotos ihres Vaters.

»Die Negerstämme liegen in ihrer Entwicklung weit zurück. Sie müssen erzogen werden zu deutscher Tugend, Tüchtigkeit und deutschem Fleiß.« Er sprach begeistert. »Aber das ist Männersache. Eine Frau gehört nicht ins schwarze Afrika. Wir machen es ganz so, wie Ihr Herr Vater es mit seinen Reisen praktiziert: ein halbes Jahr Trennung und Dienst in der Truppe, bis wir etwas älter sind, Alma. Dann richten wir uns neu ein.«

»Ein ganzes halbes Jahr werden Sie also nicht zu Hause sein?« Alma wurde hellhörig.

»Vielleicht auch länger. Sie werden doch einverstanden sein?«

»Aber ja! Ich werde mich schon zu beschäftigen wissen.«

Siegfried atmete auf. Sie würde ihm die Freiheit lassen.

»Und nun sind Sie dran«, sagte er, glücklich, dass er den Mut gehabt hatte, offen zu seinen Plänen zu stehen.

»Womit denn?« Alma sprang auf und lief ein paar Schritte den Weg entlang.

Er folgte ihr. »Mit Ihrem Geheimnis.«

»Ach, was soll ich denn für ein Geheimnis haben?« Sie rannte los und rief übermütig: »Wer zuerst im Haus ist.«

Siegfried versuchte ihr zu folgen, doch sein Säbel hinderte ihn beim Laufen.

Galla hängte Almas Kleider auf Bügel, räumte Unterwäsche und Strümpfe an ihren Platz, während sich Alma zur Nacht das lange Haar bürstete. Dabei schaute sie nachdenklich in den Spiegel. Seit dem Gespräch mit Siegfried am Nachmittag formte sich ein neues Bild ihrer Zukunft.

»Wenn Siegfried in den Kolonien ist, kommt Friedrich, sooft es geht, zu uns. Wir geben dem Personal frei, und niemand wird etwas bemerken. Du wirst doch bei mir wohnen, Galla?«

»Wenn deine Mutter es erlaubt.«

»Sie muss es. Das wird meine Bedingung sein.«

Galla nickte, nicht überzeugt, dass sich Alma gegen Ottilie durchsetzen würde. Sie begann ihrem Schützling einen Zopf zu flechten.

»Vielleicht kommt Siegfried bei einem Gefecht um. Papa hat mir erzählt, dass es oft Kämpfe gibt, bei denen geschossen wird«, sinnierte Alma weiter über ihr Leben als Frau von Tennen. »Ich weiß, dass man einem Menschen nicht den Tod wünschen darf … aber … es wäre ja dann Schicksal.«

Galla wiegte den Kopf hin und her, wie sie es immer dann tat, wenn man eine Sache so oder so sehen konnte und Worte diesen Zwiespalt nicht auszudrücken vermochten.

»Als Witwe werde ich versorgt sein, und dann kann ich …« Sie brach ab, schlüpfte ins Bett und ließ sich von Galla zudecken.

»Dann werde ich Friedrich heiraten«, flüsterte Alma.

»Für alles ist noch Zeit, kleine Alma, die Hochzeit ist nicht heute und nicht morgen.«

Galla legte wie jeden Abend ein Tuch über die Lampe und summte ein Lied, das sie als Kind gehört hatte, wenn es die Frauen am Feuer sangen.

Alma schloss die Augen und genoss die Zärtlichkeit der Dienerin, die aus einer Welt kam, in der es Kaffee und Kakao gab, Elefanten und eine ewige Sonne, die die Haut der Menschen dunkel gefärbt hatte und in der Männer wie Siegfried als Soldaten dienten. Dann schlief Alma ein.

»Warum hast du mich abgewiesen, um dann genau das zu tun, was ich dir vorgeschlagen habe: die Wilhelmstraße zu kaufen?«

Louis legte seinem Vater die Zeitung auf den Tisch, in der eine Kolumne über die Aktivitäten des alten Adlon berichtete und ihm zu seinem Geniestreich, die beiden Häuser durch einen Innenhof zu verbinden, gratulierte.

Lorenz tat geschäftig. »Deshalb kommst du extra her? Hast du nichts Besseres zu tun?«

Es musste sich endlich etwas ändern, hatte Louis auf dem Weg zum Vater beschlossen. Schon sein ganzes Leben warb er um dessen Liebe und Aufmerksamkeit, tat alles, was der sich wünschte, und doch gab er immer wieder nur Anlass zu Kritik.

»Warum ziehst du Jeschke vor?«

»Ich ziehe niemanden vor«, wehrte Lorenz ab.

»Weil er sich hocharbeitet, wie du einstmals, und ich das nicht muss?«

»Für dich ist alles nur ein Zeitvertreib.« Endlich sah der Alte von seinen Unterlagen auf.

Louis lachte verletzt. »Vater, ich arbeite. Ich führe unser Continental und die beiden Gasthäuser.«

»Ohne jeden Ehrgeiz. Unser Continental ist nur zur Hälfte ausgebucht. Das müsste dich interessieren.«

Das hatte gesessen. Louis schwieg getroffen.

»Wenn ich so gewesen wäre wie du – ängstlich, mit tausend Vorbehalten –, stünden wir heute bettelarm auf der Straße.«

Louis kannte diese Litanei. Lorenz Adlon und die Männer seiner Generation hatten 1871 nach dem Sieg über Frankreich und der Gründung des Deutschen Reiches einen ungeheuren Aufbruch erlebt. In dieser wirtschaftlich aufstrebenden Zeit hatten sie sich ihre Träume erfüllt und ihre Unternehmen aufgebaut.

»Mein Vater konnte stolz auf mich sein!« Lorenz schlug zur Bekräftigung mit der flachen Hand auf den Tisch.

»Warum haben wir Kinder ihn dann niemals kennengelernt?«

»Es hat sich nicht ergeben«, wehrte Lorenz ab.

»Du hast dich für deinen Vater geschämt, weil er nur ein Schuhmacher war.« Jetzt wollte Louis den Vater treffen.

»Du gehst zu weit«, donnerte Lorenz.

»Du bestimmst, wer in deinem Leben einen Platz haben darf und wer nicht.«

Stille trat ein.

Louis zögerte einen kurzen Moment, dann verließ er die Baracke auf der Baustelle des Neubaus und stieg in seinen Wagen, um ins Continental zu fahren. Er schämte sich für seine Feigheit und dafür, dass er keine Konsequenzen zog, dass er auf seinem Platz blieb und sich immer wieder dem Urteil des Vaters aussetzte. Sein Vater hatte recht. Er hatte keine Visionen. Denn hätte er welche, würde er seiner Wege gehen und sein eigenes Geschäft aufbauen. Aber er blieb. Aus Pflichtgefühl. Das Pflichtgefühl eines Sohnes, dem schon als kleiner Junge gesagt worden war, dass er die Geschäfte seines Vaters fortführen werde.

8. Kapitel

Sonja hielt ihr Stoffpüppchen selig umklammert. Es hieß Undine. Ein Name, den ihr Alma zugeflüstert hatte, als sie am Nachmittag die Puppe aus einem von Gustafs großen weißen Schnupftüchern gebastelt hatte. Das Innere des Kopfes bestand aus einem Wollknäuel, Hals und Hände waren mit einem Wollfaden abgebunden. Auf das Gesicht hatte Alma Augen gemalt und einen roten lachenden Mund. Sie hatte Sonja mit dem Püppchen an der Nase gekitzelt und ein bisschen an die Brust gestupst. Sonja hatte gelacht, und Alma hatte sie durch das Zimmer gejagt. Selten waren sie so unbeschwert miteinander. Das konnten sie nur, wenn Ottilie nicht da war und das Kinderfräulein frei hatte.

»Die gnädige Frau kommt nach Hause«, rief Galla und brachte Sonja schnell in ihr Zimmer. Die neue Puppe aus dem Schnupftuch versteckten sie unter der Bettdecke.

Als Ottilie das Haus betrat, saß Alma am Flügel und schien sich seit Stunden mit einer Etüde von Chopin zu beschäftigen. Ottilie hörte ein paar Minuten zu. Dann rief sie nach Galla. Die kam und knickste.

»Sonja soll zu mir kommen.«

Ottilie ging hinauf in ihre Räume, um sich umzukleiden. Galla sah Sonja mit einem verschwörerischen Blick an, strich ihr das

Kleidchen glatt und brachte sie zur Mama. Die saß vor dem Spiegel und kämmte sich das Haar.

»Mein Engelchen, meine Kleine, ach, du süßes Kind.«

Stets ließ Sonja die Liebkosungen über sich ergehen. Sie kannte die ungestümen Gefühlsausbrüche der Mama, manchmal waren sie zärtlich und liebevoll. Aber die Mama konnte auch schimpfen und schreien. Das tat sie gern mit Galla, den Dienstmädchen, aber auch mit Alma.

Sonja hatte sich angewöhnt, alles genau zu beobachten. Denn irgendetwas stimmte mit ihr nicht. Manchmal dachte sie, dass sie ein verirrter Engel wäre, der vom Himmel gefallen war und den die Mama gerettet hatte. Außer der Mama wusste niemand in der Familie davon. Alle glaubten, dass sie vom Klapperstorch gebracht worden war. Denn so hatte es ihr die Mama erklärt: Die kleinen Kinder werden vom Storch gebracht, wenn sich die Eltern nur sehr ein Kindchen wünschen.

Später saßen sie beim Abendessen. Ottilie achtete darauf, dass ihre Töchter den Rücken gerade hielten.

»Eine Hausherrin bestimmt die Qualität eines Haushaltes und seinen Ruf«, dozierte Ottilie gern. »So, wie eine Frau sich zeigt, spricht und sich verhält, ist sie ein Vorbild für alle anderen Familienmitglieder. Ihr Verhalten entscheidet auch über den Anstand der Dienerschaft.«

Wenn Ottilie ihre Ermahnungen beendet hatte, herrschte wieder Stille. Es war den Töchtern verboten, bei Tisch zu sprechen. Ottilie zeigte auf ihr Weinglas, und der Hausdiener goss nach.

Nach dem Essen zog sich die Mutter stets zurück. Doch auch in den Stunden der Mittagsruhe wagten Alma und Sonja nicht, miteinander zu reden oder zu spielen. Es gab ein unausgesprochenes Gesetz, das die große und die kleine Schwester auf Distanz hielt. Sonja führte es auf das Geheimnis zurück und glaubte, dass die Mama nicht wollte, dass Alma es erfuhr. Vielleicht, so dachte Sonja, wäre

Alma auch gern ein Engel. Doch sie wollte die Ältere nicht zurücksetzen und schwieg über ihre Vermutungen. Später einmal würde Sonja bedauern, dass sie ihre Gedanken nicht mit Alma geteilt hatte. Vielleicht wäre dann alles anders gekommen … Aber der Reihe nach.

Im Frühling 1907 stand auf dem Pariser Platz ein vierstöckiges Gebäude von vornehmer Schlichtheit. Während die Halle des Luxushotels bereits einen imposanten Anblick bot, waren das Restaurant, der künftige Palmengarten und der offene Innenhof mit dem Goethegarten noch eine Baustelle. Die Bausumme hatte sich von zwei auf siebzehn Millionen vervielfacht. Nun wollten die Banken Lorenz Adlon nichts mehr geben. Er stand kurz vor der Insolvenz. Hinter der Misere steckte einer, dem es förmlich Freude bereitete, dem Visionär die Luft zu nehmen: Bankier Leopold Koppel, Geschäftsführer von Adlons größtem Konkurrenten, der Hotelbetriebs AG. Er hatte den Geldinstituten empfohlen, dem hoch verschuldeten Hotelier nichts mehr zu leihen.

Die Handwerker waren mit dem Innenausbau der Empfangshalle beschäftigt. Tischler, Stuckateure und Bildhauer arbeiteten Hand in Hand. Jeschke überwachte die Arbeiten, während sich Lorenz Adlon mit seinem Dekorateur Stoffproben für die Möbel und Vorhänge anschaute. Nur das Beste konnte ihm gut genug sein.

»Diese Stoffe sind zu schwer und außerdem nicht strapazierfähig genug«, wies Adlon eine Mappe mit Proben ab. »Friedrich, geh zu mir nach Hause und hol die Stoffproben, die wir für die Möbel im Goethegarten vorgesehen haben.«

Er winkte seinem Laufburschen, der ihm ans Herz gewachsen war in den drei Jahren, seit er ihn auf Bitten von Gustaf Schadt zu sich genommen hatte. Inzwischen wollte Adlon Friedrich Loewe nicht mehr entbehren müssen. Er wusste, dass er sich hundertprozentig auf den Achtzehnjährigen verlassen konnte. Adlon gab ihm seinen Wohnungsschlüssel.

»Lauf zu und sei, so schnell es geht, wieder hier.«

»Sehr wohl, Herr Adlon.« Friedrich verbeugte sich kurz und ging eilig.

»Bring auch die Entwürfe für die Sitzmöbel mit. Es liegt alles auf meinem Schreibtisch«, rief ihm Lorenz Adlon nach.

Friedrich drehte sich um und nickte. Dabei wäre er fast mit einem Boten zusammengestoßen, der durch die Drehtür kam.

»Kann ich Ihnen helfen?«, fragte Friedrich.

»Die Firma Precht bittet um die Begleichung der Rechnung. Ich soll das hier Herrn Adlon übergeben«, sagte der Mann.

Friedrich wies auf seinen Patron. Auch wenn Lorenz Adlon versuchte, seine Zahlungsschwierigkeiten vor dem Personal und den Arbeitern geheim zu halten, wussten doch alle Bescheid. Die Menschen sind wie Geier, dachte Friedrich. Sie stürzen sich auf jede schlechte Nachricht, zerfetzen sie und tragen die Stücke durch die Gegend.

Lorenz Adlon nahm die Rechnung entgegen.

»Ich soll den Scheck gleich mitbringen«, murmelte der Bote verlegen.

»Herr Precht wird sein Geld bekommen. Vierzehn Tage nach Erhalt der Rechnung.«

Adlon reichte dem Boten ein Trinkgeld. Der blieb unschlüssig stehen.

»So ist es üblich«, beruhigte Adlon den Mann. »Das weiß Herr Precht.«

Der Bote nickte zögernd und ging.

Lorenz Adlon wandte sich wieder seinen Stoffen zu. Er tat dies mit größerer Geste als notwendig und übersah ausdrücklich, dass Leopold Koppel die Halle betrat, sich neugierig umschaute, um dann zielstrebig auf Lorenz Adlon zuzugehen.

»Herr Adlon, ich grüße Sie!«, rief er, als träfen sie unerwartet aufeinander. »Alles vom Feinsten und mit Geschmack ausgewählt. Da zeigt sich, dass Sie das Tischlerhandwerk von der Pike auf gelernt haben«, umschmeichelte der Bankier den Bauherrn und spielte auf Lorenz Adlons Tischlerlehre in dessen Geburtsstadt Mainz an.

»Herr Koppel, bedaure, aber ich habe alle Hände voll zu tun.« Lorenz winkte einem sechzehnjährigen Laufburschen. »Janus, begleite Herrn Koppel zur Tür.«

Doch Berlins mächtigster Bankier ließ sich nicht so einfach vor die Tür setzen.

»Später«, erwiderte er scharf.

Janus wich zurück. Lorenz blieb souverän und gab dem Jungen mit einem Kopfnicken zu verstehen, dass er sich entfernen durfte. Der Dekorateur entschuldigte sich. Er wollte die Zeit für seine Arbeit nutzen. Koppel und Adlon standen sich nun allein gegenüber.

»Ihre Mittel sind aufgebraucht. Sie sind am Ende! Und wie man hört, fehlt es noch an allem: Die Einrichtung der Zimmer ist höchst unvollständig, Porzellan, Silber, Weißwäsche noch nicht geordert, an den Wänden sind keine Tapeten, die Küche ist ohne Ausstattung, die Speisekammern sind leer.« Koppel beugte sich zu Adlon: »Es ist also nur noch eine Frage der Zeit, bis Sie Bankrott anmelden.«

»Auf diesen Augenblick warten Sie nun schon drei Jahre vergeblich«, entgegnete Lorenz ruhig.

»Ich habe gute Nerven und einen sicheren Instinkt«, versuchte Koppel den Hotelier zu verunsichern.

Ich auch, dachte Lorenz und wartete ab. In Momenten, in denen die Luft dünn wurde und die Bedrohung groß, spürte Adlon stets, dass irgendwo die Rettung wartete, dass das Schicksal ihm ein Verbündeter sein würde.

Plötzlich wechselte Koppel den Ton.

»Für einen Mann mit Ihren Erfahrungen und Ihrer Durchsetzungskraft empfinde ich nur Hochachtung. Deshalb darf ich im

Auftrag meiner Aktiengesellschaft so frei sprechen. Bei uns gehen seit Wochen die Diskussionen, wem wir in unserem Unternehmen die Position des Generaldirektors anbieten können.« Koppel schaute Lorenz Adlon an, als verbinde sie jahrelanges Vertrauen. »Wir haben da an Sie gedacht, verehrter Herr Adlon. Im Gegenzug übernimmt die Hotelbetriebs-AG alle Ihre Schulden.«

»Mein Adlon soll ein Hotel in Ihrer Kette werden?« Lorenz lachte ungläubig über diesen Versuch, ihn hereinzulegen.

»In unserer Kette, Herr Adlon, unser schönstes und bestes Haus.« Koppel lüftete den Hut. »Warten Sie nicht zu lange mit Ihrer Entscheidung. Irgendwann könnte es zu spät sein, und dann ist das alles hier nichts mehr wert.«

Er schlenderte bester Laune durch die Halle zur Drehtür, als gehöre ihm das alles bereits.

Jeschke, der das Gespräch beobachtet hatte, trat neben seinen Vater. Beiden war der Ernst der Lage bewusst.

Ein paar Tage später war Lorenz Adlon zu Gast bei seinem Freund Gustaf im Kontor. Sie tranken Whisky. Draußen tobte ein Unwetter, die Blitze zuckten und erhellten in regelmäßigem Abstand für Sekunden den Raum. Donner grollte.

»Ich kann nicht mehr schlafen. Ich habe Angst, Gustaf, dass ich kurz vor dem Ziel scheitere, dass ein paar Mauern bleiben, die sich nicht mit Leben füllen lassen.« Der Alkohol half Lorenz, sich auszusprechen. »Und Seine Majestät fragt schon nach der Eröffnung.«

Gustaf füllte erneut die Gläser und resümierte gelassen:

»Das ist die Angst vor der Vollendung.«

Adlon winkte ab: »Ach, hör auf. Gerade noch halte ich den Kopf über Wasser.«

»Jetzt erschrickst du vor der Größe deines Werkes. Jetzt kommt das Zittern in den Knien, das andere schon am Anfang hindert, ihren Visionen überhaupt zu folgen.«

Die pathetischen Worte konnten Lorenz nicht beruhigen, er hielt sie für eine Aufmunterung ohne Bezug zur Realität. Lorenz trank seinen Whisky, als könnte ihm nur noch der Alkohol helfen, das alles zu überstehen.

Gustaf erhob sich. »Komm, ich will dir etwas zeigen.«

Ein weiterer Blitz zuckte und gab dem Moment etwas Magisches. Lorenz folgte seinem Freund die Eisentreppe hinunter ins Warenlager. Sie gingen zwischen den Jutesäcken und Holzkisten bis zu einem Raum in der Nähe des Eingangs. Wieder erhellte ein Blitz die Umgebung. Gustaf drehte das elektrische Licht an und öffnete die Tür. Dort ragte ein in Stoff gehüllter Turm bis zur Decke hinauf. Mit einer energischen Handbewegung zog Gustaf das Tuch zur Seite. Darunter kam ein Pagodenbrunnen zum Vorschein, in dessen Rundungen Elefanten eingearbeitet waren.

»Da ist er – der künftige Mittelpunkt deines Adlon.«

Lorenz schaute auf den Springbrunnen. Doch sein Gesicht spiegelte keine Freude.

»Bist du nicht zufrieden?«, fragte Gustaf, unsicher geworden. Sie hatten vor sehr langer Zeit über ein solches Kunstwerk gesprochen. Lorenz' Auftrag war vage gewesen. Dennoch hatte sich Gustaf ins Zeug gelegt, teils aus eigenem Ehrgeiz, aber vor allem, um seinem Freund eine Freude zu machen.

Lorenz prüfte das Material, sein Daumen fuhr über die aufwendigen Schnitzereien.

»Wunderbare Handwerksarbeit.« Er ging um den Brunnen und aus Gustafs Blick. Dort blieb er stehen. »Meine Finanzen sind am Ende.«

»Ich habe mit dem Zwischenhändler und dem Künstler einen Kredit ausgehandelt. Die warten mit der Bezahlung«, beruhigte Gustaf seinen Freund.

»Verstehst du denn nicht? Ich habe kein Geld mehr. Das Hotel wird nicht fertig.«

Schadt wusste nur zu gut, dass sein Freund stets bis an seine Grenzen ging. Doch Scheitern war beider Angelegenheit nicht, solange es Mittel und Wege gab, das zu verhindern. Wofür waren sie einstmals aufgebrochen und hatten sich aus der Enge ihrer Herkunft befreit? Gustaf Schadt legte seinem Freund beruhigend die Hand auf den Arm.

»Wenn du erlaubst, werde ich dir jetzt sagen, was zu tun ist.«

Lorenz Adlon nickte müde. Da war sie, die Freundschaft, die sie all die Jahre getragen hatte. Wenn einer aufgeben wollte, kam der andere und zog ihn mit.

»Koppels Angebot ist ein sicheres Zeichen dafür, wo du wirklich stehst. Nämlich kurz vor dem Sieg!«

Lorenz wollte die Worte seines Freundes als wohlmeinende Schönrederei abwehren. Doch Gustaf fuhr unbeeindruckt fort.

»Wir werden die Berliner Weggefährten zusammenholen. Die alte Unternehmerrunde. Ich bin überzeugt, dass deine Situation ihren Ehrgeiz und ihre Solidarität herausfordert.« Gustaf fühlte, während er sprach, Begeisterung in sich wachsen. »Und noch etwas! Bevor wir uns Verbündete suchen, musst du deine Familienverhältnisse ordnen. Sieh zu, dass dein Jeschke gut versorgt wird, weit weg von der Hauptstadt.«

»Ich soll meinen fähigsten Sohn in die Provinz schicken?«, protestierte Adlon.

Gustaf duldete keinen Widerspruch.

»Dann führst du deinen Louis in die Geschäfte des neu eröffneten Hauses ein. Das Adlon gehört in die Hände der Familie Adlon. Da hat ein Jeschke keinen Platz und die Journaille keinen Anlass mehr für Spekulation.« Gustaf klopfte Lorenz Adlon auf die Schulter. »Und mach dir keine Sorgen um die Finanzen. Solange ich beitragen kann, tue ich das. Was ist also mit dem Brunnen? Gefällt er dir?«

Lorenz zögerte nun nicht mehr. Er war wieder hellwach. Der Vorschlag seines Freundes war kühn und nicht von der Hand zu weisen.

»Der Springbrunnen wird der Mittelpunkt meines Adlon sein«, entschied er und setzte seinen Rundgang um das Kunstwerk fort.

»Wann, glaubst du, werden die Adlons alles zurückzahlen, was du ihnen aus deiner Tasche vorstreckst? Nicht einmal einen Schuldschein hast du dafür«, schimpfte Ottilie mit Gustaf und sah, wie Alma Sonja eine Scheibe Brot mit Konfitüre bestrich und auf den Teller legte. Alma hatte den Moment genutzt, in dem ihre Mutter abgelenkt war. Sonja aß gern, was Alma ihr auf den Teller legte. Bald würden sie sich nicht mehr verstecken müssen, dachte Alma. Bis zur Hochzeit mit Siegfried waren es nur noch wenige Wochen. Nach der Hochzeitsreise würde sie Sonja zu sich holen. Der Papa hatte es ihr so versprochen. Alma verbat sich, darüber nachzudenken, ob und wie sie sich ihrer Mutter gegenüber durchsetzen wollte.

Gustaf trank seinen Kaffee aus, er hatte es eilig, ins Kontor zu kommen.

»Wenn das Hotel läuft, werden sich meine Investitionen verdoppeln und verdreifachen. Verlass dich drauf, Ottilie.«

Er schmiss die Serviette auf den Tisch und stand auf. Sein Geld in einer Immobilie anzulegen konnte nicht verkehrt sein. So würde er es auch den Investoren für das Adlon schmackhaft machen, die er für Anfang des Monats in seine Villa eingeladen hatte.

Fast alle Berliner Unternehmer hatten zugesagt. Ihre Kutschen und Automobile, die in der Auffahrt der schadtschen Villa standen, zeigten Vermögen und Status.

Die Herren betraten neugierig das Haus, wo eine Vielzahl zum Teil angemieteter Dienstboten die Herrschaften empfing und ihnen die schweren Mäntel und Hüte abnahm. Die Türen zum Salon, zum Esszimmer, zur Bibliothek und zu Gustafs Arbeitszimmer standen weit offen, sodass alle Platz fanden. Getränke wurden gereicht und

Zigarren. Man sah erfreut den einen oder anderen Bekannten und kam schnell miteinander ins Gespräch.

Zur gleichen Zeit ließ sich Lorenz Adlon den Kaiserdamm bis zur Heerstraße und wieder zurückfahren. Immer wieder schaute er nervös auf seine Uhr. Gustafs Plan sah vor, dass der Hotelier wie ein Ehrengast in letzter Minute auftauchte.

»Mit frischem Wind, der deinen Enthusiasmus zeigt ...«

Friedrich, der in den letzten Wochen das Fahren eines Automobils gelernt hatte, saß am Steuer und genoss die lange Tour. Gewöhnlich verliefen die Fahrten nur zwischen dem Continental in der Friedrichstraße, den Restaurants am Kurfürstendamm und der Baustelle am Brandenburger Tor.

Mit Gongschlag trafen sie vor der schadtschen Villa ein. Gustaf kam ihnen entgegen und begrüßte seinen allzu nervösen Freund mit einem strahlenden Lächeln.

»Es wird nichts schiefgehen, Lorenz. Das ist heute dein Tag.«

Friedrich suchte eine Lücke für den Wagen. Doch alle Plätze in der Nähe des Einganges waren bereits belegt. Das gab ihm die Gelegenheit, zum Hintereingang des Anwesens zu fahren. Er schaute auf die Mauer, das kleine schmiedeeiserne Gartentor und die Remise, die einstmals sein Zuhause gewesen war. Drei Jahre war er nun nicht mehr hier gewesen.

Die Diener reichten Kaffee, Portwein, Whisky und Rotwein. Der Rauch der Zigarren erfüllte die Luft. Wie verabredet betrat Lorenz Adlon die Szene mit wehendem Mantel, den ihm ein Diener im Gehen abnahm. Er schüttelte Hände, die meisten Männer waren ihm gut bekannt.

Schadt klopfte an sein Glas.

»Meine Herren, ich brauche Ihnen meinen Freund Lorenz Adlon nicht vorzustellen, die meisten kennen ihn fast genauso gut wie ich.

Allerdings liegt meine Betonung auf ›fast‹, denn Adlon und ich kennen uns seit Kindertagen. Wir sind in Mainz Hauswand an Hauswand aufgewachsen, hatten dieselben Lehrer und haben uns oft am selben Tag eine Backpfeife eingefangen. Doch es geht heute nicht darum, in alten Erinnerungen zu schwelgen, obwohl wir alle sicher genügend Anekdoten im Gepäck hätten.« Man lachte vergnügt. »Heute geht es ums Geschäft. Sie alle haben die Möglichkeit, sich in einer großartigen Unternehmung zu verewigen.«

Er erteilte Lorenz mit einer Handbewegung das Wort und setzte sich, um der Rede des Freundes zu folgen. Es wurde still.

»Ich freue mich, dass Sie mir und meiner Vision die Ehre geben, meine Herren, und deshalb erlauben Sie mir, dass ich nicht um den heißen Brei herumrede. Seine Majestät wünscht sich ein Hotel, das seinesgleichen auf der Welt sucht. Im Adlon soll alles verkehren, was Rang und Namen hat. So die Forderung Seiner Majestät. Sie alle sind eingeladen, Teil dieser einzigartigen Unternehmung zu werden und deutsche Schaffenskraft, deutsche Größe im Geist einer neuen Zeit zu verewigen. Die technische Ausstattung wird alles Bisherige in den Schatten stellen. Fließend warmes und kaltes Wasser in jedem Zimmer, Zentralheizung selbstverständlich, elektrische Staubsaugersysteme, Rohrpost im ganzen Haus, ein eigenes Elektrizitätswerk und einen Eiskeller, dazu ein Brunnen für die Wasserversorgung. Meine Herren, Sie haben die Möglichkeit, in ein Haus zu investieren, das Berlin in neuem Glanz erstrahlen lässt. Ich brauche Ihren Kredit für zwei Jahre. Danach ist Zeit für die Kasse.«

Adlon und Schadt verständigten sich mit einem Blick. Gustaf stand auf und übernahm das Wort.

»Es wird benötigt: weiße Wäsche im gesamten Haus, bestickt mit Monogramm. Tafelsilber, Silberbestecke, Porzellan, Karaffen, Krüge, Möbelbezugsstoff, Bettgestelle, die gesamte Kücheneinrichtung, Tapeten für alle Räume, Möbel für die Inneneinrichtung, Lampen und Beleuchtung. Und nicht zuletzt müssen sich die Speisekammern mit Delikatessen füllen.«

Schadt reichte eine Liste herum und gab seinen Rechtsanwälten mit einem Wink zu verstehen, den Geschäftsmännern die Vertragsklauseln zu erläutern.

Während drinnen Geschäfte gemacht wurden, standen draußen auf dem Hof die Kutscher und Chauffeure, rauchten und unterhielten sich.

Abseits vom allgemeinen Trubel ging Friedrich zur Remise und schaute durch die inzwischen blinden Fenster. Da hörte er eine Kinderstimme. Er ging ums Haus. Im Garten spielte das Kinderfräulein mit Sonja Blindekuh.

Die Augen mit einem Tuch verbunden, suchte Sonja mit vorgestreckten Händen und stieß auf Friedrich. Sie befühlte den groben Stoff seiner Hose.

»Wer bist du denn?«, fragte sie überrascht und zog sich das Tuch von den Augen.

Friedrich ging vor Sonja in die Hocke. »Ich bin Friedrich.«

»Das ist aber unser Garten«, beharrte Sonja gegenüber dem fremden Mann.

»Ich habe hier auch einmal gespielt.«

Friedrich war beeindruckt von dem kleinen Wesen, das ihm doch schon ein vollkommener Mensch zu sein schien.

»Warum denn?« Sonja blieb skeptisch.

»Weil ich hier gewohnt habe. Da, in der Remise.«

Das Kinderfräulein, das erst weit nach Sonjas Geburt zu den Schadts gekommen war, aber schon das eine oder andere Gerücht gehört hatte, ging dazwischen.

»Komm, Sonja«, sagte sie und zog das Kind eilig fort.

»Er soll mitkommen und mit uns Tee trinken«, protestierte Sonja und zeigte auf Friedrich. Sie wollte ihn nicht so schnell gehen lassen, wo sie ihn doch gerade kennenlernte. Aber das Kinderfräulein nahm Sonja auf den Arm und trug sie zum Haus. Sonja machte sich steif und begann zu schreien.

»Ich will aber nicht … ich will nicht …!«

Alma hatte die Szene vom Fenster aus beobachtet und kam gelaufen.

»Bist du denn von allen guten Geistern verlassen, Fritz? Was machst du hier?«

»Sie sieht dir ähnlich.«

Sie zögerte. »Dir auch.«

»Findest du?«, fragte Friedrich überrascht.

Almas Stimme wurde weicher. »Und manchmal, wenn sie lacht, dann sehe ich dich.«

Sie schauten sich an und bemerkten jeder für sich, dass sie erwachsen geworden waren.

»Ich weiß jetzt, was Geld bedeutet.« Friedrich drehte seine Mütze zwischen den Händen.

Alma wollte abwehren. Er sollte sich nicht schuldig fühlen. Doch Friedrich fühlte sich keineswegs schuldig.

»Geld ist Freiheit. Der eine darf entscheiden, der andere muss sich unterordnen und ist nicht würdig, sein Kind selbst zu erziehen.«

»Was meinst du, wie es mir hier geht«, wehrte sich Alma. »Mutter bestimmt, was mit Sonja passiert. Sie sorgt dafür, dass ich nie mit ihr allein bin. Und mich behandelt sie wie ein dummes Kind. Bald bin ich hier raus. Und dann, Friedrich, dann liegt doch alles vor uns.«

Die letzten Worte hatte Alma in großem Aufruhr gesagt, und sie klangen ehrlich. Doch Friedrich wusste es längst besser.

»Ja«, sagte er und schaute sie an. Sie erwiderte seinen Blick und verstummte.

Aus dem Haus war Applaus zu hören.

»Alles Gute für die Hochzeit, Alma.« Friedrich griff in seine Jackentasche und holte ein kleines in Seidenpapier gewickeltes Päckchen heraus. »Für Sonja zum Geburtstag. Gibst du es ihr?«

Alma nickte. Das Papier knisterte in ihrer Hand. »Was ist es denn?«

»Ihr werdet es dann sehen. Leb wohl!«

Friedrich wollte nicht länger bei ihr stehen. Er ging zurück zur Straße, wo der Wagen parkte.

9. Kapitel

Louis betrat die Empfangshalle des Hotels und schaute sich zwischen den Handwerkern nach seinem Vater um. Trotz der nächtlichen Stunde schienen alle Kräfte im Einsatz. Lampen erhellten die Baustelle.

»Gut, dass du so schnell kommen konntest.« Lorenz ging seinem Sohn entgegen.

Louis deutete eine Verbeugung an. Er hatte keine Ahnung, was der Vater so eilig von ihm wollte, nachdem er ihn in den letzten Monaten über den Fortgang des Baus im Ungewissen gelassen hatte.

»Seine Majestät hat sich für übermorgen zur Vorabbesichtigung angemeldet. Wir müssen in vierundzwanzig Stunden mit allem fertig sein«, sagte der Vater, ohne ein Wort darüber zu verlieren, dass er seinen Sohn bisher nicht einbezogen hatte. »Du musst mir mit Personal aus dem Continental aushelfen. Ich brauche aus jedem Ressort mindestens zwei der besten Leute.«

Louis nickte. »Ich stehe selbstverständlich auch zur Verfügung, Vater«, versicherte er, um klarzustellen, dass es von seiner Seite keinerlei Ressentiments gab.

Lorenz schaute seinen Sohn an und stimmte ihm auf seine Art zu. »Es wäre durchaus sinnvoll, wenn du dich nicht länger zurückhältst.«

Louis zeigte nicht, dass ihn der Satz verletzte. »Was kann ich tun?«, fragte er stattdessen.

»Es wäre hilfreich, wenn du dich mit einem Teil deines Personals um die kulinarischen Angelegenheiten kümmerst und alles für die Gesellschaft des Hofes vorbereitest.«

Dem Alten muss das Wasser bis zum Hals stehen, dachte Louis, dass er mich einbezieht. Erst jetzt fiel ihm auf, dass er Jeschke nirgends sah. Und als habe der Vater seinen Gedanken erraten, erklärte er:

»Lorenz Jeschke hat Berlin verlassen. Er führt von nun an ein Kurhotel in Bad Nauheim.«

»Du hast ihn mit einem eigenen Hotel versorgt?«

»Und dabei für uns gesorgt. Das Adlon wird gesundes Quellwasser aus Bad Nauheim beziehen.« Der Vater ging zu einem Tisch, auf dem ein Krug mit Wasser stand. »Verkoste!« Er goss seinem Sohn ein Glas ein und reichte es ihm. »Eine Kur für die Gesundheit mitten in Berlin. Eine Innovation, bei der niemand sonst mithalten kann.«

Louis trank.

»Wie geht es Tilly?«, erkundigte sich Lorenz Adlon nach seiner Schwiegertochter, die zum zweiten Mal guter Hoffnung war.

»Den Umständen entsprechend. Wir warten täglich auf die Niederkunft.«

Der Alte nickte. »Nun dann – schauen wir optimistisch in die Zukunft!«

Der Vater stellte das Glas zurück und legte Louis die Hand auf die Schulter. »Du kannst nun aus deinem Schneckenhaus kommen und im Adlon ein Adlon sein. Seine Majestät hat sich für übermorgen, elf Uhr, angesagt. Ich wünsche, dass wir beide ein vortreffliches Bild abgeben.«

Ich darf nun endlich Vaters rechte Hand sein, dachte Louis, und der Bastard ist wie ein Prinz mit einem eigenen Grandhotel abgefunden worden. Was für eine Farce!

Vor dem Adlon fuhren die kaiserlichen Equipagen vor. Im ersten Wagen saßen Ihre Majestäten, im zweiten und dritten die wichtigsten Damen und Herren des Hofstaates sowie des Kaisers Adjutanten.

Die Gattin am Arm, marschierte der Kaiser ins Adlon. Noch bevor er die Begrüßung entgegennahm, blieb er vor seinem eigenen Bildnis stehen, einer Skulptur, die direkt gegenüber der Drehtür die Besucher begrüßte.

»Ich bin ja schon da!«, vermerkte er zufrieden.

Lorenz Adlon hatte die Garde der Pagen nach Größe Aufstellung nehmen lassen. Vorn, unter den ältesten Pagen, war auch Friedrich Loewe.

»Eine kleine Armee hat Er sich da zusammengestellt, der General aller Gastwirte«, lobte der Kaiser beeindruckt. Er hatte die Reihe der Pagen noch nicht ganz abgeschritten, als Louis kam. Atemlos vom schnellen Lauf zog er im Gehen seinen Mantel aus und überließ ihn einem Bediensteten, um dann neben seinen Vater zu treten. Lorenz warf seinem Sohn einen missbilligenden Blick zu, den Louis an sich abprallen ließ.

»Man hört, dass der Junior ein vortrefflicher Reiter ist. Nur mit der Pünktlichkeit steht er wohl auf Kriegsfuß«, tadelte Wilhelm II., wie es der Vater nicht besser gekonnt hätte.

»Ich bitte Seine Majestät, meine Verspätung zu entschuldigen. Ich bin vor wenigen Minuten zum zweiten Mal Vater geworden.«

»Hoffentlich ein Sohn?«

»Zwei Söhne, Majestät. Louis und Carl.« Louis strahlte, und sein Vater seufzte, beeindruckt über die Erweiterung seiner Familie und gleichzeitig erleichtert, dass sich vor dieser Nachricht nun jede Kritik am verspäteten Eintreffen seines Sohnes in Luft auflöste.

»Das sind die Adlons!«, rief der Kaiser vergnügt. »Das Grandhotel kaum eröffnet, da stehen schon zwei Stammhalter stramm.«

Und der Vater, als habe er dafür die Begeisterung Seiner Majestät gebraucht, war endlich stolz auf seinen Sohn.

Der Kaiser, seine Gattin und die Entourage durchmaßen die Fluchten des weitläufigen Baus und bestaunten die Kunstwerke, die in großer Fülle in jeder Nische, an den Wänden und an marmornen Säulen ihren Platz gefunden hatten und von zeitgenössischen Künstlern eigens für das Grandhotel angefertigt worden waren. Sie warfen einen Blick in Konferenzräume und in den Ballsaal. In den Badezimmern der Appartements und Suiten bediente der Kaiser die Wasserhähne, befühlte die Zentralheizkörper und ihre angenehme Temperatur. Lorenz Adlon schien an alles gedacht zu haben, und jede Nachfrage wurde positiv beantwortet.

Als all die modernen Annehmlichkeiten dem Kaiser und seinem Hofstaat vorgeführt waren und Seine Majestät sogar den Mut gehabt hatte, den Fahrstuhl zu benutzen, wobei in jeder Etage zwei Adjutanten Wache hielten und die sichere Emporfahrt mit einem zackigen »Passiert!« kommentierten, trafen sich Wilhelm II. und Lorenz Adlon im Weinkeller, wo ein Tisch mit Delikatessen vorbereitet war.

Der Kaiser fiel auf einen Stuhl.

»Lassen wir die da oben schnattern und genehmigen uns einen Schluck.«

Er meinte den Rest des Hofstaates und die Kaiserin, für die Louis als Gastgeber zuständig war.

Wilhelm II. ließ sich von Adlons Sommelier ein Glas Champagner einschenken und bemerkte streng: »Hier unten fehlt aber noch was. Das ist Ihm doch klar?«

Lorenz Adlon sah sich um, was wohl die Kritik Seiner Majestät begründen konnte.

»Ein Gang direkt bis in mein Schloss!«

Wilhelm II. freute sich, dass es ihm gelungen war, den Hotelier zu verunsichern. »Er soll mit seinen Baumeistern besprechen, was sich da machen lässt. Ich will zu Fuß rüberkommen.«

Er trank sein Glas in einem Zug aus.

»Moussierender Schaumwein aus der Champagne, das kann der Franzose. In allem anderen sind wir ihm überlegen.«

Der Sommelier sprang hinzu und füllte das Glas erneut.

»Ohne Seine Majestät würde jetzt hier unten kein Korken knallen«, bedankte sich Adlon und überlegte, ob sich ein Tunnel vom Stadtschloss dreihundert Meter hinüberbauen ließ.

»Mein lieber Adlon, ein Landesvater hat die Pflicht, die Visionäre unter seinen Untertanen zu erkennen und zu fördern.«

Adlon neigte den Kopf zum Zeichen, wie sehr ihn das Lob erfreute.

»Bedank Er sich mit guten Taten«, forderte der Kaiser. »Man hat mir zugetragen, dass Madame La Belle Otéro bald Logis nehmen wird.«

»Madame wird fast einen Monat en suite im Wintergarten spielen.«

»Richte Er uns bei nächster Gelegenheit ein kleines Fest aus, nur für zwei, versteht sich.«

Adlon verstand. Es war bekannt, dass die schöne spanische Tänzerin die Gespielin des Kaisers und noch einiger anderer hochrangiger Herren war. So schuf sie sich ihren Ruhm und ein umfangreiches Vermögen.

Am 26. Oktober 1907 fand die offizielle Eröffnung des Grandhotel Adlon statt, und die Zeitungen überschlugen sich mit Schlagzeilen. *Grandhotel Adlon eröffnet … Tout Berlin versammelt … Seine Kaiserliche Hoheit zufrieden: ›Adlon, Er ist ein Meister seines Faches‹ … Grandhotel Adlon eröffnet … Jetzt hat Berlin sein Grandhotel,* riefen die Zeitungsjungen den Passanten entgegen.

In seinem Büro las Leopold Koppel die Lobeshymnen mit kühlem Kopf. Die Innenausstattung der Zimmer, die kostbaren Gemälde und Skulpturen, die geschmackvolle Anordnung der Möbel waren ihm längst bekannt. Wenige Tage vor der Eröffnung hatte er Spione ins Hotel geschickt, die sogar die Matratzen der Betten ausprobiert und ihm beschrieben hatten. Nun musste es den Adlons gelingen, die horrende Schuldenlast gegenüber den Banken und den Gläubigern, die ihnen in den letzten Wochen die Einrichtung auf Kredit überlassen hatten, abzutragen. Möglicherweise würde seine Stunde noch kommen. Koppel faltete die Zeitung zusammen.

10. Kapitel

»Das Hotel war mit tausend kleinen Raffinessen erdacht und ausgestattet und glänzte mit einem Grad an Modernität, der in jener Zeit vollkommen unbekannt war. Statt Klingeln fürs Personal gab es eine Lichtsignalanlage. Eine besondere Attraktion war, dass die Badewannen in den Gästebädern in zwei Minuten voll gelaufen waren. Leider liefen sie, wenn man nicht aufpasste, regelmäßig über. Auf die Treppenabsätze wurden Stühle gestellt, weil viele Gäste nicht wagten, mit dem Fahrstuhl zu fahren, und beim Aufstieg pausieren mussten. Eine Rohrpostanlage gab es, mit der auf dem schnellsten Wege Bestellungen in die Küche weitergegeben werden konnten. Ein System von Kühlröhren sorgte dafür, dass die gläsernen Schränke in den Vorratsräumen Temperaturen von unter null Grad erzielen konnten. Und die aufsehenerregendste Attraktion war der weitläufige Weinkeller mit mehr als einer Million eingelagerter Flaschen.«

Sonja beendete ihre Erzählung, selbst überrascht über all die Details, die noch in ihrer Erinnerung waren. Paarmann, Heller und Katharina hatten ihr zugehört, ohne sie auch nur ein einziges Mal zu unterbrechen.

»Übrigens war Edison der erste berühmte Gast, den das Adlon kurz nach der Eröffnung begrüßt hat. Und mit ihm kam die

Fotografin Undine Adams. Sie hat das Leben der Schadts gründlich verändert. Aber das ist eine andere Geschichte … Sie müssen verzeihen, ich bin erschöpft. So viele Jahre flossen meine Tage in ruhigen, oder sollte ich besser sagen in eintönigen Bahnen – nein, das wäre ungerecht meinem Leben gegenüber. In jedem Fall hat mich der Nachmittag bei Ihnen aufgewühlt.«

Sonja stand auf.

»Ich werde Sie nach Hause bringen, Frau Schadt«, sagte Paarmann und erhob sich ebenfalls.

»Ich kann mir ein Taxi nehmen. Wirklich!«

Er winkte rigoros ab. »Das ist doch selbstverständlich. Das mache ich wirklich gern.«

Heller und Katharina begleiteten Sonja und Paarmann zur Tür. Sonja reichte zuerst Heller die Hand und dann Katharina.

»Sie wissen, wo Sie mich finden. Sie können mich jederzeit anrufen. Und dann komme ich. Oder Sie besuchen mich. Ich habe einige Stücke aus dem Adlon gerettet.«

Eine direkte Einladung an Katharina. Dann erst ließ sie die Hand der Jüngeren los.

»Was war eigentlich in dem Päckchen, das Friedrich seiner kleinen Tochter zum Geburtstag geschenkt hatte?«, wollte Heller wissen.

Sonja schmunzelte. »Ein Holzpferdchen, das er selbst geschnitzt hatte.«

Als Paarmann und Sonja das Büro verlassen hatten, setzte sich Katharina an ihren Schreibtisch, wo ein Berg unerledigter Arbeit wartete. Auch Heller verschwand in seinem Büro. Alle anderen hatten bereits Feierabend gemacht. Das neonhelle Deckenlicht war ausgeschaltet. Katharina knipste ihre Schreibtischlampe an und schaute auf die Unterlagen. Sie hätte ihre Großmutter nach Hause fahren und sich zu erkennen geben sollen, um ihr all die Fragen zu stellen, die sie seit ihrer Kindheit beschäftigten. Schließlich kannte sie sogar das kleine Holzpferd. Es stand bei ihrer Mutter im Bücherschrank, vor den Büchern der Philosophen.

»Aufregend, was? Der Besuch der alten Dame.«

Heller riss Katharina aus ihren Gedanken. Er war schon im Mantel und auf dem Heimweg. »Oder haben Sie nichts am Hut mit alten Geschichten?«

»Oh, nein, nein … im Gegenteil …«, stammelte Katharina.

»Bei Dürrenmatt mischt die Hauptfigur, die alte Dame, bei ihrem Besuch die Kleinstadt auf, in der sie aufgewachsen ist.«

Katharina nickte mit gemischten Gefühlen. In diesem Stück hier war die Hauptfigur ihre Großmutter.

»Na, dann, wünsche ich Ihnen einen schönen Abend, machen Sie nicht mehr so lange.« An der Tür drehte er sich noch mal um. »Wenn Sie gehen, vergessen Sie nicht, die Alarmanlage einzuschalten.«

»Mach ich!«, rief Katharina zurück.

»Immerhin könnte es uns genauso ergehen wie den Adlons, dass sich die Konkurrenz für unsere Pläne interessiert. Darauf sollten wir es nicht ankommen lassen.« Er lachte. »Ist Ihnen eigentlich klar, dass wir unseren Auftrag für den Neubau von der ehemaligen Hotelbetriebs-AG bekommen haben?«

Katharina schüttelte den Kopf.

»Die Besitzer des neuen Adlon sind die Nachfolger von Koppel und Co.«

»Ach nee!« Katharina war verblüfft.

»So kann das Leben spielen.«

Die Tür fiel hinter Heller ins Schloss.

Stille breitete sich aus. Bis zu diesem Augenblick hatte Katharina ihr Leben für bedeutungslos gehalten: eine junge Frau, die sich einsam durch ihre Biografie lavierte, ohne Vorfahren, die ihr den Rücken stärkten. Jetzt kam ihr zu Bewusstsein, dass Ottilie und Alma,

Gustaf und letztlich auch die Adlons Teil ihrer Herkunft waren. Genauso wie Friedrich Loewe. Er war ihr Urgroßvater.

Paarmann setzte Sonja vor ihrer Haustür ab, verbeugte sich formvollendet und erbot sich, sie noch bis nach oben zu begleiten. Doch sie lehnte ab.

Erleichtert, dass sie sich gleich in ihren privaten Raum zurückziehen konnte, stieg sie die Treppe hinauf. Im gemeinsamen Wohnzimmer der Pensionsgäste spielten wie jeden Abend der achtzigjährige Werner Mittler und der um einige Jahre jüngere Kurt Baumann Schach. Sie saßen unter der Stehlampe, die den Raum in ein dämmriges Licht tauchte. Die Stille, verstärkt durch das Ticken der Schachuhr, wurde nur durch kurze Anweisungen der Schachspieler unterbrochen. Sonja wünschte den beiden Herren einen guten Abend und ging an den Zimmertüren der Pensionsgäste vorbei ins Esszimmer, einem Berliner Zimmer mit Fenster zum Hof hinaus, an das die Küche grenzte. Dabei schaute sie, ob die Tische zum Frühstück vorbereitet waren, und sah dann in der Küche nach dem Rechten. Obwohl sie wusste, dass Barbara, ihre Angestellte, alles bestens erledigte, konnte sie die Angewohnheit, die sie aus dem Adlon mitgebracht hatte, nicht ablegen.

Barbara Kaminsky war nun schon seit fünfzehn Jahren an ihrer Seite. Die damals Fünfundzwanzigjährige war von Krakau nach Berlin gekommen, um zu heiraten. Als ausgebildete Hotelfachfrau war sie für die Pension mit den sechs Zimmern, die Sonja in der Nähe des Wasserturms führte, eigentlich überqualifiziert gewesen. Dennoch hatte sich die Polin in die geräumige Berliner Wohnung, den Prenzlauer Berg und in die alte Dame verliebt und die Stelle als »Mädchen für alles« angenommen, der Sonja respektvoll die Bezeichnung »Hausdame« gab.

Sonja streifte ihre Schuhe von den Füßen und ließ sich erschöpft in einen Sessel fallen. Doch kaum saß sie, stand sie auch schon wieder auf, ging zum Büfett, öffnete das untere Schrankteil, das groß war wie der Bauch eines Walfischs und Platz für die unzähligen ihr immer noch wichtigen Dinge bot. Sie holte sich einen flachen Hocker, setzte sich darauf, nahm Stück für Stück heraus und legte es auf den Fußboden, bis sie endlich ihre alte Reiseschreibmaschine in den Händen hielt. Dann räumte sie alles wieder ein und erhob sich stöhnend. Sie stellte die Olivetti, die ihr so oft gute Dienste geleistet hatte, auf den Tisch und öffnete den Deckel. Aus einem Schubfach ihres Sekretärs nahm sie Schreibmaschinenpapier und spannte den ersten Bogen ein. Sie hoffte, dass das Farbband noch funktionierte, wenigstens für diesen Abend, morgen würde sie Barbara bitten, ein neues zu besorgen.

Mein Gott, dachte Sonja, wie lange habe ich schon nichts mehr geschrieben? Sie schlug die erste Taste an und sah den Schatten eines »I« … einen zweiten Buchstaben … der Schatten eines »n« … Die Schatten sollten reichen für diesen Moment, dachte sie, und begann die ersten Sätze zu notieren.

»In dem Jahr, in dem sich Lorenz Adlon seinen Lebenstraum erfüllte, wurde ich geboren …«

Sie schrieb alles auf, was sie wenige Stunden zuvor Paarmann, Heller und Katharina erzählt hatte. Die beiden Architekten waren wunderbare Zuhörer gewesen, begeistert hatten sie an ihren Lippen gehangen, jede Information, jede Anekdote gewürdigt. Aber in Wahrheit hatte Sonja zu Katharina gesprochen. Und es hatte sie glücklich gemacht, dass auch ihre Enkelin der Geschichte aufmerksam gefolgt war. Doch ein Mensch hatte in der Runde gefehlt – und deshalb musste sie jetzt schreiben. Wer weiß, wie viel Zeit ihr noch blieb?

Katharina saß im schmalen Lichtkegel ihrer Lampe am Schreibtisch und füllte die Anträge für das Gutachten des Statikers aus. Sie konnte sich nur schwer konzentrieren. Die Begegnung mit Sonja hatte sie aufgewühlt.

Es klingelte an der Tür des Architekturbüros. Wer konnte das um diese Tageszeit sein? Sie hatte wenig Lust nachzuschauen. Kurze Zeit später ging ihr Telefon.

»Hallo, meine Schöne, ich stehe vor deiner Tür«, hörte sie Alexanders Stimme.

»Ich bin im Büro«, entschuldigte sich Katharina. Sie wollte nicht aus ihren Gedanken gerissen werden und hoffte, dass er die Haustür ihrer Wohnung meinte.

»Schau mal aus dem Fenster.«

Sie stand auf, ging zu einer der Jalousien, die Heller beim Gehen geschlossen hatte, und schob zwei Lamellen auseinander. Auf der Straße stand Alexander, das Handy am Ohr.

»Es ist kalt hier draußen.« Er rieb sich mit der freien Hand den Arm.

»Warte, ich komme.«

Sie legte auf und seufzte. Was würde er fragen? Was wollte sie ihm erzählen? Sie nahm den Schlüsselbund und ging ihm entgegen.

»Irgendwie warst du verschollen«, sagte er zärtlich und breitete die Arme aus. Sie ließ sich hineinfallen und bemerkte, wie gut das tat.

»Projektbeginn, lange Arbeitstage.«

Sie gingen hinauf.

»Wenn du einen Kaffee willst oder Tee.« Sie zeigte auf die Kochnische und ging zum Schreibtisch. »Ich muss nur noch ein paar Zahlen übertragen, dann können wir gehen.«

Sie setzte sich und beendete schnell und konzentriert die Eintragungen. Morgen würde sie alles noch einmal überprüfen.

Alexander schaute sich die Zeichnungen auf den Reißbrettern an.

»Beeindruckend! Und ganz besonders, wenn ich mir vorstelle, dass das Verständnis dieser hochkomplexen Berechnungen für dich kein Problem ist.«

»So würde ich das nicht sagen. Ich kann sie lesen. Wie sie in der Praxis umgesetzt werden, ist auch für mich ein Abenteuer. So einen Bau schüttelt niemand aus dem Ärmel, und kein Tag ist wie der andere.«

Sie war fertig, ordnete mit wenigen Handgriffen ihren Schreibtisch und stand auf. An der Garderobe griff sie nach ihrem Mantel. Alexander half ihr.

»Und?«, fragte er.

Katharina wusste sofort, was er meinte.

»Sie war heute hier und hat uns ein bisschen was übers Adlon erzählt.« Katharina schaltete die Alarmanlage ein und verschloss sorgfältig alle Türen.

Als sie endlich im Auto saßen, hakte er nach: »Wie war's denn?«

Sie parkte umständlich aus, und Alexander konstatierte: »Du hast dich ihr nicht vorgestellt.«

»Es hat sich nicht ergeben. Paarmann und Heller waren die ganze Zeit dabei. Es ist eine Familienangelegenheit.«

Sie sah ihn nicht an, musste sich auf den Verkehr konzentrieren.

»Und was hast du jetzt vor?«

»Keine Ahnung. Wird sich schon eine Gelegenheit ergeben. Du weißt doch auch nichts über deine Vorfahren.«

»Ich habe aber auch kein Problem damit.«

»Keine Probleme zu haben ist am einfachsten.«

»Ja!« Er lächelte, nicht gewillt, mit ihr zu streiten.

Alexander war wie Katharina die meiste Zeit seiner Kindheit und Jugend bei der Mutter aufgewachsen. Die hatte sich früh von seinem Vater, einem SED-Funktionär, getrennt. Der Vater hatte sich nach der Wende in eine Laube irgendwo im Osten der Stadt zurückgezogen und war – so Alexanders Interpretation – in die innere Emigration gegangen. Vater und Sohn hatten kaum Kontakt miteinander.

Sie fuhren auf dem Kaiserdamm Richtung Osten bis zur Leipziger Straße. Dort parkte Katharina ihr Auto zwischen den

Hochhäusern der Fischerinsel. In einem dieser 18-Geschosser hatte Alexander eine Zweizimmerwohnung im obersten Stockwerk mit Blick nach Kreuzberg und zum Brandenburger Tor.

Spontan entschieden sie sich für ein indisches Restaurant an der Spree und aßen kurz vor Mitternacht eine Linsensuppe. Beim Essen berichtete Alexander von einer vierjährigen Patientin mit Down-Syndrom, die er am Vormittag am Herzen operiert hatte. Er war seit zwei Jahren Kinderkardiologe an der Charité. Seine Ruhe und die Kompetenz, die er ausstrahlte, beeindruckten Katharina immer wieder aufs Neue. Sein Beruf war ihm Berufung. War auch ihr Beruf eine Lebensaufgabe? Katharina dachte an die Worte ihrer Mutter, dass die Mauern des alten Adlon einmal die reaktionären Eliten beherbergt hatten. Die Millionäre, die Industriemagnaten, die Politiker. Aber auch Schauspieler, Dichter, jüdische Intellektuelle, dachte Katharina. Der Neubau des Adlon am Brandenburger Tor im wiedervereinigten Berlin konnte doch ein Symbol sein für ein weltoffenes Deutschland im 21. Jahrhundert.

»Wenn du Antworten bekommen möchtest, musst du ihr sagen, wer du bist.«

Katharina schreckte aus ihren Gedanken auf. Alexander hatte sie schon eine Weile beobachtet.

»Ich weiß nicht, was passieren wird, wenn ich mich zu erkennen gebe. Vielleicht verstricke ich mich in Dinge, die mir nicht guttun.«

Katharina schaute ihn mit einem fragenden Blick an. Alexander nahm ihre Hand.

»Komm«, flüsterte er.

11. Kapitel

Als Katharina am nächsten Vormittag in die Katakomben unter dem Pariser Platz stieg, waren dort die Archäologen bei der Arbeit. Scheinwerfer beleuchteten das Kellergewölbe des ehemaligen Adlon. Sie hatten die Fläche in Planquadrate aufgeteilt, auf denen Pappschilder mit Nummern standen. Bevor eines dieser Quadrate untersucht werden durfte, machte ein Fotograf Dutzende von Fotos. Es herrschte Goldgräberstimmung.

Katharina hatte die vergangene Nacht in Alexanders Armen verbracht und ihm nach dem Aufwachen versprochen, sich in die ganze Sache »nicht so reinzusteigern«.

»Unsere Vorfahren hatten ihr Leben, wir haben unseres. Wir sind ihnen nichts schuldig und sie uns auch nicht«, hatte Alexander beim Kaffeekochen gesagt.

»Aus deinem Munde klingt alles so logisch und selbstverständlich.«

Zum Abschied hatten sie sich lange geküsst und bedauert, dass sie sich trennen mussten.

»Fast der gesamte Pariser Platz war im Zweiten Weltkrieg Luftschutzkeller. Wir wissen nicht, was uns hinter der nächsten Wand erwartet«, wurde Katharina von Seifert begrüßt. Der Bauleiter reichte ihr die Hand. »Tach!«

»Tach!«, erwiderte sie und gab ihm eine Mappe. »Die Unterlagen für den Statiker. Werfen Sie bitte noch mal einen Blick drauf, bevor Sie das weiterleiten.«

Dann wandte sie sich an einen der Archäologen.

»Wer ist von Ihnen der Chef?«

Der Angesprochene deutete auf einen Mann, der mit zwei seiner Leute eine lange Reihe von Kunststofftischen aufbaute.

»Lassen Sie uns mal rauskriegen, wie lange die hier veranschlagen«, sagte Katharina zu Seifert und war schon auf dem Weg zu den Tischen. Seifert folgte ihr gemächlich.

Katharina tippte dem Mann im Overall auf die Schulter. »Katharina Zimmermann. Architektin bei Heller & Paarmann. Was sind Ihre Pläne? Und vor allem, wie ist Ihr Zeitplan?«

»Urban«, stellte sich der Mann vor und musterte Katharina aus gutmütigen braunen Augen.

»Wir haben jede Menge Vorgaben zur Baustellensicherung. Deshalb müssen wir uns koordinieren. Jeder Tag, den wir verlieren, kostet Geld«, ließ Katharina nicht locker.

»Sie können mit den Arbeiten anfangen, wenn wir durch sind«, sagte Urban in gedehntem Sächsisch.

Ein Ostler, dachte Katharina, auch das noch.

»Deshalb versuche ich mich ja gerade mit Ihnen abzusprechen«, sagte sie gereizt.

»Mein liebes junges Fräulein, wir wissen nicht, was uns hier erwartet. Mein Team ist gut besetzt, alles Spezialisten vom Feinsten. Wir verschwenden keine Zeit.«

Katharina wollte etwas entgegnen, doch er ließ sie nicht zu Wort kommen.

»Im ungünstigen Falle brauchen wir vier Wochen, im günstigen werden es ein paar Monate.«

Sie schnappte nach Luft, ihr war natürlich klar, was er mit »günstigem Fall« meinte: Wenn sie auf etwas stießen, was von musealem, vielleicht sogar archäologischem Wert war. Schließlich gingen Berlins erste urkundliche Erwähnungen auf das 13. Jahrhundert zurück, als die Stadt aus zwei kleinen Siedlungen bestand, nordöstlich und südwestlich der Spree: Cölln und Berlin.

»Jetzt lassen wir mal die Kirche im Dorf, Kollege«, sprang Seifert Katharina zur Seite. »Wir brauchen konkrete Absprachen.«

Wieder einmal erlebte Katharina, dass Männer ihre eigene Sprache haben. Eine Art Geheimcode, der für eine Frau wahrscheinlich nicht zu erlernen ist.

»Wie wollen wir es angehen?«, fragte Seifert und steckte sich eine Zigarette in den Mundwinkel, ohne sie anzuzünden.

Katharina vermutete, dass es sich um eine Art Signal handelte: Von mir brauchst du nichts zu befürchten. Wir können zusammen eine Friedenspfeife rauchen.

»Ein Vorschlag zur Güte«, lenkte Urban prompt ein. »Wenn ihr nicht aufs Eingemachte trampelt und mit einem kleinen Team auskommt, könnt ihr mit euren Vermessungsarbeiten beginnen. Und wenn wir einen Abschnitt gesichtet haben, könnt ihr den übernehmen. Na, wie hört sich das an?«

Seifert war zufrieden.

»Dann fangt mit der Seite zur Akademie der Künste an. Da lauert für uns der Teufel im Detail«, schlug Seifert vor.

»Ich kann dir aber nicht versprechen, Kollege, dass wir nicht was Spektakuläres finden, und dann ist hier erst mal dicht.«

Seifert nickte und sah Katharina durchdringend an, damit sie den Mund hielt. »Geht klar!«

Urban schaute nun auch zu Katharina.

»Geduld ist die Mutter der Porzellankiste, junges Fräulein.«

Gleichberechtigung hin oder her. Die Männer glaubten, den Baualltag dominieren zu müssen, und überboten sich darin, einer Frau zu zeigen, dass sie hier nur geduldet wurde. Katharina dachte an den vergangenen Abend und an ihre Frage, ob ihr der Beruf wirklich eine Berufung war. Eine Lebensaufgabe? Sie erschrak, weil sie keine Antwort hatte. Bis vor Kurzem war sie sich doch so sicher gewesen.

Als Katharina zurück ins Büro fuhr, hing sie immer noch dieser Frage nach und ging die Ereignisse der letzten Zeit durch, um herauszufinden, wann die Zweifel gekommen waren. Es musste an dem Abend begonnen haben, an dem sie ihre Mutter getroffen hatte und sie über ihre Entscheidung, das Adlon wieder aufzubauen, diskutiert hatten. Bei der Begegnung mit Sonja hatte es sich dann fortgesetzt. Etwas in ihr war in Unordnung geraten.

Seit Katharina denken konnte, hatte sie ihre Herkunft wie einen dunklen Tunnel empfunden, aus dem sie versuchte, ans Licht zu kriechen. Manchmal erschien es ihr, als wäre das Licht ganz nah und sie würde es bald geschafft haben. Doch dann wieder brach die Dunkelheit über sie herein, und sie fühlte sich unendlich einsam und allein.

Gelegentlich geschah es dann, dass sie schluchzend vor sich hin murmelte: »Mama, ich will nach Hause«, um dabei festzustellen, dass sie nicht das Zuhause meinte, in dem sie aufgewachsen war, nicht das Leben mit Anna-Maria. Aber welches Zuhause meinte sie dann?

Plötzlich bemerkte Katharina, dass sie vom Stadtbezirk Mitte nicht, wie sie es vorgehabt hatte, nach Westen in Richtung Grunewald ins Büro gefahren war, sondern dass sie auf der Torstraße Richtung Osten nach Prenzlauer Berg unterwegs war. Verärgert über den Aussetzer wollte sie wenden, als ihr auffiel, dass sie eigentlich ganz in der Nähe von der Pension war, die ihre Großmutter führte. Sie kramte nach dem Zettel, den sie seit Sonjas erstem Anruf bei sich trug. Tatsächlich brauchte sie nur links in die Prenzlauer Allee abzubiegen, um dann noch einmal rechts durch die Metzer- und Straßburger Straße zum Wasserturm zu fahren.

Wenige Minuten später stand sie vor einem Haus der Jahrhundertwende, das noch nicht saniert worden war und den morbiden Charme des längst untergegangenen Berlins atmete. Auf einem Messingschild war zu lesen:

PENSION SCHADT
1. ETAGE RECHTS
BITTE KLINGELN!

Katharina schaute zu den Fenstern mit weißen Stores hinauf. Auf einem der Fensterbretter standen Blumentöpfe. Sie dachte an den Film *Cabaret* mit Liza Minnelli. Die extravagante Gesellschaft, die sich in der Pension zusammengefunden hatte und sich gegenseitig an ihren Leben teilhaben ließ … Womöglich lebte ihre Großmutter so ähnlich.

Plötzlich klopfte es an die Scheibe der Beifahrertür. Aus ihren Gedanken aufgeschreckt, wandte sie sich um und erkannte Sonja. Großer Gott, dachte Katharina, was mache ich denn jetzt?

Sonja hatte den kleinen Ford sofort entdeckt. Seit damals konnte sie die Angewohnheit nicht ablegen, versteckt hinter den Gardinen ihres Fensters auf die Straße zu schauen, um festzustellen, ob alles in Ordnung war oder eben nicht. Auch ein Grund, dass sie niemals auf Vorhänge und Stores verzichten würde, denn sie ermöglichten den Blick nach draußen, ohne selbst gesehen zu werden. Nicht, dass sie in einem vereinten Berlin, mehr als fünfzig Jahre nach Ende der Naziherrschaft und fünf Jahre nach dem Mauerfall, erwarten würde, überwacht zu werden. Aber die Ereignisse in ihrem Leben hatten Spuren hinterlassen, und eine davon war, ans Fenster zu treten und hinauszuschauen. An diesem Tag glaubte sie, ihre Enkelin in dem blauen Auto vor ihrer Tür zu erkennen. Ohne groß nachzudenken, hatte Sonja ihren Mantel angezogen und war hinuntergegangen.

Sie war es tatsächlich. Sonja klopfte an die Scheibe des Wagens, und sofort tat es ihr leid. weil sie Katharina erschreckt hatte.

»Warten Sie auf mich?«, fragte Sonja freundlich und betont arglos.

»Ähm … ja … also …«, stammelte Katharina.

Sonja deutete zum Haus. »Darf ich Sie vielleicht zu einer Tasse Tee einladen?«

Katharina zögerte. Sonja winkte beherzt.

»Kommen Sie, es ist Mittagszeit. Sie werden doch Hunger haben?«

Einen Augenblick später fand sich Katharina in Sonjas Küche wieder.

»Die Pensionsgäste haben schon gegessen«, erklärte Sonja, während sie noch einmal die Suppe erwärmte und die Reste eines Hackbratens in den Ofen schob. »Meine Hausdame ist beim Einkaufen. Wir haben also sturmfrei.«

Katharina entschuldigte sich. »Ich müsste mal kurz im Büro anrufen.«

»Sie können mein Telefon benutzen.« Sonja reichte ihr den schnurlosen Hörer des Festnetztelefons.

Katharina wählte und informierte Laura, dass sie aufgehalten worden sei und später komme.

»Die Chefs wollen mit dir das Treffen mit der Baustadträtin vorbereiten.« Der Vorwurf in Lauras Stimme war unüberhörbar.

»Aber doch nicht mehr heute?«, erwiderte Katharina eine Spur zu barsch.

»Nein, morgen um neun im Konferenzraum.«

»Geht klar!« Katharina legte auf, erleichtert, dass sie nicht eilig ins Büro musste. Sie würde am Abend alles nachholen.

»Bitte setzen Sie sich doch. Die Suppe ist schon warm.« Sonja füllte einen Teller. »Pastinakencremesüppchen. Wollen Sie Brot dazu?« Sie servierte und reichte Katharina eine Serviette. »Danach gibt es Hackbraten.«

»Brot gern.« Katharina hatte plötzlich Hunger.

Sonja setzte sich Katharina gegenüber, verschränkte die Hände unter dem Kinn und beobachtete erfreut, wie es ihrer Enkelin schmeckte.

»Die Suppe ist köstlich. Haben Sie die gekocht?« Katharina dachte, dass sie jetzt den Mut aufbringen müsste, ihrer Großmutter die Wahrheit zu sagen.

»Ich koche nur selten. Für die Mahlzeiten sorgt meine Hausdame.«

»Wie viele Zimmer hat denn die Pension?«, erkundigte sich Katharina und schob ihr Geständnis hinaus.

»Fünf Gästezimmer, einen Salon und diese Küche mit dem angrenzenden Berliner Zimmer.« Sonja deutete auf den Nebenraum. »Es sind im Prinzip zwei Wohnungen. Die ehemals mondäne im Vorderhaus, und hier hinten die Räume gehören zum Seitenflügel.«

»Haben Sie die Pension selbst aufgebaut?«

Katharina kratzte die Suppentasse aus und schob den letzten Bissen Brot in den Mund.

Sonja schüttelte den Kopf. »Ein guter Bekannter von mir hat sie geführt. Als das Adlon kurz vor dem Abriss stand und ich ausziehen musste, schlossen wir eine Übereinkunft. Ich übernahm die Pension. Er durfte hier wohnen bleiben und den Komfort nutzen, für den er nicht mehr verantwortlich war.« Sonja stand auf. »So haben wir es dann zum Wohl für beide Seiten gehalten. Bis zu seinem Tod.«

Sie räumte die Suppentasse in die Spüle und ging zum Backofen, um den Hackbraten herauszuholen.

»Kann ich Ihnen helfen?«, erkundigte sich Katharina mit schlechtem Gewissen, dass sie sich von ihrer alten Großmutter bedienen ließ.

»Es ist mir eine Freude, Sie zu bewirten. Bleiben Sie nur sitzen und ruhen Sie sich aus.«

Mit diesen Worten servierte Sonja einen Teller mit einer großen Scheibe Hackbraten und stellte noch einmal Brot auf den Tisch. Sie war rege, lebendig und machte nicht den Eindruck, als ob ihr die Handgriffe schwerfielen.

»Wie lange leben Sie jetzt schon in Berlin, Katharina? Ich darf doch Katharina sagen?«

»Selbstverständlich!«, sagte sie mit vollem Mund. »Seit acht Jahren. Ich bin gleich nach dem Abitur zum Studium nach Berlin gekommen.«

»Acht Jahre«, murmelte Sonja.

Katharina schaute auf ihren Teller und spießte akribisch ein Stück Hackbraten auf die Gabel. Dann sah sie auf.

»Frau Schadt ... Sonja ...« Sie würde jetzt ins kalte Wasser springen und die Wahrheit sagen.

In diesem Augenblick kam die Hausdame mit drei schweren Einkaufstüten.

»Barbara, das ist Katharina Zimmermann, eine der Architektinnen, von denen ich Ihnen erzählt habe.«

Die Hausdame reichte Katharina die Hand. »Guten Tag.«

Sonja stand auf. »Katharina, was halten Sie von einem Stück Marmorkuchen, einer Tasse Kaffee und der Fortsetzung der Geschichte?«

»Gern!« Der Augenblick war vorbei.

»Barbara, wenn Sie dann Zeit haben, könnten Sie uns Kaffee und Kuchen in mein Zimmer bringen?«

Die Hausdame nickte, packte die Einkäufe aus und sortierte alles an seinen Platz.

Sonja führte Katharina in ihr privates Zimmer und bot ihr einen Platz am runden Esstisch an, der einen Teil ihres Raumes einnahm und den sie auch als Schreibtisch zu nutzen schien. Katharina fiel die alte Schreibmaschine auf. Sonja packte das beschriebene Papier in eine Mappe und legte den Deckel über die Maschine. Dann setzte sie sich Katharina gegenüber.

»Wo waren wir stehen geblieben?«

»Die amerikanische Fotografin, die das Leben der Schadts verändern würde, hieß Undine Adams?«, fasste Katharina den Stand des bereits Erzählten zusammen.

12. Kapitel

Sie kam im Herbst 1907 kurz nach der Eröffnung des Adlon mit demselben Schiff wie Thomas Alva Edison. Die Fotografin hatte die Gelegenheit beim Schopf gepackt, den berühmten Erfinder zu porträtieren und gleichzeitig Berlin zu besuchen. Die Metropole des Deutschen Reiches war auf dem Weg, eine der modernsten und innovativsten Städte der Welt zu werden. Hier pulsierten das künstlerische Leben, die aufstrebende Industrie und der Handel. Exklusive Warenhäuser schossen wie Pilze aus dem Boden. Kabaretts und Operettenbühnen standen hoch im Kurs. Theater und Musikbühnen wischten den Staub von den Inszenierungen und vertrauten den Werken ihrer zeitgenössischen Komponisten und Dichter.

Gustaf hatte seine Familie zu einem ersten Ausflug ins Adlon eingeladen. An diesem Nachmittag erwartete man Edisons Ankunft. Die Halle des Hotels war voll von Schaulustigen, die den berühmten Mann sehen wollten. Schließlich verdankten sie ihm das elektrische Licht.

Gustaf führte Alma, Sonja und Ottilie stolz herum, als habe er selbst das Hotel konzipiert, erbaut und bezahlt. Bei Letzterem hatte er gar nicht so unrecht – ein halbes Vermögen hatte er seinem Freund vorgestreckt.

Ottilie hatte schlechte Laune, schützte Kopfweh vor und verzog kaum eine Miene bei der Betrachtung all der Herrlichkeit. Insgeheim beneidete sie ihren Mann, weil er mit seinem Schulfreund eine so großartige Vision in die Tat umgesetzt hatte.

Alma hielt Sonja bei der Hand. In der Öffentlichkeit galten sie als Schwestern und konnten die Nähe genießen, die zu Hause unter Ottilies eifersüchtigem Blick nicht möglich war. Almas Herz schlug schneller, als sie Friedrich sah. Er war zum Oberpagen aufgestiegen und tat an diesem Nachmittag Dienst in der Halle. Sie grüßten sich mit einem Kopfnicken. Sonja machte sich von Alma los und lief zu ihm.

»Ich kenne dich.«

Er neigte seinen Kopf wie vor einer Dame. Die Kleine betrachtete ihn neugierig.

»Warum trägst du eine Uniform? Bist du ein Offizier?«

Sonja hatte bei den Besuchen von Siegfried von Tennen gelernt, dass Offiziere und Soldaten Uniformen trugen. Sie dienten dem Kaiser und dem Vaterland und waren also wichtige Personen. Entsprechend ehrfürchtig betrachtete sie nun Friedrich in seiner Pagenuniform.

»Nein, ich bin kein Soldat. Jedenfalls nicht bei der Kaiserlichen Truppe. Aber vielleicht bin ich ein Soldat von Herrn Adlon.«

Friedrich schmunzelte bei dem Gedanken und dem Zusammenhang, auf den ihn seine kleine Tochter brachte.

Ottilie sah, dass Sonja bei Friedrich stand, und kam eilig dazu.

»Sonja, man unterhält sich nicht mit Bediensteten.«

Sie nahm Sonjas Hand, bedachte Friedrich mit einem strafenden Blick und schalt Alma:

»Wie kannst du das nur zulassen!«

Gustaf, der Friedrich nun auch erkannte, kam heran.

»Na, Friedrich, bist du zufrieden?«

Friedrich verneigte sich. »Sehr, Herr Schadt.«

»Das will ich auch hoffen. Eine bessere Anstellung wirst du nicht finden«, sagte Gustaf gönnerhaft und reichte Ottilie seinen Arm.

Sonja schenkte Friedrich einen kindlich-bedauernden Blick und ergriff wieder Almas Hand. Sie gingen weiter. Gustaf führte seine Frau zu einem der Tische. Er wollte sich von ihr nicht die Laune verderben lassen.

»Wenn du nichts dagegen hast, zeige ich den Mädchen das Haus. Wir werden dich später wieder abholen, meine Liebe.«

Er winkte nach einem Kellner, der Ottilie bedienen sollte.

Plötzlich wurde es hektisch in der Halle. In einem Blitzlichtgewitter kam Edison ins Hotel. Pagen, das Gepäck geschultert, folgten. Die Reporter bestürmten den weltberühmten Gast und riefen durcheinander. *Mr. Edison … Mr. Edison … Was sind Ihre nächsten Pläne? … An welcher Erfindung arbeiten Sie gerade?*

Edison berichtete von seinem Phonographen, den er bei dieser Reise den Europäern präsentieren wollte und der mit einem Präzisionsuhrwerk des deutschen Unternehmens Junghans ausgestattet war. Außerdem hatte er als besondere Attraktion zusammen mit Stollwerck eine Schokoladenschallplatte entwickelt und mit Liedern bespielt.

»A very nice Christmas gift for your children.«

Edison strahlte in die Runde. Sein Assistent verteilte die »sprechende Schokolade«, die von einer echten Grammophonplatte kaum zu unterscheiden war, und versicherte, dass sie auf jedem Abspielgerät laufen würde, dass es aber natürlich von Vorteil wäre, sich den neuen Apparat der Firma Edison zuzulegen.

Lorenz Adlon kam die große Freitreppe hinunter.

»Ich begrüße in meinem Haus den ersten Abgesandten der Neuen Welt!«

Die Umstehenden applaudierten. Der Portier und einige Pagen, darunter Friedrich, stellten sich den Reportern in den Weg, um Edison abzuschirmen.

»Meine Herrschaften, das muss genügen!«, rief Lorenz, während er Edison zum Fahrstuhl führte. Die Schaulustigen schwatzten durcheinander und besprachen, dass der große Konkurrent Edison der Grund dafür gewesen sei, dass Wilhelm II. den deutschen Unternehmen Siemens und AEG den kaiserlichen Befehl gegeben hatte, schnellstens zu handeln und ebenfalls eine Gesellschaft für drahtlose Telegrafie zu begründen. So war *Telefunken* in Nauen zwischen Berlin und Potsdam entstanden.

Gustaf hatte mit seinen Mädchen einen Platz auf der Treppe gefunden, von wo aus sie einen guten Blick auf das Spektakel hatten.

»Dieser Mann hat das Licht erfunden. Ohne ihn würden wir noch bei Kerzenlicht sitzen. Aber da ist sie ja«, rief Gustaf erfreut. »Undine Adams!«

Sonja zog an Almas Hand und flüsterte: »Warum heißt sie wie meine Undine?« Sie meinte das Püppchen aus Gustafs Taschentuch.

Alma beugte sich zu ihrer Tochter. »Weil ich ihren Namen schon mal gelesen habe. Er hat mir gefallen.«

Jetzt entdeckte Undine Gustaf Schadt zwischen Alma und Sonja. Sie winkte.

»Gustaf, how nice to see you.«

Sie gingen sich entgegen. Gustaf deutete einen galanten Handkuss an.

»Was für eine Freude! Das ist meine Tochter Alma. Das ist unsere kleine Sonja.«

Undine, eine bildschöne Frau Ende zwanzig, in Hosen, weitem Mantel, knallbuntem Schal und Männerhut auf ihrem dunklen Lockenkopf, reichte Alma die Hand und schaute ihr dabei neugierig in die Augen.

»Alma … und dies ist little Sonja?« Undine beugte sich zu dem Kind und fragte: »Deine Tochter, Alma?«

Alma errötete und schüttelte schnell den Kopf.

Unbefangen erklärte Gustaf: »Sonja is our little girl. Sie ist die Tochter meiner Frau.«

»Schau mal, Alma, ein Vogel.« Sonja zeigte auf eine Marmorplastik.

»Das ist ein Falke«, erklärte Alma und wies auf eine zweite Plastik daneben. »Und das ist ein Adler.«

»Zwei Vögel, die die Freiheit lieben«, mischte sich Gustaf ein. »Alles hier hat Symbol und Bedeutung. Das Adlon ist ein Olymp, wo sich die Götter treffen.«

Undine verzog hinter Gustafs Rücken amüsiert die Augenbrauen. Alma nickte unmerklich und lächelte. Sie verstanden sich sofort.

Sonja, die von Gustafs Enthusiasmus angesteckt worden war, verkündete mit strahlender Naivität:

»Wenn ich groß bin, will ich hier wohnen.«

»Selbstverständlich, Sonja-Kind. Das wirst du.« Gustaf lachte vergnügt über diese Idee. »Geld habe ich schließlich genug in dieses Haus investiert.«

An einem der nächsten Tage war Miss Adams bei den Schadts zu Gast. Und natürlich hatte man die von Tennens dazugebeten, schließlich betrachtete man sich bereits als familiär verbunden.

Nach dem Essen breitete Undine ihre Mappe mit den Fotos aus, die sie auf ihren Reisen durch Afrika gemacht hatte. Alma, Siegfried und Herr von Tennen ließen sich von der Fotografin und von Gustaf die Motive erklären.

»Schauen Sie genau hin. Miss Adams' Bilder zeigen eine Vielzahl der Materialien, die im Adlon verarbeitet sind, an ihren Ursprungsorten«, sagte Gustaf begeistert. Die Fotos gingen von Hand zu Hand.

»Sie sprechen sehr gut Deutsch, Miss Adams«, stellte Oberst von Tennen fest.

»Meine Urgroßeltern stammen aus Deutschland. Sie gingen nach Amerika in die Vierzigerjahre im letzten Jahrhundert. Meine

Familie kommt aus Starnberg in Bayern. Sie wollten sich alle Freiheit nehmen, die Amerika zu geben hat«, erwiderte Undine mit sympathischem amerikanischem Akzent.

»Eine so weite Reise, mutig, mutig«, bekräftigte von Tennen. »Sind Sie jüdischer Abstammung?« Ein »etwa«, das von Tennen nicht aussprach, schwang mit.

»Ich bin Atheistin. Ich glaube vor allem an mich selbst.« Undine lachte. Dieses selbstbewusste Lachen beendete von Tennens Fragerei.

»Wie kommen denn die Fotos aus der Kamera aufs Papier?«, erkundigte sich Alma.

»Ich glaube nicht, dass das wirklich von Belang ist, Alma«, tadelte Ottilie durch die geöffnete Tür von der Terrasse her, wohin sie sich mit Frau von Tennen zurückgezogen hatte.

Undine legte Alma die Hand auf den Arm.

»Simple, very simple. Du musst nur etwas wissen über Chemie.«

»Nun, Mausebär, das Entwickeln der Fotos überlassen wir den Fachmännern. Aber vielleicht zeigt dir Miss Adams ihre Kamera.«

»Wenn Sie erlauben, ich mache erst ein paar Fotos von die Familie, und dann bringen wir das Brautpaar aufs Bild«, schlug Undine vor.

»Selbstverständlich erlaube ich. Verlobungsfotos sind immer etwas Schönes.«

Zuerst gab es ein Gruppenbild mit den Schadts und den von Tennens. Sonja und Sebastian von Tennen wurden aus dem Garten gerufen und vor die Erwachsenen gestellt. Der Magnesiumstab blitzte und verband die beiden Familien zu einer Sippe. Dann stand Alma neben Siegfried, der wie immer Uniform trug. Undine richtete das Paar ein.

»Alma, du kannst deine schönes face … ganz locker … diese Maschine frisst keine Menschen. Come on!«, rief sie. »Ein Verlobungsfoto soll fröhlich sein. Für eure Enkel! Sie sollen sehen, wie jung ihr seid bei eure Hochzeit.«

Das Blitzlicht flammte auf.

»Alma!« Undine winkte ihr. »Willst du ein Foto machen von deine zukünftige husband?«

Alma löste sich von Siegfried und ging zu Undine. Die hielt das schwarze Tuch auf und lud Alma unter ihren Kokon ein. Hier war es still, und die Welt draußen schien weit entfernt. Im Sucher der Kamera war Siegfried zuerst verschwommen auf dem Kopf stehend zu sehen, bis Undine das Bild scharf stellte. Nun sah man, wie Siegfried, eine Hand auf dem Säbel, posierte. Sie kicherten.

»Bitte lächeln«, rief Alma.

Der Auslöser klickte. Die beiden Frauen kamen unter dem Tuch hervor. »Du warst viel zu steif, Siegfried«, kritisierte Alma.

Siegfried versuchte eine andere Pose, die Undine ihm vormachte. Sie ließ sich lässig in die Hüfte fallen. »Ein bisschen – so …«

Doch Lässigkeit war Siegfrieds Sache nicht. Alma übernahm die Regie.

»Ein Bein nach vorn, Siegfried.«

Sie bemerkte, wie viel Macht eine Fotografin hatte. Siegfried ließ sich darauf ein, glaubte, so die Sympathie der Damen zu gewinnen. Und wieder verschwanden Alma und Undine unter dem Tuch. Siegfried stand in Pose und wartete. Endlich entlud sich der Magnesiumstab in einem Blitz, und der Augenblick war für alle Zeiten festgehalten.

13. Kapitel

Alma fuhr vom Tiergarten nach Charlottenburg. Zum ersten Mal in ihrem Leben war sie allein unterwegs. Undine hatte für die Zeit ihres Aufenthaltes in Berlin ein Fotoatelier gemietet und Alma angeboten, bei ihrer Arbeit zu hospitieren. »Hospitieren« – dieses Wort hatte Alma bis dahin noch nie gehört. Natürlich wollte sie die Einladung annehmen und bat Undine, sie noch einmal Gustaf gegenüber auszusprechen. Der dachte nicht groß nach und gab die Erlaubnis, die Ottilie verweigert hätte.

Vor einem Haus in der Kantstraße ließ Alma die Droschke halten. Sie bezahlte den Kutscher, stieg aus dem Wagen und schaute sich um. An der Wand neben der Eingangstür sah sie eine kleine Tafel mit der Aufschrift FOTOATELIER und dem Hinweis, dass es sich im zweiten Hinterhof im Souterrain befände. Sie durchquerte den mondänen Hausflur mit üppigem Stuckwerk und Messingverzierungen und betrat den ersten Hof. Dort sah es im Vergleich ärmlich aus. Die Hauswände waren nicht verputzt, aus den Fenstern hing Wäsche, hinter einer Fensterscheibe sah sie das eingefallene Gesicht einer Greisin. Sie ging zu einem nächsten Hausflur, der mit dem des Vorderhauses nun gar keine Ähnlichkeit mehr aufwies. Müll und rostige Metallteile füllten den eiskalten Durchgang zum zweiten Hof, der an seinem hinteren Ende an Bahngleise grenzte.

Gerade fuhr ein Zug vorbei und ließ das Gebäude erzittern. Da sah Alma den Eingang zum Souterrain und die Aufschrift FOTO-ATELIER. Das Treppengeländer war schwarz lackiert. An einer Fensterscheibe hing ein Foto, das den Kurfürstendamm bei Nacht zeigte. Alma stieg die wenigen Stufen der Eisenstiege hinab und klopfte an die Tür.

»Herein, wenn's kein Schneider ist«, hörte sie eine dunkle Frauenstimme.

»Just a moment, please«, rief eine andere Frau, die Alma als Undine erkannte. Ein Blitz flammte auf und verlosch. Die Tür zum Atelierraum wurde aufgerissen. Undine stand im Türrahmen.

»Darling!« Sie zog Alma in den Raum. »Darf ich dir Lucie Berber vorstellen. Lucie, das ist Alma Schadt! Sie interessiert sich für Fotografie.«

Alma reichte Lucie, die nur spärlich bekleidet in einem Korbstuhl saß, die Hand.

»Hallo, Schätzchen, ich bin gerade entspannt und hab das Gefühl, dass es gute Fotos werden.«

Die Frau war weder jung noch alt mit dunklen Ringen unter den Augen. Fasziniert betrachtete Alma den elfenbeinfarbenen fast nackten Körper.

»I do my very best!«, versprach Undine. Wieder gingen der Magnesiumstab und der Auslöser der Kamera. Undine wechselte den Film und sagte dabei zu Alma: »Komm, Darling, mach einen Versuch.«

Alma wollte abwehren. Undine gab ihr mit einer Kopfbewegung zu verstehen, dass sie keinen Widerspruch duldete. Alma kroch unter das Tuch. Undine trat zur Seite und zündete sich eine Zigarette an.

Nachdem sich Alma im Sucher orientiert hatte, kam sie wieder zum Vorschein und schlug vor:

»Vielleicht eine andere Pose? Das linke Bein über die Stuhllehne!«

Lucie folgte Alma, wenn auch nicht sehr begeistert. Alma trat näher.

»Darf ich?« Sie richtete den Faltenwurf von Lucies Negligé und fragte dann: »Undine, gibst du ihr vielleicht deine Zigarette?«

Undine übergab die Zigarette, die in einem silbernen Mundstück steckte. Alma ging zurück zur Kamera und sagte, schon unter dem Tuch:

»Auf drei hüllen Sie sich bitte in eine Rauchwolke, Frau Berber.«

»Erstens, nenn mich Lucie, und zweitens«, wandte sie sich an Undine, »weiß det Fräulein eigentlich, wat se da tut?«

Undine lachte vergnügt. »Lassen wir uns überraschen.«

Alma machte drei Fotos in unterschiedlichen Posen, alle mit dem Rauch der Zigarette, und ließ sich von Undine mit dem Magnesiumblitz unterstützen.

Synchron zum letzten Blitz kam ein Gespenst in den Raum gefegt. »Huuuuubuuuhhh!«, kreischte es. Alma sah in die braunen Augen eines vielleicht fünfjährigen Mädchens, das sich mit Federboa, silbernem Hütchen und Frisierumhang verkleidet hatte und einen langen Schuhanzieher aus Messing wie ein Schwert in der Hand hielt.

»Anita! Menschenskind, wie kannste uns nur so erschrecken«, schimpfte Lucie. Doch ihre Tochter ließ nicht von ihrem Spiel ab, sondern begann die Frauen mit dem Schuhanzieher-Schwert anzugreifen.

»Anita, spiel was Schönes, aber mach uns nicht verrückt«, stöhnte ihre Mutter.

»Oder möchtest du auf ein Foto?«, schlug Alma vor.

Sofort hörte das Kind mit dem Luftfechten auf.

»Dann stell dich neben deine Mutter.«

Alma richtete das Foto ein, diesmal ohne Zigarettenrauch, verschwand unter dem Tuch und drückte den Auslöser.

Danach hatte Lucie keine Geduld mehr.

»Kinder, ick muss zur Probe.«

Sie sprang auf und begann sich anzuziehen. Undine und Alma halfen der kleinen Anita, die Verkleidung abzulegen und in ein Kleidchen zu schlüpfen.

»Kommt doch mal vorbei«, lud Lucie Undine und Alma ein. »Sagt an der Kasse, dass ihr meene Gäste seid, dann bekommt ihr jute Plätze.«

»Chat noir …«, klärte Undine Alma auf, wohin sie eingeladen wurden. »Das beste Kabarett in Berlin.«

Lucie schob Anita zur Tür hinaus. Die war es gewohnt, an der Hand der Mutter durch deren Verabredungen und Termine gezogen zu werden.

Ebendiese Anita Berber wird mit achtzehn Jahren ihre Tanzkarriere beginnen und in der 1917 gegründeten Ufa als Stummfilmstar Karriere machen. In den Goldenen Zwanzigern wird Anita im Restaurant des Adlon splitterfasernackt, nur in einen Pelzmantel gehüllt, einen Skandal verursachen, der in die Annalen des Hotels eingeht.

Doch zurück ins Fotoatelier in der Kantstraße im Jahr 1907.

Für einen kurzen Moment waren auf dem Hof noch die Schritte von Mutter und Tochter zu hören gewesen. Dann war es still.

Undine ging zur Kamera und holte den Negativfilm heraus. »Komm!« Sie reichte Alma die Hand und zog sie in den hintersten Teil des Flurs in eine Kammer. Dort schaltete sie eine Lampe ein, die den Raum in dunkelrotes Licht tauchte.

»Ich bin neugierig auf deine Kunst.«

Alma sah zu, wie Undine Chemikalien in ein Wasserbad tat.

»Jetzt entwickeln wir den Film zum Negativ«, erklärte sie, »und später machen wir daraus Bilder aus Papier.«

Die beiden Frauen verbrachten den ganzen Nachmittag im Fotolabor. Das Herstellen von Papierbildern vollzog sich in vielen kleinen Schritten und brauchte vor allem eines – Geduld. In den Pausen zwischen den Arbeitsgängen erzählte Undine von ihrer Kindheit in einer Kleinstadt vierzig Meilen östlich von San Francisco, wo ihre Familie einen Store für Waren des täglichen Bedarfs betrieb. Auf den zweihundert Quadratmetern gab es alles zu kaufen, was in einer Kleinstadt gebraucht wurde: von Zahnpasta über Mausefallen, Kleinkalibergewehre, Gewürze, Coca-Cola bis hin zu Angelhaken. Nach der Schule hatte die zehnjährige Undine ihren Eltern im Lager und im Verkauf geholfen. Eines Tages im Frühling 1891 beschwatzte ein Vertreter für Fotogeräte ihren Vater, ihm ein halbes Dutzend Kameras samt entsprechendem Zubehör abzunehmen. Ein finanzielles Risiko, das die Mutter dem Vater tagelang als Fehlentscheidung vorwarf. Bis der erste Apparat verkauft war, dann der zweite … Binnen eines Monats musste der Vertreter erneut bestellt werden. Bei diesem Verkaufsgespräch war Undine dabei. Sie löcherte den Mann mit Fragen, ließ sich alles ganz genau erklären und probierte selbst, ein Foto auf die Kupferplatte zu bannen.

Wieder legte sich der Vater ein halbes Dutzend Apparate ins Regal. Diesmal blieb Undine abends länger im Geschäft und übte fotografieren, bis sie von ihrer Mutter erwischt wurde. Es folgten Gezeter, Strafpredigten, Stubenarrest. In den stillen Stunden, in denen sie ihr Zimmer nicht verlassen durfte, gebar Undine eine Idee. Sie machte ihren Eltern den Vorschlag, die Kunden, falls gewünscht, zu fotografieren und ihnen ihre Porträts gerahmt zu verkaufen. Gerade einmal dreizehn Jahre war Undine, als sie im Geschäft ihrer Eltern als Fotografin ihre Dienste anbot. Die Idee zündete. In wenigen Monaten konnte sie ihren ersten eigenen Apparat beim Vater abzahlen. Der Vertreter gab dem Mädchen Kredit. Undine legte sich eine Fotoausrüstung und ein Fotolabor zu. Als die Kameras beweglicher und die Fotoplatten vom Film abgelöst wurden, begann sie als Fotografin übers Land zu ziehen. Da war sie einundzwanzig, und das neue Jahrhundert hatte gerade begonnen. Sie lernte einen Redakteur vom *San Francisco Chronicle* kennen, der ihr erzählte, wie viel sie mit Fotos verdienen konnte, wenn seine Zeitung sie veröffentlichte. Undine legte der Bildredaktion eine Fotoreihe vor und diese wurde gedruckt.

Bald suchte sie die nächste Herausforderung. Sie reiste durch die benachbarten Bundesstaaten und schickte ihre Fotoreportagen an den *Chronicle*. Doch immer wieder schnappten ihr männliche Kollegen die besten Aufträge vor der Nase weg. Da entdeckte Undine, dass Afrika journalistisch nicht beachtet war. Großbritannien, Frankreich, Portugal, Deutschland hatten den Kontinent unter sich aufgeteilt und wetteiferten um die wirtschaftliche Erschließung. Eisenbahnstrecken wurden gebaut, Farmen entstanden und mit ihnen die landwirtschaftliche Produktion. Undine sicherte sich das Interesse ihres Chefredakteurs und einen Vorschuss, fuhr einmal quer durchs Land und schiffte sich in New York nach Kapstadt ein. Von dort reiste sie weiter Richtung Norden, lernte in Deutsch-Südwestafrika, im Lüderitzland, Gustaf Schadt kennen und begleitete ihn auf einer seiner Handelsreisen bis nach Kamerun. Sie verbrachte fast drei Jahre in Afrika und verkaufte ihre Fotos inzwischen nicht nur in den USA, sondern auch an Zeitungen und Magazine auf dem europäischen Kontinent.

»Der schönste Augenblick kommt jetzt«, verkündete Undine, nachdem sie das Fotopapier mit dem Negativbild belichtet hatten. Fasziniert beobachtete Alma, wie sich im Entwicklerbad auf dem weißen Papier schwarze Schatten bildeten, aus denen kurze Augenblicke später ein Bild entstand. Undine legte es ins Fixierbad, spülte die Chemikalie in einem Wasserbad wieder ab und reichte es Alma mithilfe einer Zange.

»Dein erstes Foto, Darling!«

Sie schauten auf Lucies Porträt. Der Rauch, der sie umgab, wirkte wie Feenhaar, wie die Projektion einer verzauberten Welt.

»Du hast ein Händchen.«

Alma strahlte vor Glück, dass ihr so etwas Schönes gelungen war. Spontan umarmte sie Undine. Die hielt sie länger als notwendig.

Pünktlich zum Abendessen war Alma zu Hause. Alle saßen auf ihren Plätzen. Die Hausmädchen begannen mit dem Auftragen der Suppe. Alma und Sonja griffen gleichzeitig nach der Serviette, ein heimliches Ritual.

»Nun, Mausebär, hattest du einen schönen Nachmittag?«, fragte Gustaf, der die Frische seiner Tochter bemerkte.

»Miss Adams hat mich mit der Technik der Fotoentwicklung vertraut gemacht«, erzählte Alma.

»Donnerwetter, dann weißt du ja jetzt mehr als dein Papa.«

»Das Fotolabor hat mich wirklich beeindruckt. Es ist fast wie Malerei ohne Farbe und Pinsel. Das Licht spielt bei der Fotografie eine wichtige Rolle.«

Gerade wollte sich Gustaf hinreißen lassen, seiner Tochter eine Kamera zu versprechen, als Ottilie dazwischenging.

»Nun, das mag für eine Amerikanerin in Hosen die richtige Beschäftigung sein. Ich glaube nicht, dass die Familie deines Zukünftigen für ein solches Steckenpferd Verständnis aufbringen wird.«

Gustaf räusperte sich und trank einen großen Schluck Bier.

»Miss Adams bleibt ja noch in der Stadt. Sie wird dich sicher in das eine oder andere einweisen«, tröstete er seine Tochter.

Ottilie fühlte sich vom Ehemann und der Tochter brüskiert und beschwerte sich später bei Gustaf.

»Warum tust du mir das an? Schleppst diese Frau hier an und erlaubst deiner Tochter, mit ihr zu verkehren.«

»Lass doch dem Mausebär den Spaß. Sie lernt etwas und kann die letzten Monate vor der Ehe genießen.«

»Diese Miss Adams raucht und trägt kein Korsett.«

Ottilie schaute ihren Mann strafend an. Was im Haus geschah, bestimmte sie: die Erziehung der Kinder, die Auswahl der Gäste, der

Umgang mit dem Personal. Das war eine Übereinkunft, die schon fast zwei Jahrzehnte Bestand hatte. Und nun das! Ihr Mann verbündete sich hinter ihrem Rücken mit der Tochter und goutierte ihre Grenzverletzungen. Ottilie hatte keinen Verbündeten. Sie war auf Gedeih und Verderb an dieses Haus gebunden, an die Ehe. Sie konnte nicht ausbrechen – mit wem denn, wohin denn?

Zur gleichen Zeit saß Undine Adams im Restaurant des Adlon beim Abendessen. Die Tische waren gut besetzt. Ihr gegenüber feierte eine Gruppe von Offizieren der kaiserlichen Armee die Beförderung eines Kameraden. Die Kellner standen unter Aufsicht des Oberkellners bereit, auf jeden Wunsch der Gäste zu reagieren. Undine schnitt sich dünne Scheiben von einem Kalbsbraten und dachte an Almas Jugend, an ihre Naivität, an den Zauber, der sie umgab. Neben ihr kam sich Undine alt vor. Dabei trennten sie kaum mehr als zehn Jahre.

Ein Kellner trat zu Undine und riss sie aus ihren Gedanken. Auf einem silbernen Tablett lagen eine rote Rose und eine Karte. Verwundert griff sie danach. Der Kellner ging und gab den Blick auf Louis Adlon frei, der an der Tür des Restaurants stand und sich in ihre Richtung verneigte. Undine nickte Louis zu. Er kam an ihren Tisch.

»Nur eine Rose kann sich mit Ihrer Schönheit messen, gnädige Frau.«

Ein Kellner brachte Champagner und füllte zwei Gläser. Mit einer Handbewegung gab Undine Louis zu verstehen, dass er sich zu ihr setzen durfte. Sie ließen ihre Gläser aneinander klingen.

»Ich hoffe, es fehlt Ihnen in unserem Haus an nichts.«

»Ein wundervoller Ort. Ich fühle mich – wie sagt man in Deutsch? – wie im siebten Himmel.«

Er genoss das Kompliment und schaute sie an. Undine kannte diesen Blick gut. Sie hatte vor langer Zeit beschlossen, in solchen

Momenten sofort für Aufklärung zu sorgen, sodass sich gar nicht erst Verwicklungen ergaben, die in der Regel zu einem peinlichen Ende führten.

Undine spielte mit der Blume und sagte scheinbar versonnen: »Ich liebe diesen Duft von Rosen.«

Louis beobachtete sie hingerissen. Undine setzte hinzu: »Und ich suche auch wie Sie nach der schönsten.«

Louis verstand sie nicht. Also fügte Undine an: »Wir pflücken im selben Rosengarten, Herr Adlon.«

Jetzt ahnte Louis, worauf sie anspielte.

»Sie meinen, wir sind Konkurrenten?«

Undine bestätigte seine Vermutung mit einer amüsierten Neigung ihres Kopfes. Louis blieb charmant.

»Nun, ich hoffe, dass wir trotzdem Freunde sein können.«

»Das hoffe ich auch.«

Undine trank vom Champagner und wechselte das Thema. »Ihr Vater ist sehr engagiert. Wie geht es Ihnen damit?«, fragte sie mit ehrlichem Interesse. Ihr war nicht entgangen, dass Lorenz Adlon der Patron im Hotel war und seinen Sohn dominierte.

Louis schwieg – wenn er auf Undine Adams' Geständnis, dass ihr Interesse dem weiblichen Geschlecht galt, souverän reagiert hatte, so fiel ihm beim Vater-Sohn-Thema nichts Originelles ein. Undine entwickelte ihren Gedanken weiter.

»Wir Jüngeren sollen doch vorwärtsgehen. Aber wenn uns die Alten nicht lassen, was ist dann unsere Aufgabe?«

»Ich bin anders als mein Vater. Vielleicht liegt es daran, dass ich mich nicht wie er aus einfachen Verhältnissen hocharbeiten musste. Letztlich war schon alles da, ich brauche nur zu leben«, verschanzte sich Louis hinter der vorgefassten Meinung seines Vaters.

Undine betrachtete ihn nachdenklich. »Was sind Ihre Träume, Louis?«

»Ich sehe die Welt realistisch. Ich träume nicht.«

»Wirklich?« Undine war überrascht. »Aber sind wir Menschen nicht zum Träumen da? Tiere und Pflanzen können das nicht.«

Ihr wurde bewusst, dass sie begonnen hatte, von einem Leben mit Alma zu träumen.

Louis lehnte sich zurück. Er haderte nicht mehr mit dem Platz, auf den ihn das Leben gestellt hatte. Aber er wusste auch sehr gut um seine Begrenzungen. Für ihn gab es keinen Grund zu träumen. Er nutzte die Welt, in der er zu Hause war und sich auskannte, wie einen ganzen Kontinent. Und manchmal, wenn auf diesem Kontinent eine Frau zu Gast war, die sein Herz berührte, machte er sich bekannt, und es war ihm ein Ausbruch aus dem immer gleichbleibenden Ablauf der Tage.

14. Kapitel

In den Wochen vor der Hochzeit kam Alma nicht aus dem Haus. Ständig hatte Ottilie Anproben und Besprechungen mit der Schneiderin zum Hochzeitskleid und der Garderobe für die Flitterwochen anberaumt.

In der freien Zeit dazwischen war Frau von Tennen zu Gast. Ihre künftige Schwiegermutter kam stets gemeinsam mit dem inzwischen elfjährigen Sebastian, der sich zu Sonja gesellte und keinerlei Vorbehalte gegen das viel jüngere Mädchen hegte, wie es bei anderen Jungen in seinem Alter der Fall gewesen wäre. Das Kinderfräulein beaufsichtigte die beiden, wenn sie durch den Garten liefen, Verstecken spielten oder sich in die Betrachtung von Bilderbüchern vertieften. Der Anblick des ungleichen Paares erinnerte Alma an ihre eigene ungezwungene Kindheit mit Friedrich und dessen jüngerer Schwester Margarete. Nur dass der kleine Sebastian nicht Friedrichs Unbeschwertheit hatte. Er war ein von Tennen, preußisch erzogen im Bewusstsein seiner künftigen Rolle als Soldat.

Ab und an kam der Bräutigam zu Besuch. Er stand inzwischen kurz vor dem Abschluss der Offiziersausbildung. Dann ging das Verlobungspaar durch den Garten. Siegfried erzählte von der Kaserne und den Kameraden. Alma ließ seine großspurigen Sätze an sich vorbeiziehen. Er interessierte sie nicht. Vielmehr dachte sie an

Undine und welches Kleid sie bei der nächsten Begegnung tragen würde. Sie dachte über ihre Gemeinsamkeiten nach und dass Undine so viel mehr von der Welt und dem Leben wusste als sie selbst. Undine war der erste Mensch, dem sich Alma bedingungslos anvertraute. Nichts, was Alma dachte oder bisher erlebt hatte, schien Undine fremd oder gab ihr Anlass zu Kritik. Ganz im Gegenteil – sie stellte Fragen und wollte alles ganz genau wissen. Sie brachte Alma dazu, sich selbst zu entdecken.

Inzwischen war es Sommer. Undine hatte ihren Aufenthalt in Berlin verlängert. Ihre Fotos gefielen einer privaten Kundschaft, die sich bei ihr porträtieren ließ, und sie hatte reichlich zu tun, während Alma absolvierte, was die Mutter ihr auferlegte, und die Tage zählte bis zum Wiedersehen mit der Freundin.

Abseits von den Badestellen, an denen Kinder und Familien tobten, hatten die Frauen eine Decke ausgebreitet. Wein und Gläser standen neben einer Auswahl an Obst und Kuchen, die Undine für ihren Ausflug an den Wannsee im Adlon bestellt hatte.

Alma blinzelte in die Sonne und genoss die Wärme auf ihrer Haut. Endlich mal keine Hochzeitsvorbereitungen, keine Schwiegermutter in spe und kein langweiliger Bräutigam.

Alma trug einen blau-weiß gestreiften Badeanzug, den ihr Undine vor ihrem Ausflug geschenkt hatte. Noch nie hatte sie halb nackt unter freiem Himmel gelegen. Alma verschränkte die Hände unter dem Kopf. In ein paar Wochen würde sie verheiratet sein.

»Du denkst, du bekommst deine kleine Sonja, wenn du heiratest diesen blassen Leutnant?«, fragte Undine nach einer ganzen Zeit, ohne die Augen zu öffnen. Sie lagen Schulter an Schulter.

Seit ihrer Ankunft im Adlon, wo Undine ohne Zögern Sonja als Almas Tochter erkannt hatte, war darüber kein Wort gewechselt worden. Alma war überzeugt gewesen, dass der Status quo der Familie Schadt auch Undine als Tatsache galt.

»Woher weißt du das?«, stammelte sie erschrocken.

Undine beugte sich über Alma.

»Ich kann dir in die Seele schauen.«

Sie hatte natürlich keinen Augenblick an Gustafs Erklärung, dass es sich bei »little Sonja« um die »Tochter seiner Frau« handelte, geglaubt. Schließlich war allein die Formulierung ein Eingeständnis des Arrangements, das man im Hause Schadt getroffen hatte. Undine hatte sich Gedanken gemacht, wie dieses zarte und unschuldige Mädchen schwanger geworden sein könnte, ob sich womöglich ihr Vater oder ein älterer Verwandter an ihr vergriffen hatte. Bei dem Gedanken wurde Undine so wütend, dass sie sich schwor, sollte dies der Fall sein, würde sie für Alma Rache nehmen.

»Und der Vater von Sonja, was sagt er dazu?«, umschrieb sie die Frage, die sie tatsächlich beschäftigte.

Alma erzählte von Friedrich und den Spielen im Garten, von den Schmerzen nach der Geburt, den seelischen und den körperlichen, und ihrer Hoffnung, dass sie eines Tages mit Sonja zusammenleben konnte.

»Wenn ich Siegfried heirate, hat mir der Papa versprochen, darf ich Sonja zu mir nehmen. Eine verheiratete Frau hat viele Möglichkeiten. Siegfried will in den ersten Jahren der Ehe bei einem Bataillon in den Kolonien dienen. Du warst doch dort, wie schlimm sind die Kämpfe?«

Undine wusste nicht so recht, worauf Almas Frage zielte.

»Die Kolonisten und ihre Truppen sind hart gegen die Eingeborenen.«

»Aber die Neger werden sich doch wehren und kämpfen?«

»Sie kämpfen mit bloßen Händen und Geräten für die Feldarbeit. Sie haben keine Waffen. Nur sich selbst.« Undine richtete sich auf. »Was willst du wirklich wissen, Darling?«

Alma schwieg und rang die Hände.

Da begriff Undine, dass nicht Sorge um ihren künftigen Ehemann Alma bewegte, sondern das Gegenteil.

»Die meisten weißen Männer sterben an Krankheiten oder fallen wilden Tieren zum Opfer. Preußische Kriegskunst ist dem Dschungel egal«, versuchte sie Alma die Last zu nehmen und griff ihre unruhigen Hände. »Du willst frei sein?«

Alma nickte, ohne Undine dabei in die Augen zu schauen.

»Come with me!«, sagte Undine entschlossen und küsste Almas Hände. »Komm mit nach Amerika, Alma. Dort kannst du tun, was du willst. Musst nicht verkaufen deinen schönen Körper in einer Ehe, um frei zu sein.«

»Ich muss doch bei Sonja bleiben«, wehrte Alma verwirrt ab.

Undine drängte nicht weiter.

»Ich will dich fotografieren«, schlug sie vor. »Dass wir niemals vergessen diesen schönen Tag.«

Kurz entschlossen gingen sie am Abend zu Lucie Berbers Vorstellung ins Chat Noir. Alma brachte den Mut auf, einen Boten mit der Nachricht nach Hause zu schicken, dass sie nicht zum Abendessen kommen würde, da sie unverhofft von Miss Adams eine Einladung ins Theater bekommen habe. Sie hatte vorsichtshalber »Theater« statt »Kabarett« geschrieben und erst recht nicht das Chat Noir erwähnt, das wegen seiner frivolen Darbietungen berüchtigt war.

Lucie Berber bestritt das Programm gemeinsam mit Rudolf Nelson. Der Begründer des Kabaretts begleitete sie auf dem Klavier. Ab und an sprach die Chansonette Undine und Alma von der Bühne aus als ihre Freundinnen an. In der Pause nippte Alma an einem Bier, das Undine in großen Gläsern für sie beide bestellt hatte. Noch niemals hatte Alma Bier getrunken. Sie kam sich skandalös vor. Und als Undine ihr in aller Öffentlichkeit den Arm um die Schultern legte, wusste Alma, dass es tatsächlich eine andere Freiheit gab als die Ehe mit Siegfried.

»So können wir immer leben«, flüsterte Undine.

»Aber was werden die Leute sagen, wenn ich einfach gehe?«

»Nimmst du dir die Freiheit, zeigen die Leute mit Fingern auf dich. Bleibst du in der Gefangenschaft, lachen sie dich aus.«

Es war weit nach Mitternacht, als Undine Alma am Dienstboteneingang der Villa absetzte.

»Danke für den schönen Tag, Alma.«

Undine ergriff Almas Hände und küsste sie zum Abschied. »Danke dir erst recht.«

Schweren Herzens machte sich Alma von der Freundin los, stieg aus der Droschke und lief zum Haus. Dort drehte sie sich noch einmal um und winkte. Undine beobachtete, wie ein schwaches Licht anging und Alma hineingelassen wurde. Galla hatte in der Küche auf sie gewartet.

»Ich weiß, dass es Ärger geben wird«, sagte Alma schnell. »Aber es war so ein schöner Tag, Galla. Dafür halte ich es aus.« Sie fasste die schwarze Dienerin um die Taille und schwenkte sie übermütig im Kreis. »Es ist mir egal, es ist mir vollkommen egal!«

Galla löste sich seufzend und nahm Alma den Mantel ab. Dann öffnete sie ihr das Haar und auch die Haken des Kleides, sodass Alma es in ihrem Zimmer nur noch abzustreifen brauchte und ins Nachthemd schlüpfen konnte.

»Danke, dass du auf mich gewartet hast«, flüsterte Alma.

Galla nickte. Es war doch klar, dass sie ihre junge Herrin nicht ins offene Messer laufen lassen würde. Gegen Mitternacht hatte Ottilie die Dienstboten angewiesen, die Türen zu verriegeln und ins Bett zu gehen. Galla hatte abgewartet, bis alle verschwunden waren, und sich dann in die Küche gesetzt.

»Gute Nacht, Galla, schlaf jetzt schnell.«

Alma gab Galla einen Kuss, zog sich die Schuhe aus und huschte zur Treppe. Kaum erreichte sie die obere Etage – nicht eine Diele hatte geknarrt –, stürzte Ottilie im Morgenmantel aus dem Schlafzimmer.

»Ich lasse den Ruf meiner Familie nicht ruinieren!«

Alma erwiderte nichts und wollte an der Mutter vorbei in ihr Zimmer gehen. Doch Ottilie packte sie am Arm und zischte:

»Ich warne dich! Noch einmal hole ich dich nicht aus der Misere. Dann lasse ich dich fallen.«

Alma schaute ihre Mutter voller Verachtung an, machte sich los, ging in ihr Zimmer und setzte sich gegen die geschlossene Tür, sodass die Mutter ihr nicht folgen konnte. Dann ließ Alma den Kopf auf die Arme sinken. Ein paar Minuten saß sie in dieser Position, bis sie bemerkte, dass sie nicht weinen konnte, dass sie es gar nicht wollte. Sie stand auf, zündete das Licht an, setzte sich vor den Spiegel und begann sich zum ersten Mal in ihrem Leben eingehend zu betrachten.

Am nächsten Morgen verließ Alma das Zimmer erst, als sie ihren Vater auf dem Weg ins Kontor wusste. Sie wollte keine Fragen und erst recht keine Vorwürfe zu hören bekommen. Die Mutter blieb um diese Stunde wie gewöhnlich im Bett.

Im Salon saß Sonja am Klavier und übte mit einer Hand das Kinderlied *Fuchs, du hast die Gans gestohlen*. Das Kinderfräulein beaufsichtigte sie. Gleich würde der Klavierlehrer kommen.

Sonja sprang von der Bank und begrüßte Alma mit einem Kuss.

»Die Mama war gestern böse auf dich. Wo bist du denn gewesen?«

»Ich war im Kabarett«, erklärte Alma mit verhaltener Stimme. »Dort gibt es eine Bühne, auf der schmettert eine Sängerin ihre Lieder. Es gibt auch einen Klavierspieler. Der Raum ist voller Zuschauer, und alle haben Spaß.«

Sonja machte große Kinderaugen. »Nimmst du mich einmal mit in das Kabarett?« Sie stellte sich auf Zehenspitzen, holte Alma zu sich herunter und flüsterte: »Heimlich?«

Alma strich ihrer Tochter übers Haar. Das Herz zog sich ihr zusammen.

»Spiel nun weiter, der Klavierlehrer wird bald kommen, und dann kannst du ihn beeindrucken.«

Sonja löste sich von Alma und rutschte wieder auf die Klavierbank. Alma ging am Kinderfräulein vorbei in die Küche, um sich von Galla Kaffee und ein kleines Frühstück bereiten zu lassen. Aus dem Salon hörte sie, wie Sonja die einfache Melodie vorwärts und rückwärts spielte, so wie es die Übung vorschrieb.

Nach dem Mittagessen kam die Schneiderin, um Alma das Hochzeitskleid anzupassen. Sie bearbeitete jede Naht einzeln, trennte, heftete und stichelte. Alma stand in ihrem Zimmer auf dem Tisch und ließ die Prozedur über sich ergehen. Ottilie, die sich den ganzen Tag nicht hatte blicken lassen, kam und kehrte die Übermutter heraus.

»Eine fabelhafte Figur hat meine Tochter. Schlank wie eine Gerte«, rief sie entzückt aus.

»Der Stoff kratzt auf der Haut«, protestierte Alma, die sich ganz und gar unwohl fühlte.

»Das liegt an den Nähten, gnädiges Fräulein, die sind doch nur geheftet.« Die Schneiderin schaute entschuldigend von Alma zu Ottilie. »Bei der Hochzeit wird Ihnen die Seide schmeicheln.«

»Du wirst schön wie ein Engel sein«, unterstützte Ottilie die Schneiderin.

Endlich war die Arbeit fertig. Die Frauen halfen Alma aus dem Kleid. Die zog schnell ihren Morgenmantel über.

»Ich denke, dass wir morgen wieder probieren können.«

Die Schneiderin legte das Kleid sorgfältig in eine Schachtel und packte ihr Handwerkszeug ein.

»Dann erwarten wir Sie zur gleichen Uhrzeit wie heute.«

Ottilie rief nach einem Dienstmädchen, damit es die Schneiderin hinausbegleitete.

»Ach, sie ist wirklich die Beste und alles bezahlbar«, sagte Ottilie und tat geschäftig. »Ich habe noch zwei Kostüme bestellt. Die von Tennens können froh sein über die Partie, die sie mit dir machen. Keinen Pfennig kosten sie die Hochzeit und eure Flitterwochen.«

»Wenn wir wiederkommen, werde ich Sonja für ein paar Tage zu mir holen.« Alma hatte ihre Finger ineinander verhakt, um sich Halt zu geben. »Du sagst einfach, dass sie ein bisschen Abwechslung braucht, und nach und nach wächst Sonja dann zu uns.«

»Bist du verrückt?«, platzte es aus Ottilie heraus.

»Sonja ist ein stilles Kind. Siegfried wird sie lieb gewinnen.«

Alma war selbst erstaunt, wie sicher ihre Worte klangen. In der Nacht hatte sie lange Selbstgespräche geführt und sich dabei Undine vorgestellt, wie diese ihr zustimmte oder sie korrigierte.

»Hast du ihm gegenüber etwa irgendwas angedeutet?« Alma hörte die Panik in der Stimme ihrer Mutter.

»Natürlich nicht.«

Ottilie ging zum Tisch, wo die Stoffproben der Schneiderin lagen, und begann diese fahrig zu ordnen.

»Niemals darfst du dich hinreißen lassen, etwas zu sagen. Du gehst als Jungfrau in die Ehe. Alles andere wäre Betrug und könnte uns vor Gericht bringen.«

Alma atmete hörbar aus. »Ich will Sonja haben. Sonst werde ich nicht heiraten.«

»Ach, nein?« Ottilies Stimme überschlug sich hysterisch. »Die Dame braucht nicht versorgt zu sein? Die Dame will ihren Eltern ewig auf der Tasche liegen?«

»Ich werde nur heiraten, wenn du mir jetzt und hier schwörst, dass ich Sonja kriege.«

»Schwörst?«, wiederholte Ottilie sarkastisch. »Wir sind doch nicht im Gerichtssaal.« Sie lachte schrill. »Sonja gehört mir … ich bin ihre Mutter … und niemand in dieser Stadt wird jemals etwas anderes erfahren.«

»Mutter!«, sagte Alma mahnend. »Sonja ist mein Kind.«

Das gab Ottilie den Rest. Sie packte ihre Tochter am Arm.

»Wenn du unsere Familie zerstören willst, dann gnade dir Gott.«

Alma machte sich ohne ein weiteres Wort los und verließ das Zimmer. Ihr Herz raste. Schweiß lief ihr über den Rücken.

Sonja kam aus ihrem Zimmer. Das Kinderfräulein wollte das Kind eilig zurückholen. Doch Sonja rannte Alma entgegen. Die nahm ihre Tochter auf den Arm und trug sie die Treppe hinunter in den Salon. Dort setzten sie sich auf die Klavierbank. Alma schlug die Noten auf, die der Klavierlehrer zum Üben dagelassen hatte: *Am Brunnen saß weinend Mariechen*. Alma spielte das Kinderlied zuerst mit einer Hand, nahm die zweite für die Akkorde dazu, um dann die Melodie in einer Improvisation zu zerlegen, neu zusammenzusetzen, wieder zu zerlegen und allmählich zu ihrem Ursprung zurückzukehren. Alma dachte nicht nach, sie folgte ihren Gefühlen und benutzte die Musik, um Sonja mitzuteilen, was sie ihr nicht mit Worten sagen durfte. Als sie endete, ruhten ihre Hände auf den Tasten. Sonja legte ihre kleine Hand darauf.

»Alma?«

Alma erwachte und sagte: »Lass dir niemals, niemals von jemandem befehlen, wie du leben sollst. Hörst du, das musst du mir versprechen.« Sie schaute Sonja in die Augen. »Hörst du?«

Alma sagte es so eindringlich, als könne dieses Versprechen ihr selbst die Freiheit geben.

Sonja verstand nicht, was die Ältere wollte. Aber sie spürte die Erregung und die Not.

»Das verspreche ich dir, Alma!«

In diesem Augenblick kam Ottilie in den Salon gestürzt. Das Kinderfräulein fasste Sonja an der Schulter, zog sie von der Klavierbank und brachte sie von Alma fort. Ottilie lief ihnen nach und rief mit aufgeregter Stimme:

»Sonja-Schätzchen, komm zur Mama. Wir wollen uns in die Stadt fahren lassen und im Café Kranzler einen Kakao trinken.«

Alma blieb am Flügel sitzen, und ihre schweißnassen Hände begannen die *Ode an die Freude* zu spielen. Dies war das Letzte, was Sonja von ihr hörte. Als sie mit der Mama nach Hause kam, war Alma fort.

Am Abend desselben Tages beobachtete Friedrich besorgt, wie sich Gustaf Schadt einen Weg durch die festlich gekleidete Menge in der Halle des Hotels bahnte. Die meisten waren hier, um Caruso zu sehen, der im Adlon logierte und nur ein paar Hundert Meter weiter im Königlichen Opernhaus unter den Linden gastierte. Man hatte gehört, dass der weltberühmte Tenor an einer Grippe laborierte und dass er die Vorstellung, der alle erwartungsvoll entgegensahen, womöglich nicht würde singen können. Doch andere wiederum wussten es besser.

»Caruso hat doch seine Spaghetti«, wisperte eine Dame im mit Strass besetzten Abendkleid.

»Spaghetti?«, wunderte sich ihr Begleiter.

»Allerdings! Ohne Spaghetti können diese Italiener nicht leben. Und er hat sogar seinen Leibkoch dabei.«

Es ging das Gerücht, das von Carusos Leibkoch eifrig geschürt wurde, dass er seinen Herrn und Meister in Krisensituationen mit einem besonderen Spaghettigericht beköstigte und so mögliche Stimmbandprobleme kurierte.

Friedrich sah die Aufregung in Schadts Gesicht, und er konnte sich denken, dass das etwas mit Almas Aufenthalt im Appartement der amerikanischen Fotografin zu tun hatte. Vom Portier hatte Friedrich erfahren, dass Miss Adams zwei Schiffspassagen nach New York gebucht hatte.

Ein Page und ein Zimmermädchen lauschten, eingezwängt in den Spalt zwischen den Doppeltüren, die in Carusos Suite führte, der Stimme des Meisters. Er sang sich mit *Di quella pira* aus Verdis *Troubador* ein. Sie bemerkten Gustaf nicht, der den Gang bis zu Undines Appartement entlangstürmte. Davor straffte er sich und lauschte. Drinnen war es still.

Undine packte ihre Koffer. Alma saß in einem Sessel und schaute nachdenklich aus dem Fenster aufs Brandenburger Tor. Es klopfte.

»Just a moment.«

Es klopfte energischer. Undine ging öffnen. Gustaf schob sie mit einer Hand zur Seite und trat ins Zimmer.

»Alma!«

Die Tochter sprang erschrocken auf und wich auf die andere Seite des Raumes zurück.

»Du wirst Sonja sehen können, wann du willst … vielleicht auch mehr. Das wird sich finden.«

Alma schüttelte den Kopf. »Das wird es nicht.«

Undine trat zu Gustaf. »Ich verspreche, ich werde auf Alma aufpassen. I promise!«

»Almas Leben wird in geordneten Bahnen laufen«, donnerte der Vater.

»Undine! Bitte!« Alma wollte für sich selbst sprechen.

Undine trat ans Fenster und zündete sich eine Zigarette an.

»Ich liebe Siegfried von Tennen nicht. Es graust mir vor ihm.« Almas Stimme klang fest.

Gustaf bemerkte den neuen Ton. »Es ist das beste Arrangement, das wir für dich treffen können. Du wirst in den Adelsstand erhoben und bei Hofe verkehren.«

Almas Blick sagte, wie wenig sie an dieser Aussicht interessiert war.

»Du musst an deine Familie denken. An deine Eltern, die alles für dich tun. Du wirst auch Sonjas Leben zerstören. Ist dir das eigentlich klar?«, versuchte Gustaf seine Tochter unter Druck zu setzen.

»Ihr habt sie mir gestohlen.«

»Mausebär, sei doch vernünftig!«

»Ich bin kein Mausebär.« Alma hatte das alles so satt. »Sorge dafür, dass es Sonja immer gut geht ... sonst ... sonst ...« Sie ballte die Faust. »Ich werde es erfahren, wenn es anders ist. Das schwöre ich dir.«

»Du schwörst mir gar nichts, sondern kommst auf der Stelle mit nach Hause.«

Alma rührte sich nicht.

»Wie du willst, dann lasse ich jetzt die Polizei holen.« Seine Stimme klang wie blankes Metall.

»Dann mache ich öffentlich, dass Sonja mein Kind ist. Ihr werdet einen Skandal haben.«

Ihr Tonfall glich dem seinen. Vater und Tochter standen sich gegenüber. Auge in Auge. Alma wartete darauf, dass er zuschlug. Doch nichts dergleichen geschah.

»Verschwinde und lass dich nie wieder blicken«, zischte er voller Verachtung, machte kehrt und durchmaß festen Schrittes den Raum. Dann fiel die Tür hinter ihm ins Schloss.

Fast wäre Alma ihm nachgelaufen. Doch Undine griff ihre Hand. Alma ließ sich an ihre Schulter fallen und weinte.

Als Gustaf über den Flur zum Fahrstuhl lief, hatte er das Gefühl, dass ihm das Haus zu eng war, die Teppiche zu weich, das Licht unwirklich. Die ganze Pracht kam ihm wie eine Operettenbühne vor. Außer sich stieg er in den Fahrstuhl und hörte den Liftboy Erklärungen geben.

»Herr Caruso hat sogar seinen eigenen Koch dabei«, glaubte Janus seinem Gast das Thema des Tages nahebringen zu müssen und äffte Carusos Koch mit italienischem Akzent nach: »Maestro Caruso kann nicht zingen, wenn nicht ässen meine Pasta. Pasta für Stimme wie Zalbe für Haut.«

Gustaf schwieg. Als der Fahrstuhl hielt und sich die Tür öffnete, traf er auf Louis Adlon.

»Herr Schadt, was für eine Freude«, sagte Adlon junior, nicht ahnend, was Gustaf gerade durchmachte. »Mein Vater ist in seinem Büro. Er wird sich freuen, Sie zu sehen.«

Gustaf hob abwehrend die Hände. »Heute nicht, bestellen Sie ihm meine Grüße.«

Hastig lüftete er seinen Hut und durchquerte die Halle, in der inzwischen nur noch wenige Gäste verweilten. Im Königlichen Opernhaus unter den Linden hatte der *Troubador* mit Caruso in der Hauptrolle begonnen.

Zwei Tage nach diesem Vorfall suchte Alma im ganzen Haus nach Friedrich, bis ein Page wusste, dass er im Gepäckraum arbeitete. Dort beschriftete er Koffer und Kisten, die mit dem Kurierdienst an die Heimatadressen der Gäste geschickt werden sollten. Als er Alma eintreten sah, zog ein Lächeln der Freude über sein Gesicht.

Alma war so aufgeregt, dass sie gleich zur Sache kam.

»Ich werde nach Amerika gehen, Fritz, so wie wir es wollten, weißt du noch?«

»Du lässt Sonja im Stich?« Er war bestürzt.

»Ich werde einen Beruf lernen und mein eigenes Geld verdienen. Dann hole ich sie. Es ist die einzige Möglichkeit, dass ich sie überhaupt einmal bekomme. Wenn ich Siegfried heirate …«

Alma musste den Satz nicht beenden, Friedrich schüttelte den Kopf. »Ja, natürlich.«

Alma atmete erleichtert aus. »Galla wird dich immer unterrichten, wie groß sie ist, was sie macht und ob es ihr gut geht.«

Sie standen sich unschlüssig gegenüber.

»Begleitest du mich noch hinaus?«, fragte Alma.

»Es schickt sich nicht, wenn eine Dame neben einem Pagen durchs Hotel geht.«

»Nimm einen Koffer und tu so, als ob er mir gehört«, schlug Alma vor. Plötzlich war sie wieder das Mädchen, das sich einen Streich ausdachte. Und er war der Junge, der alles für sie tat. Die alte Vertrautheit tat ihnen gut. Sie verließen den Gepäckraum und traten in die Halle, wo Undine auf Alma wartete. In diesem Moment kam Siegfried von Tennen mit zwei Offizierskameraden durch die Drehtür. Er sah zuerst Undine Adams und dann Alma mit Friedrich näher kommen.

»Fräulein Schadt!« Siegfried war offensichtlich angetrunken. »Meine Kameraden haben mir schon berichtet, dass Sie inzwischen Stammgast im Adlon sind.«

Alma wurde blass. Undine kam eilig dazu. Friedrich gab einem jungen Pagen den Koffer und winkte zwei andere zu Hilfe. Siegfrieds Ton war laut und boshaft. Andere Gäste wurden aufmerksam.

»Jahrelang wird man an der Nase herumgeführt.«

Friedrich trat zu ihm und sagte diskret: »Ich bitte Sie, das Hotel zu verlassen.«

Doch Siegfried ließ sich nicht davon beeindrucken. »Das Fräulein will also abreisen«, höhnte er.

Undine flüsterte: »Komm, Alma, unsere Droschke wartet vor der Tür.«

Friedrich und seine beiden Kollegen stellten sich den Offizieren in den Weg, damit diese den beiden Frauen nicht folgen konnten. Friedrich nickte Alma zum Abschied zu. Sie nickte zurück.

»Fass mich nicht an!« Siegfried stieß Friedrich zur Seite.

»Ein Flittchen, dass es mit Frauen treibt. Mit Frauen! Wie ekelhaft!«

Friedrichs Faust landete in Siegfrieds Gesicht. Ein Raunen ging durch die Halle. Da waren Alma und Undine schon draußen. Die Pagen zogen Friedrich von Siegfried fort und sorgten dafür, dass die Offiziere aus dem Haus befördert wurden, ohne dass es zu weiteren Handgreiflichkeiten kam.

Am Nachmittag des gleichen Tages stand Friedrich vor Louis Adlon und erhielt seine erste und einzige Verwarnung. Louis gab sich unerbittlich. Doch in Wahrheit war er vom Verhalten seines Angestellten beeindruckt.

Der Tag, an dem dieses Ereignis seinen Tribut fordern und Sonjas Leben für immer verändern sollte, lag noch weit in der Zukunft.

»Wir sind erst im Sommer 1908, und so vieles ist schon in unserer Familie passiert«, sagte die alte Sonja zu Katharina. Es war inzwischen dunkel geworden, der Kuchen aufgegessen, der Rest des Kaffees stand kalt in der bauchigen Porzellankanne.

»Ottilie hat Alma geschützt und niemandem gesagt, was sich wirklich zugetragen hatte. Ich erinnere mich an eine Begegnung mit Tilly Adlon und der kleinen Susanne. Wir Kinder hörten auf dem Phonografen von Edison die ›singende Schokolade‹ und aßen sie danach auf.« Sonja lachte herzlich. »Was für ein Luxus! Nebenan im Salon erzählte Ottilie ausführlich, dass Alma in die Staaten gegangen sei, um dort Fotografin zu werden. Man habe sich im Hause Schadt entschlossen, ihr die Freiheit zu geben. Tilly zeigte sich von dieser Großzügigkeit beeindruckt. Ich weiß nicht, ob sie die Geschichte wirklich glaubte. Aber es gelang meiner Großmutter Ottilie wieder einmal, die Familie ins richtige Licht zu rücken.«

Katharina und Sonja hingen jede für sich den Bildern der Vergangenheit nach.

»Die Jahre, die nun folgten, habe ich in ziemlich trauriger Erinnerung. Mit dem Verschwinden von Alma hatte es einen Bruch in unserer Familie und in meinem Leben gegeben. Gustaf kam nur noch selten aus den Kolonien nach Hause. Ottilie trank mehr, als sie vertrug. Sie verließ ihr Zimmer kaum noch. Galla hatte Verständnis für Almas Entscheidung, auch wenn sie der Verlust schmerzte. Sie war es, die sich wie eine Mutter um mich kümmerte.«

Sonja stand auf. Katharina griff nach ihrer Jacke. Gemeinsam verließen sie das Zimmer. Im Salon saßen die beiden Schachspieler.

»Sie spielen jeden Abend«, flüsterte Sonja Katharina zu.

»Ich weiß auch nicht, was Menschen an Schach so faszinierend finden«, flüsterte Katharina zurück.

Sonja ergriff Katharinas Hand. »Wann kommen Sie wieder?«

»Morgen werde ich es wohl nicht schaffen. Mein Freund hat Geburtstag.«

»Gute Nacht!«

»Ich rufe Sie an. Gute Nacht!«

Katharina lief die Treppe hinunter und trat auf die Straße. Dort drehte sich sie noch einmal um und winkte ihrer Großmutter, die am Fenster stand. Katharina stieg in ihren kleinen Ford. Sonja schloss die Gardinen. Sie konnte jetzt noch nicht allein sein. Sie ging zu den beiden Schachspielern in den Salon und lud sie zu einem Sherry ein.

»Worauf trinken wir denn?«, fragte Baumann.

»Ich habe meine Familie gefunden«, sagte Sonja.

»Ich wusste gar nicht, dass Sie eine Familie haben.« Mittler trank seinen Sherry in einem Zug aus und goss sich nach.

»Ja, ich habe eine Tochter und eine Enkelin«, sagte Sonja stolz.

15. Kapitel

Die Gäste waren schon da, als Katharina zu Alexanders Geburtstagsparty kam. Die meisten waren Bekannte aus dem Klinikum. Manche von ihnen begleiteten ihn schon sein halbes Leben.

Alexander stand in der Küche und packte, unterstützt von der Anästhesistin Bettina Runge, die Lieferung eines Cateringservices aus.

Mit schlechtem Gewissen dachte Katharina, dass eigentlich sie die Gastgeberin hätte sein müssen. Doch irgendwie war ihnen beiden die Vorbereitung seines Geburtstags weggerutscht. Sie hatten sich nicht abgesprochen. Und nun gab Alexander spontan ein großes Fest. Er entdeckte sie und kam ihr entgegen. Sie umarmten sich.

»Herzlichen Glückwunsch zum Geburtstag und alles Glück dieser Welt.«

Eigentlich hatte Katharina ihm eine Liebeserklärung machen wollen, aber zwischen den ganzen Leuten ging das nicht. Sie reichte ihm die Blumen und das Geschenk.

»Liegt ja in der Hand wie ein Goldbarren.«

Er wickelte es aus und sah auf eine Bronzeplastik. Katharina hatte sie in einer Galerie in der Nähe ihres Büros in Grunewald entdeckt. Ein Mann im Trenchcoat hält eine nackte Frau im Arm. Die ungeschützte Blöße der Frau neben dem vollständig bekleideten

Mann war ihr nicht mehr aus dem Kopf gegangen. Ein paar Tage später hatte sie die Plastik gekauft. Als das Paar in Bronze vor Katharina auf dem Tisch stand, wusste sie, dass sie die Figuren Alexander schenken wollte. Sie spiegelten, ohne dass sie es hätte im Detail erklären können, ihre Gefühle wider – für sich selbst, für ihn, für ihre Beziehung und für ihr Bedürfnis, von ihm gehalten und geschützt zu werden.

Alexander betrachtete das kleine Kunstwerk unschlüssig.

»Du hast dir bestimmt schon überlegt, wo sie stehen soll.«

Katharina spürte Enttäuschung. Sie hätte bis nach der Party warten sollen, dann wären sie allein gewesen. Er hätte sich mit dem Bildnis beschäftigten können und einen Platz dafür wählen – seinen Platz.

»Ich stelle sie zu den anderen Geschenken«, sagte sie schnell, nahm Alexander die Plastik und das Einwickelpapier ab. Er küsste sie und ging zurück in die Küche.

»Das Büfett ist eröffnet«, rief er kurze Zeit später. Die Anästhesistin reichte Pappteller und Servietten herum.

Schnell bildeten sich kleine Grüppchen. Alexander diskutierte mit Kollegen über den Ablauf einer OP, die um Haaresbreite schiefgegangen wäre. Katharina stand mit zwei Krankenschwestern und Grit, der Ehefrau des Assistenzarztes, auf dem Balkon. Sie hatten sich beim Öffnen einer Flasche Wein kennengelernt. Grit hatte Katharina gefragt, ob sie auch in der Klinik arbeite. So waren sie auf Katharinas Beruf zu sprechen gekommen und auf den Bau des Adlon. Katharina hatte über ihre Begegnung mit Sonja erzählt.

»Du hast ihr nicht gesagt, dass du möglicherweise die Enkelin bist?« Die Jüngere der Krankenschwestern war verwundert.

»Nicht nur vielleicht. Ich bin auf alle Fälle ihre Enkelin.« Katharina trank einen großen Schluck Wein. »Daran gibt es keinen Zweifel.«

»Deine Großmutter hat also keine Ahnung, wem sie ihre Geschichte erzählt?« Grit schaute Katharina verblüfft an.

»Ich weiß es nicht«, erwiderte Katharina. »Ehrlich, ich weiß nicht, was sie über mich denkt. Wir fühlen uns einfach wohl miteinander.«

Die drei schauten Katharina skeptisch an.

»Es ist nicht leicht, sich diesen Familiengeschichten zu stellen.« Grit hob die Schultern. »Bei uns wird die Hälfte der Verwandtschaft totgeschwiegen.«

Katharina goss Wein nach. Während die Ältere der beiden Krankenschwestern über die geschiedene Ehe ihrer Eltern zu erzählen begann, dachte Katharina an Sonja, die mit einer Lebenslüge aufgewachsen war. Und sie dachte an Alma, die sich die Freiheit genommen und ihre Tochter zurückgelassen hatte. Katharina würde um ihr Kind kämpfen, wenn sie eines hätte. Aber sie lebte acht Jahrzehnte später.

Paarmanns Assistentin Laura stand im Keller der Baustelle an einem der langen Tische der Denkmalbehörde und packte Fundstücke in Kartons.

Urban, der zuständige Archäologe, hatte ihnen wie versprochen den Bereich zwischen dem Adlon und der Akademie der Künste freigegeben. Seifert war mit einem kleinen Trupp von Bauarbeitern dabei, die Betonschürze zu setzen, um den Neubau der Akademie der Künste während der Bauarbeiten zu schützen.

»Läuft doch alles wie am Schnürchen mit uns.« Urban strahlte Katharina an. »Und Ihre junge Mitarbeiterin«, er deutete mit einer Kopfbewegung zu Laura, »ist selig.«

»Das ist ja der Wahnsinn, was die hier gefunden haben«, rief Laura und zeigte auf eine Metallkaraffe. »Das müssen wir Frau Schadt zeigen.«

»Vor allem müssen wir eine Inventarliste machen. Das ist Eigentum der Besitzer des Grundstücks«, bremste Katharina den Enthusiasmus der Jüngeren.

Laura sah sie entgeistert an. »Ach, echt?«

Katharina nickte bedauernd.

Urban fügte in seinem breiten Sächsisch an: »Für uns hat das leider keinen Wert, aber im neuen Hotel machen die Sachen bestimmt was her, aufpoliert und an netten Plätzchen ausgestellt.«

Katharina erinnerte sich an Sonjas Erzählung, wie sie sich mit Alma das gerade eröffnete Adlon angeschaut hatte und Gustaf jedes Stück mit Bedeutung auflud.

»Eine gute Idee, die Sachen Sonja zu zeigen«, ermutigte Katharina die junge Assistentin. »Schaffst du es allein?«

»Heller schickt nachher einen Fahrer, der holt die Sachen ab und bringt sie zu uns ins Büro.«

»Bis später«, verabschiedete sich Katharina von Laura, winkte Seifert und gab Urban die Hand. »Danke für Ihre Kooperation.«

»Immer zu Diensten!« Er tippte sich an eine imaginäre Mütze und ging zu seinen Leuten.

Katharina hatte es eilig. Alexander flog zu einem Kardiologenkongress nach Barcelona. Sie wollte ihn von der Charité abholen und zum Flughafen bringen. Es sollte eine Überraschung sein. Sie hatten sich seit fast einer Woche nur am Telefon gesprochen. Alexander war neben der Arbeit mit der Vorbereitung für seinen Vortrag beschäftigt gewesen, den er auf dem Kongress halten sollte. Katharina hatte das Alleinsein genossen und ihre Begegnungen mit Sonja verarbeitet. Ein Teil von ihr mahnte, dass sie mehr Zeit mit Alexander verbringen sollte, damit sie einander nicht verloren. Doch sie konnte es gerade einfach nicht.

Katharina tröstete sich damit, dass Alexander und sie, nachdem alle Gäste gegangen waren, einen sehr schönen Ausklang seines Geburtstages erlebt hatten. Zuerst hatten sie gemeinsam nach einem Platz für die Skulptur gesucht und ihn auf Alexanders Schreibtisch gefunden. Am nächsten Morgen räumten sie die Wohnung auf und gingen ins Café gegenüber zum Frühstück. Sie sprachen über die

Gäste und Alexanders Beziehung zu ihnen, sie hechelten belustigt ihre Eindrücke des vergangenen Abends durch, aßen gemeinsam von einem Teller. Es war schön wie immer. Ihr Familienthema sprach Katharina nicht an, und Alexander fragte nicht danach.

Katharina bemerkte, dass sie sich davor fürchtete, ihre Suche und den Drang, ihre Herkunft verstehen zu wollen, zu thematisieren. Als trete sie ihm damit zu nahe. Ein ähnliches Gefühl hatte sie auch als Kind gehabt, wenn es darum ging, ihre Mutter nicht mit ihrer Sehnsucht nach den Vorfahren zu behelligen. Katharina wollte nicht den Eindruck erwecken, sich mit einer unguten Vergangenheit zu verbünden, wo sich doch alle auf das Leben und die Zukunft konzentrierten.

Als Katharina in der Nähe der Charité war, rief sie Alexander über ihr Handy an. Sie hoffte, dass ihr die Überraschung gelang. Sie würden händchenhaltend nach Tegel fahren, und der Abschied wäre der Beginn einer neuen Nähe, an die sie nach seiner Rückkehr anknüpfen würden. Doch sie erreichte Alexander nicht. Trotz einer Dreißiger-Zone fuhr Katharina weit über fünfzig, um ihn bloß nicht zu verpassen. Immer und immer wieder wählte sie seine Nummer. Doch nur die Mailbox sprang an.

Endlich erreichte Katharina den Haupteingang der Charité. Da sah sie Alexander. Er reichte einem Taxifahrer sein Gepäck. Sie wollte hupen. Plötzlich entdeckte sie Bettina Runge. Alexander hielt ihr die Tür zum Fond des Taxis auf. Die Anäthesistin stieg ein, und er setzte sich neben sie.

Katharina hatte keine Ahnung gehabt, dass er gemeinsam mit seiner Kollegin am Kongress teilnehmen würde. Das Taxi fuhr ab. Ein Krankenwagen hupte hinter Katharina. Sie stellte sich schnell auf den Behindertenparkplatz gegenüber und wusste nicht, was sie machen sollte. Da klingelte ihr Handy. Es war Alexander, der sie aus dem Taxi anrief und sich nach dem Grund ihrer unzähligen Anrufe erkundigte.

»Ich wollte dir Tschüss sagen und eine gute Reise wünschen.«

Katharina erwähnte mit keinem Wort, dass sie ihn eben gesehen hatte. Und er erwähnte nicht, dass er nicht allein reiste.

»Drück mir die Daumen, dass mein Vortrag was wird. Du weißt ja, Englisch ist nicht so meine Sache.«

»Vielleicht können die Spanier Russisch«, versuchte Katharina zu scherzen.

»Zu lange nicht mehr gesprochen«, seufzte er. »Also – drückst du mir die Daumen?«

»Mach ich«, versprach sie. Sie legten auf. Was für ein blödes Spiel, dachte sie und fühlte sich verletzt. »Das brauche ich nun wirklich nicht«, murmelte Katharina und startete ihren Wagen.

Zwei Tage später hatten sie die Schätze aus dem Adlon im Büro aufgebaut und eine Inventarliste angefertigt. Diesmal holte Katharina Sonja persönlich aus der Pension ab. Sie fuhren ganz selbstverständlichen durch die Stadt und bemerkten beide, dass sie sich kaum noch vorstellen konnten, dass Berlin bis vor wenigen Jahren durch eine Mauer geteilt war.

»Das Verrückte an der ganzen Sache war, wie mein Gehirn die Teilung irgendwann akzeptiert hat und ich die Mauer auch als physische Grenze der Stadt betrachtet habe«, sagte Sonja. »Nach dem Mauerfall musste ich mir erst wieder bewusst machen, dass die U-Bahn von Ost nach West fährt und dass Ostberlin die Eingänge zu den Linien nach Westberlin einfach zugemauert hatte. Ich habe die Mauern nicht mehr bemerkt.«

Sonja schüttelte immer noch überrascht den Kopf.

»Vielleicht war es eine Art Selbstschutz?«, schlug Katharina vor.

Sonja dachte nach. »Nein, ich hatte keinen Grund, irgendwas zu verdrängen. Ich war Mitte fünfzig, als die Mauer gebaut wurde. Ich kannte Groß-Berlin wirklich gut. Nein, ich glaube, dass unser Gehirn mit Nichtwahrnehmung rebelliert, wenn es nicht sehen darf, wenn es nicht erleben darf. Es schaltet Areale aus, und der Mensch erlebt alles einseitig. Wie ein Theaterstück, das vor dem Eisernen Vorhang spielt. Irgendwann vergisst man, dass die Bühne viel größer ist.«

»Die knapp siebzehn Millionen DDR-Bürger haben die Mauer zum Einsturz gebracht.« Katharina musste an einer Ampel halten und sah Sonja an. Die schmunzelte.

»Auch wenn ihnen dabei der vergleichsweise luxuriöse Lebensstil im Westen eine Triebkraft war.«

»Nicht allen ging es darum, alles kaufen zu können.« Katharina dachte an die Bürgerrechtsbewegung und wie viel sie auf sich genommen hatte, um voranzugehen. »Es war doch auch die Sehnsucht nach Freiheit. Reisefreiheit zum Beispiel.«

»Einen gültigen Pass zu besitzen ist ein hohes Gut«, stimmte Sonja Katharina zu. »1936 hat diese Unfreiheit meine Familie zerstört.«

Sie hielten vor der Villa in Grunewald.

Auf dem Tisch im Konferenzraum lagen die Fundstücke aus dem alten Adlon. Sonja griff in ihre Handtasche und holte ein Taschentuch heraus, um sich die Nase zu putzen.

»Wir wollten Sie nicht aufregen, Frau Schadt«, sagte Paarmann mit schlechtem Gewissen.

»Das tun Sie. Aber es ist gut so.« Ihr Blick fiel auf einen rostigen Schlüssel. »Mein Gott! Der Schlüssel zur Stahltür, die aus dem Kellergewölbe des Adlon führte.« Sie nahm ihn in die Hand. »Dürfte ich den behalten?«

»Ich glaube nicht, dass er noch für irgendjemanden von Wert ist«, erwiderte Paarmann verwundert über die Zärtlichkeit, mit der die alte Dame das Fundstück in ihrer Hand wog.

»Für mich knüpfen sich unzählige Erinnerungen daran. Die Tür in die Freiheit.« Sonja wickelte den Schlüssel in ihr Taschentuch.

Dann griff sie nach der Scherbe eines Tellers mit Goldrand und betrachtete die Reste des Bildes, das einmal die Fläche des gesamten Tellers eingenommen hatte. Es war nur noch ein Teil eines nackten Frauenkörpers zu sehen.

»Das ist Pandora«, erklärte Sonja. »Dieser Teller gehört zum Service, das für die Hochzeit der Kronprinzessin, Wilhelms Tochter Viktoria Luise, angefertigt wurde.«

»Die Büchse der Pandora und all das Unheil, das sie angeblich über die Welt gebracht hat?«, erkundigte sich Paarmann.

»Ungewöhnlich für eine Hochzeitstafel.« Sonja gab ihm die Scherbe. »Vielleicht war es eine Art Vorahnung. Wenn man bedenkt, dass die Hochzeit der Kronprinzessin das letzte Mal war, dass sich Europas Monarchen, die kaiserliche Verwandtschaft aus Russland, England und Deutschland, versammelten. Ein Jahr später leitete der große Krieg den Untergang ein. Ein Krieg, den sie hätten verhindern können. Doch ihnen fehlte der Mut, sich gegen ihre Minister und Generäle zu stellen. Vielleicht ging es am Ende um eine alte Rechnung in einer Welt von Macht und Ohnmacht, von Tätern und Opfern, von Gewalt und Unterdrückung.«

Sonja nickte nachdenklich: »Ich war 1914 zehn Jahre alt, und ich erinnere mich noch genau an die Begeisterung, die in der Luft lag, wenn vom bevorstehenden Krieg die Rede war. Die Erwachsenen sagten immer wieder, dass sie sich von etwas reinigen wollten. Und dass ein Krieg etwas Großes und Heroisches sei, nötig zur Neuordnung der Welt. Gustaf war begeistert. Ottilie sprach davon, dass die Luft schwer geworden sei und dass sie nun endlich wieder werde atmen können. Ein Krieg war bis dahin auf Schlachtfeldern weit entfernt ausgetragen worden. Ottilie hatte noch nie einen am eigenen Leib erfahren.«

16. Kapitel

»So muss denn das Schwert entscheiden. Mitten im Frieden überfällt uns der Feind. Darum auf zu den Waffen! Jedes Schwanken, jedes Zögern wäre Verrat am Vaterlande.«

Der Kaiser hielt seine historische Rede vom Balkon des Schlosses nur ein paar Hundert Meter vom Adlon entfernt. Auf dem Platz davor jubelte ihm das Volk zu. In Deutschland und in ganz Europa gab es nur wenige Menschen, die diese Mobilmachung als einen Fluch erkannten.

Friedrich Loewe war inzwischen Mitte zwanzig. Als Oberpage genoss er das Vertrauen der Adlons. Zu seinen täglichen Aufgaben gehörte es, das akkurate Erscheinungsbild der Pagen zu kontrollieren. Ganz besonders die jungen Pagen brauchten seine Aufsicht. Sie kamen oft aus ärmsten Verhältnissen in dunklen Hinterhöfen, wo sie sich wenige Quadratmeter mit Geschwistern, Eltern und Großeltern teilten. Zumeist befanden sich die Toiletten auf dem Hof. Im besseren Falle waren sie auf dem Treppenabsatz zwischen den Stockwerken und wurden von mehreren Parteien genutzt. Man wusch sich am Spülbecken in der Küche, einmal in der Woche leistete sich die Familie heißes Wasser für eine Zinkbadewanne, in die dann alle nacheinander stiegen. Entsprechend war das Verhältnis der Jungen zu Sauberkeit und Hygiene entwickelt.

»Jeden Tag holt ihr euch frische Handschuhe aus der Wäschekammer. Die Knöpfe eurer Uniformen müssen glänzen«, ermahnte Friedrich zum wiederholten Mal und schritt die Reihe der Pagen ab, die vor ihm Aufstellung genommen hatte. Vor einem Jungen blieb er stehen.

»Schäm dich, solche Fingernägel will ich hier nicht mehr sehen. Noch so eine Nachlässigkeit und ich werde mit dem Patron über dich sprechen.« Friedrich trat einen Schritt zurück und wandte sich an alle: »An die Arbeit!«

Die Pagen gingen, redeten dabei über den Krieg und überlegten, ob sie sich freiwillig melden sollten. Der ehemalige Liftboy Janus, inzwischen auch Page, wartete auf Friedrich. Er musste erst am Nachmittag mit der Arbeit beginnen und war auf dem Schlossplatz gewesen. Dort hatte er die Rede des Kaisers gehört.

»Ich werde mich melden. Ein Dienstgrad im Feld könnte mir später auch im Adlon nützlich sein. Was meinst du, Friedrich?«

»Vielleicht hat dann ein anderer deinen Platz hier besetzt«, entgegnete Friedrich. Er selbst hatte nicht vor, als Freiwilliger in den Krieg zu ziehen.

»Herr Adlon wird es uns sagen. Er wird uns sagen, was wir am besten machen«, ließ Janus nicht locker.

Louis Adlon hatte den Schneider bei sich, der ihm die Uniform mit letzten Stichen anpasste. Der junge Patron bewohnte inzwischen eine eigene Suite im Adlon, nur einen kurzen Fußweg entfernt von seiner Familie, die auf sechs Personen angewachsen war. Zu Susanne und den Zwillingen war noch der kleine Lorenz hinzugekommen. Die Tage im Adlon waren lang, und oftmals blieben Louis nur ein paar Stunden Schlaf. So war die Idee von der Suite entstanden, die ihm Rückzugsort war – und Refugium für die eine oder andere Liebschaft.

Während der Schneider nähte, betrachtete sich Louis im Spiegel. Er mochte das Bild, das er in Uniform abgab. Endlich würde er sich emanzipieren, so wie sein Vater als Soldat 1871 im siegreichen Krieg gegen Frankreich. In dessen Folge gründete sich das Deutsche Reich, und der preußische König Wilhelm I. wurde zum Deutschen Kaiser gekrönt. Der deutsche Sieg und die französische Niederlage hatten die beiden Nationen endgültig entzweit und zu Erbfeinden gemacht.

»Ich fühle mich verjüngt«, sagte Louis pathetisch, »ganz als ob ich zum ersten Mal wirklich ein Ziel sehe. Die Tage werden eine andere Farbe bekommen. Wir werden die Welt für uns gewinnen. Für unsere Kultur, unsere Lebensart.« Er lächelte sich im Spiegel zu: »Ich weiß, dass der Mensch im Prinzip eine Kreatur mit niederen Instinkten ist. Nur ein Krieg veredelt uns zu einem idealen Geschöpf.«

Der Schneider war fertig. Louis zog seine Jacke stramm.

»Sehr schön. Schicken Sie heute noch die Rechnung, Herr Nussbaum.«

»Sehr wohl, Herr Adlon!« Der Schneider verbeugte sich und packte seine Sachen zusammen. Er dachte daran, dass es in den nächsten Wochen viel Arbeit für ihn und seine Söhne geben würde, denn fast alle seine männlichen Stammkunden zogen in den Krieg. Es würde ein gutes Jahr werden, dachte Nussbaum.

Louis verließ die Suite, um sich in Uniform zu den begeisterten Gästen in der Halle zu gesellen. Vor dem Büro, das er sich mit seinem Vater teilte, traf er auf seine Kinder, die dort Papierfähnchen schwenkend marschierten und auf Blechinstrumenten spielten.

»Schau mal, Papa, was uns Großvater geschenkt hat!«

Louis junior schlug zur Bestätigung auf die Trommel ein. Ein Lärm, der nicht zur vornehmen Stille auf dem Gang passen wollte.

»Schluss!«, schritt Louis ein und ermahnte die anderen: »Carl, Lorenz! Susanne, bitte!«

Das Kinderfräulein, das sich auf einem Stuhl am Endes des Ganges ausgeruht hatte, kam gelaufen.

»Wirst du den Feind besiegen, Papa, schnell und ungestüm?«, ließ der kleine Louis nicht von seiner Kriegseuphorie ab und betrachtete bewundernd seinen Vater in der Uniform.

»Selbstverständlich, Louis. Wir werden Deutschland noch stärker machen. Die Welt wird auf uns schauen und unsere Größe erkennen.«

»Dann wird Berlin Hauptstadt von Europa«, mischte sich Louis' Zwillingsbruder Carl ein.

»Donnerwetter!« Der Vater war erfreut, wie schlau sein Sohn doch war.

»… sagt Großvater«, setzte Louis junior die Kenntnisse seines Bruders ins rechte Licht.

»Nun geht nach Hause, lernt eure Lektionen, damit ihr schlau werdet. Denn wer schlau ist, dem gehört die Welt.«

»Wer tapfer ist, dem gehört sie aber auch«, sagte Louis junior und schlug trotz des väterlichen Verbots erneut auf die Trommel. Louis Adlon wollte auf der Stelle seine Autorität durchsetzen, besann sich aber.

»Sicher«, entgegnete er und gab allen einen Kuss. »Sag der Mama, ich komme heute früher«, versprach er seiner Tochter Susanne.

Das Fräulein ging mit den Kindern zum Fahrstuhl. Dort drehten sich alle noch einmal um und winkten. Louis winkte zurück. Was für eine bildschöne aufgeschlossene Sippe, dachte er stolz und betrat das Büro, wo sein Vater am Schreibtisch saß.

»Ich bin gleich fertig, dann können wir die Freiwilligen in der Halle gemeinsam verabschieden«, murmelte Lorenz, ohne aufzublicken.

»Man erwartet mich morgen in meinem Regiment.« Louis war vor dem Schreibtisch stehen geblieben. Der Alte sollte ihn ansehen.

Lorenz unterschrieb ein Papier, löschte die Tinte und schaute endlich auf.

»Ich habe bei Seiner Majestät erwirkt, dass alle meine Angestellten vom Kriegsdienst befreit sind. Das gilt auch für meinen Sohn.«

»Ich denke, dass es unserem Kaiser nur recht sein kann, wenn der Vater die Geschäfte im Hinterland führt und der Sohn für Deutschland an vorderster Front kämpft.«

Lorenz erhob sich. »Du entwickelst falschen Ehrgeiz, Louis. Unsere Front ist hier. In wenigen Monaten ist die Schlacht geschlagen, und dann wird das Adlon Zentrum für uns und unsere Verbündeten sein. In diesem Haus werden sich die Sieger treffen und über eine neue europäische Ordnung beraten.« Der Alte klopfte seinem Sohn auf die Schulter. »Um als Leutnant in den Krieg zu gehen, bist du außerdem zu alt, Junge. Sei froh, dass dir das erspart bleibt.«

Kurze Zeit später stand Louis im Anzug neben seinem Vater in der Halle. Gemeinsam verabschiedeten sie die Kriegsfreiwilligen. Der Alte hatte ihn wieder an der Kandare.

Das Orchester von Marek Weber spielte Marschmusik. In einer Sitzgruppe thronte Berlins Malerfürst Max Liebermann, der nach anfänglichen Auseinandersetzungen über den Abriss des Palais Redern inzwischen Stammgast im Adlon war. Er skizzierte die Gesichter der Kriegsbegeisterten und nuschelte, die Zigarre im Mund:

»Für unsereins is der Krieg eene Entschlackungskur … aber für einen Adlon det pralle Jeldsäckel.«

Er meinte wohl, dass das Hotel ausgebucht war von Enthusiasten, die in den ersten Tagen nach Kriegsausbruch in der Hauptstadt sein wollten.

Dazwischen riefen die Zeitungsjungen ihr Extrablatt aus: *Siegreiches Gefecht gegen die Russen! Mehr als dreitausend Gefangene!*

Mädchen verteilten Blumensträußchen, die sich die Kriegsfreiwilligen in ihre Knopflöcher steckten.

Friedrich half dem französischen Botschafter, der nun zu den Feinden Deutschlands gehörte, die Koffer im Wagen zu verstauen. Lorenz Adlon schüttelte dem Diplomaten die Hand.

»Weihnachten ist alles vorbei, Exzellenz. Ich hoffe, Sie dann wieder als meinen Gast begrüßen zu dürfen.«

»Je serai impatient d'y être, Monsieur Adlon, mit Vergnügen!«

Der alte Adlon begab sich zu Friedrich. Beide beobachteten, wie sich der Wagen des Botschafters einen Weg durch den Auflauf auf dem Pariser Platz bahnte.

»Nun, Friedrich, jetzt schwindet der Unterschied der Klassen, wir sind eine Nation, in der ein begeistertes Herz schlägt.«

Friedrich wusste nicht, was er darauf antworten sollte. Ihm war der Frieden lieber. Seine Familie, die durch ihn ins soziale Abseits gerissen worden war, hatte gerade begonnen, sich zu erholen.

Die Pandora-Scherbe lag auf dem Konferenztisch, um den Sonja, Katharina und ihre Chefs saßen.

»Gustaf liebte Beethovens *Ode an die Freude*. ›*Alle Menschen werden Brüder …*‹«, erzählte Sonja. »Dennoch wollte er den Krieg und begrüßte ihn begeistert. Dieser Widerspruch lässt mich immer wieder über die Motivation der Männer der Gründerzeit nachdenken. Sie haben ihre Chance ergriffen und in kürzester Zeit Industrie, Handel, Wissenschaften zur Blüte gebracht. Wieso gaben ebendiese Männer ihr Lebenswerk der Zerstörung preis? Ist die Sehnsucht nach dem Krieg möglicherweise Ausdruck ihrer Angst vor der eigenen Größe?«

Sonja schaute nachdenklich in die Runde.

»Im November 1918 schien der Krieg zu Ende zu sein. Doch es war nur eine kurze Verschnaufpause. Im Rückblick wissen wir, dass dieser erste große Krieg weiterging bis zum Mai 1945 und dann vom Kalten Krieg fortgesetzt wurde bis Anfang der Neunzigerjahre des 20. Jahrhunderts. Sicher sehe ich die Geschichte nicht wie eine Historikerin. Aber ich habe diese Zeit erlebt, und ich habe immer wieder über die Verstrickungen nachgedacht, in denen ich die meiste Zeit meines Lebens verbracht habe. Statt Frieden gab es Weltwirtschaftskrisen, Geldentwertung, brutale politische Auseinandersetzungen und grausame Vernichtungen.«

Katharina stand in ihrer Küche, aß ein Käsebrot und trank dazu Bier aus der Flasche. Sie dachte über das Treffen mit Sonja nach. Es war so leicht, seine Vorfahren für ihr Verhalten zu verurteilen und ihnen Verantwortungslosigkeit vorzuwerfen. Die Nachgeborenen können nicht wissen, was die Menschen in ihrer Zeit fühlten.

Das Telefon klingelte. Alexander rief aus Barcelona an.

»Hier ist es noch warm. Ich habe mir gar nicht die richtigen Sachen mitgenommen«, klagte er vergnügt.

»Hast du deinen Vortrag schon gehalten?« Katharina wusch sich ihre Käsefinger unter dem Wasserhahn.

»Morgen um zehn Uhr bin ich dran. Als Erster!«

Katharina stellte sich vor, wie Bettina, die Anästhesistin, in der ersten Reihe saß und er nur für sie sprach.

Alexander berichtete, wie interessant die Tage seien, dass er nicht bedauere, die Reise unternommen zu haben. Dass er am Rande der Konferenz viele interessante Gespräche führe.

»Ich könnte sofort irgendwo im Ausland anheuern«, sagte er euphorisch. »Mit meiner Ausbildung in der DDR bin ich absolut konkurrenzfähig.«

»Und sonst? Hast du Bekannte getroffen?«, fragte Katharina in der Hoffnung, dass er ihr von Bettina Runge erzählte. Doch Alexander sagte wieder nichts. Katharina schluckte. War ihre Beziehung zu Ende? Oder bildete sie sich nur etwas ein, das sich am Ende als ganz harmlos herausstellen würde?

Sie wechselten noch ein paar Worte übers Wetter in Berlin und Barcelona und versicherten sich, dass sie sich schon aufs Wiedersehen freuen würden.

»Ich könnte dich vom Flughafen abholen«, schlug Katharina vor.

»Ich nehme mir ein Taxi. Wie wär's, wenn wir am Abend essen gehen? Dann kann ich dir alles brühwarm erzählen.«

Katharina versuchte nicht weiter, ihm die Wahrheit zu entlocken. »Machen wir so. Viel Glück morgen.«

»Vielen Dank. Schlaf schön!«

»Du auch. Gute Nacht!« Sie legten auf.

Drei Tage später war Alexander wieder in Berlin. Sie trafen sich in einem indischen Restaurant in der Lietzenburger Straße, das sie schon lange ausprobieren wollten. Es war Samstagabend und der Gastraum bis auf den letzten Platz gefüllt. Alexander wirkte entspannter als vor der Reise. Sein Vortrag sei ein großer Erfolg gewesen, berichtete er.

»Ich hatte keine Schwierigkeiten mit meinem Englisch, auch nicht in der anschließenden Diskussion. Ein kleines Wunder.« Er grinste wie ein Junge, der unter der Schulbank einen Spickzettel versteckt hatte. »Unsere Operationsmethoden für Kinder mit Down-Syndrom haben international für Aufsehen gesorgt«, sprach er weiter. »Dass wir diesen Kindern trotz ihrer Behinderung ein vollwertiges gesundes Leben ermöglichen wollen, hat manchen Kollegen aufgerüttelt. In einigen Ländern werden diese Patienten oft noch unter dem Aspekt behandelt – oder eben *nicht* behandelt –, dass sie ohnehin keine hohe Lebenserwartung haben.«

Alexander redete und redete ohne Pause. Katharina stocherte in ihrem Essen und dachte darüber nach, wann der richtige Zeitpunkt wäre, nach Bettina zu fragen. Der Begriff »Henkersmahlzeit« schoss ihr durch den Kopf. Sie wollte Klarheit.

»Warum hast du mir eigentlich nicht gesagt, dass du gemeinsam mit Bettina Runge auf der Konferenz warst?«

Alexander sah von seinem Teller auf. »Wie kommst du denn darauf?«

»Ich habe euch gesehen.« Katharina berichtete vom Tag seiner Abreise. Alexanders Euphorie schwand. Er wurde wieder zu dem Menschen mit dem nachdenklichen Gesicht, der Katharina so vertraut war.

Alexander mied ihren Blick und suchte nach Worten: »Ich habe mich verliebt, Kat«, sagte er endlich. »Ich kann dir nicht sagen, warum. Ich denke auch nicht, dass das was mit uns zu tun hat. Es ist einfach passiert.«

»Liegt es daran, dass ich gerade ein bisschen viel mit meiner Familie beschäftigt bin?«, sprach Katharina den Gedanken aus, der ihr seit Tagen keine Ruhe ließ. »Versteh doch, ich muss es tun. Wenn ich meine Geschichte jetzt nicht …«

Er ließ sie den Satz nicht zu Ende sprechen. »Ich glaube nicht, dass unsere Situation etwas mit deiner Großmutter zu tun hat.«

Sie schaute ihn erstaunt an. »Womit denn dann?«

»Vielleicht sind unsere Biografien einfach zu unterschiedlich.«

Sie schaute ihn perplex an. »Du meinst, Bettina Runge ist aus dem Osten?«

Er nickte. Katharina lachte verletzt. »Mein Gott, und das über fünf Jahre nach dem Mauerfall.« Sie schüttelte ungläubig den Kopf.

»Auf uns liegt so viel Schweres, Kat. Ich weiß nicht, wie sich das eingeschlichen hat. Aber irgendwann war es nicht mehr leicht.«

»Und mit Bettina ist es leicht?« Katharina erschrak vor dem aggressiven Klang ihrer Stimme.

Alexander hob die Schultern. »Es ist ohne Anstrengung. Ja!«

Er wollte ihre Hand nehmen. Sie entzog sie ihm.

Sie tranken noch einen Espresso, zahlten und liefen von der Lietzenburger Straße zum Olivaer Platz. Katharina bewohnte seit Studententagen eine Zweizimmerwohnung in der Giesebrechtstraße. Auf dem Weg, den sie in den vier Jahren ihrer Beziehung so oft gegangen waren, schwiegen sie.

Alexander fühlte sich, anders als er gehofft hatte, nicht erleichtert. Alles in ihrer Beziehung blieb nun offen. Was war nur los mit ihm? Warum waren ihm Katharinas Begegnungen mit der Großmutter so unbehaglich?

Vor der Haustür verabschiedeten sie sich mit einer Umarmung. Alexander sah, wie die Tür hinter ihr ins Schloss fiel. Er blieb, bis das Licht in ihrer Wohnung angegangen war, und lief dann durch die Seitenstraßen bis zur U-Bahn, die ihn aus dem Westen nach Hause, nach Ostberlin, bringen würde. Charlottenburg war ihm immer noch fremd. Alexander sehnte sich nach Heimat, nach Ankommen in seinem Leben. Mit Bettina war so vieles klar, musste gar nicht besprochen werden. Sie blickten auf die gleichen Erfahrungen, sogar das Timbre ihrer Stimme war ihm vertraut. Muttersprache, Vaterland – dachte Alexander und rannte die Treppe hinunter zur U-Bahn, die gerade einfuhr.

17. Kapitel

Katharina und Sonja hatten sich in einem Café am Wasserturm verabredet.

»Ich muss mal ein bisschen unter Menschen«, hatte Sonja am Telefon gesagt und gefragt, ob Katharina am Sonntagnachmittag Zeit und Lust auf Kaffee und Kuchen habe. Sie hatten einen Tisch in einer Ecke gefunden, wo sie vom Publikumsverkehr relativ unbehelligt waren.

»Wie geht es Ihnen, Katharina?« Sonja schaute ihre Enkelin aufmerksam an. »Sie sehen verändert aus.«

»Mein Freund und ich, wir haben uns getrennt.« Katharina musste aufpassen, dass sie nicht losheulte.

»Ich dachte, dass Sie in einer guten Beziehung sind. Was ist denn passiert?«

»Es hat uns aus heiterem Himmel auseinandergehauen. Von einer Minute zur anderen ist uns das Vertrauen abhandengekommen.«

Jetzt kamen Katharina doch die Tränen. Sonja holte ihr Taschentuch aus der Handtasche und schob es der Enkelin über den Tisch.

Als sich Katharina die Nase putzte, roch sie Waschmittel, Bügeleisen und noch ein bisschen mehr.

»Bitte erzählen Sie doch Ihre Geschichte weiter«, bat sie.

Sonja zögerte. Sie hatte eigentlich die Wahrheit sagen, ihr Verhältnis zu Katharina klären wollen. Die Erzählung kam dem Augenblick immer näher, in dem ihre familiäre Verbindung erkennbar werden würde. Doch dann entschied sich Sonja, noch ein bisschen auf neutralem Boden zu bleiben. Wer weiß, welche Emotionen aus der Wahrheit über ihre Verwandtschaft erwachsen würden. Sonja ging zurück ins Jahr 1914.

Natürlich war der Krieg nicht nach wenigen Wochen beendet. Weihnachten lagen die Soldaten immer noch in den Schützengräben, und die Fronten waren unübersichtlicher denn je. In fast allen Gebieten Europas loderten Feuer von Gewalt und Vernichtung. Nach anfänglichen, viel zu schnellen Siegen wurden die deutschen Truppen zurückgedrängt und in den Stellungskrieg gezwungen.

Auch in den Kolonien veränderten sich die Machtverhältnisse. Deutsch-Südwest, wohin Gustaf Schadt bei Kriegsausbruch gereist war, konnte sich noch ein gutes Jahr halten. Im Juli 1915 kapitulierten die deutschen Schutztruppen. Gustaf kehrte wenige Wochen nach dem Verlust der Kolonien und damit all seiner Geschäftsbeziehungen nach Hause zurück. Sein Butler Tawonga hatte sich bei Nacht und Nebel davongemacht. Gustaf war abgemagert und tief betrübt. Er erzählte nichts von dem, was er in Afrika erlebt hatte. Aber er war nicht mehr der Alte. Noch lagerten genügend Vorräte in seinem Kontor, von deren Verkauf die Familie gut leben konnte. Doch Gustaf sah keine Möglichkeit mehr, sein kreatives Talent zu entfalten. Er verwaltete den Überfluss, den er in den Jahren angehäuft hatte, als würde er sein Altenteil aufzehren. In ihrer Ehe hatte Ottilie nie viel von ihrem Mann gehabt. Nun, da er endlich zu Hause war, lebte er an ihrer Seite wie ein Schatten seiner selbst.

Zwischen diesen beiden traurigen Eltern wuchs Sonja auf. Mit sieben Jahren war sie – anders als Alma, die nur von Hauslehrern unterrichtet worden war – auf einer Mädchenschule angemeldet worden, die sie gemeinsam mit Susanne Adlon besuchte. Galla begleitete Sonja morgens und holte ihren Schützling zur Mittagszeit wieder ab. Manchmal durfte Sonja mit Susanne ins Adlon gehen, wo sie heiße Schokolade serviert bekamen und im Beethovensalon vierhändig am Flügel spielten. Oder die Freundinnen verbrachten den Nachmittag bei den Schadts. Dreimal in der Woche kam der Klavierlehrer ins Haus, um Sonjas Begabung zu fördern. Sie spielte leichter und selbstbewusster als Alma, doch ebenso wie diese spann auch Sonja sich in einen Kokon aus Tönen ein.

Im letzten Kriegsjahr infizierte die Spanische Grippe die halbe Weltbevölkerung. Der Pandora-Mythos, den die kaiserliche Familie auf ihrem Hochzeitsservice zum Leben erweckt hatte, schien hemmungslos sein Unwesen zu treiben.

Auch Gustaf erkrankte und kapitulierte. Er wollte nicht mehr kämpfen. In ihrer Not informierte Ottilie Lorenz Adlon. Der kam, um den alten Freund aufzurichten. Die beiden Männer saßen wie vor dem Krieg in der Bibliothek. Gustaf war in Jacke und Schal gehüllt und hustete schwer.

»Wir sind zu weit gegangen in unserem Wunsch, die Welt zu formen. Ein Kampf ist nur ehrenhaft Mann gegen Mann, so wie wir siebzig/einundsiebzig erfolgreich waren«, erinnerte Gustaf seinen Freund an den Krieg gegen die Franzosen. »In diesem Weltkrieg töten Maschinen und Giftgas unsere tapferen Soldaten.« Gustaf wurde von einem Hustenanfall geschüttelt und rang nach Luft. »Der Krieg ist verloren …«

Lorenz Adlon schaute in sein Glas mit dem goldgelben Marula-Likör. Es brach ihm das Herz, den Freund so niedergeschlagen zu sehen. Aber er selbst war nicht bereit aufzugeben.

»Es werden wieder bessere Zeiten kommen«, versuchte er Gustaf aufzurichten.

»Für mich ist der Weg zu Ende.«

Plötzlich sah Lorenz den Schatten des Todes auf dem Gesicht des Freundes. »So darfst du nicht reden«, sagte er erschrocken. »Wir haben die Schwierigkeiten doch immer angepackt und gemeistert. Wenn wir das nicht gelernt hätten, würden wir heute noch in Mainz leben und dem Gewerbe unserer Väter nachgehen.«

Schadt nickte ohne Freude.

»Gustaf, lass mich dir zurückgeben, was du mir gegeben hast«, insistierte Lorenz Adlon. »Was du ins Adlon gesteckt hast, davon kannst du zwei Kriege überleben.«

»Es geht mir nicht ums Geld.« Gustaf zeigte auf die Flasche mit dem Likör. »Gib mir auch ein Glas.«

Lorenz goss ein. Sie hoben die Gläser und tranken.

»Das Schlimmste ist, dass ich meine Alma verloren habe.«

»Du hast noch deine Sonja«, entgegnete Lorenz. Doch Gustaf sah ihn aus fiebrigen Augen durchdringend an. Es musste von der Seele, damit der Freund im Fall der Fälle Verantwortung übernehmen konnte. In der beredten Stille überlegte Lorenz angestrengt, was Schadt ihm sagen wollte. Plötzlich verstand er: die späte Schwangerschaft von Ottilie, von der er nichts bemerkt hatte, die Reibungen mit Alma, die in einer geplatzten Hochzeit und ihrer Flucht nach Amerika endeten. Sonja war also nicht Gustafs Tochter, sondern seine uneheliche Enkelin?

»Aber das habt ihr doch gut gemacht. Und Alma habt ihr die Freiheit gegeben. Sie geht nun ihren Träumen nach. Sie ist ganz deine Tochter.«

»Sie könnte gut mit ihrer Sonja da drüben leben.«

»Im Nachhinein denkt man sich alles leicht, Gustl. Weißt du noch, wie du mir die Zukunft meiner Söhne ans Herz gelegt hast?«

»Es waren erwachsene Männer.«

»Die Gesellschaft fordert uns Härte und Unnachgiebigkeit ab. Das ist der Preis, den wir für unseren Erfolg und unsere Stellung bezahlen.«

Schadt schwieg dazu. Im Angesicht des Todes erschien ihm vieles, was ihm einst so wichtig gewesen war, fremd.

Während die Ära Schadt unterging, hielten die Adlons durch. In Berlins Grandhotel logierten während des Krieges hauptsächlich höhere Dienstgrade der Kaiserlichen Armee. Die Weinvorräte sorgten für Umsätze im Restaurantbetrieb, und die Speisekarte wurde erfindungsreich auf die knapper werdenden Lebensmittel und später auf deren Rationierung angepasst. Wenige Tage nach Kriegsende – auf den Straßen um das Adlon tobten die revolutionären Kämpfe – unterzeichneten Lorenz und Louis Adlon in Anwesenheit ihres Rechtsanwaltes den Kaufvertrag für das Nachbargebäude in der Wilhelmstraße 70B.

»Nun können wir endlich unsere Weinhandlung aus Wilmersdorf zum Hotel holen«, freute sich Lorenz, während er die Tinte auf dem Kaufvertrag trocknete und das Schriftstück seinem Sohn zuschob.

»Sie haben inzwischen ein kleines Imperium am Pariser Platz«, lobte der Rechtsanwalt.

»Innovationen – das sind die Adlons Seiner Majestät schuldig.«

Der Rechtsanwalt sah Louis irritiert an, ob der alte Patron tatsächlich meinte, was er sagte. Louis erwiderte den Blick mit einem bedauernden Lächeln und übergab dem Anwalt das unterschriebene Schriftstück.

Lorenz Adlon erhob sich. Es war Zeit, dass er sich zum täglichen Spaziergang ans Brandenburger Tor aufmachte.

»Ich darf mich verabschieden und Ihnen und Ihrem Haus viel Glück wünschen.« Der Rechtsanwalt schüttelte den beiden Adlons die Hand und ging.

»Vater, der Kaiser ist im Exil. Er kann und er wird nicht zurückkehren.«

»Seine Majestät wird uns nicht im Stich lassen.«

Das hat er bereits. Bei Nacht und Nebel ist Wilhelm II. aus dem Land geflohen, sogar die Kapitulationserklärung hat er anderen überlassen, dachte Louis. Laut sagte er:

»Im Schloss haben sich die Revolutionäre breitgemacht. Unser Land ist auf dem Wege, eine parlamentarische Demokratie zu werden.«

»Von mir aus soll sich das Parlament neu bilden, aber mit Seiner Majestät.«

Forschen Schrittes verließ der Alte das Büro, um am Brandenburger Tor auf die Rückkehr des Kaisers zu warten. Denn keinen anderen Weg würde der Monarch wählen, um seinen alten Platz im Stadtschloss wieder einzunehmen.

Louis schaute auf die Kopie des Kaufvertrages. Angesichts des schon krankhaften Starrsinns seines Vater konnte ihm das neue Grundstück, das genau an jenes grenzte, das Louis seinem Vater vor über zehn Jahren vorgeschlagen hatte und wegen dem sie sich fast entzweit hätten, kein Triumph sein.

BUCH 2

Sonja

Im Geist und in der Seele waren die Frauen über Äonen von Zeitaltern vergiftet worden. Sie hatten die Liebe verloren, waren im Kindbett gestorben, an Entkräftung zerbrochen. Sie waren klein gehalten worden, verlacht und missbraucht. Und immer wieder gebar sich der Schrecken neu.

So blieb den Frauen nichts, als mutig in die Abgründe der Geschichte zu schauen, und sie erkannten: Es regieren die Täter und die Opfer.

Doch nun ist es genug.

18. Kapitel

Es war kurz vor Weihnachten 1918. Sonja saß am Klavier und beschäftigte sich mit einer Fuge von Bach, als sich Gustaf neben ihr in einen Sessel fallen ließ. Er hatte sich trotz seiner Krankheit aus dem Bett gehievt. Das Hemd hing ihm unter der Jacke hervor, und der Binder saß schief. Sonja unterbrach erschrocken ihr Spiel.

»Vater, du sollst doch nicht aufstehen.«

»Sonja-Kind! Geh zum Schrank.« Er fingerte an seinem Schlüsselbund nach einem silbernen Schlüssel und zeigte auf die schwere Anrichte, deren unteres Schrankteil stets verschlossen war.

Sonja wusste, dass dort Almas Noten und ein paar ihrer persönlichen Sachen aufbewahrt wurden. Die Mutter hatte ihr verboten, die Stücke zu spielen, mit denen sich Erinnerungen an Alma verbanden.

»Nimm Almas Noten und spiel mir die *Ode an die Freude.*« Gustafs Stimme war schwach. »Das hat sie immer so schön gemacht.«

Zögernd nahm Sonja den Schlüssel. Was würde die Mutter sagen, wenn sie bemerkte, dass der Schrank geöffnet worden war? Doch Sonja wollte ihrem Vater nicht widersprechen. Also ging sie zur Anrichte und schloss auf. Gleich obenauf lagen Noten und darauf stand eine Schachtel aus Sandelholz. Gustaf bedeutete ihr, auch diese herauszuholen. Sonja legte alles auf den Flügel und suchte nach den Noten.

In Erwartung seines Lieblingsstücks rutschte Gustaf bequemer in den Sessel. Sonja begann zu spielen. Sie verlor jedes Zeitgefühl. Irgendwann bewegte sich Gustafs Hand, mit der er dem Rhythmus der Musik folgte, nicht mehr. Sonja wagte nicht, sich umzuschauen und begann von vorn. Plötzlich hörte sie hinter sich einen Schrei. Ottilie war nach Hause gekommen. Sie stürzte zu ihrem Mann und rief laut »Gustaf, Gustl!«, als könne sie ihn so ins Leben zurückholen.

Betäubt stand Sonja auf, räumte die Noten zusammen, nahm den Sandelholzkasten und ging in ihr Zimmer. Dort saß sie reglos auf dem Bett und starrte auf Almas Noten. Von unten waren Türenschlagen, aufgeregte Schritte und Ottilies Weinen zu hören. Sonja wusste, dass es eigentlich ihre Pflicht gewesen wäre, der Mutter beizustehen und sich vom Vater zu verabschieden. Doch sie konnte den Gedanken an seinen Tod nicht zulassen. Sie öffnete die Sandelholzschachtel. Darin waren Briefe von Alma, über die Jahre an ihre Eltern geschrieben. Sonja schlug den Brief auf, der zuoberst lag, und las:

»Lieber Vater, es tut mir leid, dass wir so auseinandergehen mussten. Vielleicht hätte ich meine kleine Sonja nehmen sollen und mit ihr davonlaufen. Aber mir fehlte der Mut. Und heute schäme ich mich deswegen. Es mag sein, dass aus Tausenden Kilometern Entfernung alles viel einfacher aussieht, als es in Wahrheit gewesen wäre. Hütet meine Sonja. Und verbiegt sie nicht gar so sehr, wie Ihr es mit mir getan habt. Grüße für Mutter und Dich. Gib meiner Sonja einen Kuss von ihrer Mama. Deine Alma«

Fieberhaft griff Sonja nach dem nächsten Brief, und wieder ließ Alma »ihre Sonja« grüßen und küssen. Sie berichtete von San Francisco, davon, dass sie ihren Lebensunterhalt inzwischen allein finanzieren konnte. Sie berichtete vom Wetter, vom strahlend blauen

Himmel, davon, dass es zu keiner Zeit im Jahr Schnee gab. Sie bat um Antworten, um ein Lebenszeichen, um Versöhnung.

Sonja sprang auf, rannte durchs Haus, um nach Galla zu suchen. Sie fand die Dienerin in Gustafs Zimmer, wo diese den Toten wusch. Sie tat es mit großer Hingabe und bemerkte Sonja nicht. Das Mädchen schaute erschüttert auf die Leiche seines Vaters. Sie hatte ihn noch niemals nackt gesehen. Galla beendete ihre Arbeit, richtete liebevoll die Arme des Toten und bedeckte ihn mit einem Laken, da sah sie Sonja. Galla wollte ihren Schützling aus dem Zimmer schieben. Doch Sonja stieß die Hände der Dienerin zurück und hielt ihr Almas Briefe entgegen.

»Hast du es gewusst? … Hast du gewusst, dass Alma meine Mutter ist … Natürlich hast du es gewusst!«

Galla wich aus. »Jetzt nicht, Sonja.«

Sonja hielt inne. Langsam kam ihr zu Bewusstsein, dass der Tote, den sie ihr Leben lang für ihren Vater gehalten hatte, eigentlich ihr Großvater war.

»Wer ist mein richtiger Vater?«

Galla hob abwehrend die Hände.

»Du musst es mir sagen, Galla!«

Die Dienerin schüttelte den Kopf. »Das würde mir die Herrin niemals verzeihen.«

Der Boden unter Sonjas Füßen schwankte. Ohne Galla weiter zu bedrängen, verließ sie das Zimmer.

Als Sonja in ihr Zimmer zurückkehrte, stand dort Ottilie und hielt einen von Almas Briefen in der Hand.

»Er hat ihre Post bekommen und nichts davon gesagt. Er hat gewusst, wie es ihr geht!« Ottilie war außer sich.

Sonja überließ ihr die Briefe, ging hinunter in den Salon und begann wütend eine Polonaise von Chopin in die Tasten zu dreschen. Dabei dachte sie an jenen Tag, an dem ihr Alma ein letztes Mal auf dem Klavier vorgespielt hatte, sie dann fest an sich gedrückt und angefleht hatte: »Lass dir niemals, niemals von irgendjemandem sagen, wie du leben sollst.«

Drei Tage später war Gustafs Beisetzung auf dem Luisenstädtischen Friedhof. Unter den Trauergästen waren auch die Adlons mit Susanne, den elfjährigen Zwillingen Louis und Carl, Lorenz und der knapp zweijährigen Elisabeth.

Nach der Beerdigung saß die Gesellschaft im Salon beisammen. Sonja spielte gehorsam Gustafs Lieblingsstücke, taub vor Erschütterung. Danach zog sie sich mit Susanne in ihr Zimmer zurück. Dort berichtete sie der Freundin alles, was sie erfahren hatte. Die ungeheuerliche Familienlüge wog weit stärker als Gustafs Tod. Susanne verstand die Gefühle der Freundin. Aber wer war Sonjas wahrer Vater?

Später, als Susanne mit ihrer Familie gegangen war, hielt Sonja die kleine Stoffpuppe in der Hand, die Alma ihr einmal geschenkt hatte und die stets ihr Talisman gewesen war. In all der Zeit war es Sonja gelungen, das Püppchen vor Ottilie zu verstecken. Das einstmals weiße Taschentuch war inzwischen grau und am Saum zerfetzt. Dennoch hatte Sonja Undine über alles geliebt. Es war das persönlichste Geschenk, das sie von ihrer Mutter besaß. Mutter? Was war das überhaupt für eine Mutter, die nicht um ihr Kind kämpfte, stattdessen mit einer Freundin Tausende Kilometer weit weg ging? Die sie einfach so im Stich gelassen hatte? Tief getroffen trat Sonja zum Kamin und warf die Stoffpuppe ins Feuer. Sie beobachtete, wie sich die Wollfäden der Hitze entgegenkrümmten, um dann in Sekundenschnelle zu verglühen. Aus dem Püppchen wurde wieder Gustafs grau gewordenes Schnupftuch, und das sank wenig später zu einem Häufchen Asche zusammen.

Ottilies Kartenhaus, das sie Leben genannt hatte, war von einem auf den anderen Tag zusammengestürzt. Mit Sonja sprach sie darüber nicht und fragte auch nicht nach Sonjas Gefühlen. Sie hatte zu sehr mit ihren eigenen zu tun. Kurze Zeit nach der Beerdigung begann sie zu husten. Doch sie wollte sich nicht ins Bett legen. Vielleicht hatte Ottilie zu viele Jahre darin verbracht, als sie gesund gewesen war.

19. Kapitel

An einem trüben Tag Ende Januar 1919 kam Alma.

Ottilie und Sonja saßen bei einem einfachen Abendessen. Die Großmutter hatte sich aus dem Bett an den Tisch geschleppt. Immer noch wollte sie ein perfektes Bild abgeben. Durch die geschlossenen Vorhänge der Fenster waren Schüsse zu hören. Die Spartakisten versuchten eine Revolution, die Freikorps eine Gegenrevolution.

Es klingelte an der Tür. Ottilie und Sonja sahen sich besorgt an. Wer konnte das um diese Zeit sein? Augenblicke später kam das Dienstmädchen gefolgt von einer Frau im dunklen Reisekostüm.

»Es tut mir leid, Mutter. Es ging nicht schneller.«

Almas Stimme bebte vor Aufregung. Sie wollte ihre Mutter begrüßen. Doch Ottilie wehrte sie mit einer Handbewegung ab, ließ sich von dem Dienstmädchen vom Stuhl aufhelfen und verließ auf deren Arm gestützt das Esszimmer. Alma schaute ihnen betroffen nach.

Das war also ihre Mutter. Eine hübsche Frau, fand Sonja, die Alma nur von den Fotos kannte, die sie als junges Mädchen zeigten. Alma war mit einem weiten anthrazitfarbenen Mantel bekleidet, mit silbernen Stickereien auf den Revers. Sie trug keinen Hut. Vielleicht hatte sie den schon in der Halle abgelegt, dachte Sonja. Ihr Haar war brünett, kaum gebändigt, genauso wie Sonja ihres trug.

»Sonja!« Alma setzte sich ihr gegenüber. »Groß bist du geworden.«

Alma schob ihre Hand über den Tisch, um Sonjas zu berühren. Doch die zog ihre zurück.

»Stell dir vor, ich wäre klein geblieben«, sagte Sonja patzig und stand auf. An der Tür wandte sie sich um. »Willst du hierbleiben oder wohnst du im Hotel?«

Sie wollte Alma verletzen, so wie sie selbst sich verletzt fühlte.

»Natürlich bleibe ich hier«, erwiderte Alma erschrocken.

»Dann werde ich Galla bitten, dein Zimmer zu richten.«

Alma nickte erschöpft.

»Gute Nacht, Alma.«

Mein Gott, dachte Sonja, während sie den dunklen Flur zu ihrem Zimmer ging, wie kann ich doch böse sein. Aber sie hat es nicht anders verdient.

Alma hielt sich an der Zigarette fest. Sie rauchte am geöffneten Fenster ihres alten Zimmers, das nun ein Gästezimmer war. Alma hatte sich so auf ihre Tochter gefreut und gehofft, dass sie dort anknüpfen konnten, wo sie getrennt worden waren. Aber sie waren ja nicht getrennt worden, sie selbst war gegangen, dachte Alma voller Bitterkeit. Seitdem sie Sonja zurückgelassen hatte, verging kein Tag, an dem sie sich das nicht vorwarf. In den dunkelsten Stunden dachte sie sogar, dass sie eine Ehe mit Siegfried in Kauf hätte nehmen müssen, um in der Nähe ihres Kindes zu bleiben.

Galla kam, um Almas Bett zu richten.

»Galla!« Alma drückte ihre Zigarette aus. »Galla, wie geht es dir?« Sie wollte die nur wenige Jahre Ältere umarmen. Doch Galla wich ihr geschickt aus und beugte sich hinunter, um die Überdecke des Bettes zurückzuschlagen.

»Danke, gnädige Frau.«

»Du kannst mich doch beim Vornamen nennen, wie damals«, sagte Alma und dachte an Undines mahnende Worte zu Hause in

Amerika: »Geh nicht, Darling. Die Reise ist gefährlich. In Deutschland gibt es Revolution. Und deine Mutter wird nicht fair sein mit dir.«

»Sie waren sehr lange fort, Alma. Es ist so viel passiert inzwischen.« Galla knickste und verließ das Zimmer. Das Bett lag aufgeschlagen und lud sie ein, sich nach der langen Reise auszuruhen. Doch Alma wusste, dass sie noch keine Ruhe finden konnte. Sie trat wieder ans Fenster und zündete sich eine weitere Zigarette an.

Am nächsten Vormittag saß Sonja bei einer Tasse Tee am Frühstückstisch. Almas alter Platz war eingedeckt worden. Brot, ein wenig Margarine, Marmelade aus Friedenszeiten, mehr war nicht im Haus, wenn man von den Vorräten aus den Kolonien absah, die noch im Keller lagerten und dort für den größten Notfall aufbewahrt wurden. In diesen Wochen waren sie mehr wert als bares Geld.

Alma kam. Sie trug ein elegantes schwarzes Kleid und drei aufwendig eingewickelte Pakete in der Hand.

»Guten Morgen, Sonja!«, sagte sie, so ungezwungen es ihr möglich war. Sie hatte die Nacht wach gelegen.

Sonja im Nebenzimmer hatte auch schlecht geschlafen und darüber nachgedacht, ob sie hinübergehen und Alma erlösen sollte. Doch dann hatte sie trotzig entschieden, dass Alma genauso leiden sollte, wie sie unter dem Zusammenleben mit Ottilie und Gustaf gelitten hatte. Alma hatte sich aus ihrem Leben davongestohlen. Das war unverzeihlich!

»Mutter ist noch im Bett«, sagte Sonja statt eines Grußes.

Alma kannte Ottilies Angewohnheit und hatte darauf gehofft, Sonja allein anzutreffen.

»Ich habe dir ein paar Kleinigkeiten mitgebracht.« Sie legte die Pakete vor Sonja auf den Tisch. »Ich hoffe, sie gefallen dir.«

Doch in Wahrheit meinte sie: Ich hoffe, dass wir gut miteinander sein können. Sonja versuchte, kein Interesse zu zeigen. Alma schob ihr das größte Päckchen zu. Sonja zögerte, doch dann siegte ihre Neugier. Sie begann auszupacken und hielt wenig später einen Kasten in den Händen, auf dem, wie in einem Gesicht, ein kleines Fenster in der Mitte und rechts und links zwei Drehknöpfe waren.

»Ein Radioempfänger«, erklärte Alma und sah den enttäuschten Blick ihrer Tochter. Sonja hatte keine Ahnung, was sie mit diesem Ding anfangen sollte.

»Man kann damit Musik hören oder Nachrichten.« Alma suchte nach einer Steckdose und schloss den Kasten an. Sie hatten Glück, es gab gerade Strom, der in diesen Zeiten nur unregelmäßig zur Verfügung stand. Das kleine Fenster des Gerätes verfärbte sich grün und immer grüner.

»Es heizt auf.« Alma wartete noch einen Augenblick, dann begann sie an einem der Knöpfe zu drehen. Aus dem Kasten kam Rauschen. Alma drehte vor und zurück, mal schneller, mal nur einige Millimeter. Doch es blieb beim Rauschen. Sonja, die noch nie ein Radio gesehen hatte, schaute neugierig zu.

»Wenn es eine Übertragung gibt, können wir es ausprobieren.« Alma beendete ihre Suche. »Bei euch gibt es doch auch schon Übertragungen? Opern … Theater …?«

Sonja zuckte mit den Achseln. Alma seufzte und schob ihr die beiden anderen Pakete zu. In einem befand sich eine Matrosenbluse, im anderen der passende Rock dazu. Beides gefiel Sonja, aber leider waren die Kleidungsstücke zu klein. Alma hatte die Größe ihrer Tochter unterschätzt. Nun waren sie beide enttäuscht.

»Und – spielst du gern Klavier?«, versuchte Alma ein Gespräch zu beginnen.

Sonja hob die Schultern zu einem indifferenten »Ja«.

»Du spielst bestimmt viel besser als ich.«

Sonja erwiderte nichts.

»Gibst du auch Konzerte?« Alma fiel nichts anderes ein, um das Gespräch am Laufen zu halten.

Da hielt es Sonja nicht mehr aus.

»Du kommst zu spät, Alma … dein Vater ist tot … er hat auf dich gewartet … wir haben alle auf dich gewartet.«

Sonja stand auf. Für ein paar wenige Jahre waren sie Schwestern gewesen und hatten sich als solche geliebt. Als Mutter wollte Sonja Alma nicht akzeptieren. Die Zeit dafür war unwiederbringlich vorbei.

An einem der nächsten Nachmittage nahmen Alma und Sonja eine Droschke und ließen sich ins Hotel fahren, um Lorenz Adlon zu treffen, der von Gustaf Schadt als Testamentsvollstrecker eingesetzt worden war. Ottilie war seit Almas Ankunft nicht mehr aus ihrem Zimmer gekommen. Galla war die meiste Zeit bei ihrer Herrin und versorgte sie.

Der Pariser Platz befand sich in den Händen der Freikorps. Die Soldaten hatten Barrikaden aufgebaut und waren bereit, ihr erobertes Terrain gegen jeden, vor allem gegen die Spartakisten, zu verteidigen.

Vor dem Adlon waren einige sehr junge Pagen im Einsatz. Doch die konnten nicht verhindern, dass die Frauen, als sie aus der Droschke stiegen, von den Soldaten angepöbelt wurden. Es wurde gepfiffen und gejohlt, anzügliche Bemerkungen fielen.

»Lasst die Damen ins Hotel«, befahl ein Offizier, der aus der Gruppe der Soldaten hervortrat. »Herrschaften, ein bisschen mehr Benimmse!« Sein Befehl zeigte Wirkung.

Alma wollte sich mit einem Lächeln für die Unterstützung bedanken und schrak zurück. Gleichzeitig gefror das Gesicht des Offiziers.

»Wen haben wir denn da!« Siegfried von Tennen trat Alma und Sonja in den Weg.

»Foto gefällig?« Der abfällige Tonfall erregte die Aufmerksamkeit seiner Soldaten. Sie kamen näher.

»Lassen Sie uns vorbei«, sagte Alma hastig.

Die Pagen versuchten, für die Damen eine Gasse zu bilden.

»Ach, bin ich nicht mehr gut genug als Modell? Und das kleine Schwesterchen kann inzwischen auch fotografieren?«, wandte sich Siegfried an Sonja.

Sie erkannte ihn nicht, dafür war sie damals zu jung gewesen.

»Schämen Sie sich! Haben Sie keine Kinderstube?« Sonja nahm Almas Hand und zog sie zur Drehtür.

Siegfried spuckte aus, schnipste nach einem jüngeren Soldaten in Leutnantsuniform, in dessen Gesicht die Pubertätsakne blühte.

»Sebastian, Zigarette!«

Der Angesprochene kam schnell und fingerte eine Zigarette aus einer Schachtel, zündete sie an und reichte sie seinem Bruder.

Unzählige Lampen tauchten die Empfangshalle des Adlon in warmes Licht. Hier drinnen herrschte Frieden.

Ich bin nur ein armer Wandergesell ... Der Komponist Eduard Künneke saß am Klavier und improvisierte zum Vergnügen der Gäste eine Melodie aus der Operette, die gerade in seinem Kopf entstand. Sie würde *Der Vetter aus Dingsda* heißen und ein Klassiker werden.

Friedrich kam auf Alma und Sonja zu.

»Mein herzliches Beileid zum Tod Ihres Herrn Vater.«

»Friedrich! Wie geht es Ihnen?« Alma nahm seinen förmlichen Ton auf.

»Gut, gnädige Frau.«

»Wir haben uns lange nicht mehr gesehen.« Alma schaute ihn länger als angemessen war an. Die Jahre als Soldat hatten Spuren in seinem Gesicht hinterlassen. Trotz Lorenz Adlons Intervention beim Kaiser waren die meisten männlichen Angestellten spätestens ab 1916 eingezogen worden.

»Das ist Friedrich Loewe«, sagte Alma.

»Weiß ich doch.« Sonja hob belustigt die Schultern, dass ihr Alma etwas erklärte, das sie viel besser wusste.

»Wir waren einmal …« Alma suchte nach einer Erklärung.

»Mein Vater war Gärtner im Hause Schadt, bis wir umgezogen sind«, sagte Friedrich ruhig.

»Wie geht es Ihren Eltern und den Geschwistern?«, erkundigte sich Alma, erleichtert, dass er ihr so souverän zur Seite stand.

»Vater ist tot. Meine Brüder sind beide gefallen. Ich unterstütze Mutter. Es geht ihr gut. Meine Schwester Margarete arbeitet inzwischen auch hier. Sie ist Telefonistin. Der Patron lässt sie Englisch lernen.« Friedrich war der Stolz darüber anzusehen. »Ich bin Ihrem Vater sehr dankbar, Alma, dass er mir damals die Möglichkeit eröffnet hat, hier zu lernen und zu arbeiten.«

In diesem Augenblick kam Tilly Adlon, die Sonja entdeckt und Alma erkannt hatte. Friedrich zog sich diskret zurück.

»Alma, wie schön, Sie wiederzusehen. Es ist mir peinlich, wie verkommen und verwahrlost Berlin ist.« Sie küssten sich.

»Wir haben gestern stundenlang bei Kerzenlicht gesessen.«

»Aber, Alma, Sie können doch im Hotel wohnen. Wir haben hier unser eigenes Elektrizitätswerk.«

»Mutter ist sehr krank. Sie kann das Haus nicht mehr verlassen. Und wir bleiben selbstverständlich bei ihr.«

»Diese schreckliche Grippe?«

Alma nickte.

»Passen Sie bloß auf, dass Sie sich nicht anstecken. Ich lasse meine Kinder nicht mehr aus dem Haus, bis die Epidemie vorbei ist.«

Sonja dachte mit Bedauern an Susanne Adlon. Sie hatten sich das letzte Mal bei der Beerdigung gesehen, weil die Freundin nicht mehr zur Schule durfte.

Ein Page trat auf Alma zu. »Herr Adlon erwartet Sie in seinem Büro, Fräulein Schadt.«

Lorenz Adlon stand bereits an der Tür, als Alma und Sonja aus dem Aufzug traten.

»Alma! Sie sind eine Dame geworden!« Er küsste ihre Hand und ergriff Sonjas in väterlicher Weise. Dann führte er sie in sein Büro. »Bitte, nehmen Sie Platz.« Er wies auf zwei Sessel. »Ich werde wie ein Advokat hinter meinem Schreibtisch sitzen bleiben. Das hängt mit der Menge an Schriftstücken zusammen, die ich mir für unser Gespräch bereitgelegt habe.«

Sie setzten sich ihm gegenüber.

»Wie geht es Ihrer Frau Mutter?«

»Wir machen uns große Sorgen«, gestand Alma. »Ich glaube nicht, dass sie in der nächsten Zeit die Kraft haben wird, sich um das Geschäftliche zu kümmern.«

»Alma, Sie werden jetzt an die Stelle des Familienoberhauptes treten müssen.«

Alma schaute ihn betroffen an. Das war das Letzte, was sie wollte. Sonja verschränkte trotzig die Arme vor der Brust und hoffte, so deutlich zu machen, dass sie sich Alma nicht unterordnen würde.

Lorenz Adlon kam zur Sache. »Wie Ihnen vielleicht bekannt ist, hat Ihr Herr Vater mir beim Bau des Adlon größere Summen vorgestreckt und diese nicht zurückgefordert. Hier ist die Abrechnung mit Zins und Zinseszins.«

Der alte Adlon schob Papiere über den Tisch, auf denen lange Zahlenreihen aufgelistet waren.

»Ihr Herr Vater hat mich als Verwalter Ihres Vermögens eingesetzt. Sein Wunsch war es, dass Sie über einen Teil der Barschaft jederzeit verfügen können. Allerdings bereitet mir der Verfall der Mark große Sorge. Daher denke ich, dass Ihr Geld in meinen Immobilien sicher angelegt ist. Wir sollten uns fürs Erste auf eine regelmäßige Apanage verständigen, so wie es für Ihre Frau Mama ebenfalls vereinbart wurde. Ihre Mutter möchte sich nicht um

Geldangelegenheit kümmern. Und es war Ihrem Vater sehr wichtig, dass die Lebensumstände Ihrer Frau Mutter abgesichert sind.«

Lorenz Adlon legte ihnen jedes Detail ihres Vermögens offen; sowohl das Guthaben, das im Adlon für sie aufbewahrt war, wie auch den Wert der Villa und des Kontors mit dem Rest der Waren aus Übersee. Alma und Sonja hörten sich alles an, nahmen die Unterlagen in Empfang, deren Inhalt sie in der kurzen Zeit nicht erfassen konnten. Als sie das Adlon verließen, wussten sie, dass sie in finanzieller Hinsicht gut dastanden. Doch wie groß ihr Vermögen wirklich war, begriffen sie erst Tage später, als Alma die Zahlen durchgesehen hatte. Sie sagte es Sonja beim Abendessen: »Unser Vater war ein guter Geschäftsmann. Er hat für dich und Mama ausgezeichnet vorgesorgt. Ich selbst verdiene in den Staaten als Fotografin, also bin ich nicht darauf angewiesen, mein Erbe in bar einzufordern. Wir sind reich.«

Sonja nickte. »Wann willst du denn wieder zurückfahren?«

»Selbstverständlich bleibe ich, solange Mama krank ist. Danach sehen wir weiter.«

Alma schaute Sonja an und wollte sich endlich aussprechen. Doch Sonja wich aus. Es gefiel ihr, Alma zappeln zu lassen.

20. Kapitel

Ein paar Tage nach der Testamentseröffnung klingelte das Telefon. Sonja stürzte zum Apparat im Flur.

»Hallo, wer spricht da?«

Am anderen Ende hörte sie eine Stimme mit amerikanischem Akzent, die immer wieder von Rauschen unterbrochen wurde, als würde Wind statt Sprache durch die Leitung fegen.

»Alma! Deine Freundin aus Amerika!«, rief Sonja durchs Haus. »Sie ist auf dem Weg nach Berlin und schon in London.«

Als Alma endlich den Hörer ans Ohr presste, war die Verbindung abgebrochen.

Wenige Tage später kam Undine in Berlin an. Sie hatte es nicht in San Francisco ausgehalten. Alma war Hals über Kopf abgereist, sozusagen in ihr altes Leben zurückgestürzt, und Undine befürchtete, dass ihre Freundin sich in der Verantwortung für ihre Mutter und in den Schuldgefühlen gegenüber ihrer Tochter heillos verstricken würde. Undine wollte Alma, falls notwendig, zur Seite stehen.

Louis Adlon freute sich, seine amerikanische Bekannte wiederzusehen. Nach dem verlorenen Krieg gehörte sie zu den ersten Gästen, die den Duft der weiten Welt ins Hotel zurückbrachten.

»Ich habe Ihnen Ihr altes Appartement reserviert, Undine. Ich hoffe, das ist Ihnen recht?«

»Es wird mich an eine sehr schöne Zeit in meinem Leben erinnern«, erwiderte Undine. Sie wollte sich gerade von einem Pagen hinaufbegleiten lassen, als sie sah, dass Louis zur Drehtür schaute. Undine folgte seinem Blick. Eine Dame betrat das Hotel. Sie war eine Königin in der Art, wie sie vom Vestibül Besitz ergriff. Undine ging ihr erfreut entgegen. Die beiden Frauen hatten sich auf dem Schiff kennengelernt und die Tage auf See gemeinsam verbracht. Undine hatte der Deutschamerikanerin die Empfehlung gegeben, nirgends anders als im Adlon zu logieren.

»Hedda, darf ich dir Louis Adlon vorstellen!«, sagte Undine unbefangen. »Louis, ich möchte Sie mit Hedwig Burger aus San Francisco bekannt machen.«

Sie streckte Louis die Hand entgegen. »Bitte, sagen Sie Hedda zu mir wie alle meine Freunde.«

Er verbeugte sich hingerissen. »Herzlich willkommen im Adlon, Mrs. Burger!«

»Was für ein Haus! Sie haben mir nicht die ganze Wahrheit gesagt, Undine«, schalt Hedda. »Also wirklich, Herr Adlon, das Paradies kann nicht schöner sein.«

»Sagen Sie das bitte auch meinem Vater, genau davon hat er immer geträumt.« Sie schauten sich an. Louis räusperte sich. »Ich hoffe, dass wir öfter Gelegenheit haben werden, uns zu sehen.«

»Das wird sich wohl kaum vermeiden lassen.« Jetzt erst entließ Hedda Burger Louis Adlon aus ihrem Blick.

Als sie zum Fahrstuhl gingen, flüsterte Hedda Undine zu: »Er hat einen Charakterkopf.«

Bevor sie einstiegen, drehte sich Hedda noch einmal um. Louis schien darauf gewartet zu haben und verneigte sich lächelnd.

»Ich glaube, dass ich ihn heiraten werde«, sagte Hedda, als sich die Türen schlossen.

»Aber, Hedda-Darling, er ist verheiratet.«
»Ich doch auch«, erklärte Hedda ruhig.

»Sonja, das ist Undine Adams.«

Alma hatte die Freundin am Tag nach ihrer Ankunft zum Abendessen in die Villa Schadt eingeladen. Undine reichte Sonja beide Hände.

»Du warst so klein, als ich dich gesehen habe das letzte Mal.«

Sonja musterte die Amerikanerin kühl. Ihr Besuch in Berlin brachte Sonja schrecklich auf.

»Alma hat mir erzählt, dass du sehr gut Klavier spielst«, fuhr Undine unbeirrt fort.

Sie setzten sich an den Tisch, wo es zur Feier des Tages Hackbraten gab. Das Dienstmädchen hatte exotische Gewürze aus Gustafs Beständen gegen das Fleisch für diese Mahlzeit eingetauscht. Ottilie aß auf ihrem Zimmer. Sie hatte keinerlei Interesse, Almas Freundin wiederzusehen.

Undine wollte das Eis brechen und stellte Sonja ähnliche Fragen wie Alma kurz nach ihrer Ankunft. Ob sie denn Konzerte gebe? Ob sie einen Manager habe? Was sie sich von der Zukunft erträume?

Sonja blieb einsilbig, behauptete, sich keine großen Gedanken zu machen, und warf ein, dass man in Deutschland anders als in den USA keinen Manager brauchte. Natürlich wusste es Sonja besser. Undine setzte ihr lang und breit auseinander, dass Amerika ein Land sei, in dem man alles erreichen konnte, wenn man es strategisch klug anstellte.

»Nun, du wirst es sicher erleben«, sagte sie mit Blick zu Alma. Für Undine war klar, dass sie zu dritt heimreisen würden.

Dann war das Essen endlich beendet, und Sonja verließ das Zimmer. Na wartet, dachte sie, euch werde ich's zeigen!

»Oh Dear, was zur Hölle ist in diesem Haus für eine grauenvolle Atmosphäre?«, sagte Undine zu Alma. »Lass uns tanzen gehen und ein bisschen Spaß haben.«

»Ich weiß nicht, ob das eine gute Idee ist«, seufzte Alma.

»Es ist eine großartige Idee. Du bist schon wochenlang eingesperrt.«

Alma gab nach, und die beiden Frauen stürzten sich ins Nachtleben. Kurz nachdem Alma und Undine das Haus verlassen hatten, rief Ottilie nach Sonja.

»Leiste mir ein wenig Gesellschaft, Sonja-Kind. Ich möchte heute Nacht nicht allein sein.«

Während die Großmutter vor sich hin dämmerte, saß Sonja an ihrem Bett und hoffte, dass Alma bald nach Hause zurückkehren und sie erlösen würde. Ab und an bot Galla der Herrin einen Schluck Wasser an, den diese widerwillig trank. Dabei schaute Ottilie Sonja aus tief liegenden dunklen Augen an. Qualvoll vergingen die Stunden.

Es war schon bald vier Uhr morgens, als endlich vor dem Haus ein Wagen zu hören war und Alma nach Hause kam. Inzwischen war der Pfarrer geholt worden. Er stand am Bett der Sterbenden.

»Ich bin gewiss, dass weder Tod noch Leben, weder Engel noch Mächte, noch Gewalten, weder Gegenwärtiges noch Zukünftiges, weder Hohes noch Tiefes, noch eine andere Kreatur uns scheiden kann von der Liebe Gottes, die in Christus Jesus ist, unserem Herrn«, las der Geistliche aus dem Neuen Testament vor.

Galla verließ das Zimmer. »Kommen Sie, gnädige Frau, schnell«, rief Galla vom Treppenabsatz. Alma legte eilig Hut und Mantel ab und rannte die Treppe hinauf. Sie hatte den ganzen Abend gespürt, dass sie besser zu Hause geblieben wäre.

Sonja blickte nur kurz auf, als ihre Mutter ins Zimmer trat. Alma roch nach Alkohol und Zigaretten. Ihre Lippen waren geschminkt. Ottilie öffnete die Augen. Alma sank auf die Knie, ergriff die Hände ihrer Mutter:

»Mama, willst du Sonja noch etwas sagen?«

Ottilie erinnerte sich an jene Nacht, als sie mit dem Neugeborenen den Raum verlassen hatte. Alma erinnerte sich an den Schmerz, an ihre Ohnmacht und wie sie sich zurück in die Kissen fallen ließ und hoffte, dass sie wieder Kind sein könnte und sich das Leben neu fügen würde.

Sonja schluckte ihre Tränen hinunter und wünschte sich inständig, ein Wunder möge geschehen und alle könnten sich hier und jetzt versöhnen.

»Bitte, Mutter, sag Sonja alles«, bat Alma noch einmal eindringlich.

»Die Frauen in unserer Familie taugen nichts!«, stieß Ottilie mit letzter Kraft hervor. Ihre Hand flog hoch, gab ihrem Gedanken Nachdruck und fiel zurück aufs Deckbett.

Hinter dem Wasserturm stand golden die Sonne und tauchte den Sonntagnachmittag in warmes Licht. Der Kellner brachte eine neue Flasche Wasser. Katharina goss sich und ihrer Großmutter ein.

»Was geschah weiter? Hat Alma ihrer Tochter endlich die Wahrheit gesagt?«

Sonja schüttelte den Kopf.

»Ottilies Fluch trennte Alma und Sonja noch einmal mehr voneinander. Wer will schon mit einem Menschen nach der Wahrheit suchen, der nichts taugt? Kann man so einem Menschen vertrauen?« Sonja trank einen Schluck Wasser. »Dieser Fluch ist in uns eingedrungen, in mich und in Alma. Den Schaden, den er dort angerichtet hat, kann man nicht benennen. Man versucht zu verdrängen, sich zu sagen, dass die Sterbende sich nicht mehr ihrer Worte bewusst war. Doch man trägt sie mit sich. Erst Jahre später ist mir klar geworden, dass Ottilie dieses vernichtende Urteil wahrscheinlich schon von ihrer Mutter gehört hatte und die wiederum von ihrer Mutter und so weiter und so weiter. Es zieht sich durch die Jahrhunderte seit Eva Adam zum Sündenfall aufgefordert haben soll. Wir Frauen tragen die Schuld am Elend der Welt.«

»Pandora und ihre Büchse«, sagte Katharina betroffen.

»In den Mythen führen die Männer Kriege, erfolgreich oder weniger erfolgreich – damit kann man sich auseinandersetzen. Aber die Frauen sind die Trägerinnen einer zwiespältigen und gefährlichen Energie. Hexen. Zauberinnen. Verführerische Göttinnen. Erinnyen. Sirenen.«

Katharina dachte an ihre eigene Unsicherheit und ihre Selbstzweifel. Wenn sie ehrlich war, hatte sie die meiste Zeit ihres Lebens das Gefühl, niemandem wirklich gutzutun. Katharina erschrak über diesen Gedanken. War das Ottilies Fluch? Die Tote nahm das Leben der Jüngeren und auch das Leben derer, die noch folgen würden, in ihre Umklammerung. Und mehr noch – denn das, was sie auf ihrem Sterbebett gesagt hatte, war eine universelle Herabsetzung des Weiblichen.

Sonja griff den Faden ihrer Erzählung wieder auf.

»Letztlich rang auch die vierzehnjährige Sonja mit der Unrechtmäßigkeit ihrer Geburt und schämte sich, ganz als ob sie die Schuld dafür tragen würde. So schwiegen beide, Alma und Sonja.«

Eine Woche später wurde Ottilie neben Gustaf beerdigt. Das Dienstpersonal war bis auf Galla mit einer Abfindung entlassen. Für Alma gab es nun keinen Grund mehr, länger in Berlin zu bleiben. Sie ging davon aus, dass Sonja mit ihr und Undine nach Amerika gehen würde, und suchte nach dem richtigen Moment, um über ihre Absichten und Pläne zu sprechen. Vorher wollte sie ihrer Tochter die Wahrheit über ihr Verhältnis sagen. Doch Ottilies letzte Worte hatten ihre Wirkung getan und Alma einen Großteil ihres Selbstvertrauens genommen. So schob sie das Gespräch mit Sonja von Tag zu Tag hinaus.

Sonja, die Alma einen Schritt voraus war, begann ihre Zukunft zu planen. Sie hatte die ersten vierzehn Jahre ihres Lebens mehr oder weniger sich selbst überlassen gelebt. Außer Tischmanieren und den Anstandsregeln für eine junge Dame hatte sie nicht viel von Ottilie gelernt. Alles, was sie wusste und konnte, hatte sie sich selbst erarbeitet. Von nun an wollte sich Sonja nicht mehr als gehorsame Tochter verstellen müssen.

Es galt als abgesprochen, dass Galla mit nach Amerika reisen sollte, um sich dort zu überlegen, ob sie nach Hause zurückkehren wollte in ein Land, das inzwischen Südwestafrika hieß, dessen Verhältnisse aber immer noch ungeklärt und gefährlich waren.

»Du kannst auch bei uns in San Francisco bleiben«, hatte Alma versichert.

Sonja wusste, dass Galla der Gedanke an Amerika und daran, sich ein zweites Mal im Leben an eine neue Sprache und Kultur gewöhnen zu müssen, nicht gefiel. Das passte in Sonjas Pläne, denn sie wollte Galla bei sich behalten. Galla war ihr über all die Jahre die nächste Person gewesen. Und nun sollte sie das Netz sein, in das sich Sonja fallen lassen konnte, wenn der Tanz auf dem Seil ihrer Selbstständigkeit zu gewagt wäre.

Als Alma und Undine Sonja zum Essen ins Adlon einluden, wusste sie, dass es nun ernst werden würde. Also telefonierte sie einen Tag vorher mit Lorenz Adlon und sagte ihm, dass sie ihn dringend sprechen müsse. Großzügig schickte der alte Herr Sonja einen Wagen, der sie abholte und ins Hotel brachte. Dort erwartete er sie wie schon bei ihrem Besuch nach Gustafs Tod an der Tür zu seinem Büro.

»Was kann ich für dich tun, mein Kind?«

Sonja ließ sich auf die Stirn küssen und setzte sich brav auf die Kante des angebotenen Stuhls. Sie war fest entschlossen, ihr Ziel zu erreichen.

»Herr Adlon«, begann sie ruhig, um dann doch sofort herauszuplatzen: »Bitte, helfen Sie mir. Ich kann nicht nach Amerika«, schluchzte sie.

Lorenz Adlon stand auf, reichte Sonja sein Taschentuch und setzte sich neben sie. »Warum willst du nicht mit deiner Schwester reisen?«

Sonja bemerkte sein Zögern bei dem Wort »Schwester«.

»Sie wissen es also?«

Lorenz Adlon schwieg.

Sonja wurde dringlicher. »Sie wissen, dass Alma nicht meine Schwester ist?«

»Gustaf und Ottilie waren dir immer gute Eltern«, wand sich Lorenz Adlon aus der Situation. Diese Geschichte war nicht seine Sache. Schließlich war es doch allen Beteiligten gut damit gegangen.

Doch Sonja ließ nicht locker. »Und wer ist mein richtiger Vater?«

»Darüber haben wir nie gesprochen«, wiegelte Adlon ab.

»Aber Sie wissen es? Oder können es sich denken?«, insistierte Sonja hartnäckig weiter.

Lorenz räusperte sich und wechselte elegant das Thema. »Als ich jung war, bin ich durch halb Europa gereist und habe so meine Berufung gefunden. Ich denke, du solltest Amerika kennenlernen.«

»Herr Adlon, ich habe keine Eltern mehr. Berlin ist meine Heimat. Wenn ich hier weg muss, bin ich ein Niemand«, erwiderte Sonja mit tragischem Gesichtsausdruck. Das zeigte Wirkung.

Lorenz Adlon lächelte gutmütig und legte behutsam seine Hand auf ihren Arm. »Na, so schlimm wird es ja nicht gleich sein.«

»Doch, genauso schlimm.« Sonja zog ein neues Register und schmollte. »Almas Leben ist ein Skandal.«

Das war nicht von der Hand zu weisen, und er gab auf, sich ihrem raffinierten Gespinst zu entziehen.

»Wo willst du denn leben, wenn du ganz allein in Berlin bleibst?«

»Bei Ihnen. Im Adlon. Den Unterhalt, den Sie mir nach Amerika schicken würden – von dem kann ich auch hier leben.«

Lorenz Adlon schaute das junge Mädchen, das noch ein halbes Kind war, überrascht an.

»Sie waren Vaters bester Freund. Bitte, setzen Sie mich nicht vor die Tür«, flehte Sonja mit dramatischer Stimme.

»Selbstverständlich kannst du jederzeit Logis im Adlon nehmen, aber das kann nur deine Schwester entscheiden.«

Sonja nahm das, ohne zu zögern, als Zusage. »Ich werde mit Alma alles besprechen.«

Undine hob ihr Glas.

»Auf unsere Zukunft!« Sie strahlte in Vorfreude auf die Überfahrt und ihren Start in ein Leben als »real family«, wie sie es nannte.

»Ich werde nicht mit euch gehen!« Sonja bemerkte, wie ihre Stimme vor Anspannung vibrierte.

Alma ließ ihr Glas sinken. »Was willst du damit sagen?«

»Dass ich hierbleiben werde, weil ich dich nicht als meinen Vormund akzeptiere.«

Undine stellte nun auch ihr Glas auf den Tisch.

»Na, los! Sag es mir!« Sonja sah, dass Alma blass wurde. »Was ist denn daran so schwer?«

»Sonja, ich …«, stotterte Alma hilflos.

»Du bist meine Mutter.« Sonja sagte es schnell, bevor Undine Alma zu Hilfe kommen konnte.

»ICH BIN DEINE MUTTER – so einfach ist das«, wiederholte Sonja.

»Ich wollte es dir schon lange sagen. Aber es war nie der richtige Zeitpunkt.« Almas Hände zitterten.

»Tja. Alles andere war dir eben wichtiger.«

»Nein, Sonja, das stimmt nicht.« Alma schüttelte den Kopf.

Undine legte ihrer Freundin beruhigend die Hand auf den Arm.

»Ist ja auch egal.« Sonja gab sich gelassen. »Meine Mutter und mein Vater sind tot. Ich bin offiziell eine Waise, und niemand kann mich zwingen, mit meiner Schwester und ihrer Freundin in ein anderes Land zu gehen.« Das saß. »Ihr kehrt nach Hause zurück, und ich bleibe zu Hause.«

»Wo willst du denn wohnen?«, fragte Alma entgeistert.

»Hier im Hotel! Lorenz Adlon ist einverstanden.« Sonja trank das Glas Champagner in einem Zug aus, stand auf und verließ mit großer Geste das Restaurant. Alma schaute ihr verwirrt nach.

»Nun gibt es Klarheit.« Undine hätte am liebsten laut losgelacht. Doch sie riss sich zusammen, um Alma nicht zu verletzen.

»Ein Leben im Hotel – das kommt überhaupt nicht infrage«, sagte Alma aufgeregt.

»Darling! Mit siebzehn Jahren wolltest du auch deine Freiheit.«

»Das war doch ganz etwas anderes«, entrüstete sich Alma.

»Sonja ist fabelhaft. Sie will sich nicht anpassen an unser Leben.«

»Entschuldige mich.« Alma stand auf. »Dann soll Sonja auch wissen, wer ihr Vater ist.« Sie gab Undine einen Kuss auf die Stirn und verließ das Restaurant.

Entgegen jeder Etikette angelte Undine den Champagner aus dem Kühler neben ihrem Tisch und goss sich selbst das Glas randvoll. Ein Kellner kam eilig.

»Die Karte bitte. Ich werde allein essen. Die Party findet woanders statt.«

Sonja war nach Hause gegangen, hatte sich im leeren Salon an den Flügel gesetzt und spielte Chopin.

Nur ein paar wenige Möbelstücke standen noch an ihren alten Plätzen. In der Eingangshalle waren die Umzugskisten aufgestapelt. Sonja hatte die ihren heimlich mit einem goldenen Punkt gekennzeichnet, sodass man sie ohne Probleme von den anderen unterscheiden und ins Adlon bringen konnte. Sie hatte keine Ahnung, wie sich Alma zu ihrer Entscheidung verhalten würde. Doch Sonja war entschlossen, sich nicht umstimmen zu lassen.

Die Tür ging. Alma in Hut und Mantel stand im Türrahmen. Aus dem Augenwinkel sah Sonja, dass ein Mann mit ihr gekommen war.

»Ich möchte dir deinen Vater vorstellen.«

Sonjas Hände hinterließen feuchte Spuren auf den Tasten. Sie erkannte Friedrich Loewe. Er trug nicht, wie sonst, eine Hoteluniform, sondern einen Anzug und sah ganz anders aus. Alma kam näher.

»Friedrich Loewe ist dein Vater.«

Sonja spürte einen Kloß im Hals. »Interessiert mich nicht.«

Alma sah Friedrich unsicher an. Schließlich hatte sie ihn gerade gebeten, für den Rest des Tages freizunehmen und mit ihr zu kommen. Doch Friedrich zeigte Verständnis für Sonja.

»Das muss ein großer Schreck für dich sein.«

Sonja hörte auf zu spielen und drehte sich zu Alma um. »Großvater und ich, wir waren so oft im Adlon. Jedes Mal hat er ihm Trinkgeld zugesteckt.«

»Trinkgeld gehört zum Hotelbetrieb.« Friedrich blieb ruhig.

Sonja schaute auf ihre Eltern, die nebeneinanderstanden wie ein Ehepaar beim Fotografen. »Großmutter hatte recht, du taugst einfach nichts!«, brüllte Sonja Alma an.

Almas Geduld war am Ende. Sie trat ans Klavier, gab Sonja eine Ohrfeige und verließ den Salon. Sonjas Wange glühte. Als wenn nichts geschehen wäre, griff sie in die Tasten und spielte weiter. Friedrich Loewe nahm in dem einzigen Sessel Platz, der noch im Salon stand, und hörte seiner Tochter zu.

Draußen stand Alma und weinte.

Später am Abend lag Sonja im Bett und dachte über die Begegnung mit Friedrich Loewe nach. Sie hatte das Stück zu Ende gespielt, den

Deckel des Flügels zugeklappt, war aufgestanden und in ihr Zimmer gegangen.

Das sollte ihr Vater sein? Ein gewöhnlicher Page im Adlon und weit entfernt von dem Leben, das sie als Tochter der Schadts gewohnt und zu dem sie erzogen worden war?

Sie hörte Schritte auf dem Flur, griff schnell nach dem Buch, das auf dem Nachttisch lag, und verschanzte sich dahinter. Es klopfte zaghaft. Alma trat ein.

»Können wir uns unterhalten?« Sie setzte sich ans Fußende des Bettes und las den Titel auf dem Ledereinband laut vor: »Die Buddenbrooks.«

»Eine Geschichte über eine Familie – sie können sich nicht lieben und rennen alle in ihr Unglück«, erklärte Sonja, blieb aber hinter dem Buch verborgen.

Alma entdeckte das kleine Holzpferd auf Sonjas Nachttisch. »Das hast du noch?«, fragte sie überrascht. Sonja ließ das Spielzeug in der Nachttischschublade verschwinden. Sie wollte Alma nicht verraten, dass sie das Pferd stets als Talisman aufbewahrt hatte in der Annahme, dass es von Alma stammte. Vor allem nachdem sie das Stoffpüppchen verbrannt hatte, war es ihr doppelt wertvoll geworden.

»Es ist von deinem Vater. Er hat es dir zu deinem dritten Geburtstag geschnitzt.« Sonja schwieg. Also sprach Alma weiter. »Wenn ich zugegeben hätte, dass ich schwanger bin, hätte mich Mutter zur Abtreibung gezwungen – dann wärst du heute nicht auf der Welt.«

Sonja ließ das Buch sinken. Sie hatte gehört, dass es Engelmacherinnen gab, die ungewollte Kinder in den Bäuchen ihrer Mütter töteten.

»Mutter wollte die Familie schützen«, erzählte Alma weiter. »Sie hat die Loewes entlassen und alles dafür getan, dass es keinen Zweifel gab, dass du ein Nachzügler bist, meine viel jüngere Schwester.«

»Ich habe gefühlt, dass ich nicht Ottilies Kind bin. Ich hab mir alle möglichen Geschichten ausgedacht. Dass man mich als

Findelkind vor ihrer Tür abgelegt hat, dass Va… dass Großvater mich von irgendwoher als Geschenk mitgebracht hat …«

Alma lächelte. »Er hat fabelhafte Geschenke mitgebracht.«

»Und dann habe ich auch überlegt, ob du meine Mutter bist.«

Sie schwiegen.

»Ich will nicht nach Amerika.«

»Aber warum denn nicht?«

»Wir kennen uns nicht – nicht richtig.«

»Das wird sich doch ändern.«

»Als du damals weggegangen bist, haben wir am Flügel gesessen«, erinnerte Sonja Alma an jenen Moment, als sie sich zu ihr auf die Klavierbank gesetzt hatte. »Und du hast zu mir gesagt: ›Lass dir von niemandem sagen, wie du leben sollst.‹«

»Daran kannst du dich erinnern?«

»Ich will im Adlon leben. Vater hat sein Vermögen dort gelassen. Warum hat er das wohl gemacht? Damit wir immer einen Ort haben, an dem wir sein können.«

Im Frühling 1919 bezog Sonja in Begleitung von Galla ihr eigenes Appartement im Adlon. Friedrich Loewe beaufsichtigte die Pagen, die Sonjas und Gallas Koffer vom Gepäckwagen nahmen und in die Räume trugen. Die Kisten mit dem goldenen Punkt waren bereits angekommen. Sonja tat so, als interessiere ihr Vater sie nicht weiter.

Jahre später erzählte Friedrich Sonja, wie aufgeregt er gewesen war, dass seine Tochter nun in seiner Nähe leben würde, und dass er sein Glück gar nicht habe fassen können.

Alma ging zu Friedrich und gab ihm zum Abschied die Hand. Wie viele Abschiede hatte sie schon mit ihm erlebt, dachte Alma und bat ihre Tochter mit einem Seitenblick auf Friedrich:

»Bitte geh mit allem diskret um.«

»Du meinst, ich soll mich nicht in die Empfangshalle stellen und ganz laut ›Vater‹ rufen?«, erwiderte Sonja übermütig.

Alma war nicht nach Witzen zumute. »Ja, das meine ich.« Es schmerzte sie, dass sie ihr Kind nun zum dritten Mal verlor. »Wenn ich könnte, würde ich dich einfach einpacken und mitnehmen.«

Alma reichte Galla beide Hände. »Danke, Galla, dass du bei ihr bleibst.«

»Ich werde auf sie aufpassen, Alma, das verspreche ich!« Galla schob Alma und Sonja zur Tür hinaus und begann mit dem Auspacken und Einrichten des Appartements.

In der Halle küsste Lorenz Adlon Alma die Hand. »Wir werden uns um Ihre Sonja wie um ein Familienmitglied kümmern. Ich habe Ihrem Herrn Vater versprochen, dass Sie und Ihre Schwester im Adlon immer ein Zuhause haben werden«, sagte er verbindlich.

Nichts in seinem Verhalten deutete auf seine beginnende Altersdemenz hin. Hätte Alma nur eine Ahnung gehabt, wäre sie wohl noch unsicherer abgereist, als sie es ohnehin schon tat.

»Danke für alles, Herr Adlon.«

Der alte Patron machte eine Verbeugung und ging weiter zur Drehtür und hinaus zum Brandenburger Tor.

Alma und Sonja traten zu Undine. »Wir warten auf dich, Sonja. Ganz bestimmt wird es dir in diese goldene Käfig bald langweilig sein«, sagte Undine an Sonja gewandt.

»Langweilig? Wer sagt denn so was?« Hedda kam durch die Halle. Sie hatte Undine gehört und zwinkerte Sonja zu. »Gute Reise. Machen Sie sich keine Sorgen um das Kind, Alma. Ich werde ein Auge auf Ihre Sonja haben.«

»Irgendwann werden auch Sie abreisen, Hedda«, erwiderte Alma bedauernd.

»Davon kann im Moment nicht die Rede sein.« Hedda lächelte vielsagend. »Ich werde meinen Aufenthalt vorerst nicht limitieren. Sonja, wir sehen uns morgen zum Fünfuhrtee. Good bye, ihr Lieben!« Sie küsste Alma und Undine auf die Wange und rauschte ab.

Alma umarmte ihre Tochter ein letztes Mal. »Komm bald nach! Bitte!«

Als Sonja dem abfahrenden Taxi nachwinkte, hatte sie das Gefühl, einer Last enthoben zu sein. Für einen Bruchteil war sie nur noch Atem, Herzschlag und Lächeln. Abschied ist etwas Herrliches, dachte Sonja.

21. Kapitel

Katharina betrachtete die alte Sonja, die ihren Gedanken nachhing. Wie viel Zeit war doch seit damals vergangen! Ihr eigenes Leben erschien ihr klein und bedeutungslos im Vergleich zur Wucht der Ereignisse im Leben ihrer Großmutter.

Am Nachbartisch nahm eine Familie mit drei Kindern Platz. Die Kinder waren müde und quengelten nach Eis, Kuchen und Getränken. Die Eltern taten ihr Bestes, um die Sprösslinge zufriedenzustellen. Man sah ihnen an, dass auch sie erschöpft waren, dass sie Zeit und Raum für sich selbst und ihre Beziehung gebraucht hätten. Wie lange sie wohl noch gemeinsam durchhalten würden?

»Wollen Sie Kinder?«, riss Sonja Katharina aus ihren Gedanken. »Ich habe mir immer eine große Familie gewünscht. In meiner Vorstellung lebten wir in einem Haus mit Garten voll von Obstbäumen. Auf der Terrasse ein großer Holztisch, an dem wir bis tief in die Nacht sitzen und in die Sterne schauen würden.« Sonja lachte. »Träume!«

»Ich glaube nicht, dass ich eine gute Mutter wäre.«

Katharina wunderte sich darüber, dass sie so leicht aussprechen konnte, was sie schon seit Langem quälte.

»Warum glauben Sie das?« Sonja war überrascht.

»Wahrscheinlich habe ich nicht genug Geduld.« Katharina hob die Hände und wusste, es war die Angst, als Mutter zu versagen.

»Vielleicht brauchen Sie den richtigen Mann an Ihrer Seite, und dann geht alles ganz einfach?«

Katharina erwiderte nichts.

»Was ist denn passiert, dass sich Ihr Freund und Sie getrennt haben?«

Katharina bemerkte verwirrt, dass sie keine klare Antwort geben konnte. Nur ein diffuser Gedanke trieb an der Oberfläche: Sie war die Verursacherin der Trennung. Sie war schuld, weil sie ihrer Vergangenheit mehr Raum gab als dem Leben mit Alexander.

»Gibt es ein Missverständnis, das sich vielleicht ausräumen ließe?«, blieb Sonja am Thema dran.

»Da ist eine andere Frau. Aber sie ist bestimmt nicht der Grund.«

Sonja schaute sie aufmerksam an.

»Ich habe die Trennung immer vorausgesehen«, wurde Katharina plötzlich bewusst. Sie hatte ihm viel zu selten das Gefühl gegeben, dass er ihr wichtig war. Im Gegenteil, sie war ihm ausgewichen, hatte einen Abstand aufrechterhalten und sich immer gewünscht, dass er die Kluft überbrückte, dass er sie zu sich heranzog.

»Wenn man sich mit Haut und Haar auf einen Menschen einlässt, wird man enttäuscht. Ist es das?«, fragte Sonja.

»Ja, irgendwie schon.« Katharina fühlte sich verstanden. »Sie haben doch auch früh gelernt, dass man sich eigentlich nur auf sich selbst verlassen kann.«

Sonja seufzte. Katharina sprach weiter.

»Alma war für Sie der wichtigste Mensch. Aber sie ging mit einer Frau weg, die sie gerade mal ein paar Wochen kannte.«

»Ganz sicher hat meine Familiengeschichte Narben hinterlassen. Aber ich denke, die Zeit danach wog schwerer«, erwiderte Sonja.

Der Kellner fragte, ob er ihnen die Karte fürs Abendessen bringen sollte.

»Haben Sie Hunger?« Sonja schaute Katharina an.

»Später vielleicht.«

»Ja, essen wir später. Vielleicht trinken wir zuerst ein Glas Wein«, schlug Sonja vor, winkte dem Kellner, bat um die Weinkarte und setzte ihre Erzählung fort.

»Auf eine – ich möchte fast sagen magische – Weise schien mein Leben mit dem Adlon verbunden. Ich habe viel darüber nachgedacht, warum ich dort so lange geblieben bin.« Sonja suchte nach Worten. »Es war immer mein Wunsch, ein bedeutsames Leben zu führen, eines, das mich in die Tiefe führt. Ein Mensch, der das will, wird wohl vom Schicksal nicht mit kleinen Aufgaben abgespeist.« Sie lachte herzlich. »Man wird mit der Fülle an Möglichkeiten konfrontiert.« Sonja wechselte plötzlich den Tonfall. »Oder wollen wir vielleicht einen Spaziergang ans Brandenburger Tor machen?«

Katharina war sofort einverstanden. »Nehmen wir mein Auto.«

Sonja bestellte die Rechnung. »Bitte, lassen Sie mich das übernehmen«, wehrte sie Katharinas Geste ab, die nach ihrer Geldbörse greifen wollte.

Sie fuhren über die Straße Unter den Linden bis zum Pariser Platz und parkten den kleinen Ford in der Zufahrt der Baustelle, die am Sonntag geschlossen war. Das Brandenburger Tor lag im Licht der untergehenden Sonne.

»Ich bin schon lange nicht mehr hier gewesen. Ich kenne den Blick ohne Mauer noch gar nicht. Gehen wir rüber?« Sonja hakte sich bei Katharina ein. »Diesen Weg bin ich damals oft gegangen.«

Sie liefen auf den Sonnenuntergang zu, durchs Brandenburger Tor und weiter auf der Straße des 17. Juni bis zur Siegessäule.

Im Herbst 1920 stand Lorenz Adlon wie jeden Nachmittag am Brandenburger Tor. Der Grandseigneur schaute die Allee hinunter, immer noch in der Erwartung der Rückkehr seines Kaisers. Dann wandte er sich seinem Hotel zu, dessen Fassade – so wie er es vor über fünfzehn Jahren geplant hatte – von der tief stehenden Abendsonne reflektiert wurde.

Vor dem Spiegel in seiner Suite prüfte Louis Adlon den Sitz von Krawatte und Jackett. In Gedanken war er schon beim Rendezvous.

Louis war kein Kostverächter, was Frauen betraf, er genoss ihre Gegenwart, ihren Liebreiz und war ein Meister der Verführung. Häufig gab es deshalb Auseinandersetzungen mit Tilly, die seine Seitensprünge sehr wohl bemerkte. Und genauso häufig gelobte Louis Besserung und glaubte daran. Doch nie dauerte es lange, und den in seinem Leben als Hotelier und Gastronom gezähmten Mann überkam wieder der Jagdtrieb.

Dabei mochte Louis Tillys Sanftmut und ihre Leichtigkeit, die sie in sein Leben und in das der Kinder brachte. In der Ehe mit ihr fand Louis, was er als Junge vermisst hatte: die zärtliche Liebe seiner viel zu früh verstorbenen Mutter. Der Vater – schon damals damit beschäftigt, zu einem der ersten Gastronomen des Landes aufzusteigen – hatte nur wenig Zeit mit den Kindern verbracht. Eine zweite Ehe wurde kurze Zeit nach dem Tod seiner ersten Frau geschlossen. Doch die Stiefmutter konnte die Lücke, die der Tod der leiblichen Mutter hinterlassen hatte, nicht füllen.

Louis Adlon fuhr mit dem Fahrstuhl in den Keller und folgte den verschlungenen Gängen bis zum Weindepot. Ein Page hatte den Auftrag, Hedda Burger aus ihrer Suite abzuholen und in genau den Raum zu geleiten, in dem einst sein Vater am Tage der Eröffnung des Hotels den Kaiser empfangen und bewirtet hatte. Louis überprüfte den mit Delikatessen gedeckten Tisch und den bereits dekantierten Wein. Eine Flasche Champagner stand in einem Kühler bereit. Zwei Gläser aus geschliffenem Kristall glänzten im Kerzenlicht.

Als er Heddas Schritte hörte, wandte er sich um. Sie trug ein silbergraues Abendkleid. Über ihren Schultern lag ein Seidentuch.

Ihre ganze Erscheinung atmete kraftvolle Weiblichkeit. Louis verbeugte sich galant.

»Gnädige Frau, es ist mir eine Ehre. Ich muss Sie hier unten weitab vom Alltag des Hotelbetriebes empfangen, sonst stehlen Sie mit Ihrer Schönheit den anderen Damen im Hause womöglich die Schau.«

Hedda lächelte amüsiert und wanderte die Weinregale entlang. Dort lagerten Hunderte von Flaschen, geordnet nach Jahrgängen, Rebsorten und Anbaugebieten.

»Sie sind ein Verführer, Louis«, sagte Hedda leichthin, während sie die einzelnen Etiketten studierte.

»Ich bin nur ein ganz gewöhnlicher Mann, der viel zu sehr mit seiner Arbeit beschäftigt ist.«

Louis öffnete den Champagner und trat Hedda mit zwei gefüllten Gläsern entgegen. Sie nahm eines.

»Sie werden aus diesem Haus eine Legende machen.«

»Bitte, lassen Sie uns nicht über das Hotel sprechen, das schon den gesamten Raum meines Lebens einnimmt«, wehrte Louis ab.

Sie stießen an und tranken.

»Was führt Sie nach Deutschland, Hedda?«

»Die Sehnsucht nach der Heimat. Meine Familie lebt hier.« Sie schaute ihm in die Augen.

»Reisen, die Welt sehen, das war mir in den letzten Jahren nicht vergönnt«, seufzte Louis.

Hedda war nicht nach Larmoyanz. »Der dumme Krieg ist vorbei, die Grenzen wieder geöffnet, der Reiseverkehr lebt auf.«

Sie setzte sich und er nahm ihr gegenüber Platz. Augenblicklich wurde aus dem Tête-à-Tête ein Gespräch.

»Für Geschäfte wird man einen neutralen Ort wie Ihr Hotel suchen.« Sie beugte sich zu Louis, um ihren Worten Nachdruck zu verleihen. »Sie halten Gold in den Händen.«

Er war verblüfft, wie energisch sie mit ihm sprach.

»Ich beneide Sie um diese Möglichkeit, Louis. Ich wünsche mir schon lange ein Geschäft, um meine Ideale und Visionen zu leben.«

Sie hat keine Ahnung von der Last, die ich trage, dachte Louis und antwortete: »Ich dagegen beneide Sie um Ihre Freiheit, Hedda.«

»Freiheit ist eine Entscheidung.« Sie stellte ihr Glas ab. Der Samen war gelegt, jetzt sollte er keimen. Hedda hatte keine Eile. Ihr Gatte in San Francisco war bereits informiert, dass sie die Scheidung wünschte.

»Was empfehlen Sie mir für die nächsten Tage, wenn die Verwandtschaft mich nicht zu stark okkupiert?«, erkundigte sie sich und naschte von den Delikatessen. »Welches Theaterstück sollte ich nicht verpassen? Und ich hörte, dass die antike und ägyptische Sammlung auf der Museumsinsel ganz einzigartig sein sollen?«

»Vielleicht darf ich Sie zu einem Ausflug ins Umland einladen?«, schlug Louis vor, ohne den Blick von ihr zu wenden. »Potsdam ist sehr schön. In Neubabelsberg hat sich ein Filmstudio gegründet. Ich könnte für uns einen Platz bei den Filmarbeiten organisieren.«

»Sie sollen ein sehr guter Reiter sein, Louis. Meine Familie hat ein Anwesen in Neu Fahrland. Wir könnten ausreiten.« Hedda lachte vergnügt. »Jetzt haben wir so viele Möglichkeiten und müssen uns entscheiden.«

Nach jenem Abend im Weinkeller verbrachten sie jede freie Minute miteinander. Louis lernte das Anwesen von Heddas Familie in Neu Fahrland, in der Nähe von Potsdam, kennen. Er erlebte, dass Hedda seine Leidenschaft für den Pferdesport teilte, und erfuhr ihre nie nachlassende Sinnlichkeit, mit der sie ihn verführte. Sie waren wie füreinander geschaffen. Seelenverwandte, die mit dem gleichen Blick auf die Welt schauten. Denn stets bestimmt der Blick auf die Realität die Realität selbst. Und noch etwas vereinte sie: das Adlon. Hedda war fest entschlossen, die Patronin an seiner Seite zu werden.

Tilly sah, wie sich Louis veränderte. In den Nächten kam er nun überhaupt nicht mehr nach Hause und entschuldigte sich mit unablässiger Arbeit. Tilly nutzte die Dienste eines Pagen, der sie schon in ähnlichen Situationen über die Vorgänge im Hotel unterrichtet hatte, und hörte von Hedwig Burger. Ihr erster Gedanke war, ihren Schwiegervater um Hilfe zu bitten, wie sie es über die Jahre oftmals getan hatte. Doch der Einfluss, den Lorenz auf seinen Sohn hatte, schwand. Der alte Herr führte sein Imperium zwar noch mit autoritärer Hand, aber seine Entscheidungen wurden immer häufiger durch eine schleichende Altersdemenz beeinträchtigt. Tilly, die so sehr einen Fürsprecher gebraucht hätte, war allein.

Im Februar 1921, zwei Jahre nach Ende des Krieges, eröffnete das Adlon die Faschingssaison wieder mit einem Kostümball. Das Orchester von Marek Weber spielte Tanzmusik. Die Musiker waren als Cowboys und Indianer verkleidet. Im Vestibül, im Restaurant und im Goethegarten tummelten sich Blumenmädchen, Hexen, Harlekine und Damen in Rokokokleidern. Frauen in Herrenanzügen, das Haar kurz geschnitten, hielten Zigarren in den Händen und halb nackte Tempeltänzerinnen im Arm. Schwarz geschminkte Mohrengesichter, aus denen weiße Zähne blitzten, tanzten wild mit Frauen in Röckchen aus Palmenblättern.

An der Drehtür begrüßte Louis Adlon im Don-Juan-Kostüm, gemeinsam mit Tilly, die sich als Carmen verkleidet hatte, die eintreffenden Gäste. Tilly hatte sich tagelang Gedanken über ihr Kostüm gemacht und sich dann für ein rotes Kleid mit schwarzer Spitze entschieden. Ein dramatischer Auftritt sollte es sein. Tillys Nebenbuhlerin kam im Gewand einer Griechin die Freitreppe herabgeschritten. Das gegürtete Leinenkleid umspielte Heddas Körper und hob ihre Formen hervor. Im Haar trug sie einen goldenen Kranz. Fasziniert von ihrem Anblick vergaß Louis, dass Tilly neben ihm stand und seine Leidenschaft mit ansehen musste.

Hedda nickte Louis und Tilly zu. Dann ließ sie sich in die Menge gleiten, wo sie sofort von Bewunderern umringt war.

Sonja saß noch in Unterwäsche vor dem Spiegel und wurde von Galla geschminkt. Die beiden fühlten sich inzwischen in ihrem Appartement im Adlon, das aus drei Räumen bestand, zu Hause.

Auch für Galla hatte eine neue Zeit begonnen. Im Haushalt der Schadts war sie als Hausmädchen rund um die Uhr beschäftigt gewesen. Nun gab es nach wenigen Handgriffen kaum noch etwas für sie zu tun. Sie vertrieb sich die Zeit mit Handarbeiten oder las gemeinsam mit Sonja die belletristischen Neuerscheinungen. Sie kümmerte sich wie eine Mutter um ihren Schützling. Sonja hielt sich dankbar an ihr fest. Galla war ihr Fels in der Brandung.

Es klopfte an der Tür. Galla öffnete. Friedrich brachte Sonjas Kostüm.

»Ich hoffe, es gefällt ihr.«

Friedrich hatte es in Gallas Auftrag nähen lassen. Im Spiegel traf sein Blick den der Tochter. Sonja nickte ihm zu, ohne sich umzudrehen. Bei ihrem Einzug hatte sie beschlossen, dem Vater nicht ihr Herz zu öffnen, und nun litt sie unter diesem Vorsatz.

»Danke, Friedrich«, sagte Galla für Sonja.

Friedrich neigte den Kopf.

Als die Tür hinter ihm ins Schloss gefallen war, sprang Sonja auf und ließ sich von Galla ins Kostüm helfen. Kurze Zeit später hatte sie sich in einen Pierrot verwandelt. Weißes Gesicht, eine schwarze Träne, roter Herzlippenmund.

Das Haustelefon klingelte. Sonja nahm den Hörer ab. In der Telefonzentrale war ein Morsetelegramm für sie angekommen.

»Ich hole es persönlich ab«, entschied sie voll Vorfreude, ihr Kostüm sofort ausführen zu können. Auf dem Weg begegnete Sonja Gästen in aufwendigen Verkleidungen. Sie war noch nie auf einem Ball gewesen. Was hatte sie doch für ein Glück! Nachdem sie zeit ihres Lebens in der Villa Schadt eingesperrt gewesen war, hatte sie nun alle Freiheiten, und niemand war da, der sie kontrollierte. Als Sonja die Telefonzentrale betrat, winkte ihr Margarete Loewe.

Sonja hatte Friedrichs fünf Jahre jüngere Schwester kurz nach Almas und Undines Abreise kennengelernt, als das erste Morsetelegramm angekommen war.

»Sind an Bord gegangen. Tausend Grüße Alma und Undine«, hieß es damals. Sonja hatte geantwortet: »Mir geht es sehr gut. Macht Euch keine Sorgen. Gute Reise.«

Die Telefonistin hatte Sonja gemustert. »Ick würd' ja lieber heute als morgen nach Amerika gehen.«

»Und warum, bitte schön?« Sonja hatte herausfordernd zurückgeschaut.

»Dort solls 'nen Haufen Millionäre geben, und ick würd mir einen angeln«, hatte die Telefonistin geantwortet, während sie Sonjas Text eingab. »Aber Geld ham Se ja selbst jenuch.«

Sonja runzelte die Stirn über den frechen Ton.

Da beugte sich die Telefonistin vor und raunte Sonja zu:

»Ick bin übrigens Margarete. Margarete Loewe. Ihre Tante.«

»Sie sind die Schwester von … von Friedrich?« Sonja verschluckte gerade noch »von meinem Vater«.

»Wollen Sie Ihr Tantchen nicht mal auf eine Tasse Kaffee ausführen?«

Sonja brauchte nur einen kurzen Moment für ihre Entscheidung. Margarete hatte mit der Familienlüge nichts zu tun, und sie schien eine unterhaltsame Person zu sein.

»Natürlich gehen wir Kaffee trinken.«

Vergnügt griff Margarete die dargebotene Hand und schüttelte sie kräftig.

Ein paar Tage später saßen sie im Kranzler an der Friedrichstraße beim Kaffee. Margarete hatte drei Stück Kuchen gegessen und erzählt, wie sie im Januar 1919 mit ihrem Verlobten Otto, einem Berliner Arbeiter, der aufgrund seines jugendlichen Alters von der Einberufung als Soldat verschont geblieben war, zu den Spartakisten gegangen war, »um Revolution zu machen«, wie sie es ausdrückte. Die beiden hatten sich an den Straßenkämpfen an jenem Novembertag beteiligt, an dem die Berliner Arbeiterschaft vom späteren Reichspräsidenten, dem Sozialdemokraten Friedrich Ebert, verraten worden war. Unter den Linden waren sie in einen Schusswechsel mit den Soldaten des Freikorps geraten. Otto und viele andere waren von Kugeln getroffen worden. Gemeinsam mit den Spartakisten schleppte Margarete die Verwundeten ins Adlon – dort war Otto in ihren Armen gestorben.

Friedrich hatte sich bei Lorenz Adlon für seine Schwester eingesetzt. Sie war als Telefonistin angelernt und eingestellt worden.

»Und denn hab ick meine janz große Liebe getroffen.«

Und so erfuhr Sonja von Arno Rumstieg, dem Saxofonisten in Marek Webers Orchester.

»Nicht, dass wir liiert wären, det ginge dem Arno denn doch zu weit. Aber dass wir ein Paar sind, det kann er in seine janze Unabhängigkeitserklärung och nicht verleugnen.«

Margarete hatte, nachdem Sonja die Rechnung bezahlt hatte, ihre Nichte zurück ins Hotel gebracht. Schließlich sollte ihr Bruder Friedrich, »der Meckerkopp«, keinen Grund zur Kritik haben.

Das lag nun schon mehr als ein Jahr zurück. Seitdem waren sie gute Freundinnen geworden.

Die Frauen in der Telefonzentrale hatten sich mit Papierhüten und Pappnasen geschmückt. Ab und an glitt eine Papierschlange über ihre Köpfe. Margarete reichte Sonja das Morsetelegramm aus San Francisco.

»Haben großartigen Klavierlehrer für dich gefunden. Du und Galla, ihr solltet bald kommen. Wir haben Sehnsucht. Deine Alma!«

Sonja ließ Margarete wie immer antworten:

»Macht Euch keine Sorgen. Hier ist alles bestens. Viele Grüße Sonja.«

Margarete tippte das Telegramm ein und raunte: »Um zehn hab ick Feierabend. Dann stoße ick dazu. Wenn die Feierei im vollen Gange ist, wird keener was merken.«

Dem Personal war es untersagt, auf den Ball zu kommen. Margarete zog einen Zipfel ihres Kostüms aus der Tasche und legte sich als Beweis für ihr Inkognito eine Maske über die Augenpartie.

»Halt deinem Tantchen ein Plätzchen frei.«

Sonja schob sich zwischen den Gäste hindurch, um das Orchester zu sehen. Der Saxofonist Arno Rumstieg, Margaretes Flamme, war ein kleiner Mann mit einem fröhlichen Gesicht. Das Musizieren schien ihm pures Vergnügen zu sein. Sonja schaute weiter zum Mann am Klavier. Er war das ganze Gegenteil von Arno – groß, schlank, ernst. Sonja hatte von Margarete in Erfahrung gebracht, dass er Julian Zimmermann hieß und sich den Platz im Orchester mit zwei weiteren Pianisten teilte. In seinem anderen Leben war Julian Reporter und schrieb für verschiedene Zeitungen.

Sonja war ihm kurz nach Almas und Undines Abreise zum ersten Mal an der Drehtür des Hotels begegnet. Sie war auf dem Weg nach draußen, um einen Spaziergang im Tiergarten zu machen. Julian eilte zum Goethegarten, wo sich das Orchester bereits einstimmte. Sie konnten sich nicht mehr ausweichen und stießen zusammen. Die Noten, die Julian unter dem Arm getragen hatte, fielen herunter. Gleichzeitig bückten sich beide, was einen nächsten Zusammenprall ergeben hätte, wenn Julian nicht geistesgegenwärtig sein Tempo gedrosselt hätte.

»Dann muss ich ja heute alles durcheinander spielen«, flirtete er und schaute betont mutlos auf den Blätterhaufen, der am Boden lag. Sonja nahm die Noten auf und sortierte sie schnell.

»Oh, là, là, ein Fräulein, das Noten lesen kann.«

Sie spürte, dass sie rot wurde, drückte ihm die Seiten in die Hand und ging ohne jeden Gruß zur Drehtür.

»Einen schönen Tag auch noch«, rief Julian ihr amüsiert nach.

Die Begegnung hatte Sonja vollkommen durcheinandergebracht. Beim Spaziergang holte sie sich immer und immer wieder jedes Detail ins Gedächtnis. Aber erst ein paar Tage später wagte sie sich in den Goethegarten. Versteckt hinter einer Tasse Tee und einem dicken Buch, fand sie bestätigt, was sie vermutet hatte: Er gefiel ihr. Von nun an ging sie regelmäßig zum Nachmittagstee in den Goethegarten.

Als Sonja erfuhr, dass die Adlons einen Faschingsball planten und Julian an diesem Abend spielen würde, entschied sie sich für die Verkleidung als Pierrot. Er sollte sie nicht sofort erkennen. Seitdem zählte sie die Wochen und Tage bis zu diesem Abend.

Louis und Tilly Adlon eröffneten den Ball mit einem Walzer. Louis bemerkte, wie mühelos er seine Frau führen konnte. Tilly gab sich ihm hin. Louis dachte an Hedda, die ihn herausforderte und an seine Grenzen brachte. Bei ihr musste er sich anstrengen, um zu bestehen.

»Das ist unser Fest, liebster Louis.«

Unter der schwarzen Maske flehten Tillys Augen. Louis bemerkte es nicht. Stattdessen suchte sein Blick den von Hedda, die am Rande der Tanzfläche stand.

Als der Walzer zu Ende war, verbeugte sich Louis vor Tilly wie vor einer Fremden und übergab sie einem nächsten Tänzer. Auf der Suche nach Hedda ging er durch die Reihen der Gäste. Plötzlich stand er seinem Vater gegenüber. Ein Blick von unermesslicher Härte traf Louis. In diesem Moment war nichts mehr von der fortgeschrittenen Senilität des Alten zu bemerken. Da stand der Komtur aus Mozarts *Don Giovanni.* Louis wich zurück. Nach der langen Zeit, in der sie nun Schulter an Schulter im Adlon gearbeitet hatten, sah Louis wieder die alte Verachtung im Blick des Vaters. Ohne ein Wort wandte sich Lorenz von seinem Sohn ab und durchquerte die Halle, um ins Büro zu gehen. Louis schaute ihm nach.

Da fassten ihn seine Kinder bei den Händen und zogen ihn mit. Die Zwillinge waren als Ganoven verkleidet, Susanne als Dame der Unterwelt und Lorenz – der sich inzwischen Larry nannte, um nicht mit seinem Großvater verwechselt zu werden – war ein Berliner Straßenjunge mit Kniehose und Ballonmütze. Sie liefen mit ihrem Vater auf die Tanzfläche, wo sich ihre Kette schnell erweiterte. Tilly wurde eingefangen. Hedda schloss sich an. Bald zog der bunte Reigen durch alle Festsäle des Hotels. Auch Sonja war Teil der ausgelassenen Polonaise. Plötzlich bemerkte sie Julians Blick. Er salutierte ihr mit einer Hand, während er mit der anderen in die Tasten hämmerte. Er hatte den kleinen Pierrot erkannt. Sonja wurde schwindelig vor Glück.

Weit nach Mitternacht half Galla ihrem Schützling beim Entkleiden. Sonja war beschwipst und ließ sich dankbar ins kühle Bett fallen.

»Ich liebe ihn, Galla, ich liebe ihn.«

Mit einem Lächeln schloss Sonja die Augen.

Galla summte ein Schlaflied, wie sie es schon für Alma getan hatte, und dachte daran, dass sie das Kind beschützen musste, damit ihm nicht das gleiche Leid geschah wie damals Alma. Noch einmal durfte sie nicht versagen.

22. Kapitel

Wenige Wochen nach dem Faschingsball, am 7. April 1921, geschah ein Unfall am Brandenburger Tor zum zweiten Mal. Gerade noch hatten Lorenz und Louis über eine nächste Investition gesprochen, einen Grill, um die amerikanischen Gäste mit Hamburgern und Steaks zu verwöhnen.

»Wir dürfen uns nicht auf dem Bestehenden ausruhen«, hatte Lorenz Adlon ermahnt und sich zum Gehen bereitgemacht. Louis wartete ab, denn an der Tür wandte sich der Vater gewöhnlich noch einmal um und befahl stets so streng, als wäre es das erste Mal:

»Ach, noch etwas – ich möchte, dass du die Suite, die du dir im Hotel genommen hast, aufgibst und deine Nächte wieder zu Hause bei deiner Familie verbringst.«

Lorenz wollte gehen, hielt dann aber noch einmal inne und sagte, als würde es ihm eben jetzt einfallen: »Unser Haus ist die Kulisse für die Auftritte unserer Gäste. Wir sind die Bühnenbildner, Louis. Die Schauspieler sind die anderen.« Louis nickte wie jedes Mal, wenn der Vater dies sagte.

Dann verließ Lorenz das Büro und ging hinunter, um die Garde der Pagen abzuschreiten, die von Friedrich auf diese tägliche Inspektion aufs Beste vorbereitet waren.

»Was hat der Kaiser zu uns gesagt, Friedrich, als wir eröffnet haben?« Auch diese Frage war inzwischen ein Ritual.

»Sie sind ein Meister Ihres Faches«, antwortete Friedrich, dessen Loyalität in nichts nachgelassen hatte.

»Wenn der Kaiser zurückkehrt, möchte ich, dass er zufrieden mit seinem Adlon ist. Dass er stolz ist auf jeden von uns.«

Mit einer Handbewegung schickte Friedrich die Pagen wieder an die Arbeit. Der alte Patron schritt durch die Halle und grüßte seine Gäste.

Im Palmengarten diskutierten der künftige Wiederaufbauminister Walther Rathenau und der künftige Reichstagsabgeordnete Gustav Stresemann über die politische Situation. Die Republik konnte sich bei den Deutschen nicht durchsetzen. Die meisten Menschen waren überzeugt, dass die Demokratie an allem schuld sei, was in diesen Tagen auf dem Land lastete: die militärische Niederlage und der Versailler Vertrag, der Deutschland die alleinige Schuld am Krieg gab und den Deutschen die gesamte Reparationslast aufbürdete. Ein schlimmer Frieden. Dann die Teuerungen und der Verfall des Geldes. Die zunehmende Sittenlosigkeit und der Niedergang aller bestehenden moralischen Werte. Die andauernden Kämpfe rechts gegen links und links gegen rechts, die die Straßen unsicher machten.

»›Die Republik ist schlecht‹, ist das politische Credo unzähliger Deutscher. Die wachsende Gefahr von rechts wird ignoriert. Die Freikorps bestimmen das politische Klima, weil niemand da ist, der sie bremst«, sagte Rathenau.

»Wenn es uns doch gelänge, in Deutschland endlich Ruhe einkehren zu lassen«, stimmte ihm Stresemann zu.

Von der existenziellen Krise des Landes war im Adlon nichts zu spüren. Das Grandhotel wuchs, und sein Ruf hallte inzwischen weit über die Grenzen Deutschlands, Europas, bis hinüber auf den amerikanischen Kontinent.

Ein Portiersgehilfe reichte Lorenz Adlon Mantel und Zylinder und öffnete dem Grandseigneur ehrerbietig die Tür. Draußen waren Pagen in weißen Handschuhen damit beschäftigt, die Messingrahmen der Fenster zu polieren. Mit Wohlgefallen schaute der alte Adlon auf seine Angestellten, die alles dafür taten, dass sein Hotel in vollem Glanz erstrahlte. So hatte er es sich erträumt, als er vor fünfzig Jahren als einfacher Soldat im Krieg gegen die Franzosen mit seinem Freund Gustaf Schadt die Zukunft plante. Auch in dieser Schlacht hatten sie für ihren Monarchen gekämpft. Die deutsche Armee hatte diesen Krieg gewonnen. In der Folge war 1871 das Deutsche Reich gegründet worden, und für die Männer begann eine Zeit großer Prosperität. Doch die Ergebnisse ihres unermüdlichen Strebens hatten sie 1914 alle gemeinsam aufs Spiel gesetzt, als sie sich mit Hurra-Gebrüll in den Weltkrieg stürzten.

Geldwert schon wieder gefallen!, rief der Zeitungsjunge und fragte wie jeden Abend. »Eine Zeitung gefällig, Herr Adlon?«

Und wie stets nahm Lorenz dem Jungen die Zeitung ab und drückte ihm zusätzlich ein Trinkgeld in die Hand.

»Bald, mein Junge, wirst du hier stehen und die Rückkehr unseres Kaisers ausrufen!«

»Meinen Sie, Herr Adlon, dann dreht sich alles wieder zurück?«

»Dann können wir wieder in eine Zukunft schauen«, erwiderte der Patron des Grandhotels mit der Sicherheit eines Mannes, der den Lauf der Welt zu kennen glaubt und keinen Widerspruch duldet. Der Junge wandte sich dem nächsten Kunden zu. Ihm war es gleich, ob er seine Zeitungen unter der Herrschaft des Kaisers oder einer anderen Regierung verkaufte. Seiner Familie würde weder die alte noch die neue Regierung etwas nützen.

Lorenz Adlon ging den Gehstock schwingend die wenigen Schritte zum Brandenburger Tor und wandte seinen Blick erwartungsvoll stadtauswärts.

Hinter ihm kam ein Wagen mit Freikorpsleuten angefahren. Männer, deren einziges Ziel es war, Unruhe und Unfrieden zu stiften. Sie waren im Begriff, durchs Brandenburger Tor zu rasen, dessen Durchfahrt einst allein dem Kaiser vorbehalten war. Der Fahrer sah den alten Mann zu spät, und es gelang ihm nicht mehr, auszuweichen. Lorenz Adlon stürzte zu Boden. Doch keiner der Männer gebot Einhalt, um dem Verletzten zu helfen. Stattdessen setzte der Wagen seine rasende Fahrt fort und verschwand. Lorenz Adlon lag im Staub der Straße und schaute hinauf zu Victoria, der Göttin des Sieges, die mit ihrer Quadriga durch die Wolken flog. Wie hatte sein Freund Gustaf Schadt einmal gesagt: »Das Adlon ist das Olymp, in dem die Götter wohnen«.

»Unfall am Brandenburger Tor!«, rief ein Page in der Halle des Hotels. Ein anderer lief zu Marek Weber. Das Orchester hörte auf zu spielen. Die Gäste schauten sich irritiert um und sahen, wie Pagen den verletzten Grandseigneur durch die Halle und hinauf in seine Räume trugen.

Durch die geschlossene Tür ihres Appartements hörte Sonja auf dem Flur eilige Schritte, aufgeregte Stimmen und das Zuschlagen von Türen. Galla war bei den Dienstboten im Keller, wo sie manchen Nachmittag verbrachte, um vom Personal der Gäste Neuigkeiten aus aller Welt zu hören.

Sonja musste also allein die Ursache der Unruhe herausfinden. Sie verließ das Appartement. Auf der Treppe traf sie auf Friedrich und erfuhr vom Unfall. Eilig gingen sie zu Lorenz Adlons Räumen. Sie wollten in seiner Nähe sein, wenn etwas gebraucht würde, etwas zu tun wäre. Der Flur vor der Suite des Patrons war leer. Keiner hatte sich hinaufgewagt. Sonja schaute auf die geschlossene Tür. Was würde passieren, wenn Lorenz Adlon, dessen Großmut ihr gestattete, im Adlon zu leben, starb? Durfte sie dann weiterhin bleiben?

Friedrich stand neben Sonja. Vielleicht dachte er Ähnliches und fürchtete, seine Tochter wieder zu verlieren, bevor es ihm überhaupt gelungen war, ihr Vertrauen zu gewinnen.

»Es ist schrecklich«, sagte Sonja, weil es ihr unangenehm war zu schweigen.

Friedrich knüpfte dankbar an:

»Ich weiß nicht, wo ich heute ohne Herrn Adlon wäre. Dein Großvater hat sich damals für mich eingesetzt, damit ich bei ihm eine Anstellung bekomme.«

»Das war ja wohl das Mindeste. Meine Großeltern haben Ihre Familie schließlich vor die Tür gesetzt.« Sonja schüttelte betont empört über so viel Ungerechtigkeit den Kopf. »Alma müsste Ihnen eigentlich etwas von ihrer Erbschaft abgeben, und Sie könnten sich ein Leben aufbauen.«

»Deine Mutter ist mir nichts schuldig.« Sonja hörte den Respekt für Alma in seiner Stimme. »Außerdem habe ich mir ein Leben aufgebaut.«

Sie schwiegen eine Weile.

»Du hast dir deinen Vater anders vorgestellt?«

Sonja hob die Schultern. »Großvater hat mir immer Geschichten von griechischen Göttern erzählt. Die hatten auch so komische Familien, wo keiner richtig zusammengepasst hat.«

Louis Adlon kam schnellen Schrittes, nickte den beiden kurz zu und ging in die Suite seines Vaters. Am Bett des alten Mannes packte der Arzt gerade seine Sachen zusammen.

»Ich habe Ihrem Herrn Vater ein Schmerzmittel gegeben, mehr kann ich nicht für ihn tun.« Mit diesen Worten zog sich der Arzt in den Salon zurück.

Der alte Adlon winkte den Sohn heran.

»Der Verfall des Dollar frisst unsere Schulden, Louis. Verkaufe auf keinen Fall die Immobilien. Sieh zu, dass du unsere Kredite tilgst – die Gelegenheit ist günstig.«

»Darüber können wir später sprechen«, wehrte Louis ab. In diesem Augenblick wünschte er nichts mehr, als dass sich der Vater erholte und ihn nicht allein ließ mit der ganzen Verantwortung.

»Halte die Familie zusammen, Louis«, befahl der Patron mit letzter Kraft. »Zeige dich würdig.« Dann verlosch sein Blick.

Sonja und Friedrich waren die Ersten, die von Lorenz Adlons Tod erfuhren.

»Friedrich, würden Sie bitte das Personal informieren«, bat Louis und eilte hinunter zu den Gästen.

Überwältigt von Gefühlen, ließ sich Sonja in die Arme ihres Vaters fallen. Eine Erlösung – endlich durfte sie ihre Vorsätze brechen und einfach nur Tochter sein. Friedrich hielt sie und dankte dem Patron für alles – und auch für diesen Moment mit seinem Kind.

Im Vestibül und im Restaurant wurde es still. Die Männer nahmen die Hüte ab. Frauen schluchzten betroffen. Tilly kam mit den fünf Kindern durch die Drehtür ins Hotel. Während sie die große Treppe hinaufstiegen, spürte sie die Blicke der Gäste und des Personals. Tilly hatte sich in den letzten Monaten Gedanken über ihre Zukunft gemacht. Doch alles, was sie sich überlegt und vorgestellt hatte, erschien ihr nicht glücklicher und befriedigender als das Leben, das sie seit fast zwanzig Jahren mit Louis führte.

Hedda packte. Louis kam.

»Ich werde morgen abreisen«, sagte sie. »Dann stellt sich nicht die Frage wegen der Beerdigung – soll ich dabei sein oder nicht? Ich habe schon mit meinem Mann in San Francisco telegrafiert und ihn gebeten, alles für die Scheidung vorzubereiten.«

Louis küsste ihre Hände.

»Hedda. Liebling, wir wissen nicht, was im Testament steht. Mein Vater hat immer wieder gedroht, Veränderungen vorzunehmen.«

»Du meinst, dein Stiefbruder Lorenz Jeschke könnte das Hotel erben?«

»Oder meine Schwester. Alles ist denkbar. Wenn ich mich scheiden lasse, werde ich Tilly und die Kinder versorgen müssen – dazu fehlt mir im Moment jede finanzielle Grundlage.«

Hedda betrachtete Louis nachdenklich.

»Dein Stiefbruder Jeschke kann nicht erben. Er hat das Hotel in Bad Nauheim, finanziert von dem Geld deines Vaters. Außerdem ist er kein Adlon. Deine Schwester hat kein Interesse am Hotelbetrieb. Wenn ich mich in deinen Vater hineinversetze, so mag er dich nie verstanden haben, aber er weiß, dass du das einzige von seinen Kindern bist, das sich dem Adlon mit Haut und Haaren verschrieben hat.« Sie streichelte ihm zärtlich über die Wange. »Und ich werde es genauso tun.«

Sie bemerkte die Doppeldeutigkeit ihrer Worte und lächelte. »Ich verschreibe mich euch beiden – dem Adlon und dir, Liebster.«

Vor ihrer Abreise nach San Francisco traf sich Hedda mit Sonja zum Tee, um Post und Grüße für Alma und Undine mitzunehmen, und versicherte ihr, dass, wenn Louis Adlon der neue Patron des Hotels werden sollte, Sonja selbstverständlich bleiben könne.

»Nun wollen wir die Daumen drücken, dass alles so wird, wie es für unsere Zukunft und die Zukunft des Hotels das Beste ist.«

Dann reiste sie ab.

23. Kapitel

Tausende kamen in die Berliner Hedwigskirche, um Lorenz Adlon die letzte Ehre zu geben: seine Freunde, seine Feinde, Stammgäste und neugierige Berliner, die den Hotelier nie persönlich kennengelernt hatten, die aber um seine Berühmtheit wussten. Unter den Blumenkränzen war auch einer vom ehemaligen Kaiser, Wilhelm II., aus dem niederländischen Exil. Zu den Gästen der Trauerfeier gehörten der Dramatiker Karl Vollmoeller, der Publizist und Pazifist Harry Graf Kessler, der Regisseur Max Reinhardt, künftiger Intendant des Deutschen Theaters, Max Liebermann – Berlins Malerfürst – und dessen Ehefrau Martha.

»Die Welt ist schrecklich heruntergekommen. Der Aristokrat unter den Hoteliers hat sich im rechten Moment in ein besseres Hotel hinüberquartiert«, raunte Kessler Liebermann zu.

Und der erwiderte, ohne seinen Ton zu dämpfen: »Det trau ick dem alten Adlon zu, det der sich da oben een zweetes Hotel zujelegt hat. Wir sollten uns ooch schon ma vorsorglich eene Immobilie da oben besorjen. Man weeß nie, wat dran is am Leben nach dem Tod«, dröhnte Liebermann, sodass sich die Umstehenden brüskiert umschauten.

Die Beisetzung fand auf dem katholischen Friedhof in der Liesenstraße im Wedding statt. Am offenen Grab standen Louis, Tilly und die fünf Kinder. Louis' Schwester war da, und Lorenz Jeschke war mit seiner Frau aus Bad Nauheim angereist. Sonjas Blick schweifte über die Trauergäste und verweilte bei den Adlons. Wie merkwürdig doch das Leben ist, dachte sie, all die Verwicklungen, das Ausgesprochene und das Unausgesprochene. Womöglich gibt es die heile Welt nicht, nach der sich alle sehnen.

»Ein Mensch ist nicht mehr als ein anderer, wenn er nicht mehr als ein anderer tut, hat Lorenz Adlon immer wieder gesagt«, las der Trauerredner von seinem Blatt ab. »Der Mensch zeigt sich in seinen Taten. Im Ernstnehmen dieser schlichten Maxime liegt das Geheimnis seines Erfolges. Adlon oblige – ein Mann hat sich durch sein Werk selbst geadelt.«

Im Testament hatte Lorenz Adlon – wie Hedda es vorausgesehen hatte – das Grandhotel seinem Sohn Louis und seiner Tochter zu gleichen Teilen vererbt. Louis' Schwester, auch das hatte Hedda prophezeit, wollte nicht ins Hotelgeschäft einsteigen, so bezahlte Louis sie aus. Der Schuldenberg, der bereits auf dem Adlon lastete, wuchs um eine weitere beträchtliche Summe. Denn von den Hypotheken, die Louis' Vater für den Bau des Hotels aufgenommen hatte, war erst die Hälfte getilgt. Der Glanz der alten Zeit hatte so manches in den Geschäftsbüchern überstrahlt, was düster aussah. Eine weitere Belastung war der großzügige Unterhalt für Tilly und die Kinder, mit der sich Louis seine Freiheit erkaufte. Er versuchte mit Geld gutzumachen, was er Tilly nicht mehr geben konnte, eine intakte Familie und seine Zuneigung. Überzeugt, das Beste für die Heranwachsenden zu tun, schickte er seine vier Ältesten auf ein Internat nach Kalifornien. Später sollten sie in Amerika studieren. Elisabeth, gerade mal vier Jahre, ging mit Tilly nach Bayern. Die gemeinsame Wohnung ein paar Hundert Meter vom Adlon entfernt, hatte Louis bereits aufgegeben. Mit Hedda wollte er in seiner Suite im Adlon wohnen. Während er entschieden und ohne Verzögerung in wenigen Wochen eine neue Ordnung herstellte, ließ sich Hedda jenseits des Atlantiks scheiden und organisierte ihre Rückkehr nach Deutschland.

»Warum kommst du nicht mit uns nach Amerika, Sonja?«, fragte Louis junior und angelte eine Zigarette aus der Packung seines Zwillingsbruders Carl. Sonja und die Adlon-Kinder saßen im Goethegarten und nahmen Abschied. »Papa besorgt uns einen Englischlehrer, und wir gehen alle nach Hollywood zum Film.« Louis junior rauchte und gab sich wichtig.

Sonja nahm ihm die Zigarette aus der Hand, tat einen Zug und warf den Kopf in den Nacken, so wie sie es bei den Frauen auf den Werbebildern gesehen hatte.

»Lasst mich hier, ich hüte euch den Ort.« Sonja versuchte ihrer Stimme einen verruchten Klang zu geben.

Susanne zog die Augenbrauen hoch und sagte betont amüsiert: »Sie ist verliebt, in den Pianisten von Marek Weber.«

Louis junior schnalzte mit der Zunge. Larry und Carl schauten Sonja überrascht an. Sie wurde rot. Sie hatte gegenüber Susanne ein paar Andeutungen gemacht, und nun posaunte die es herum. Sonja schaute sie wütend an.

Susanne seufzte. »Wir beneiden dich um deine Freiheit, Sonja!« Sie meinte es ehrlich.

Alle hoben die Gläser. »Ab jetzt werden wir auch so leben wie du«, sagte Larry.

»Auf die Freiheit!«, fielen alle ein.

Zwei Wagen standen bereit, um die Kinder und Tilly aus der gemeinsamen Wohnung abzuholen. Louis umarmte zuerst die vier Ältesten. Sie nahmen die Trennung der Eltern als ein Ereignis, das schon längst fällig gewesen war. Schließlich waren ihnen die Affären ihres Vaters nicht verborgen geblieben, und sie wussten um »das Miststück«, wie sie Hedda unter sich nannten.

»Sag dem Papa Lebewohl, Elisabeth!« Tilly wollte, dass es Louis zu Herzen ging, als die Kleine mit Tränen in den Augen zu ihm aufschaute. Er hob die Tochter in den Wagen und küsste sie zum Abschied auf beide Wagen.

»Bald kommt dich der Papa besuchen.« Er reichte Tilly die Hand, um ihr beim Einsteigen zu helfen. »Wenn du irgendetwas brauchst, gib Bescheid.« Tilly hielt seine Hand fest und beugte sich zu ihm.

»Ich war doch immer für dich da, Louis, hab dich vor dem Papa in Schutz g'nommen, hab deine Weibergeschichten ertragen. Diese Frau wird dir für ein paar Wochen g'fallen, dann ist's aus – und alles ist kaputt.«

»Lass uns das Beste aus der Situation machen, Tilly«, bat Louis mit leiser Stimme. Er fühlte sich wie ein Schuft.

»Mein dummer Bub!« Tränen verschleierten ihren Blick. »Was machst nur für Sachen.« Elisabeth, die den Schmerz der Mutter spürte, schluchzte laut. Endlich ließ Tilly seine Hand los. Der Wagen fuhr ab.

»Es tut mir leid«, sagte Louis, während er ihnen nachblickte. Und das war die Wahrheit. Der Preis war hoch, den er zahlte, um mit seiner Hedda zusammen zu sein.

Der Zeitungsjunge, der Lorenz Adlon täglich die Zeitung verkauft hatte, rief die aktuelle Schlagzeile aus. *Reparationsforderungen schon wieder gestiegen!*

Louis griff nach einem Blatt. Das Land schlitterte in eine Hyperinflation.

Gleich am ersten Tag nach ihrer Rückkehr nahm Hedda die Parade der Pagen ab, kontrollierte die Sauberkeit der Fingernägel, Hemdkragen, Manschetten, Handschuhe und ob die geputzten Schuhe im Licht der unzähligen Lampen glänzten. Louis war stolz auf seine Frau.

Max Liebermann klopfte dem jungen Patron auf die Schulter und bemerkte mit einem Augenzwinkern: »Die Kaiser kommen und gehen, aber det Adlon steht. Und Ihre neue Frau Adlon, also im Vertrauen: Ick globe, da ham Se sich und dem Haus watt Jutes jetan.«

Dieses Kompliment vom Präsidenten der Preußischen Akademie der Künste adelte Louis und seine Verbindung mit Hedda, die in einer Hochzeit im kleinen Kreis besiegelt wurde.

Hedda überbrachte Sonja einen Scheck von Alma. »Deine Mutter lässt dich grüßen und schickt dir eine Zugabe zum Taschengeld. Sie wollte natürlich alles ganz genau wissen, und ich habe nur das Beste erzählt.«

Etwas verlegen nahm Sonja das Geld entgegen. Von Almas Dollars konnte sie trotz oder wegen des Verfalls der Mark wie eine Königin leben. Immerhin ging sie noch zur Schule. Hedda berichtete, wie begehrt Alma als Fotografin war:

»Jeder will sich von ihr porträtieren lassen.«

Sonja dachte an Almas Fotos, die sie ihr und Galla regelmäßig mit ein paar Zeilen als Postkarten schickte. Sie zeigten Undine in weißen Hosen am Strand. Die Möwen, die auf dem Dach ihres Hauses saßen. Sie zeigten den kalifornischen Sommer, die Schiffe am Hafen, die Innenstadt von San Francisco mit den Häusern im Kolonialstil und eine Straßenbahn, die sich den Berg hinaufwälzte. Die Menschen auf Almas Fotos hatten unterschiedliche Hautfarben und Nationalitäten, und niemand schien sich daran zu stoßen – so zumindest erschien es auf den Bildern. In Berlin wurde es für die dunkelhäutige Galla immer schwieriger. Sie verließ das Adlon kaum noch.

Auch unter den veränderten Besitzverhältnissen war es keine Frage, dass die beiden Frauen im Adlon ihr Zuhause hatten. Sonja war das

Leben im Hotel immer noch keinen Tag langweilig, und sie war glücklich mit ihrer Entscheidung, nicht nach San Francisco gegangen zu sein. Ihre Welt, die einem Mythos entsprungen zu sein schien, drehte sich wie die Tür des Adlon. Sie wurde erwachsen. Was für ein Leben hatte sie sich ausgesucht! Oder hatte dieses Leben nicht eigentlich sie ausgesucht?

Es war fast Mitternacht, als Katharina ihre Großmutter vor der Haustür der Pension absetzte. Sonja hielt die Hand der Jüngeren fest.

»Ab jetzt werde ich dir nichts mehr erzählen«, sagte Sonja. Sie war einfach zum Du übergegangen. »Ab jetzt musst du lesen. Nun beginnt der Teil, der mich ganz persönlich betrifft, und den werde ich aufschreiben. Beim Schreiben kann ich mich selbst noch einmal damit auseinandersetzen und herauszufinden, wie alles zusammenhängt.«

»Dann werden wir uns nicht mehr sehen?«, fragte Katharina erschrocken.

Sonja hielt immer noch ihre Hand fest. Mein Gott, dachte sie, wo habe ich mich da hineinmanövriert?

»Katharina, ich muss dir etwas sagen.«

»Ich auch«, erwiderte Katharina und fühlte, wie ihr Herz schlug.

»Ich hoffe, du kannst es mir nachsehen, dass ich dir nicht die Wahrheit gesagt habe. Anna-Maria, deine Mutter, ist meine …«

»… ist deine Tochter«, fiel Katharina ihrer Großmutter ins Wort. »Du bist meine Großmutter. Das weiß ich längst. Und ich wollte es dir eigentlich schon sagen, als du mich hier unten im Auto erwischt hast.«

Sie schauten sich an.

»Na, wir sind ja zwei!« Sonja schüttelte überrascht den Kopf. »Der Apfel fällt also wirklich nicht weit vom Stamm.« Lange hielt sie Katharinas Hand in der ihren. Dann endlich trennten sie sich.

Durch die Windschutzscheibe ihres Autos sah Katharina, wie das Licht in Sonjas Zimmer anging, dann legte sie den Gang ein und fuhr ab. Sie hatten einander zu erkennen gegeben, unprätentiös und ohne Pathos. Als wäre es das Selbstverständlichste der Welt, dass sich eine Enkelin und ihre Großmutter nach all den Jahren fanden und begannen, die Familiengeschichte aufleben zu lassen.

Sonja schaute auf die Tastatur ihrer Schreibmaschine. Katharina und sie waren von unterschiedlichen Koordinaten aufeinander zugesteuert, um ans Licht zu bringen, was Jahrzehnte verdrängt worden war. Der Ausgang ihres Tuns war noch offen.

Sonja begann über einen Lebensabschnitt zu schreiben, der ihr ganzes Glück und ihr ganzer Kummer gewesen war.

24. Kapitel

Sonja verbrachte die Nachmittage im Goethegarten. Sie las oder beschäftigte sich mit Arbeiten fürs Lyzeum. Während das Orchester aufbaute, waren meist nur wenige Gäste da. Manchmal war Sonja die Einzige, die Tee trank.

Julian Zimmermann kam stets in letzter Minute, manchmal sogar erst, wenn die anderen Instrumente schon mit den einleitenden Rhythmen begannen. Er öffnete den Klavierdeckel und setzte genau im richtigen Moment ein.

Sonja und er ignorierten sich und sprachen niemals ein Wort miteinander. Wenn sich die Tische mit Gästen zu füllen begannen, nahm Sonja ihre Sachen und verließ den Goethegarten mit einem Kopfnicken zu Marek Weber, dem Dirigenten, der den Gruß stets zuvorkommend erwiderte.

Eines Tages kam Julian weit vor Arbeitsbeginn und trat wie selbstverständlich an Sonjas Tisch.

»Darf ich, Fräulein?« Er wartete gar nicht ab, dass sie ihm einen Platz anbot, setzte sich und schmiss seinen Hut auf einen freien Stuhl. »Zimmermann. Julian.« Er streckte die Hand über den Tisch.

»Sonja Schadt«, sagte sie mit vor Aufregung rauer Stimme und schob ihre Hand in seine.

»Ich habe Sie öfter einmal im Beethovensalon Klavier spielen gehört und bin zu dem Eindruck gelangt, dass Sie das Instrument recht passabel beherrschen.«

Sonja überlegte fieberhaft, was sie antworten könnte, um das Gespräch nicht abreißen zu lassen. Ihr fiel nichts Besseres ein, als aufzutrumpfen.

»Ich bin eine sehr gute Pianistin. Mein erstes öffentliches Konzert habe ich bereits mit fünf gegeben.«

»Fein!«, erwiderte er vergnügt. »Dann könnten wir ins Geschäft kommen. Sind Sie bereit, Fräulein, eine Probe aufs Exempel abzugeben?«

»Er will sich mit dir treffen?«, fragte Margarete eine halbe Stunde später.

»Morgen um drei im Kintopp am Zickenplatz.« Sonja klatschte vor Begeisterung in die Hände.

Margarete schaute ihre Nichte skeptisch an. »Was denn für ein Film?«

»Ist mehr ein Arbeitstreffen.«

»Sei bloß vorsichtig, mit die Kerle is' nicht zu spaßen!« Margarete schob den Kopfhörer übers Ohr. Ein Anruf ging ein. »Hotel Adlon. Einen Moment, ich verbinde«, sagte sie ihren Text auf, den sie inzwischen in allen wichtigen Sprachen beherrschte. Als sie die Verbindung gestöpselt hatte, schob sie den Kopfhörer wieder zurück und sagte ernst: »Musiker, Kleene, sind een unsicheres Völkchen.«

Sonja schnappte nach Luft. Das musste gerade Margarete sagen.

»Ick bin im Gegensatz zu dir erwachsen«, verteidigte die Ältere ihre Liebesgeschichte mit Arno und nahm den nächsten Anruf entgegen.

Julian Zimmermann erwartete Sonja vor dem Eingang des Kreuzberger Lichtspieltheaters, das vom Berliner Wirt Alfred Topp gegründet worden war, daher auch der in der Bevölkerung geflügelte Begriff Kintopp für das Etablissement mit den bewegten, damals noch stummen Bildern. Um diese Tageszeit war nicht viel los. Ohne jede weitere Erklärung führte Julian Sonja durchs Foyer in den Saal, wo sie der Kinobetreiber erwartete.

»Watt denn, dit junge Jemüse soll sich mit Ihnen den Platz teilen, Herr Zimmermann? Davon halt ick aber jar nüscht. Und denn och noch'n Mädel.« Der glatzköpfige Mann schob seine Zigarre zwischen die Lippen und nuschelte: »Jar nüscht halt ick davon!«

»Geben Sie ihr eine Chance.«

Julian schob Sonja die paar Stufen hinauf ans Klavier, klappte es auf und stellte Noten aufs Pult, dabei flüsterte er:

»Sie können in die Noten gucken. Aber Sie können auch spielen, was Ihnen zu den Bildern einfällt.«

Sonja hatte bisher einen einzigen Film gesehen. Der allerdings hatte sie sehr beeindruckt: *Das Cabinet des Dr. Caligari*. Alma, die in Amerika schon einige Male im Kino gewesen war, hatte Sonja überredet, mit ihr in den Zoo-Palast zu gehen. Beide hatten sich schrecklich gegruselt. Sonja war dieser Cesare, diese somnambule Kreatur, lange nicht mehr aus dem Kopf gegangen. Immer wieder hatte sie darüber nachgedacht, ob der Irrenarzt Caligari den kranken Cesare ausnutzte oder ob der Geisteskranke den Arzt auf die wahnsinnigen Ideen brachte.

Nun saß sie auf der Bühne und sollte einen Film musikalisch begleiten. Die Noten vom Blatt zu spielen erschien ihr zu unsicher, schließlich kannte sie weder den Film, noch hatte sie die Noten je gespielt. So versuchte sie auf die Gestalten zu reagieren, die neben ihr aus einem diffusen Grau auf der Leinwand erschienen und sich mit dramatischen Gesten bewegten. Sonja begann mit einem einzelnen Ton und improvisierte weitere dazu. Dann glitt sie in eine Melodie, die ihr passend erschien, und untermalte damit die Handlungen der Schauspieler, deren Sinn sie nicht begriff.

»Aber die kiekt ja jar nich in die Noten«, hörte Sonja den Kinobetreiber intervenieren.

»Wollen Sie mal weinen?«, rief Sonja mutig zurück.

»Aba, det jibt in die Geschichte nüscht zu weenen.«

Sonja spielte ein tragisches Motiv in Moll, während sich das Liebespaar im Film in den Armen lag. Dann wechselte sie in ein heiteres Volkslied, und augenblicklich veränderte sich die Stimmung. So improvisierte sie alle möglichen Variationen, und als die Kreisblende das glückliche Ende anzeigte, spielte sie ein fulminantes Crescendo.

Im Nachhall der Musik hörte Sonja, wie der Kinobetreiber Julian fragte:

»Weeß die Kleene, was ick Sie für jewöhnlich entlohne, Herr Zimmermann?«

»Kein Schmu, Fräulein Sonja muss schließlich auch überleben.« Julian blinzelte Sonja zu, und die nickte ernst.

»Na, denn«, seufzte der Mann, klopfte Julian auf die Schulter und nickte Sonja zu. »Teilen Se sich uff, wie Se woll'n. Aber es muss imma jemand da sein.«

Er gab dem Vorführer ein Zeichen, das Licht anzumachen, und ging schwerfällig neben den Stuhlreihen hinauf und in sein Büro. Julian half Sonja die schmale Holzstiege von der Bühne herunter.

»Sie übernehmen die Tage, an denen ich keine Zeit habe.«

Sonja nickte erfreut, dass er sie in sein Leben einbezog. Sie dachte gar nicht darüber nach, ob sie die Arbeit am Klavier des Kintopps überhaupt wollte. Es würde sie verbinden. Das allein war Grund genug.

»Können Sie das denn auch mit der Schule vereinbaren?« Julian sah Sonja an. »Ich kann mir nicht leisten, dass wir unzuverlässig sind. Es gibt genug Musiker, die auf so eine Gelegenheit lauern. Ich dachte mir, dass wir beide diese Stelle fest im Griff behalten.«

»Klaro.« Sie erwiderte seinen Blick.

Er hielt ihr die Hand entgegen, dass sie den Bund besiegelten. »Dann sind wir …«

»… Blutsbrüder!«, platzte Sonja heraus und wurde rot.

Julian schaute sie amüsiert an. »Aber bitte verlangen Sie jetzt nicht von mir, dass ich mir den Finger aufschlitze.«

Von nun an nahm Sonja, wann immer Julian etwas anderes zu tun hatte, seinen Platz im Kino ein. Auf eine bestimmte Art hatte ihre spontane Idee mit der Blutsbrüderschaft ihre Wirkung getan. Sie wuchsen einander zu und wurden zu Vertrauten. Sonja hatte einen Freund und genoss alles, was sie von ihm lernen und erfahren konnte. Mit Julian war es, als wenn Sonja den fehlenden Ton gefunden hatte, nach dem sie von Kindheit an suchte. Sie war keinen Augenblick verliebt. Sie liebte.

Julian hielt Sonja für ein verwöhntes und unselbstständiges Kind, das sich im Adlon langweilte. Er kam sich generös vor, weil er dafür sorgte, dass sie ein wenig Abwechslung bekam. Ihre Unschuld faszinierte ihn. Sie war anders als die Frauen, die er kannte und beständig kennenlernte. Dass sie ihm die Blutsbrüderschaft angeboten hatte, stimmte Julian locker: Er hatte jetzt also eine Kumpanin, eine jüngere Schwester.

»Das ist die Legende von Telephos. Seine Mutter Auge hat ihn im Geheimen geboren, weil man ihrem Sohn den Tod geweissagt hatte. Dann wurde Telephos auf einer Insel ausgesetzt. Er wurde von einer Hirschkuh gesäugt. Später wurde er ein großer Held und hat die Stadt Pergamon gegründet.«

Sonja hatte sich mit Julian auf der Museumsinsel verabredet, um ihn mit ihrer Geburt als uneheliches Kind bekannt zu machen. Dazu bediente sie sich der Geschichten der Römer und der alten Griechen.

Kurz nach ihrem Einzug ins Adlon hatte Sonja das Pergamonmuseum und den monumentalen Altar dort entdeckt und Stunden verbracht, um die Mosaike und ihre Motive zu studieren.

»Die griechischen Götterfamilien sind verworren. Jeder ist mit jedem verwandt, und trotzdem kämpfen sie gegeneinander, um sich dann wieder zu lieben und neue Familien zu begründen.«

»Sich fortzupflanzen scheint eine menschliche Sehnsucht zu sein«, erwiderte Julian. Sie gingen über den Pariser Platz. »Wieso kümmerst du dich nicht um die Dichter der Gegenwart, sondern verbringst deine Zeit mit der Antike?«

»Ich lese alles«, trumpfte Sonja auf. »Thomas Mann. Die Russen mag ich besonders, oder Gustave Flaubert.«

»Flaubert ist nicht gerade ein Gegenwartsschriftsteller. Und bei den Russen bist du ganz sicher auch im letzten Jahrhundert bei Tschechow und Puschkin stehen geblieben.«

Sonja ließ sich nicht aus dem Konzept bringen.

»Die griechischen Mythen haben etwas Tröstliches. Wenn ich mir mein eigenes Leben betrachte, dann bin ich nicht allein.«

Sie waren am Adlon angekommen. Sonja hielt Julian am Ärmel fest.

»Und wenn du wissen willst, was ich meine: Der Oberpage ist mein Vater.«

Julian schaute sie ungläubig an. Sonja nickte und ging mit wichtigem Gesicht an Friedrich vorbei in Richtung Beethovensalon. Friedrich grüßte das Paar zuvorkommend und machte sich Gedanken über die Art der Liaison seiner Tochter mit dem Pianisten aus Marek Webers Orchester, die er seit geraumer Zeit beobachtete.

»Ich kannte meinen Vater nicht. Meine Mutter hat mich verleugnet, und meine Großeltern haben sich als meine Eltern ausgegeben. Eigentlich dürfte ich gar nicht existieren. Ich bin unerwünscht, ein Phantom.«

Während sie nebeneinander auf der Klavierbank saßen und vierhändig Chopin spielten, hatte Sonja Julian die Geschichte ihrer Herkunft erzählt.

»Ein hübsches Phantom.«

»Hör auf, dich über mich lustig zu machen.«

Ein Kellner servierte Tee. Als Julian bezahlen wollte, winkte Sonja ab.

»Das kann auf mein Zimmer geschrieben werden.«

»Meine Zeche zahle ich selbst.«

Der Kellner nahm Julians Geldschein entgegen und ging.

»Warum behandelst du mich wie ein dummes Mädchen?«

»Aber du bist ein dummes Mädchen. Sitzt hier im Adlon, verprasst dein Erbe und hast nichts mit deinem Leben vor. Viele Menschen wären froh, wenn sie wenigstens eine warme Mahlzeit am Tag hätten und ein bisschen Geld, um sich ein Buch zu kaufen. Ich rede gar nicht davon, einen Beruf zu lernen oder zu studieren. Die meisten da draußen müssen hart arbeiten, um ein Auskommen zu haben«, belehrte Julian Sonja.

»Du meinst, ich soll mich besser auf der Straße durchschlagen?«

Darauf hatte Julian so schnell keine Antwort.

Also trumpfte Sonja auf.

»Hör mal, ich nehme hier niemandem etwas weg. Mein Großvater hat sein Geld in dieses Haus gesteckt, vielleicht hat er es genau deshalb getan, damit ich eines Tages irgendwo bleiben kann.«

Ende des Sommers 1922 stand Julian nach einer Vorstellung im Foyer des Kinos.

»Ich wollte mich verabschieden«, sagte er zu Sonja. Auf dem Boden neben ihm stand ein Koffer.

»Ich habe noch zwei Semester Germanistik offen und werde endlich einen Abschluss machen.« Er lachte fröhlich. »Ich fahre nach München.«

Er winkte einem Jungen in Lederjacke und Schiebermütze. »Das ist Peter Henning, dein neuer Kompagnon am Geflügel.«

Sonja schaute Julian fassungslos an. »Wann denn?«

»Mit dem Nachtzug.«

»Und das sagst du mir erst jetzt?«

»Ich wusste doch, dass du dann traurig bist.« Er konnte sie nicht ansehen, griff nach dem Koffer und setzte seinen Hut auf. »Wenn du nicht heulst, darfst du mich zum Bahnhof bringen. Natürlich nur, wenn du willst.«

Natürlich wollte sie. Sie fuhren zum Anhalter Bahnhof.

»Die Post geht von München nach Berlin, und ein Telefonkabel gibt es auch«, scherzte er. Julian hatte das Fenster seines Abteils heruntergeschoben und reichte Sonja die Hand. Als der Zug anfuhr, lief sie ein paar Schritte mit und hielt tapfer ihre Tränen zurück. Dann mussten sie loslassen.

Zum ersten Mal in ihrem Leben war Sonja einsam. Sie schrieb Julian lange Briefe und wartete sehnsüchtig auf Antwort. Ihre freie Zeit verbrachte sie im Kintopp. Wenn über den Kinobetreiber Anfragen kamen, ob sie in einem Kabarett oder in einem anderen Kino einspringen könnte, sagte sie sofort zu. »Die Stellung am Geflügel zu halten« fühlte sie als Verbindung zu Julian.

Inzwischen herrschte galoppierende Inflation. Sonja lebte von zwanzig Dollar im Monat wie eine Fürstin. Galla war stets von Zimmermädchen und Pagen umschwärmt und brauchte nun überhaupt keinen Finger mehr krumm zu machen, denn sie konnte jede Dienstleistung mit einem reichlichen Trinkgeld entlohnen. Ein Dollar war inzwischen fast zweihundert Mark wert.

Auch Louis und Hedda hielten sich während der Inflation tapfer. Hedda war auf die Idee gekommen, mithilfe des Weinkellers, in dem sie ihr erstes Rendezvous mit Louis erlebt hatte, liquide zu bleiben.

Sie verkauften ihre Weine teuer, vor allem in die USA, wo seit 1919 ein Alkoholverbot herrschte und die illegal aus Europa eingeführten Spirituosen hoch begehrt waren.

25. Kapitel

Kurz vor Weihnachten 1922 kam Julian nach Berlin. Sonja trat gerade aus dem Fahrstuhl, als sie ihn durch die Drehtür kommen sah.

»Mein Gott, du bist ja gealtert.« Er schüttelte ihr voller Freude die Hand. »Jetzt ist es ja gar nicht mehr peinlich, wenn ich mich mit dir in der Öffentlichkeit zeige.« Er grinste und fügte leise an: »Blutsbruder!«

Sonja boxte ihm in die Rippen, und er verzog übertrieben vor Schmerz das Gesicht.

Er brachte sie durch den Tiergarten nach Kreuzberg ins Kino. Auf dem Weg tauschten sie sich über die Bücher aus, die sie in den letzten Monaten gelesen hatten. Sonja empfahl Julian *Siddhartha* von Hermann Hesse. Er sprach über die Herausforderungen beim Durcharbeiten von Marx' *Kapital*. Ihn beschäftigte die Entwertung des Geldes. Auch wenn Julian zu den Gegnern des Weltkrieges gehörte, sah er die Reparationszahlungen, die Deutschland von den Alliierten in Versailles aufgebürdet worden waren, äußerst kritisch.

»Es spaltet Europa. 1914 sind alle großen europäischen Staaten mit Hurra in den Krieg gezogen. Aber Deutschland soll jetzt die Alleinschuld tragen. Abgesehen davon, dass die Hauptlast auf den Schultern der kleinen Leute liegt, wird weiter die alte Feindschaft geschürt. Auf diese Art geht der Krieg immer weiter.«

Sein Gesicht wurde hart, während er sprach.

Den Weihnachtsabend verbrachten sie in einer Kneipe in der Nähe vom Kintopp in Kreuzberg. Sie aßen Buletten, tranken Bier und fanden sich herrlich unkonventionell. Am ersten Feiertag besuchte Sonja ihren Vater und dessen Frau. Sie hätte Julian gern mitgenommen. Doch der erklärte, bei Freunden eingeladen zu sein.

Friedrich und Rena hatten sich im Sommer 1919 im Kaufhaus des Westens, in der Bibliothek dort, kennengelernt. Friedrich hatte für einen Gast ein Buch ausleihen wollen, Rena für die Bibliothekarin gehalten und sie angesprochen. Rena hatte das Missverständnis nicht aufgeklärt und ihm bei der Suche des Buches geholfen. Erst als Friedrich die Leihkarte ausfüllte, war ihm aufgefallen, dass er sich womöglich in der Person geirrt hatte. Doch da war das Eis zwischen ihnen schon gebrochen. Friedrich lud Rena in die Teestube des Kaufhauses ein. Von da an trafen sie sich regelmäßig. Es dauerte nicht lange und er machte ihr einen Heiratsantrag. Das alles geschah in der Zeit, als Sonja ihren Vater noch ignorierte. Von der Hochzeit erfuhr sie durch Galla. Sonja war sofort eifersüchtig: Sie wollte ihn ganz für sich allein, treu, ergeben und immer für sie da. Das alles war Friedrich – aber nun mit einer Frau an seiner Seite. Galla hatte auch zu berichten gewusst, dass sich die beiden ein Kind wünschten. Sonja fand die Vorstellung unerhört, dass sich zu ihrem Vater und ihrem verrückten Tantchen Margarete nun auch noch ein viel jüngeres Halbgeschwister gesellen sollte.

Was für eine ausgefallene Familie sie doch umgab, dachte Sonja, als sie vor dem vierstöckigen Haus in Moabit, in dem die Loewes eine Zweizimmerwohnung gemietet hatten, aus dem Taxi stieg.

Rena und Friedrich empfingen Sonja schon im Treppenhaus. Sie passten gut zusammen, fand Sonja. Neben dem drahtigen Friedrich wirkte die zierliche Rena mit ihrem dunklen Bubikopf wie eine viel jüngere Schwester. Zurückhaltend und sanft, war sie das komplette

Gegenteil von Margarete. Rena arbeitete in der Buchhaltung der neu gegründeten Osram-Werke an der Spree und war ein Mathegenie. Das zumindest behauptete Friedrich.

Es gab das traditionelle Weihnachtsessen mit Gänsebraten, Rotkraut und Klößen. Danach saßen sie vor dem Weihnachtsbaum, tauschten Geschenke und fühlten sich wohl miteinander. Das Gefühl, am richtigen Platz zu sein, durchströmte Sonja, und Friedrich ging es ähnlich.

Silvester feierten Sonja und Julian bei Karl Vollmoeller. Seine große Wohnung befand sich nur ein paar Hauseingänge entfernt vom Adlon, auf der Straße Unter den Linden. Es gehörte zum guten Ton, in die Party durch die geöffneten Fenster einzusteigen und nicht etwa konventionell durch die Tür zu treten. Julian reichte Sonja die Hand, um ihr beim Einstieg zu helfen. »Wann hat der Mensch schon mal die Gelegenheit, mitten in einer Gesellschaft zu landen, ohne großes Aufsehen zu erregen.«

In der Ansammlung von betrunkenen und von Kokain berauschten Gästen suchte Julian nach dem Gastgeber, fand ihn endlich in den Armen von zwei halb nackten Frauen und machte Sonja und den Dramatiker miteinander bekannt.

»Sonja Schadt. Sie beherrscht das Geflügel, hat eine verworrene Familiengeschichte und ist eigentlich eine griechische Göttin.« Julian schaute Sonja an. »Habe ich das richtig zusammengefasst?«

»Mehr oder weniger«, nahm Sonja seinen Ton auf. »Du hast vergessen zu erwähnen, dass wir Blutsbrüder sind.«

Vollmoeller küsste Sonja auf beide Wangen. »Hier sind alle irre, Sonja. Fühl dich ganz wie zu Hause.«

»Mein Freund Vollmoeller hat in jeden Winkel dieser Welt Beziehungen. Er gibt dir gern davon ab.« Julian grinste.

»Sehr wohl, gnädige Frau, wenn ich Ihnen helfen kann, dann genügt ein Wort, und ich lege mich ins Zeug.«

An diesem Abend glaubte Sonja, diesen Menschen, die so dekadent Silvester feierten, niemals gewachsen zu sein. Doch da irrte sie. In wenigen Jahren sollte Vollmoeller das Drehbuch für den Film »Der blaue Engel« schreiben, und Sonja würde ihn in ihrer eigenen Rundfunksendung interviewen. Doch in dieser Silvesternacht 1922 war das noch Zukunftsmusik.

Zwei Tage nach Silvester feierte Julian seinen dreiundzwanzigsten Geburtstag. Sonja hatte die Noten zu einem sehr alten Lied gefunden und es gemeinsam mit Marek Weber und dem Orchester vorbereitet. *Tell me where can I go – there's no place I can see – where to go, where to go – every door is closed for me.* Nach und nach fielen die anderen Instrumente ein. Sonja wusste um Julians Unsicherheit, seine Ängste, sich zu binden, und sein spöttisches Lächeln war ihr vertraut. Mit jedem Wort, das sie sang, gab sie ihm die Freiheit und verband sich mit ihrer Liebe zu ihm. Vielleicht hätte sie vorsichtiger sein sollen, sich schützen, immer ein wenig auf Distanz bleiben, sodass er sie erobern musste. Doch genau das konnte Sonja nicht. Sie konnte nicht spielen und nicht taktieren. Sie hatte dieses Lied ausgewählt, weil es ihre ganze Sehnsucht ausdrückte. Damals ahnte sie nicht, dass es bereits die Schatten ihrer Zukunft in sich trug.

Am nächsten Tag waren Julians Weihnachtsferien zu Ende. Sonja brachte ihn zum Nachtzug nach München. Im Sommer würde er sein Examen ablegen.

»Vielleicht schreibe ich eine Doktorarbeit. Ich denke, das würde meinen Vater freuen, der immer gehofft hat, dass ich in seine Fußstapfen trete und Jurist werde. Aber meine Tage als Advokat in einem ungelüfteten Gerichtssaal zu verbringen oder noch schlimmer als Richter in dieser unschlüssigen Republik …?« Er winkte ab. »Beim Schreiben, in der Auseinandersetzung mit dem Wort, kann man die Welt am besten erfassen. Ich will die Menschen aufwecken aus ihrem dumpfen Trott. Dieses Land ist schrecklich geworden, jeder denkt zuerst an sich, es gibt kaum noch Solidarität. Die Menschen sind grau im Gesicht, und grau sind ihre Gedanken. Das hat der Krieg aus ihnen gemacht.«

Sie waren auf dem Bahnsteig angekommen, auf dem schon der Zug nach München bereitstand. Julians Worte machten Sonja traurig.

»Kennst du denn die Menschen?«, provozierte sie ihn.

»Kennst du einen, kennst du alle«, antwortete er ihr im Brustton des überzeugten Nihilisten. Es waren ihre letzten Minuten vor seiner Abfahrt, und er versuchte zu zerstören, was sie sich in den vergangenen gemeinsamen Tagen aufgebaut hatten. Doch es würde ihm nicht gelingen. Sie kannten sich jetzt drei Jahre, die Zeit mitgerechnet, in der sie einander nur beobachtet hatten. Das war eine lange Zeit. Sonja reichte ihm ein in Seidenpapier gewickeltes Päckchen.

»Damit du dir alles aufschreiben kannst, was dir so durch den Kopf geht.«

Er lächelte. »Darf ich es öffnen?«

Sie nickte, froh, dass sich die Stimmung wieder aufhellte. Augenblicke später hielt er ein Notizbuch im Ledereinband in der Hand. Auf die erste Seite hatte Sonja die Zeilen des Liedes geschrieben, das sie ihm zum Geburtstag gesungen hatte. Doch er kam nicht dazu, sie zu lesen. Sein Blick wurde von einer Dame abgelenkt, die direkt auf sie zukam. Hinter ihr lief ein Gepäckträger mit zwei Koffern.

»Tamara!« Julian ging ihr entgegen und begrüßte sie mit Küssen auf die Wange.

»Hallo, Liebling!« Sie wandte sich an Sonja. Wegen ihrer hohen Absätze und des mondänen Hutes war sie mehr als einen Kopf größer und schaute auf Sonja herab.

»Sie müssen das verlassene Mädchen aus dem Adlon sein«, sagte sie mit russischem Akzent.

Julian stand zwischen ihnen. »Das ist Sonja Schadt und das ist Tamara Lieberkoff.«

Sonja bewahrte Haltung und murmelte: »Freut mich!«

Dabei beobachtete sie, wie Julian ihr Geschenk in der Innentasche seines Mantels verschwinden ließ. Dann half er Tamara beim Einsteigen in den Zug. Der Kofferträger folgte mit dem Gepäck.

Sonja und Julian waren noch einmal unter vier Augen.

Sie wagte nicht zu fragen, wie sein Verhältnis zu dieser Dame war, und er gab keine Erklärungen.

»Ich schreibe dir«, versprach er stattdessen. Die Situation war beklemmend. Dabei hätte er sie doch voraussehen müssen, dachte Sonja.

Julian stieg in den Zug. Diesmal zog er das Fenster nicht auf, um zu winken, und Sonja wartete nicht auf die Abfahrt des Zuges. Sie schob die Hände in die Manteltaschen und stapfte betont entschlossen über den Bahnsteig zurück zum Ausgang. Falls sie ihr nachschauten, sollten sie eine Frau sehen, die auf ihren eigenen Beinen sehr gut allein durchs Leben kam.

Eine schreckliche Woche später kam ein Brief von Julian. Sonja öffnete ihn mit fliegenden Fingern in der Hoffnung, dass er eine Erklärung enthielt, wie harmlos seine Beziehung zu dieser Frau war, und dass sich Sonja keine Gedanken machen sollte.

»Liebe Sonja, vielen Dank für das Notizbuch. Bisher habe ich noch kein Tagebuch geführt, aber vielleicht sollte ich jetzt damit beginnen. Ich habe Tamara in München kennengelernt, wo sie eine Schauspielausbildung macht. Sie musste mit ihrer Familie aus Russland fliehen. Bitte verzeih, dass ich Dir nichts von ihr erzählt habe, aber ich wollte unsere unbeschwerte Zeit über den Jahreswechsel nicht trüben. Du bist noch so jung, und Du wirst eine großartige Frau werden. Sei gegrüßt, Dein Blutsbruder.«

Sonja heulte und schob Gallas Hand, die sie mit Süßigkeiten trösten wollte, unwirsch zur Seite. Galla litt noch mehr als ihr Schützling.

Margarete, die von Galla über Sonjas Schicksalsschlag unterrichtet worden war, kam und aß mit Genuss von den Leckereien.

»Ick hab's doch von Anfang an jeahnt, dass der 'n Unglück ist.« Margarete griff nach einem nächsten Stück Nougat und schüttelte verärgert den Kopf. »Aber glob mir, det lohnt sich nich. Du kriegst jemand janz andret, 'nen Prinzen oder mindestens 'nen Baron. Bist doch von edler Herkunft und hast ooch jenuch Kohle, um die Männer nach deine Pfeife tanzen zu lassen.«

Sonja schluchzte und war nicht zu trösten. Es klopfte. Hedda trat ein.

»Hier gibt es ein kleines Mädchen mit großem Kummer.«

Margarete hörte augenblicklich auf zu kauen, knickste und machte, dass sie wegkam. Galla zog sich hinter ihren Stickrahmen zurück. Sie hatte in ihrer Not, Sonja so unglücklich zu sehen, auch noch die Patronin in Kenntnis gesetzt.

Hedda griff nach dem zerheulten Brief und überflog die Zeilen.

»Dieser Mann ist ein richtiger Freund, denn er ist nicht gewillt, dein Leben zu zerstören«, resümierte sie den Inhalt.

Sonja war überrascht, dass Hedda Julians Partei ergriff. Galla vergaß ihre Stickerei und schaute auf.

»Wenn er um deine Hand anhalten würde, müsstest du deine Koffer packen, nach Charlottenburg ziehen oder Schwabing und eine kleine süße Hausfrau werden. Das wär's dann gewesen mit dolce vita.«

Es war genau das Leben, das sich Sonja mit Julian wünschte. Doch aus Heddas Mund hörte sich die Perspektive in der Tat kläglich an.

Als sich Sonja beruhigt hatte, erwachte ihre Kraft so wie damals, als sie die Wahrheit über ihre Herkunft erfahren hatte. Sie würde

Julian zeigen, dass sie ohne ihn leben konnte, dass sie ohne ihn glücklich wäre. Mehr noch – sie würde ihm beweisen, dass sie ein außergewöhnliches Leben führen konnte. Und wenn er eines Tages wieder vor ihrer Tür stünde, würde sie entscheiden, ob sie ihn dann noch wollte.

26. Kapitel

Das Radio, das Alma Sonja einst als Geschenk mitgebracht hatte, gewann mehr und mehr an Bedeutung. An einem Sonntagvormittag im Sommer 1921 – Julian war noch Pianist im Adlon gewesen – hatte es die erste Übertragung aus der Staatsoper Unter den Linden gegeben. *Madame Butterfly* von Giacomo Puccini. *Un bel di vedremo* war vom geschlossenen Flügel blechern die Arie der Butterfly aufgestiegen. Dort hatte Sonja ihr Radio aufgestellt. Margarete, Arno, Julian, zwei Musiker des Orchesters und Sonja lauschten.

»Der Versuch, der Oper mit einer Blechdose Konkurrenz zu machen«, hatte Julian seinen ersten Eindruck zusammengefasst.

»Die Musik wird übers ganze Land gegossen. Das ist doch unglaublich«, hatte Sonja ihm entgegengehalten. Er hatte ihren Enthusiasmus mit jenem spöttischen Lächeln erwidert, das sie so an ihm liebte, weil es nur ihr allein galt.

Inzwischen, zwei Jahre später, konnte man an den Wochenenden regelmäßig Konzert- und Opernübertragungen hören. Galla und Sonja genossen die Segnung der modernen Technik und ließen sich nicht von terrestrischem Rauschen oder einem schlechten Empfang abhalten.

Im Oktober 1923 saß ein Mann in einer Sitzecke nahe der Drehtür, las die Zeitung und rauchte.

»Ist er das?«, flüsterte Sonja aufgeregt. Friedrich nickte. Sie standen am Rezeptionstresen.

»Wie hast du das herausgefunden?«

»Wir finden hier alles raus.«

Sonja straffte sich und wollte losgehen. Doch Friedrich hielt sie am Arm fest.

»Du wartest dort.« Er zeigte auf zwei Stühle. »Ich werde ihm Bescheid geben lassen.«

»Ist das nicht viel zu förmlich?« Sonja strich sich mit den Zeigefingern über die Augenbrauen. »Wie sehe ich aus?«

»Wie immer, sehr hübsch.«

»Ich gehe einfach hin«, entschied sie selbstbewusst. Doch ihr Vater führte sie zu dem Tisch, den er für sie vorgesehen hatte.

»Junge Dame, bitte hier zu warten.«

Notgedrungen ließ sich Sonja auf einen Stuhl fallen und beobachtete, wie Friedrich einem Pagen eine Nachricht übergab, die der nun auf einem Silbertablett an den Tisch trug, an dem der Gast saß. Sie seufzte über das aufwendige Prozedere. Der Mann wandte sich neugierig zu ihr um, und Sonja überlegte fieberhaft, was sie jetzt tun sollte. Das hatte ihr Friedrich nämlich nicht gesagt. Sie entschied sich für eine einladende Geste. Tatsächlich stand der Mann auf und kam zu ihr herüber.

»Herr Obermeier, bitte nehmen Sie doch Platz.«

Kurt Obermeier, Rundfunkbeauftragter vom Telegraphisch-Technischen Reichsamt setzte sich Sonja gegenüber.

»Womit kann ich behilflich sein, gnädiges Fräulein?«

»Ich habe gehört, dass Sie einen Radiosender gründen wollen mit regelmäßigem Programm.«

Sonja war so aufgeregt, dass sie ihre Finger ineinander verhakte, wie es schon Alma getan hatte, wenn sie nervös war.

»Sie sind gut informiert.« Obermeier betrachtete Sonja neugierig.

»Ich höre jeden Sonntag die Musikübertragungen. Und ich finde, Radiohören sollte nicht aufs Wochenende beschränkt sein«, erklärte Sonja ihr Anliegen hastig, als befürchtete sie, das Interesse der Rundfunkbeauftragen könnte sonst erlahmen. »Ich möchte mitarbeiten.«

Er zündete sich eine Zigarette an. »Es stört Sie sicher nicht, wenn ich rauche?«

Sonja schüttelte den Kopf. »Ich habe bereits Berufserfahrungen – im Kino. Ich begleite die Filme am Klavier.«

Er nickte, als wäre es selbstverständlich für ein junges Mädchen, im Kino die Klavierbegleitung zu übernehmen.

»Ich kann auch recht gut schreiben«, log Sonja und bog ihre Beziehung zu Julian zurecht. »Ich hatte verschiedentlich Gespräche mit einem Reporter.«

»Kann man da mal was lesen?«

»Das meiste ist noch in der Diskussion«, redete sie sich heraus und lenkte wieder zu dem über, was sie konnte. »Darf ich Ihnen vielleicht eine Probe auf dem Flügel – gleich da im Beethovensalon?«

»Ich kann mir vorstellen, dass ein Mädchen wie Sie gut Klavier spielt. Ich werde mir Ihren Namen merken, Fräulein …« Er schaute auf die Karte, die ihm der Page überbracht hatte. »… Schadt.« Er stand auf.

Doch Sonja war nicht bereit aufzugeben. Schließlich ging es um ihre Zukunft und darum, Julian bei nächstbester Gelegenheit beweisen zu können, wie gut sie ohne ihn zurechtkam.

»Ich bin bereit, alles zu machen, was gebraucht wird.«

Er lächelte von oben herab.

Sonja spielte ihren Trumpf aus. »Was das Gehalt betrifft, kann ich mich zurückhalten.«

Vom Rezeptionstresen aus sah Friedrich, wie sich der Rundfunkbeauftragte von Sonja verabschiedete und hinüber ins Restaurant ging, wo er bereits erwartet wurde. Sonja saß da und rührte sich nicht. Das konnte nichts Gutes bedeuten. Friedrich ging eilig zu seiner Tochter.

»Nicht traurig sein.«

Sonja wandte sich ihm zu. »Er will es mit mir probieren«, jubelte sie und fiel Friedrich um den Hals. »Danke, dass du das für mich organisiert hast.«

»Ich kann nicht zulassen, dass du dich zwischen Männern aufhältst in einem Metier, das keinen Standard hat. Da kannst du ja gleich zum Zirkus gehen«, intervenierte Hedda streng.

»Was ist gegen den Zirkus zu sagen?« Sonja war überrascht, wie spießig Hedda über das Radio dachte. Und überhaupt – sie war nicht in Berlin geblieben, um sich jetzt von Hedda sagen zu lassen, was sie tun oder lassen sollte.

»Wenn du volljährig bist, kannst du machen, was du willst, aber bis dahin trage ich Verantwortung für dich, das habe ich Alma versprochen.«

»Alma war genauso alt wie ich, als sie mit ihrer Freundin nach Amerika gegangen ist – es liegt bei uns in der Familie, wir werden früh erwachsen«, konterte Sonja. Und als Hedda sie überrascht anschaute, fügte Sonja hinzu. »Sie wissen doch auch ganz genau, was Sie wollen, und tun es.«

Hedda winkte ab und ließ Sonja einfach stehen. Diese Attitüde kannte Sonja schon an ihr. Ein untrügliches Zeichen, dass Hedda die Argumente ausgegangen waren.

Am 29. Oktober 1923 – die Hyperinflation hatte ihren Höhepunkt erreicht, und in Deutschland gab es über fünf Millionen Arbeitslose – sendete der Rundfunk zum ersten Mal aus dem Vox-Haus in der Potsdamer Straße. Um Punkt acht Uhr abends gab Sonjas Chef Kurt Obermeier Staatssekretär Hans Bredow das Zeichen für die Eröffnungsrede.

»Achtung! Achtung! Hier ist das Vox-Haus auf der Welle 400. Meine Damen und Herren, wir machen Ihnen davon Mitteilung, dass am heutigen Tage der Unterhaltungsrundfunkdienst mit Verbreitung von Musikvorführungen auf drahtlos-telefonischem Wege beginnt. Die Benutzung ist genehmigungspflichtig.«

Nach der kurzen Rede folgte eine einstündige Musiksendung. An diesem Abend gab es nicht einen einzigen zahlenden Hörer, denn die Rundfunkgebühr betrug 780 Milliarden Mark.

Sonjas Arbeitsplatz als Mädchen für alles war ein kleines Zimmerchen, das als Senderaum eingerichtet worden war. Eine gespannte Pferdedecke teilte den Raum. Auf der einen Seite arbeiteten die Techniker, auf der anderen Seite die Künstler. Die Wände des Raums waren durch Scheuertücher, Bindfäden und Papierbehänge akustisch hergerichtet worden. Dieses kleine, primitive Rundfunkstudio war ein Meilenstein in der Geschichte der Medien. Der Film war noch schwarz-weiß und stumm. Das Fernsehen lag in weiter Zukunft.

Sonja kümmerte sich hauptsächlich um das Kaffeekochen und um den Empfang der Gäste. Täglich kamen Beamte aus dem Postministerium, um das Studio zu sehen. Sonja war sich für nichts zu schade – auch nicht fürs Kaffeekochen. Das Viertelpfund kostete inzwischen fast zehn Billionen Mark, und Sonja kaufte den Kaffee im Adlon von ihren Dollars und verwöhnte die Techniker, Künstler und natürlich ihren Chef.

»Linkes Bein und rechtes Bein und beugen, beugen, beugen.« Obermeier stand, die Ärmel seines Hemdes hochgekrempelt, am Mikrofon und moderierte den Frühsport mit einem solchen Pathos, als ginge es um die Rettung der Welt. »Links die Hüfte. Rechts die Hüfte – und kreisen, kreisen, kreisen.«

Sonja hatte die Klavierbegleitung für die Sportstunde übernommen, die sie ab der zweiten Sendewoche täglich im Programm hatten. Obermeier, der bei ihrem ersten Gespräch die Nase gerümpft hatte, profitierte nun von Sonjas Talent. Wer hätte das gedacht?

Am 1. November 1923 wurde die Rentenmark eingeführt. Von einem Tag zum anderen stabilisierte sich die deutsche Währung, und die Inflation war beendet.

Katharina legte die Seite auf den Stapel, der bereits neben ihr auf der marmornen Stufe des Pergamonaltars lag. Sie las Sonjas Manuskript, das ihr am Freitagabend mit einem Boten gebracht worden war.

»Ich will unsere Geschichte nicht der Post anvertrauen«, hatte Sonja am Telefon gesagt. »Wohin darf ich dir das nächste Kapitel schicken? Nach Hause oder ins Büro?«

»Ins Büro. Ich habe keine Ahnung, wann ich heute nach Hause komme.«

Zwei Stunden später hatte Katharina das Manuskript in ihren Händen gehalten. Sie war so neugierig, dass sie am liebsten sofort zu lesen begonnen hätte. Aber ihr Schreibtisch war voll, und Paarmann wollte unbedingt, dass sie noch vor dem Wochenende zur Baustelle fuhren.

Am Samstagmorgen hatte sich Katharina zuerst in ein Café gesetzt und dort bei einer Tasse Milchkaffee begonnen, Sonjas Manuskript zu lesen. Als sie bei der Passage mit dem Pergamonaltar angekommen war, hatte sie kurzerhand gezahlt und war zur Museumsinsel neben dem Berliner Dom gefahren. Dort hatte sie – wie die junge Sonja – ihre Augen über die Skulpturen und Friese wandern lassen, war die alte Prozessionsstraße entlanggeschritten und hatte versucht, sich in das Mädchen hineinzuversetzen, das

Sonja vor siebzig Jahren gewesen war. Dann hatte sie sich auf die Stufen des Pergamonaltars gesetzt und war wieder in das Manuskript und in die Welt ihrer Großmutter versunken.

Plötzlich fiel ein Schatten auf Katharina. Sie schaute hoch und erkannte im Gegenlicht der Glaskuppel Alexander.

»Was für ein Zufall!« Er schaute neugierig auf den Stapel Papier, der auf der Treppenstufe lag. »Was liest du da?«

»Recherchen«, redete sie sich heraus und fragte schnell: »Hast du deine Dissertation fertig?«

»Fast. Noch die Quellenangaben. Dann gebe ich ab. Und wie kommt ihr voran mit dem Bau?«

Katharina überlegte, ob sie Alexander den Vorschlag machen sollte, ins Museumscafé zu gehen. Da sah sie, dass er nicht allein war. Bettina wartete abseits. Sie nickte Katharina zu.

»Es tut mir leid, dass wir so auseinandergegangen sind«, sagte Alexander.

»Mir auch.«

Sie schauten sich an.

»Wollen wir mal drüber reden – uns treffen?«

Katharina sah, wie Bettina weiterschlenderte und sich einer Skulptur zuwandte.

»Ich habe wenig Zeit«, wich Katharina aus, »wenn ich mal nicht über den Bauplänen sitze, muss ich was lesen. Sechzehn-Stunden-Tage.«

Sie machte ein betont enerviertes Gesicht. Dabei hätte sie am liebsten seine Hände gegriffen und ihn gebeten, dass sie sich Zeit nahmen, um alles, was sie beide betraf, Revue passieren zu lassen. Etwas verband sie doch. Und das war stärker als die Gründe für ihre Trennung. Doch anstatt über ihre Gefühle zu sprechen, schloss sie die Begegnung mit einem »Viel Glück!« ab. Ihr Lächeln war so schief wie ihre Gefühlslage.

»Für dich auch!«, erwiderte Alexander enttäuscht und ging zu Bettina.

Katharina setzte sich wieder auf die Treppenstufe und griff nach dem Manuskript, dabei bemerkte sie, wie ihre Hände zitterten. Sie versuchte etwas auf dem Papier zu erkennen. Als Alexander sich noch einmal nach ihr umwandte, schien sie in das Manuskript vertieft. Katharina hoffte, er würde nicht bemerken, dass sie weinte.

27. Kapitel

Als die Inflation überstanden war, begannen Hedda und Louis zu reisen und installierten den Nimbus des Hotels wieder in der Welt. Milliardäre aus Übersee, amerikanische Filmstars, die Größen aus Politik und Wirtschaft, Vertreter der Königshäuser von England, Schweden und Dänemark ließen das Adlon erstrahlen.

Der Besuch eines indischen Maharadschas, der für seine Frauen, seine Sekretäre und seine zahlreiche Dienerschaft eine ganze Etage mietete, sorgte für Aufregung beim Personal. Die Pagen waren entschlossen, üppige Trinkgelder zu kassieren, und vereinbarten, hinter Friedrichs Rücken, jede Bestellung – die Post, Besorgungen, Blumen – in einzelnen Gängen zu bringen, um so jedes Mal Trinkgeld einzustreichen. Gesagt – getan, ein ausgeklügelter Plan, durch den jeder vom Maharadscha und dessen Hofstaat partizipieren konnte, wanderte unter der Hand von Page zu Page. Friedrich tat so, als bemerke er nichts, und ließ ihnen den Spaß. Seit er ein vertrautes Verhältnis mit Sonja pflegen konnte, seit er Rena an seiner Seite hatte, lebte er auf und wurde großzügiger.

Angeblich sollen während des Aufenthalts des indischen Throninhabers vierzigtausend Reichsmark an Einnahmen und Trinkgeldern geflossen sein.

»Sonja, wir brauchen noch mehr Scheuertücher für die Akustik und bis übermorgen ein Konzept für zwei Monate. Die Herren aus dem Postministerium haben sich zur Inspektion angemeldet.«

Mit diesen Anweisungen verabschiedete sich Obermeier in den Feierabend. Sonja tippte sich mit zwei Fingern an die Schläfe.

»Immer zu Diensten, Herr Obermeier.«

Er grüßte genauso zurück und verließ das Studio.

Sonja stieg auf die Leiter, um eine dieser elenden Pferdedecken zu befestigen, die die Angewohnheit hatten, aus ihren Halterungen zu rutschen.

Es klopfte.

»Hereinspaziert!«, rief Sonja.

Julian stand in der Tür. Fast ein Jahr war seit ihrem Abschied auf dem Bahnhof vergangen.

»Ich dachte, ich schau mir das hier doch mal persönlich an.« Er lächelte, und es verschlug ihr die Sprache. »Imposant! Wenn man bedenkt, dass der Rundfunk eine Innovation ist. Ich meine, in Amerika hat jeder Zweite ein Radio. Da sind wir doch hier noch wie die Saurier mit unserem bedruckten Papier. Aber immerhin, bedrucktes Papier kann man kaufen, wann man will, und lesen, wenn man Zeit hat. Wie dem auch sei! Mit diesem Kämmerchen, das muss euch der Neid lassen, seid ihr ganz weit vorn.«

Endlich fand Sonja ihre Sprache wieder.

»Julian! Bist du denn wieder in Berlin?« Sie stieg die Leiter herunter.

»Ich habe eine Anstellung bei der *Vossischen Zeitung*. Nichts Weltbewegendes, aber ein Anfang.«

Sie standen sich gegenüber.

»Blutsbruder!«, sagte er und schaute sie an. Es fehlte nicht viel, und Sonja wäre ihm in die Arme gefallen. Doch Julian blieb steif. Sonja trat zum Tonpult und nahm seinen ironischen Tonfall auf.

»Möchtest du vielleicht eine Mikrofonprobe abgeben?«

Julian räusperte sich theatralisch.

»Ich befinde mich hier im Berliner Vox-Studio, meine Damen und Herren, mir gegenüber steht eine interessante junge Dame, die eine große Karriere vor sich hat. Ihr Klavierspiel unterstreicht Berlins Morgengymnastik aufs Feinste.«

Julian verließ das Mikrofon. »Und wenn sie dich erst die Anweisungen sprechen lassen – du, ich kann mir vorstellen, dann wird die ganze Stadt sportlich.«

»Schreib doch ein paar Texte, wir könnten sie vorlesen«, schlug Sonja vor.

»Zahlt ihr denn gut?«

»Wir zahlen gar nicht.«

Julian hob betont verzweifelt die Schultern. »Na dann!«

»Aber alle in der Stadt würden deine Gedanken erfahren.«

Sie schauten sich an. Wir gehören doch zusammen, dachte Sonja.

Julian wich ihrem Blick aus. »Ohne ein anständiges Honorar – da tut es mir sehr leid. Ich muss unsere Miete zusammenkriegen, und das ist jeden Monat ein neues Abenteuer. Sonja, ich werde nächsten Monat ein verheirateter Mann sein.«

Sie schaute auf die Schalter und Drähte am Tonpult. Was für ein Gewirr, dachte sie und überlegte, ob dieses Durcheinander von Kabeln ein Zeichen für einen hohen technischen Stand war oder umgekehrt. Und während sie das dachte, formten ihre Lippen mechanisch:

»Um mir das zu sagen, bist du hergekommen?«

»Stimmt. Merkwürdige Sache, nicht wahr? Aber ich musste dich einfach sehen.«

Sonja war so getroffen, dass sie nicht hörte, wie sich sein Tonfall verändert hatte. Er war weicher und verriet Julians Zweifel an dem, was er plante.

Als er ging, schaute sie ihn nicht an.

»Ich musste dich einfach sehen!«, wiederholte Sonja den Satz immer und immer wieder, während sie von einer Ecke zur anderen durchs Studio lief – ein sehr kleiner Weg, der kaum dazu geeignet war, ihre Wut zu dämpfen.

»Schuft! Dieser gemeine Schuft!«

Sie trat gegen den Stuhl des Technikers, der gegen den Pferdevorhang fiel und ihre Arbeit wieder zunichtemachte. »Gemeiner Schuft!«, schrie sie den Vorhang an, der elendig von der Decke hing.

Nasskalter Schneeregen gab den Straßenlaternen passend zum bevorstehenden Weihnachtsfest einen Kranz aus Licht. Sonja ging auf den schützenden Eingang des Adlon zu, als sie von einer heruntergekommenen Gestalt angesprochen wurde.

»Fräulein Schadt.«

Sie blieb stehen.

»Von Tennen mein Name. Unsere Eltern waren befreundet.«

Der junge Mann klemmte sich demonstrativ ein Monokel ins Auge, das ihm Würde verleihen sollte, was aber in Widerspruch zu dem schäbigen Anzug stand, den er trug. Der Schal um seinen Hals war nass vom Regen. Sonja fiel die unangenehme Begegnung mit den Freikorps-Soldaten ein, die sie damals mit Alma vor dem Adlon gehabt hatte.

»Ich wollte Sie bitten, dass Sie ein gutes Wort für mich einlegen«, stammelte von Tennen. »Vielleicht könnte ich im Adlon eine Stelle finden? Als Hilfskraft? Ich stehe für alles zur Verfügung.«

Kurze Zeit später saß Sebastian, der jüngere Bruder von Siegfried von Tennen, Almas ehemaligem Verlobten, in Sonjas Appartement und schlang das Essen hinunter, das sie für ihn bestellt hatte. Im Hintergrund wachte Galla, über ihren Stickrahmen gebeugt, mit Argusaugen.

»Ihre Schwester sollte meinen Bruder heiraten«, erklärte Sebastian mit vollem Mund. »Aber dann hat sich mein Bruder dagegen entschieden.« Sebastian hielt kurz inne und schaute Sonja mit ehrlichem Bedauern an. »Wie geht es Ihrer Schwester heute? Sie hat sich doch davon erholt?«

»Sie lebt in Amerika.«

Sebastian nickte, als habe er eine ähnliche Katastrophe befürchtet, und setzte die Mahlzeit fort. Sonja und Galla schauten sich amüsiert an.

»Mein Bruder ist inzwischen Offizier. Ich persönlich habe genug vom Krieg. Ich musste gleich nach dem Abitur an die Front.« Er hörte mit dem Essen auf und starrte auf seinen Teller. »Es gab so viele Verletzte. Tote. Wir haben uns geschlagen, so gut es ging. Wenn die Roten den Sieg nicht verhindert hätten, stünde Deutschland heute ganz anders da.«

»Der Krieg war verloren, als der Kaiser außer Landes geflohen ist«, hielt Sonja dagegen. Sie erinnerte sich genau an die Worte ihres Großvaters, der dem Kaiser Feigheit vorgeworfen hatte, als der sein Land im Stich ließ.

»Deutschland konnte nicht gewinnen, weil der oberste Feldherr seine Armee verlassen hat«, fasste sie Gustafs Argumente zusammen. »Aber jetzt haben wir einen Reichskanzler, der die Dinge in Angriff nimmt. Und wir haben eine Republik.«

Sebastian, der Sonja um jeden Preis gefallen wollte, schwenkte um.

»Falls Kanzler Ebert dafür sorgt, dass Deutschland vor der Welt wieder ein angesehener Staat wird.« Er wischte mit seinem Brot die letzte Soße vom Teller.

»Das wird er!«, sagte Sonja ohne Zweifel, weil auch ihr Chef Obermeier als Sozialdemokrat hinter der neuen Regierung stand.

Sebastian, der zum ersten Mal seit Monaten wieder richtig gegessen hatte, lehnte sich in seinem Stuhl zurück und schaute Sonja mit müden Augen an. Für diesen Moment vergaß er sogar, das Monokel ins Auge zu klemmen. Alles, was sie sagte, war ihm recht. Sonja musterte Sebastian eindringlich. Er schaute an seiner schäbigen Erscheinung herunter. Doch ehe er eine Entschuldigung murmeln konnte, fragte Sonja:

»Welche Konfektionsgröße haben Sie?«

Sonja wollte Julian an seinem Hochzeitstag überrumpeln, so wie er es mit ihr getan hatte. Rache ist Blutwurst, dachte sie und verkleidete Sebastian als respektablen Begleiter. Margarete setzte ihren Freund Arno auf die Spur, wo Julian seine Hochzeit mit Tamara Lieberkoff feiern würde. Der kleine Saxofonist recherchierte unter den Musikern, ob einer von ihnen für eine Hochzeit engagiert worden war. In weniger als einem Tag wusste Sonja, dass eine Familie Lieberkoff ein Restaurant in Charlottenburg gemietet hatte – und dass Julian Jude war.

Sonja und Sebastian kamen mitten hinein in die jüdische Trauungszeremonie. Ein Türsteher gab Sebastian eine Kippa, und als der abwehren wollte, legte er das handtellergroße Mützchen einfach auf Sebastians Hinterkopf.

»Die Juden sind ein altmodisches Volk. Man hat immer den Eindruck, dass sie Theater spielen und sich furchtbar wichtig nehmen«, flüsterte Sebastian Sonja zu.

Sie gab ihm recht, schon deshalb, weil sich seine Äußerung gegen Julian richtete, der gerade mit Tamara unter dem Baldachin den Hochzeitswein teilte. Das Glas fiel klirrend zu Boden. Julian zertrat es. Die Hochzeitgesellschaft jubelte »Masel tow!«. Julian ergriff die Hand seiner Braut und verschwand mit ihr.

»War's das etwa schon?«

Sebastian schob sich enttäuscht sein Monokel ins Auge. Sonja hob die Schultern. Sie hatte keine Ahnung. Ihre Vorstellung mit

Sebastian würde misslingen, wenn das Brautpaar nicht wieder auftauchte.

»Vielleicht unterschreiben sie den Ehevertrag«, spottete sie und schaute sich um. Der Raum war voller Gäste. Sonja hatte stets den Eindruck gehabt, dass Julian ein Einzelgänger war. Natürlich hatte er Freunde und wurde schnell mit Menschen bekannt, aber dass er einer Gemeinschaft angehörte, dass er eine Familie haben könnte, hatte sie nicht geahnt. Nun sah sie alte und junge Menschen, orthodoxe Juden mit Schläfenlocken, Frauen jeden Alters, schlanke und vollbusige, in einfacher Kleidung oder mit teurem Schmuck behangen. Dazu ihre Ehemänner. All das, und vor allem Sebastian an ihrer Seite, machte Sonja bewusst, wie einsam sie selbst war und wie sehr sie sich gewünscht hatte, mit Julian diese Einsamkeit zu überwinden.

Julian und Tamara kamen wieder und wurden von den Gästen mit Glückwünschen überhäuft. Jeder wollte das Brautpaar küssen und ihm seinen Segen geben. Die Klarinette begann zu spielen. Da entdeckte Julian Sonja. Einen Augenblick lang strahlte er sie überrascht an, dann verwandelte sich seine Freude in ironisches Lächeln. Sonja nahm Sebastian an der Hand und ging mit ihm zum Brautpaar.

»Herzlichen Glückwunsch, ein langes Leben und viele Kinder!«, wünschte sie so unbefangen wie nur möglich. Sie zog ihren Begleiter zu sich heran, als wären sie ein Liebespaar. »Das ist Sebastian.«

Tamara ließ sich von Sonja die Hand schütteln und sah fragend zu Julian. Sie konnte sich nicht erinnern, dass sie das einsame Mädchen aus dem Adlon eingeladen hätten. Doch schon wieder kamen Gratulanten, um die Braut zu umarmen. Julian schaute den ehemaligen Leutnant und sein Monokel amüsiert an.

»Sebastian von Tennen. Ein alter Freund der Familie«, stellte sich Sebastian vor und verbeugte sich preußisch korrekt.

»Männeken, Sie sind ja noch einer von der alten Schule.« Ein kleiner Mann mit Hornbrille schob sich heran.

»Das ist Billy«, stellte Julian vor. »Wir teilen uns ein Büro.«

»Billy Wilder!« Er hob seinen Hut.

Sebastian knallte noch einmal die Absätze zusammen. Er war aufgeregt und wollte die Rolle, die ihm Sonja zugedacht hatte, gut erfüllen.

»Luft rauslassen«, empfahl Billy mit einer Portion Mitgefühl.

Sonja war Sebastians steifes Gehabe peinlich.

»Wenn ihr schon so ein schönes Hochzeitsfest feiert, wollen wir doch dabei sein.« Sie schaute sich betont fröhlich um. »Ich wusste gar nicht, dass du jüdisch bist.«

»Von mir aus hätte es auch ein Standesamt getan. Aber Tamara wollte eine ordentliche Hochzeit. Sie und ihre Eltern hängen an der alten Tradition.«

Sebastian, der die Spannung zwischen Julian und Sonja auf sich bezog, lachte nervös. »Ja, so sind die Juden.«

Sonja sah sich um. »Gibt's hier auch etwas zu trinken?«

Julian winkte einem Jungen mit einem Tablett voller Schnapsgläser. Sie griffen sich jeder eines.

»Dass wir alle glücklich werden«, übernahm Julian den Trinkspruch.

»Masel tow!«, rief Sebastian mit Kippa enthusiastisch.

Der Tanz begann. Braut und Bräutigam wurden auf Stühle gesetzt und über die Köpfe der Tanzenden gehoben. Sonja tanzte im Kreise der Frauen. Sebastian war bei den Männern untergekommen. Später tanzte das Brautpaar mit den anderen Gästen. Julian und Billy hatten Sebastian zwischen sich genommen.

»Sie haben ja Rhythmusgefühl, Männeken!«, lobte Billy, und Julian grinste. Sonjas und Tamaras Hände begegneten sich beim Reigen der Frauen. Ein Fest der Liebe sollte es sein, bis in alle Ewigkeit.

Was ist Liebe, und was ist Ewigkeit, fragte sich Sonja, als sie das Blatt aus ihrer Schreibmaschine zog, um ein neues einzuspannen. An diesem Nachmittag haben wir doch alle gewusst, dass unsere Geschichte längst nicht zu Ende ist. Doch wir spielten mit dem Feuer. Wären wir achtsamer gewesen, wenn wir geahnt hätten, wie viel Schmerz uns bevorstand?

28. Kapitel

Katharina, auf den Stufen des Pergamonaltars, blätterte um.

Sie dachte über Julian nach. Ihr Großvater verhielt sich genauso wie die Männer, die sie vor Alexander gekannt hatte. Es waren kurze Beziehungen gewesen, die stets mit Begeisterung begannen. Doch kaum ließ sich Katharina auf den Mann ein, begannen Spielchen. Sie wartete vergeblich auf einen Anruf. Verabredungen wurden kurzfristig abgesagt. Dann kamen wieder euphorische Tage, in denen er ganz für sie da war und es so schien, als würde die Beziehung nun endlich verbindlicher werden. Doch aus diesem Aufbruch folgte nichts. Einmal hatte Katharina ihren früheren Freund plötzlich mit einer anderen Frau gesehen und kurz danach erfahren, dass er geheiratet hatte und das Paar bereits ein Kind erwartete. War es die Angst vor einer Bindung mit ihr? Waren andere Frauen besser? Katharinas einziger Trost war, dass auch ihre Freundinnen ähnliche Erfahrungen machten.

Alexander hatte sich nie so verhalten. In ihrer Beziehung war Katharina es gewesen, die sich nicht hatte verbindlich erklären wollen. Trotzdem – Alexander hatte für ihren Geschmack zu schnell aufgegeben. Er hätte um sie kämpfen müssen.

Katharinas Handy vibrierte. Überrascht hörte sie die Stimme ihrer Mutter.

»Wie geht es dir?«

»Gut. Und dir?«, fragte Katharina mit gedämpfter Stimme. Sie wollte im Museum kein Aufsehen erregen.

»Alles wie immer und in Ordnung.«

»Ich lese gerade unsere Familiengeschichte. Sonja schreibt sie auf. Sie weiß jetzt, dass ich ihre Enkelin bin«, platzte Katharina heraus.

Anna-Marias Antwort fiel entsprechend ungehalten aus.

»Tu mir einen Gefallen und lass mich da raus. Ich möchte nicht, dass du zwischen uns vermittelst.«

Dieser Satz traf Katharina. »Mache ich doch gar nicht«, murmelte sie.

»Ich wollte dich fragen, was du Silvester vorhast«, kam Anna-Maria zu ihrem Anliegen.

»Am liebsten möchte ich mich in meiner Wohnung einigeln und Musik hören«, erwiderte Katharina unwirsch.

»Ich werde Silvester in Berlin feiern und wollte dich einladen.«

»Ach so?« Katharina fühlte sich überrumpelt.

»Wir können ja kurz vorher noch mal sprechen«, lenkte Anna-Maria ein. »Ich bestelle dir einfach einen Platz mit, und du entscheidest dich, wann du willst. Von mir aus eine Stunde vorher.«

»Wenn das geht.«

»Warum soll das nicht gehen?«

»Okay!« Im Hintergrund hörte Katharina Stimmen. Ihre Mutter antwortete auf eine Frage und wandte sich dann wieder ihrem Gespräch zu. »Ich muss jetzt Schluss machen.«

»Also dann. Danke, dass du angerufen hast.«

»Mach's gut. Melde dich, wenn du eine Entscheidung getroffen hast.«

»Mache ich!«

Katharina legte auf und spürte Abwehr gegen das Engagement ihrer Mutter. Dabei hatte sie sich doch genau das immer gewünscht, dass die Mutter ganz selbstverständlich anrief und sie gemeinsam etwas unternahmen. Und jetzt bereitete ihr das Unbehagen. Was stimmte nicht mit ihr? Womöglich hatte Anna-Maria recht mit ihrer Kritik, dass sich die Tochter zurückzog und die Mutter nicht an sich heranließ.

Was für ein blöder Teufelskreis, dachte Katharina und schaute auf Sonjas Manuskript, das auf ihrem Schoß lag. Vielleicht sollte sie auch alles aufschreiben. Aber wo beginnen? Was wäre wert, aufgeschrieben zu werden? Ein paar Sätze würden ihr sicher einfallen. Aber die gingen über Allgemeinplätze nicht hinaus. Ich weiß nicht, wer ich bin. Warum ist mir meine Mutter so unheimlich? Ich wünsche mir, frei zu sein, habe aber keine Ahnung, was das sein soll. Katharina griff zum Stift und notierte die Fragen. Sie hatte keine Antworten. Aber vielleicht lohnte es, darüber nachzudenken.

29. Kapitel

Die Zwanzigerjahre vergoldeten auch das Adlon. Hedda genoss ihre Liebe zu Louis und führte das Luxushotel in die neue Ära. Der Fünfuhr-Tanztee wurde gesellschaftsfähig. Die Eintänzer hießen Gigolos. Krieg und Inflation hatten quer durch alle Bevölkerungsschichten Armut und soziale Not hinterlassen. Doch wie immer gab es auch Gewinner – die sogenannten Neureichen, die ihr Geld mit Börsengeschäften, mit Unternehmen, die ihren Sitz im Ausland hatten, oder mit dem Ruin der anderen verdienten. Deren Gattinnen vergnügten sich an den Nachmittagen beim Tanz mit den perspektivlosen jungen Offizieren, die in schwarzen Anzügen, weißen Hemden, einer Nelke im Knopfloch eine gute Figur machten.

Auch Hedda wollte im Adlon daran partizipieren. Für ihren Plan brauchte sie Louis' Segen. Sie wartete den richtigen Zeitpunkt ab. Heddas Strategie war es – und dafür hätte sie der alte Adlon geliebt –, die Dinge wachsen und sich entwickeln zu lassen. Im Frühling 1925 war es dann so weit.

Louis schob sich ein Kissen in den Nacken und beobachtete seine Frau, die vor dem Frisierspiegel saß und sich zur Nacht fertig machte. Er genoss es, Hedda bei diesem Ritual zuzuschauen und sich auf den Augenblick zu freuen, wenn sie zu ihm ins Bett kam. Während sie sich die Hände eincremte, sagte Hedda wie nebenher: »Wie fändest du es, wenn wir in unserem Goethegarten am Nachmittag zum Tanztee einladen?«

»Wir haben einen Ruf zu verteidigen«, wehrte Louis ab.

»Das Adlon ist kein Kriegsschauplatz, Liebling.« Hedda schloss die Cremedose und ging zu ihm hinüber.

»Moden kommen und gehen. Unsere Gäste schätzen den unabhängigen Geist des Adlon«, protestierte er.

»Du meinst den konservativen Geist. Louis, ich will, dass unser Haus lebt.«

»Bei uns kann der Gast zur Ruhe kommen.«

»Niemand mehr will heute noch zur Ruhe kommen. Wenn sich unsere Gäste amüsieren wollen, dann tun sie das im Eden oder woanders. Warum nicht auch bei uns?«

»Wie willst du garantieren, dass diese Art von Vergnügungen unser Haus nicht in den Ruf bringt, sich dem Tingeltangel hinzugeben?«

Hedda küsste Louis. »Ich werde dir keine Garantie geben, Liebling. Eine Garantie würde meiner Kreativität schaden.«

Sebastian bekam die Nachricht in der Weinhandlung, wo er für Hilfsarbeiten engagiert worden war. Es fand eine Inventur statt. Alles musste ausgeräumt, geputzt, gezählt und wieder eingeräumt werden.

»Die Patronin will Sie sprechen, Herr von Tennen.«

Der Kellermeister reichte ihm den Telefonhörer, verwundert darüber, dass man aus der Chefetage nach seiner Hilfskraft verlangte.

»Sie können sich morgen um fünfzehn Uhr im Beethovensalon einfinden. Ich werde mir einige Herren anschauen. Das Adlon begründet einen Tanztee. Fräulein Schadt hat sich ausdrücklich für Sie verwendet, Herr von Tennen.«

»Vielen Dank, gnädige Frau, ich werde pünktlich sein.«

Sebastian legte auf. Er würde die Inventur früher verlassen müssen und hoffte, dass er damit den Kellermeister nicht verärgerte. Täglich warteten viele Menschen vor dem Adlon, um sich mit Hilfsarbeiten ein paar Mark zu verdienen. Sollte er Heddas Ansprüchen als Eintänzer nicht genügen, wollte er wenigstens in der Weinhandlung weitermachen können.

Am nächsten Tag nahm Sebastian neben anderen Männern im Beethovensalon Aufstellung. Er trug den Anzug, den ihm Sonja für Julians Hochzeit besorgt hatte.

Hedda schritt gerade die Reihe der Bewerber ab, als die Tür aufflog.

In dem Zuspätkommenden erkannte Sebastian Julians Freund Billy Wilder. Ohne Umschweife stellte der sich ans Ende der Reihe und begann seine beschlagene Brille zu putzen. »Entschuldigen Sie, gnädige Frau, aber jetzt bin ich ja da.«

»Ihr Name ist?« Hedda trat einen Schritt zurück, um den untersetzten Mann im Trenchcoat besser betrachten zu können.

»Wilder.« Billy setzte seine Brille auf. Damals sprach er seinen Nachnamen noch deutsch aus. Die englische Aussprache würde er sich erst zulegen, wenn er nach Amerika ausgewandert war.

»Was sind Ihre Ambitionen, Herr Wilder?« Hedda maß ihn, und er hielt ihrem Blick vergnügt stand.

»Ambitionen?«, wiederholte er. »Na, ganz bestimmt nicht, ein Kokott zu sein.«

Es kam Bewegung in die Herren, die meisten von ihnen waren ehemalige Offiziere, die brauchten keinen, der sie herabwürdigte.

»Das ist in unserem Haus auch nicht gefragt.« Heddas Ton wurde scharf.

»Dann sind wir uns ja einig«, hielt Billy dagegen, »lassen Sie mich tanzen, dann kann ich meine Miete bezahlen und mir eine warme Mahlzeit am Tag leisten.«

Er entdeckte Sebastian und blinzelte ihm zu. Der wäre am liebsten vor Scham im Boden versunken, als habe er die Anwesenheit des Störenfrieds verschuldet.

Hedda überlegte, ob sie Wilder rausschmeißen sollte oder ob sich die Angelegenheit beim Vortanzen von selbst erledigen würde. Besser war, sie entschied sich gleich. »Herr Wilder, habe ich Ihren Namen nicht schon in der Zeitung gelesen?«

Billy hob die Schultern. »Gut möglich.«

»Ich meine als Autor despektierlicher Artikel?«, setzte Hedda ihren Angriff fort.

»Kann schon sein, dass von mir ab und an was gedruckt wird.«

»Glauben Sie wirklich, dass wir zusammenpassen?« Hedda schaute ihm in die Augen.

Billie verbeugte sich lässig. »Empfehle mich, gnädige Frau. Im Eden haben sie mir schon zugesagt. Ich war neugierig aufs Adlon. Meine Neugierde ist nicht zu kurz gekommen.«

Ein paar Wochen später würde in der *Berliner Zeitung* eine Glosse über die Tanztees der Frau Adlon erscheinen, in der sich Wilder lustig machte über die Patronin des Hotels und ihre Eintänzer. Für diesen Tag verließ Billy den Beethovensalon, und alle waren erleichtert.

»Diskretion ist das A und O. Da werde ich mir keinen Reporter ins Haus holen«, kommentierte Hedda den provozierenden Auftritt dieses Billy Wilder, der einmal in Hollywood ein berühmter Filmregisseur werden und in einer der kritischsten Stunden der deutschen Geschichte mit seiner Filmcrew im Adlon Quartier nehmen würde. Aber da würde das Adlon bereits Volkseigentum sein und Hedda schon längst nicht mehr die Patronin.

Hedda schritt die Reihe der Herren ab und dozierte:

»Jede Dame ist ein kleines Universum. Die einen möchten nur tanzen und sich führen lassen. Einige wollen selbst führen. Die anderen wünschen sich neben dem Tanz eine gepflegte Unterhaltung.

Ich hoffe, Sie beherrschen eine gewisse Form von Konversation?« Sie betrachtete die Männer, die vor ihr standen und auf eine Anstellung hofften. »Ihre Aufgabe wird es sein, sich in jede Dame einzufühlen. Die weibliche Psyche ist das Schönste, was Gott geschaffen hat.«

Sebastian hörte aufmerksam zu. Er war entschlossen, die Anforderungen der Patronin zu erfüllen, denn er wollte sich Sonja zeigen als einer, der mehr konnte als Geschirr spülen und Weinflaschen polieren.

Im Goethegarten spielte von nun an jeden Nachmittag das Orchester von Marek Weber zum Tanz. Heddas Gigolos schoben ihre Tanzpartnerinnen über das Parkett. Dazwischen tanzten Damen eng umschlungen. Die Kellner liefen mit Leckereien aus der Patisserie, mit Sandwiches, Kanapees, Tee und Kaffee, Likören und Champagner eilig hin und her. Die meisten der Tische waren mit Damen besetzt. Das Licht, das durch das Glasdach fiel, und das geschmackvolle Ambiente wandelten die durchaus frivole Atmosphäre in pure Eleganz.

Hedda ging durch den Raum, grüßte und machte Konversation. Dabei glitt sie Louis entgegen, der an die Flügeltür des Lichthofes getreten war.

»Siehst du, wie unser Fünfuhrtee angenommen wird. Meine kleine handverlesene Armee erhitzt die Gemüter besser als jeder Tee der Welt.« Sie freute sich, dass er aus seinem Büro gekommen war, um mit ihr den Triumph zu feiern.

»Dahin die schönen Zeiten, als wir Männer noch um Führung gebeten wurden.« Er seufzte bedeutungsschwer.

»Richtige Männer werden niemals die Führung verlieren.« Hedda suchte verstohlen seine Hand. »Siegen, ohne zu kämpfen!«

Sein kleiner Finger streichelte unbemerkt für fremde Blicke ihren Handrücken.

»In einer Stunde in meinem Büro?«, sagte er streng. Sie sah die Sinnlichkeit in seinen Augen blitzen.

»Ich werde pünktlich sein«, erwiderte sie verheißungsvoll.

Einen Augenblick schauten sie in großer Eintracht auf die Tanzenden. Als ein Herr mit seiner viel jüngeren Ehefrau den Goethegarten betrat, trennten sie sich.

»Herzlich willkommen, Exzellenz! Baronin«, begrüßte Hedda das Paar.

»Darf ich Ihnen meine Gattin für heute Nachmittag anvertrauen, Frau Adlon«, sagte der Baron, als gäbe er sein Eigentum an der Garderobe an. Die Gattin ertrug es mit kühlem Gleichmut.

»Sie dürfen sich ganz beruhigt Ihren Geschäften widmen, Exzellenz, während wir uns dem Genuss hingeben.«

Hedda warf seiner Frau einen beredten Blick zu, winkte dem Ober, der die Dame zuvorkommend platzierte. Der Baron ging. Hedda schaute sich nach einem geeigneten Tänzer um. Ihr Blick fiel auf Sebastian. Der kam sofort.

»Kennen Sie sich mit Segelsport aus, Herr von Tennen?«, fragte sie ihn diskret.

»Ich habe die ersten Jahre meines Lebens an der Ostsee verbracht.«

»Nehmen Sie sich der Baronin an. Sie wird kaum einen Tanz auslassen, und bringen Sie das Gespräch aufs Segeln, das ist ihr Lieblingsthema.«

Hedda beobachtete, wie Sebastian zum Tisch der Baronin ging, sich formvollendet vorstellte und die Dame zum Tanz aufforderte. Das Zusammenknallen der Hacken hatte ihm Hedda abgewöhnt.

30. Kapitel

Sonja hätte studieren können. Doch sie zog es vor, im Vox-Haus zu arbeiten. Niemand von ihren Chefs fragte nach einem Abschluss oder einer Qualifikation. Warum auch? Sie leisteten Pionierarbeit und begründeten ein neues Medium. Radiosendungen waren inzwischen zum festen Bestandteil des gesellschaftlichen Lebens geworden. Zwei Jahre nach der ersten Sendung gab es bereits eine halbe Million zahlende Hörer in Deutschland. Die Rundfunkgebühr kostete zwei Reichsmark im Monat für zwölf Sendestunden täglich.

An einem Morgen im Dezember 1925 warteten alle nervös auf Obermeier. In fünf Minuten mussten sie mit den Morgennachrichten auf Sendung sein. Obermeier kam in letzter Minute, einen Schal um den Hals gewickelt, und krächzte stimmlos: »Sonja – Sie – müssen – einspringen.«

»Das kann ich nicht«, wehrte sie ab.

Obermeier schob Sonja ans Mikrofon und drückte ihr das Manuskript in die Hand.

»Stellen Sie sich einfach vor – Sie sprechen mit einem Freund – oder einer Freundin«, hauchte er mit kaum noch verständlicher Stimme.

Die Uhr sprang auf die volle Stunde. Sie mussten auf Sendung. Obermeier gab dem Tontechniker ein Zeichen. Der öffnete die

Regler. Die Manuskriptseiten in Sonjas Hand zitterten. Die Buchstaben tanzten vor ihren Augen. Sie räusperte sich und begann leise:

»Vox-Haus Berlin ...«

Obermeier wedelte mit beiden Händen, dass sie lauter sprechen sollte. Sonja räusperte sich erneut.

»Vox-Haus Berlin – hier sind die Nachrichten«, sagte sie deutlicher, und Obermeier ließ sich erleichtert in einen Stuhl fallen.

Von diesem Tag an war Sonja Sprecherin im Rundfunk. Und ohne es überhaupt zu ahnen, hatte sie ihr Ziel erreicht, denn Julian hörte ihre Stimme, verfolgte, wie sie sich als einzige Frau in der Männerdomäne behauptete, und war beeindruckt.

Am späten Abend dieses ersten Tages, dem Beginn ihres Lebens als Sprecherin im Rundfunk, stand Sebastian auf der Potsdamer Straße vor dem Vox-Haus und erwartete Sonja mit einem Blumenstrauß.

»Herzlichen Glückwunsch!« Er strahlte sie an. »Im Adlon sind alle begeistert. Deine Premiere hat sich wie ein Lauffeuer rumgesprochen. Zu den Mittagsnachrichten hing jeder, der gerade frei hatte, am Radio. Ich hab's erst erfahren, als ich zum Tanztee gekommen bin. Hab dich also noch nicht gehört. Aber ich kann mir vorstellen, wie gut du bist.«

»Meine Stimme zittert doch vor Aufregung. Merkt das denn niemand?« Sonja schüttelte ungläubig den Kopf und nahm die Blumen entgegen.

»Dein Timbre ist aufregend. Du bist geboren fürs Radio!« Sebastian war aufgedreht, weil er den Mut gehabt hatte, sie zu überraschen, und dass sich Sonja nun ganz selbstverständlich bei ihm einhakte, als seien sie ein Liebespaar.

»Na gut«, sagte sie, »dann werde ich jetzt ein Star. Wohin gehen wir zur Feier des Tages?« Sonja wartete seine Antwort gar nicht erst ab und entschied. »Du zeigst mir endlich deine Bude und deine Bilder.«

Sonja hatte Sebastian nach dem Tanztee immer mal wieder mit einem Skizzenblock gesehen, und er hatte verlegen zugegeben, dass er in seinen freien Stunden malte.

»Ich bin nicht auf Besuch vorbereitet«, wehrte er ab.

»Ich bin ja kein richtiger Besuch. Ich bin deine Freundin.«

Sebastian getraute sich nicht, ihr zu widersprechen. Also liefen sie die Potsdamer Straße Richtung Schöneberg und bogen in eine spärlich beleuchtete Seitenstraße ein. Am Ende neben einer Baugrube machte Sebastian halt und suchte nervös seinen Hausschlüssel.

»Aufstieg in den Himmel«, konstatierte Sonja, als sie die vier Etagen hinaufgingen und dann noch die Treppe bis zum Dachboden nahmen. Dort schoben sie sich zwischen Wäschestücke hindurch bis zu Sebastians Kammer. Der kleine Raum war vollgestellt mit einem Bett, einem Bücherregal, der Staffelei und einem Tischchen mit zwei wackeligen Stühlen.

»Hätte ich das gewusst, würde es hier nicht so aussehen, Sonja, das musst du mir glauben«, entschuldigte er sich, während er eilig das Bett machte.

»Mach dir keine Gedanken.« Zum ersten Mal begriff sie, wie sehr sich ihr Leben von seinem unterschied.

Sebastian breitete eine zerschlissene Überdecke über das Bett und begann den kleinen Kanonenofen mit Holzscheiten zu heizen.

»Möchtest du Tee trinken?« Er stellte einen Wasserkessel auf die Kochplatte des Ofens und holte zwei Tassen aus einem Schubfach. »Aber bitte setz dich doch, wohin du willst.«

Sonja mochte sich nicht setzen. Sie schaute sich um. Die Staffelei war mit einem Tuch verhangen.

»Darf ich mal gucken?«

Sebastian rang mit sich. »Es ist noch nicht fertig.«

»Das ist doch gerade interessant!«

Er seufzte. »Aber wenn es dir nicht gefällt – dann darfst du nicht böse sein.«

Er nahm das Tuch zur Seite. Sonja schaute auf ein junges Mädchen, das ihre Frisur hatte und ihr blaues Lieblingskleid trug.

»Gefällt es dir?«, fragte er besorgt.

Sonja trat einen Schritt zurück. Tatsächlich, das war sie.

»Was soll man schon zu einem Porträt von sich selbst sagen, ohne eitel zu sein.« Sie war erstaunt, wie gut er malen konnte. »Kann man noch mehr sehen?«

Sebastian holte eine Skizzenmappe aus dem Schrank und öffnete sie. Die meisten Blätter waren Entwürfe von Sonja in allen möglichen Situationen.

»Wann hast du das denn alles gemalt?«, fragte sie, verblüfft darüber, dass sie sein Modell war. Sie hatte nichts davon bemerkt.

»In den Pausen, am Abend.« Er hob die Schultern. »Am Morgen.«

Sonjas besonderes Interesse fand eine Zeichnung, auf der Sebastian ihr Profil mit einem leichten Bleistiftstrich nachempfunden hatte.

»Würdest du mir das Blatt verkaufen?«

»Ist doch bloß eine Skizze.«

»Aber sieh doch mal, wie lebendig mein Gesicht aussieht – nur durch diesen einen Strich.«

»Wenn es dir wirklich so gut gefällt, schenke ich es dir natürlich.«

Später saßen sie an dem kleinen Tisch und wärmten sich die Hände an den Teetassen.

»Ich wäre gern mehr für dich, Sonja«, sagte Sebastian leise.

Sie nickte. »Du bist der beste Freund, den ich habe. Und weißt du auch, warum?« Er sah sie voller Hoffnung an. »Weil ich mich bei dir nicht verstellen muss. Und deshalb soll alles so bleiben, wie es ist.«

Sie atmete auf, froh, dass es sich endlich ergeben hatte. Schon lange hatte sie ihm das sagen wollen.

Sonja sah, wie enttäuscht Sebastian war. Das tat ihr leid. Sie nahm seine Hand. »Nicht traurig sein. Gute Freunde, die sich vertrauen können, die findet man nicht so oft im Leben.«

»Siebter Monat. Da treibt keiner mehr ab, nicht mal fürs Doppelte.« Margarete saß bei Sonja im Appartement und weinte.

Galla stand auf.

»Ich kümmere mich um unsere Wäsche«, erklärte sie. Was völlig unnötig war, da die Zimmermädchen die Wäsche, wenn sie fertig gewaschen und gebügelt war, bringen würden. Die Tür fiel hinter Galla ins Schloss.

»Hast du mit Arno drüber gesprochen?«, drängte Sonja besorgt.

Margarete nickte. »Der will kein Kind. Arno will nach Amerika.«

»Alle wollen nach Amerika. Dabei kommt Amerika längst zu uns.« Sonja nahm Margaretes Hand. »Und dein Bruder? Weiß Friedrich Bescheid?«

Margarete entzog Sonja ihre Hand. »Er wird mich verachten. Er lässt keinen Fehler zu.«

Sonja schaute ihre Tante besorgt an. Margarete war inzwischen über dreißig und hätte längst verheiratet sein sollen. Aber das Leben als Telefonistin und ihre jahrelange Beziehung zu Arno, ihre Lebenslust und ihr Laisser-faire hatten sie ein unabhängiges Leben führen lassen. Jetzt steckte sie in einer fast ausweglosen Lage.

Am nächsten Tag hatte Sonja nur bis Mittag im Vox-Studio zu tun. Sie setzte sich bei einer Tasse Tee in den Goethegarten und wartete auf die Musiker. Arno kam erst kurz vor Beginn des Tanztees. Möglicherweise hatte er geahnt, dass er sich würde stellen müssen. Denn als er Sonja sah, wehrte er, ohne dass sie überhaupt ein Wort gesagt hatte, sofort ab.

»Ick bin nu mal keen Familienmensch, Sonja. Und daraus hab ick och nie 'n Hehl jemacht.«

»Du kannst sie doch jetzt nicht einfach allein lassen, Arno.« Sonja folgte ihm zur Bühne, wo er hastig sein Instrument auspackte, das Mundstück justierte und ein paar Töne anspielte.

»Solange ich kann, werd ick ihr und dem Wurm wat jeben«, sagte er in Sonjas vorwurfsvolles Gesicht.

Als sie den Goethegarten verließ, fühlte sich Sonja nicht wohl in ihrer Haut. Sie war bei Arno nicht durchgedrungen. Friedrich durfte sie nichts sagen, das hatte sie Margarete hoch und heilig versprechen müssen. Ihr Tantchen würde also die Schwangerschaft weiterhin verstecken und darauf hoffen, dass sich, wenn das Kind erst einmal auf der Welt wäre, eine Lösung fand. Sonja schüttelte innerlich den Kopf über diese Situation, die auf unheimliche Art ihrer eigenen Geburt glich.

31. Kapitel

Im Januar 1926 war Berlin im Charleston-Fieber. Man zeigte sich gegenseitig die Schrittfolgen, und jeder wusste es besser. Die jungen Männer tröteten während der vergnüglichen Trockenübungen Jazzrhythmen durch ihre zusammengepressten Lippen. Alle warfen die Beine in die Luft. Die neue Kleidermode der Damen ließ genug Bewegungsfreiheit für diesen Tanz. Der lange Zopf kam ab, und der Bubikopf wurde zum Symbol weiblicher Freiheit. Selbst in der Küche des Adlon und in den Räumen des Personals wurde getanzt. Friedrich hatte zu tun, seine tanzenden Pagen im Zaum zu halten.

»Und zum Schluss noch eine Meldung für unsere jazzbegeisterten Hörer: Die schwarze Venus, Josephine Baker, kommt extra aus Amerika, um bei uns in Berlin im Nelson-Theater zu gastieren.«

Julian lehnte sich in seinem Schreibtischstuhl zurück und lauschte Sonjas Stimme, die den Besuch der Tänzerin ankündigte.

»Hast du sie noch mal gesehen?« Billy drehte das Radio lauter. Es wurde *Brown eyes why are you blue* gespielt.

»Keine Verwicklungen.« Julian beugte sich wieder über seine Schreibmaschine, um weiter forsch in die Tasten zu hämmern. Es wollte ihm aber so schnell nichts einfallen.

Billy beobachtete ihn und seufzte: »Wer hat sich ausgedacht, dass man nur mit einer glücklich sein darf?«

»Herr Monogamie.« Julian zündete sich eine Zigarette an und schob Billy die Packung zu. Der bediente sich.

»Ein Langweiler, dieser Herr.«

Beide seufzten und bliesen theatralisch Rauchkringel in die Luft. Julian dachte an seine schöne Frau Tamara, und er dachte an das Mädchen Sonja, das ihm seine Liebe und Verehrung in jedem Augenblick ihres Zusammenseins gezeigt hatte.

Die Nackttänzerin Josephine Baker wohnt im Adlon! … Der schwarze Vulkan kommt nach Berlin!, riefen die Zeitungsjungen.

Vor dem Hotel wurde der rote Teppich ausgerollt. Louis bereitete die Ankunft der Tänzerin genauso sorgfältig vor, wie sein Vater es einst für die aristokratischen Gäste getan hatte. Die Baker tanzte nicht nur halb nackt nach heißen Rhythmen, sie erhitzte auch die öffentliche Meinung. Deshalb hatte Louis rund um den Pariser Platz für Sicherheitskräfte gesorgt, die das Gebiet von Randalierern und Braunhemden frei hielten.

Die Halle füllte sich mit Gästen, Enthusiasten und Reportern, die der Ankunft der Tänzerin entgegenfieberten. Louis gesellte sich an die Bar zu Karl Vollmoeller, der bei jeder Gelegenheit behauptete, die Baker für Europa entdeckt zu haben, und den österreichischen Schriftsteller Anton Kuh. Louis ließ sich ein Glas Whisky reichen. Die drei Männer prosteten sich zu.

»Na, Adlon, sind Sie genauso aufgeregt wie ich?« Kuh trank sein Glas in einem Zug leer.

»Ich hoffe, Herr der Situation zu bleiben«, sagte Louis schmunzelnd.

»Ohne Sklaverei hätten wir heute keine Jazzmusik. Die Medaille hat immer zwei Seiten: Willste was haben, musste was geben«, provozierte Kuh.

»Sie sprechen wie ein Rassist, Kuh«, empörte sich Vollmoeller.

»Aber ich bin Jude. Die wollen immer nur haben, die geben nix.« Kuh lachte vergnügt über seinen Witz. »Trinken wir noch ein Glas, meine Herren?«

Louis gab dem Barkeeper ein Zeichen. »Auf Kosten des Hauses selbstverständlich.«

Darauf hatte Kuh spekuliert. »Sehen Sie, Vollmoeller, mit mir bleiben Sie nie auf dem Trocknen sitzen.«

Anton Kuh war ein großer Schnorrer. Er logierte wochenlang im Adlon, ohne auch nur einen Pfennig dafür zu bezahlen. Als Gegenleistung hatte der Österreicher mit Louis Adlon vereinbart, dass er die Gäste mit Geschichten und Anekdoten unterhielt. Also saß Kuh, wenn er nicht gerade schrieb, ins Theater ging oder am Kurfürstendamm flanierte, im Vestibül, an der Bar oder im Restaurant des Adlon und erzählte zur Belustigung der Anwesenden Erdachtes und Erlebtes.

»Übrigens überlege ich, ein Ballett für die Baker zu schreiben. Eine Pantomime nach dem Hohen Lied Salomons«, gestand Vollmoeller, durch den Alkohol berauscht. »Max Reinhardt soll es auf die Bühne bringen. Jazz. Orientalische Musik. Wir wollen Richard Strauss fragen, ob er uns die Bühnenmusik komponiert.«

Louis hörte mit Interesse zu. Manches, was in seinen Räumen gesponnen wurde, erblickte tatsächlich das Licht einer Bühnenpremiere.

Um die Ankunft der Baker nicht zu verpassen, war Sonja vom Vox-Haus mit dem Bus gefahren, anstatt, wie sie es gewöhnlich tat, über den Potsdamer Platz und durch den Tiergarten zu laufen. Sie kaufte dem Zeitungsjungen die Abendzeitung ab und schob sich durch die Menschenmenge ins Hotel.

Drinnen wurde sie von Sebastian empfangen. Er umarmte sie überschwänglich und zog zwei Karten aus seiner Jackentasche.

»Josephine Baker an deinem Geburtstag. Mein Geschenk für dich, Sonja.«

»Du bist einfach großartig, Sebastian«, sagte sie baff und betrachtete die Karten, die sündhaft teuer gewesen sein mussten. Was hatte er dafür wohl alles in die Wege geleitet? Dann fiel ihr ein, dass sie ja schon die Freunde zum Geburtstag eingeladen hatte und jetzt nicht einfach absagen konnte. Schließlich wurde sie volljährig.

»Wir müssen natürlich Galla mitnehmen und Margarete und Arno. Ich werde Friedrich bitten, dass er uns noch Karten besorgt«, begeisterte sie sich und bemerkte nicht, welche Enttäuschung sie Sebastian bereitete. »Es wird ein wunderbarer Geburtstag, Sebastian. Eine großartige Idee. Danke!«

Zwei Stunden später – die Atmosphäre war vom Warten, den Gesprächen, den Prognosen über Bakers Erfolg in Berlin, über die politische Situation im Land, in Europa, in der Welt auf dem Siedepunkt – kam sie endlich. Ihr Auftritt stellte alle Spekulationen in den Schatten. Statt in einer Limousine vorzufahren, ließ sich die Baker von einem Riesenvogel, einem echten Strauß, im Einachser über den roten Teppich ins Hotel ziehen. Die Anwesenden jubelten begeistert. Die neunzehnjährige Tänzerin sonnte sich im Blitzlichtgewitter.

Marek Webers Musiker waren vollzählig erschienen, um der »schwarzen Venus« ihre Ovationen darzubringen.

»Lass mich dein Saxofon sein, Baby!«, seufzte Arno.

Marek Weber hielt sich von seinen enthusiastischen Musikern fern. Er saß mit dem Schauspieler Emil Jannings an der Bar, dort, wo eine Viertelstunde vorher Vollmoeller und Kuh getrunken und gewartet hatten, die jetzt zwischen den anderen standen und jubelten.

»Für diese Musik« – er meinte den Jazz – »braucht man keine Ausbildung, Herr Jannings«, seufzte der Orchesterleiter und wusste es doch viel besser.

»Wir Deutschen haben so schöne Schlager«, jammerte Jannings. Sein Film *Der letzte Mann*, in dem er einen Hotelportier spielte, der mit seiner Arbeit auch seine Würde verliert, hatte gerade Premiere.

Weber und Jannings wehklagten über den Untergang des deutschen Abendlandes und seiner Kultur. Dabei waren sie selbst Zugereiste: Weber kam aus Lemberg, Jannings' Vorfahren stammten aus Amerika und Russland. Aber spielte das noch eine Rolle? Die beiden Künstler hatten in Berlin und beim deutschen Publikum ihre Heimat gefunden.

32. Kapitel

Sonja blies die einundzwanzig Kerzen auf der Torte mit einem Atemzug aus und reichte Sebastian die Champagnerflasche, damit er für sie und ihre Gäste die Gläser füllte.

Am Morgen hatte Friedrich seiner Tochter mit einem großen Blumenstrauß und drei weiteren Karten für den Abend im Nelson-Theater gratuliert.

»Nun bin ich frei, und keiner kann mir mehr sagen, wo ich leben soll«, hatte Sonja zu ihrem Vater gesagt. Der hatte still gelächelt. Denn auch Friedrich hatte all die Jahre gefürchtet, Alma könnte doch noch entscheiden, dass das Leben ihrer Tochter im Adlon ein Ende haben musste. Doch Almas schlechtes Gewissen, Sonja als kleines Kind verlassen zu haben, war so groß, dass sie lediglich in regelmäßigen Abständen ihre Einladung nach Kalifornien wiederholte, aber niemals ernsthaft insistierte.

Zum Tag ihrer Volljährigkeit hatte Sonja von Alma und Undine ein Telegramm erhalten. Ein paar Tage zuvor war ein Paket mit einer Fotoausrüstung angekommen. »Wir wollen dich an unserer Lieblingsbeschäftigung teilhaben lassen«, schrieben die beiden Frauen auf der Geburtstagskarte.

Sebastian hob das Glas. »Auf dich, Sonja. Die schönste Frau im Universum.«

»Auf die Freundschaft!«

Sonja schaute in die Gesichter ihrer Freunde, die gleich nach dem Frühstück gekommen waren, um zu gratulieren: Galla, ihre engste Vertraute, Margarete, die es verstand, ihre Schwangerschaft gut zu kaschieren, Arno, der Vater des Kindes, der sich drücken wollte, Sebastian, dessen Blick von grenzenloser Liebe sprach. Die Gläser klangen aneinander.

»Hoch soll sie leben!«

»Einundzwanzig. Jetzt kann ich bald meine Falten zählen, und ihr dürft ›gnädige Frau‹ zu mir sagen.«

Sebastian angelte sein Monokel aus der Tasche und schaute Sonja tief in die Augen.

»Ich möchte gern deine Falten zählen.«

Sonja schlug ihm verspielt auf den Arm und verkündete energisch:

»Kinder, wir treffen uns heute Abend. Ich will noch meine Geschenke begutachten und die Post beantworten.«

Als alle gegangen waren, reichte Sonja Galla eine Schachtel.

»Dein Geschenk.«

Galla war überrascht.

»Pack's aus!«, drängte Sonja aufgeregt.

Galla öffnete die Schleife und nahm den Deckel ab. Unter Seidenpapier lag ein silbergraues Kleid mit Fransen nach der neuesten Mode gefertigt, ein Charleston-Kleid.

»Für heute Abend«, verkündete Sonja. »Du musst es sofort anprobieren.«

Galla war die ganze Sache unheimlich. Zuerst Sonjas Idee, dass sie am Abend ins Nelson-Theater mitkommen sollte, ausgerechnet dorthin, wo Alma mit Undine gewesen war, was den Eklat im Hause Schadt ausgelöst und Almas Weggang nach Amerika zur Folge hatte. Und jetzt auch noch ein Kleid der neuesten Mode. Galla hielt sich am liebsten in den schützenden Mauern des Adlon auf. Nach einem Vorfall vor ein paar Jahren – sie waren gerade ins Hotel eingezogen, und Galla hatte Sonja vom Konservatorium abgeholt – war Galla nicht mehr gern auf die Straße gegangen. Kinder hatten ihr »Neger« nachgerufen und dass sie wohl aus dem Zoo ausgebrochen sei. Ein ganz besonders vorwitziges Kerlchen hatte geschrien, dass Affenmenschen ins Panoptikum gehörten. Aber dann war es noch schlimmer gekommen. Ein Passant hatte die Kinder verjagt und in ernstem Ton zu Sonja gesagt:

»Na, junges Fräulein, wenn Sie Ihre Negerin Gassi führen, müssen Sie schon damit rechnen, dass das Anstoß erregt.«

Sonja hatte nach Luft geschnappt. In verzweifelter Wut hatte sie den Fremden angeschrien:

»Männer mit so einem dicken Bauch wie Sie erregen auch Anstoß.«

Das war kindisch gewesen, und der Mann hatte sich nicht einmal gekränkt gefühlt. Seitdem mied Galla die Öffentlichkeit. Im Adlon hatte sie Freunde unter den Angestellten. Wenn es etwas zu feiern gab, dann trafen sie sich im Restaurant für die mitreisenden Diener, das sich im Personalbereich befand. Im Adlon war die Welt immer noch streng zwischen oben und unten, zwischen Herrschaft und Dienerschaft, geordnet. Eine Ordnung, die Galla zeitlebens gewohnt war und die ihr Sicherheit gab.

Galla betrachtete sich im Spiegel und stellte fest, dass Sonja in der Wahl des Schnittes und des Stoffes Geschmack bewiesen hatte. Sie sah elegant, aber keineswegs verkleidet aus.

»Unglaublich! Das ist ja wie für dich gemacht, Galla.«

Sonja reichte ihr ein Paar Schuhe von sich. »Die müssten dazu passen.«

Vor Sonja stand eine Dame. Gallas dunkler Teint glänzte im Licht. Ihre Augen strahlten, wenn auch etwas unsicher.

Sonja reichte Galla das Glas Champagner.

»Hast du Heimweh?« Sonja hatte sich diese Frage für diesen Tag ihrer Volljährigkeit zurechtgelegt. Sie konnte Galla nicht ewig an sich binden, auch wenn ihr bei dem Gedanken, ohne Galla zu sein, flau wurde.

»Ich denke oft an Afrika.« Galla streifte die Schuhe von den Füßen und setzte sich mit angezogenen Beinen aufs Sofa.

»Möchtest du vielleicht nach Hause?« Auch diese Frage hatte sich Sonja vorab überlegt. »Ich bin erwachsen und muss lernen, allein zurechtzukommen. In diesem Haus gibt es Hunderte gute Geister, tausend Lichtsignale, immer eine volle Vorratskammer, und die Wäsche brauche ich auch nicht selbst einzuweichen«, versuchte sie ihre ernste Frage mit etwas Humor zu unterlegen.

Galla hob nachdenklich die Schultern. »Ich würde gern meine Heimat und meine Familie wiedersehen. Aber mein Land wird inzwischen von Südafrika beherrscht. Und ich weiß gar nicht, ob noch jemand von meinen Leuten lebt.« Sie schaute nachdenklich in ihr Champagnerglas.

»Aber du musst auf keinen Fall fort«, versicherte Sonja, damit Galla ihre Fragen nicht etwa als Rausschmiss verstand. »Eigentlich kann ich mir gar nicht vorstellen, ohne dich zu sein, Galla. Aber ich denke, es ist wichtig, dass wir unsere Zukunft besprechen.«

Sie schwiegen. Sonja goss Champagner nach und öffnete die Bonbonniere, die ihr Margarete geschenkt hatte.

»Ich bin nie auf die Idee gekommen, dass du woanders zu Hause bist als bei uns, bei mir.«

Und so erfuhr Sonja an ihrem einundzwanzigsten Geburtstag Gallas Geschichte.

Viele Monate hatte es nicht mehr geregnet. Das Getreide auf den Feldern war verbrannt. Die Vorräte waren aufgebraucht. Sie hungerten. Außerdem war Krieg. Immer war Krieg in Deutsch-Südwestafrika. Entweder mordeten die deutschen Soldaten, oder andere Stämme plünderten die Dörfer, vergewaltigten die Frauen und töteten ihre schwarzen Brüder und Schwestern, mit denen sie sich eigentlich hätten gegen die weißen Eroberer verbünden sollen.

An einem Abend im September 1899 kochte die Mutter einen großen Topf Reis. Die zwölfjährige Galla, ihre vier jüngeren Geschwister und die Eltern wurden seit Langem wieder einmal satt. Als die Kleinen schliefen, packte die Mutter Gallas Sachen und sagte, dass sie am Morgen von einem weißen Mann abgeholt werden würde. Sie sollte mit ihm in sein Land gehen und dort als Dienerin arbeiten. Galla weinte vor Angst. Die Mutter nahm ihre Tochter in den Arm, und dann weinten beide. Die Mutter gestand, dass der Reis, den sie am Abend gegessen hatten, die Bezahlung für Galla war. Einen ganzen Sack hatte der Mann für sie gegeben. Sie konnte sehr stolz sein, wie viel wert sie war. Der Reis würde die Familie viele Wochen ernähren. Galla hoffte, dass der Vater ihn gut versteckt hatte, damit er nicht gestohlen wurde.

Am Morgen holten zwei von Gustaf Schadts schwarzen Dienern Galla ab und brachten sie zum Schiff. Die Sklaven, die nach Europa eingeschifft wurden, waren neben den Maschinenräumen untergebracht. Dort stank es nach Maschinenöl. Der Rauch der Öfen brannte in den Lungen. Ungeziefer und Ratten gab es in großer Zahl, aber nichts zu essen. Galla hatte sich ein Tuch um Mund und Nase gebunden und versuchte zu überleben.

Ein paar Tage nachdem das Schiff abgelegt hatte, ließ Gustaf sie aufs Schiffsdeck kommen. Vielleicht wusste er über die Verhältnisse da unten Bescheid, vielleicht war er einfach nur neugierig, sein Mitbringsel zu begutachten. Jedenfalls musste er wohl sofort erkannt haben, dass Galla die Reise nicht überleben würde. Von da an holte er sie jeden Tag nach oben an die frische Luft und sorgte dafür, dass sie zu essen bekam. Gustaf rettete Galla das Leben, und sie schenkte ihm ihr ganzes Vertrauen. Sie hatte niemand anderen mehr.

Sonja erinnerte sich, wie Galla in den Tagen nach Gustafs Tod durchs Haus geirrt war und Gebete gemurmelt hatte.

»Du hast ihn geliebt?«

Galla entschied sich, auch dieses Kapitel ihres Lebens mit Sonja zu teilen, und erzählte, wie sie Gustafs Rückkehr von den Reisen ersehnt hatte, wenn er ihr Geschenke und Nachrichten aus der Heimat mitbrachte. Wie er sie, wenn er seiner Frau überdrüssig war, in den Armen hielt. Wie sie sich geliebt fühlte und nicht darüber nachdachte, dass er sie doch nur benutzte.

»Gustaf kannte das Land, in dem ich geboren worden war. Er war meine Heimat, Sonja.«

33. Kapitel

In ausgelassener Stimmung eroberten Sonja und Sebastian, Galla, Arno und die schwangere Margarete das Nelson-Theater am Kurfürstendamm.

Sebastian schob sich gemeinsam mit Arno durch die Besucher zur Bar, um Getränke zu besorgen. Margarete musste dringend zur Toilette, und Galla schloss sich ihr an.

Sonja blieb allein und sah sich um. Da entdeckte sie Julian, der in einem Programmheft blätterte. Er schien ihren Blick zu spüren und schaute auf. Sie gingen aufeinander zu.

»Irgendwie hatte ich das Gefühl, dass wir uns treffen würden«, begrüßte er sie.

»Guten Abend!«

Sonja blieb auf Abstand. Sie hatte inzwischen auch Tamara gesehen, die nur wenige Meter von ihnen entfernt vor einem Spiegel stand und sich die Nase puderte. Voller Neid stellte Sonja fest, dass Julians Frau noch schlanker und noch schöner geworden war. Tamara ließ ihr Puderdöschen in der Handtasche verschwinden und trat dazu. Sie begrüßten sich.

»Ich habe gehört, dass Sie bei der Ufa Karriere machen«, sagte Sonja. Neben Tamara fühlte sie sich wie eine Zwergin. »Ich habe aber leider noch keinen Film gesehen.«

»Es sind zu viele neue Filme, die in die Kinos kommen. Man muss sich durchfinden, welcher wirklich sehenswert ist«, erwiderte Tamara mit ihrem feinen Akzent und betrachtete Sonja so, wie sie selbst gerade begutachtet worden war.

»Julian Zimmermann!«, rief Arno. Mit ihm kamen auch die anderen, Margarete, Galla. Sebastian hatte in beiden Händen Gläser und eine Flasche Sekt unter dem Arm.

»Unsere Kleene hat heute Geburtstag«, verkündete Arno und umarmte seinen alten Musikerkollegen.

»Herzlichen Glückwunsch! Ich habe nicht mehr daran gedacht«, gestand Julian.

»Kein Problem. Wir feiern danach noch ein bisschen, kommt doch mit«, schlug Sonja vor.

Julian schaute Tamara fragend an. Die nickte gleichmütig, als wäre es allein seine Entscheidung, ob sie sich anschließen wollten. Sebastian legte den Arm um Sonjas Schulter.

»Na, dann«, sagte er zu Julian, »treffen wir uns doch nach der Vorstellung am Eingang.«

Was für eine Show! Was für ein Spektakel! Josephine Baker im Bananenröckchen schwang die Hüften zu den Rhythmen ihrer Band. Sonja sah, wie beseelt und hingerissen die sonst so zurückhaltende Galla war, und erinnerte sich an die nächtlichen Feuer im Hof, wo Galla zu Tawongas Trommel getanzt hatte.

Beflügelt und noch die Musik im Ohr, verließen sie nach über zwei Stunden den Saal. Alle Unstimmigkeiten waren für den Augenblick zur Seite gelegt. Selbst Margarete und Arno schienen ihre andauernde Spannung wegen des ungeborenen Kindes vergessen zu haben. Tamara unterhielt sich mit Sonja über den unverhohlen frivolen Tanz. Julian führte Galla galant am Arm.

Als sie das Nelson-Theater verließen, empfing sie lautes Geschrei, Pfiffe und das Gejohle eines SA-Schlägertrupps.

»He, Niggerweib. Zeig doch mal deinen Affenhintern!«, gingen die Braunhemden sofort auf Galla los.

»Schnell weg hier«, drängte Sonja ihre Freunde und nahm Galla bei der Hand, um sie mit sich zu ziehen.

Julian war außer sich.

»Ich sehe hier nur ein Affenhirn!«, schrie er und rannte auf zwei SA-Männer zu. Die stießen ihn zurück.

»Judensau, das rieche ich drei Meter gegen den Wind«, zischte einer von ihnen.

»'ne Judensau mit 'nem Niggerweib!«, rief der andere.

Julian ließ sich provozieren und stieß zurück. Tamara schrie auf, als ihn ein Faustschlag ins Gesicht traf. Seine Nase blutete.

Arno kam Julian zu Hilfe und rief Sebastian zu:

»Kümmere dich um die Frauen! Holt ein Taxi. Wir sind gleich bei euch.«

Julian und Arno wurden zu Boden gerissen. Die SA-Männer traten auf sie ein.

»Aufhören!«, brüllte Sonja.

Sebastian zog sie zurück. »Schnell!«

Er versuchte, mit den Frauen auf die andere Straßenseite zu kommen.

Drei SA-Männer traten ihnen in den Weg.

»Los, mach die Affennummer, Niggerweib!«

Einer der drei griff Sebastian am Arm und sagte mit eisiger Stimme: »Sieh an, der verlorene Bruder!«

Sebastian wollte sich losmachen und erkannte Siegfried.

»Lange nicht gesehen«, sagte der ältere Bruder. »Allerdings hätte ich mir in den nächsten Tagen das Vergnügen gegönnt, dich zu besuchen. Die Kameraden wussten zu berichten, dass du im Juden-Schuppen Adlon arbeitest – als Gigolo!«

»Das Adlon ist nicht jüdisch«, verteidigte sich Sebastian und befreite sich mit einer unwirschen Bewegung.

»Kommt jetzt«, rief Margarete von der anderen Straßenseite.

Sonja sah, wie Tamara eilig in der Dunkelheit verschwand.

»Mit Negerweibern treibst du dich also rum? Tiefer kann ein deutscher Mann nicht sinken.« Siegfried stieß seinen Bruder gegen die Brust.

»Ich sehe hier nur einen, der tief gesunken ist«, schrie Sonja aufgebracht und versuchte, Sebastian mit sich zu ziehen. Galla war inzwischen schon auf dem Weg zu Margarete.

»Es wird Zeit, dass ich dir wieder mal ein paar politische Grundsätze ins Gehirn blase, Brüderchen!« Zwei von Siegfrieds Kumpanen griffen Sebastian rechts und links. Siegfried richtete seine Pistole auf Sonja.

»Kleines deutsches Flittchen!«

»Siegfried«, rief Sebastian, »das ist doch Sonja – Sonja Schadt! Nimm die Waffe runter. Bitte!«

»Schadt?« Siegfried war verblüfft. »Die kleine Sonja, ach was!« Er musterte sie aus zusammengekniffenen Augen.

Da hallte ein Schuss.

Siegfried sah sich verblüfft um, wer geschossen hatte. Ein Mannschaftswagen kam und bremste scharf. Eine Trillerpfeife gellte. Julian und Arno hatten sich befreit und kamen gelaufen. Sie bluteten. Die SA-Männer rannten zum Wagen und saßen auf. Siegfried folgte seinem Bruder, der von den beiden Kumpanen zum Wagen geschleppt wurde.

Sonja, Julian und Arno rannten los. Sie wollten nur noch weg, diese unselige Szenerie verlassen. Doch Galla kam nicht mit. Sie war einfach stehen geblieben.

»Galla!«, schrie Sonja und sah gleichzeitig, wie Sebastian auf den Wagen geschoben wurde. In diesem Augenblick sank Galla zu Boden. Sonja lief zu ihr. Hoffentlich ist es nicht so schlimm, dachte sie und brüllte gleichzeitig:

»Einen Krankenwagen. Wir brauchen einen Arzt!«

In den Fenstern der umliegenden Wohnungen gingen ein paar Lichter an. Margarete auf der anderen Straßenseite, krümmte sich vor Schmerz. Arno und Julian waren bei ihr.

»Galla!«, flehte Sonja.

Galla lächelte, wie sie es immer getan hatte, wenn sie Sonja beruhigen wollte.

»Jetzt fahre ich nach Hause.« Blut floss aus ihrem Mund.

»Nein, Galla, nein!« Sonja bemühte sich, sie aufzurichten.

»Sie ist tot«, hörte Sonja Julian sagen.

Zwei Streifenpolizisten kamen. Sie hielten ihre Schlagstöcke bereit, und Sonja dachte: Gleich werden sie uns prügeln, weil sie uns für die Mörder halten.

»Papiere!«, befahl einer der Polizisten.

»Wir brauchen einen Krankenwagen.« Sonja wiegte Galla wie ein Kind im Arm und weinte.

Der Polizist beugte sich zu Galla und sah in ihre verloschenen Augen.

»Die Negerin ist tot.«

»Eine Horde von SA-Leuten hat uns angegriffen.« Julian richtete sich auf.

»Einer von ihnen heißt von Tennen. Siegfried von Tennen«, sagte Sonja und wiegte Galla immer weiter.

Julian gab dem Polizisten seine Papiere.

»Is' sonst noch wat passiert?« Der Polizist reichte Julians Ausweis an seinen Kollegen weiter, der sich die Personalien notierte.

»Ein Mensch ist ermordet worden«, schluchzte Sonja.

»Wat treibt sich die Negerin och auf der Straße rum.«

Julian konnte nicht an sich halten.

»Sie hat das Recht, auf der Straße zu sein, wie jeder andere auch.«

»Brüllen Sie hier nich rum«, fuhr ihn der Polizist scharf an. »Wir sehen hier nämlich nur Sie! Sie und Ihr Fräulein Braut. Det kann janz leicht auf 'ne Mordanzeige hinauslaufen, Herr Zimmermann.

Und zwar für Sie!« Dann fügte er milder an: »Wir sagen dem Beerdigungswagen Bescheid. Det muss ja nu nicht schlimmer werden, wie et schon is.«

»Wir erstatten Anzeige«, entgegnete Julian entschieden. »Siegfried von Tennen – schreiben Sie den Namen auf.«

Der Polizist gab seinem Kollegen mit einem Kopfnicken zu verstehen, dass er den Namen aufnehmen sollte.

»Wir jehn der Sache nach. Aber davon wird die Negerin och nich wieda lebendig – und Sie hol'n sich bloß 'nen Haufen Ärger ins Haus.«

Die Polizisten tippten sich an die Helme und gingen. Julian setzte sich zu Sonja auf den Boden. Sie hielten Totenwache. Im Morgengrauen kam der Wagen vom Beerdigungsinstitut.

In dieser Nacht wurde in der Charité Margaretes und Arnos Sohn geboren. Während Margarete in den Wehen lag, nähte eine Krankenschwester Arnos Platzwunden. Kurz nach Mitternacht wurden sie Eltern. Sie nannten den Jungen Johannes.

Arno schaute in das Bettchen, in dem sein Sohn lag.

»Gans schön kleen.« Er streichelte vorsichtig die Händchen. »Ick hau ab – nach Amerika – ick bin Jude. Ick werd nicht warten, dass ick als Nächstes abjeknallt werde.«

»Wir finden 'ne Lösung, Arno, ganz bestimmt finden wir 'ne Lösung.«

»Du bestimmst, was mit dem Kind werden soll. Wenn du es behalten willst, schick ick euch Dollars.«

Margarete begann still zu weinen. Arno hatte ebenfalls Tränen in den Augen. Er beugte sich zu ihr herab und küsste die Frau, mit der er viele Jahre ein Paar gewesen war, die Mutter seines Sohnes, ein letztes Mal. Dann ging er.

Margarete verließ das Krankenhaus am nächsten Tag ohne Johannes und nahm Sonja das Versprechen ab, dass Friedrich niemals etwas von dem Kind erfahren durfte. Mit Sonjas finanzieller Hilfe suchte sie nach einer Pflegefamilie, die das Neugeborene direkt aus der Klinik abholte.

Galla wurde auf dem Luisenstädtischen Friedhof an der Hasenheide neben Gustaf in der Familiengruft der Schadts beerdigt. Ottilie würde sich im Grabe umdrehen, wüsste sie, dass sie den Platz mit ihrer schwarzen Dienerin teilte. Aber vielleicht war an dem Ort, an dem sie nun weilte, für diese Art Gefühle kein Platz mehr.

Wer vom Personal des Adlon freinehmen konnte, war da. Auch Hedda und Louis. Sie standen neben Friedrich, Rena und Margarete. Sonja hatte einen Trompeter aus Marek Webers Orchester gebeten, das afrikanische Wiegenlied zu spielen, das Galla ihr immer vorgesungen hatte.

Als der Sarg herabgesenkt war und alle mit einer Handvoll Erde Abschied genommen hatten, blieben nur Sonja und Julian zurück. Er reichte ihr einen Brief.

»Vom Polizeipräsidenten.«

Sonja faltete das Papier auseinander und las: »... tut es uns leid, die von Ihnen als verdächtig angegebene Person ist über allen Zweifel erhaben ... hat für die fragliche Nacht ein Alibi ... den Fall niederlegen ... aus Mangel an Beweisen.«

»Siegfried von Tennen gehört zur Führung der Berliner Sturmabteilung. Die Polizei und die SA geben sich gegenseitig Rückendeckung«, erklärte Julian. Er hatte in den letzten Tagen die Zusammenhänge recherchiert.

»Ich wollte, dass Galla mitkommt. Ich habe ihr extra noch eine Karte besorgen lassen.«

»Du hast doch keine Schuld an ihrem Tod, Sonja. Rassismus und Gewalt sind in unserem Land normal geworden. Eine tote schwarze Frau ist nur ein Kavaliersdelikt. Die SA hat unsere Stadt in ihrer

Gewalt. Sie bestimmen über Leben und Tod eines Menschen, und niemand tritt ihnen entgegen. Und ich fürchte, dass es schlimmer wird.«

Sie gingen zum Ausgang des Friedhofs. Dort nahmen sie sich in den Arm.

»Leb wohl und pass auf dich auf!«, sagte Sonja zu Julian. Sie holte aus ihrer Manteltasche einen kleinen Elefanten aus Elfenbein. »Gallas Glücksbringer.«

Er betrachtete die feine Schnitzarbeit. »Willst du ihn wirklich weggeben?«

Sonja nickte. »Ich schenke ihn dir.«

Julian schloss die Faust um das Kunstwerk.

»Ich höre dich im Radio, und dann weiß ich, dass es dir gut geht.«

Er küsste sie auf die Stirn. Dann liefen sie in unterschiedliche Richtungen auseinander.

Am Sonntag holte Katharina ihre Großmutter von der Pension ab.

»Ich hoffe, dass ich unser Familiengrab noch finde«, hatte Sonja am Telefon gesagt. »Der Krieg, die Teilung der Stadt, ich habe mich nicht mehr darum gekümmert.«

Katharina und Sonja hatten unabhängig voneinander Blumen besorgt. Sie gingen, ohne sich zu verlaufen, den Weg über den Luisenstädtischen Friedhof bis zu einer verwilderten Gruft, die an eine Mauer aus Backstein grenzte. Die Marmortafel mit den Namen, dem Geburts- und Todestag war verwittert. Katharina zog eine Packung Papiertaschentücher hervor und wischte Grünspan und Sand aus den Rillen, bis sie die Namen lesen konnten: Gustaf Schadt, Ottilie Schadt, Galla.

»Ich wusste nie ihren Nachnamen. Aber das habe ich erst bemerkt, als der Steinmetz danach fragte. Für mich war sie immer nur Galla.«

Sonja legte ihren Blumenstrauß vor den Grabstein ihrer Familie.

»Warum hast du Deutschland nach ihrem Tod nicht verlassen und bist zu Alma gegangen?«, fragte Katharina und dachte an Anna-Marias Vorwürfe.

»Diese Frage hat mich in den späteren Jahren immer wieder beschäftigt«, erwiderte Sonja. »Warum bin ich nicht gegangen, als noch Zeit war? Ich habe doch die Vorboten der Katastrophe am eigenen Leib erfahren. Aber ich dachte, es wird schon nicht so schlimm. Eine bürgerliche Regierung kann doch nicht zulassen, dass wir im Chaos versinken, in der Anarchie. Ich habe an den gesunden Menschenverstand geglaubt. Ganz sicher hat mein privilegiertes Leben im Adlon zu einer gewissen Blauäugigkeit beigetragen. Und dann war da natürlich noch Julian. Ich konnte mir nicht vorstellen, Tausende Kilometer von ihm entfernt zu leben.«

»Er war verheiratet«, protestierte Katharina. »Und er hatte dich verlassen. Worauf hast du denn gewartet?«

»Worauf habe ich gewartet? … Auf das, was dann geschah.« Sonja lächelte traurig. »Das Orchester von Marek Weber fiel auseinander, die meisten Musiker waren jüdischer Abstammung und verließen wie Arno das Adlon und das Land. Margarete lernte ihren späteren Ehemann kennen. Ich war auf mich allein gestellt. Doch zu Alma zu gehen wäre mir wie das Eingeständnis vorgekommen, dass ich es allein nicht schaffe. Ich war ja gerade mündig geworden und wollte mich selbst finden. Wer war ich? Was war meine Aufgabe?«

»Was meinst du damit?«, hakte Katharina nach, denn auch sie machte sich seit Langem Gedanken, wie sie in ihre Kraft kommen, etwas Unzerstörbares in sich erwecken, Wurzeln schlagen könnte im Leben.

»Heute würde ich sagen – denn ich musste diese Erfahrung auf schmerzliche Weise machen –, mit sich allein sein zu können. Aus der eigenen inneren Stärke heraus leben und dabei etwas

Fruchtbares schaffen. Nicht auf die Erlösung durch einen anderen Menschen hoffen. Aber in den Jahren nach Gallas Tod habe ich das natürlich getan.«

Sonja zeigte auf ein kleineres Grab gegenüber der Familiengruft der Schadts.

»Hier liegt mein Vater begraben und seine Frau Rena. Ich konnte damals bei der Beerdigung nicht dabei sein. 1961 wurden wir durch die Berliner Mauer getrennt. Ich habe das Grab erst viele Jahre später besucht, als ich Rentnerin war und von Ost nach West reisen durfte.«

Katharina las, dass die beiden Mitte der Sechzigerjahre gestorben waren. Rena hatte Friedrich nur wenige Jahre überlebt.

»Hatten Friedrich und Rena eigene Kinder?«, fragte Katharina und legte die Blumen auf das Grab ihres Urgroßvaters.

»Nein. Und sie haben bedauert, dass sie erst so spät von Johannes erfahren haben. Sie hätten ihn gern aufgezogen. Ich war damals zu jung, um Margarete zu einer anderen Entscheidung zu bewegen. Aber später kam Johannes in unser Leben zurück. Seine Geschichte hat viel mit der Geschichte deiner Mutter zu tun, Katharina.«

»Aber meine Mutter ist ja noch gar nicht geboren«, versuchte Katharina die Stimmung aufzulockern. »Ich will jetzt wissen, wann und wie du Julian wiedergesehen hat. Da er mein Großvater ist, muss er sich ja irgendwann von Tamara getrennt haben. Wohin ist sie überhaupt in der Nacht von Gallas Tod verschwunden?«

»Soweit ich weiß, hat sie zu Hause auf Julian gewartet. Ich kann mir vorstellen, dass es in dieser Nacht in der Beziehung der beiden einen Bruch gegeben hat. Für uns alle ging das Leben nicht mehr so weiter wie vorher. Diese grauenvolle Erfahrung hat uns verändert. Von Sebastian habe ich nach Gallas Tod viele Jahre nichts mehr gehört.«

Sonja griff in ihre Handtasche und reichte Katharina einen Umschlag mit dem nächsten Kapitel.

»Hast du schon etwas zu Silvester vor?«, fragte sie ihre Enkelin. »Ich würde dich gern zur *9. Sinfonie von Beethoven* einladen. Ins Schauspielhaus.«

»Gustafs Lieblingsmusik«, bemerkte Katharina. Natürlich würde sie diese Einladung nicht ausschlagen. Und wenn sie in der Silvesternacht erst einmal unterwegs war, könnte sie im Anschluss ihre Mutter treffen. Vielleicht wurde doch noch alles gut!

34. Kapitel

Fast sechs Jahre sollten bis zum Wiedersehen von Sonja und Julian vergehen. Sechs Jahre, in denen der Rundfunk ein Funkhaus an der Masurenallee bekam und Sonja ihre eigene Sendung, in der sie über die neuesten Filme und Theaterpremieren berichtete. Sie lud die Regisseure und die Schauspieler zu Studiogesprächen ein und holte die Sänger ans Mikrofon. Fast alle Künstler, die nach Berlin kamen, logierten im Adlon, und so konnte Sonja sie bereits beim Frühstück oder abends an der Bar treffen.

Julian arbeitete als freier Journalist und schrieb sein erstes Buch, in dem er sich mit der dahinstrauchelnden deutschen Nation und deren Sehnsucht nach einer starken Führungspersönlichkeit auseinandersetzte. Zeitgleich mit dem Ausbruch der Weltwirtschaftskrise im Oktober 1929 war Außenminister Gustav Stresemann gestorben, der für das deutsche Volk wie eine Vaterfigur gewesen war. Er sollte für lange Zeit der letzte große Politiker bleiben, der sich für ein friedliches Deutschland einsetzte. 1925 hatte er die Initiative ergriffen und sich mit dem französischen Außenminister Aristide Briand getroffen. In dem Gespräch ging es um Völkerverständigung, um Abrüstung, und darum, die Erzfeindschaft zwischen den beiden Ländern beizulegen. Stresemann verhandelte mit Briand, Deutschland von den Reparationszahlungen zu entlasten. Übrigens fand dieses historische Treffen im Adlon statt.

Nach seinem Tod ließ Stresemann die Deutschen führungslos zurück, ohne Hoffnung auf Heilung ihrer Wunden, die ihnen Kaiserreich und Krieg zugefügt hatten. Der parlamentarischen Republik folgte ab Frühjahr 1930 ein Präsidialkabinett nach dem anderen – die Namen der Präsidenten, die nur wenige Monate im Amt waren, haben die Geschichte nicht überdauert. Die Weltwirtschaftskrise sorgte für Arbeitslosigkeit und Verelendung der Massen. Die Menschen verloren den Glauben an ihre Zukunft. Sie riefen nach einem Politiker, der ihr Leben ordnen sollte. Im Übrigen waren von dieser Bedürftigkeit fast alle europäischen Länder betroffen, die mit Pauken und Trompeten in den Krieg gezogen waren und nun den Verlust ihrer alten Welt beklagten.

Über all das hatte sich Julian in seinem Buch Gedanken gemacht. Natürlich hatte Sonja es sofort gekauft und gelesen. Zwischen den Zeilen versuchte sie zu ergründen, wie Julian fühlte und ob sie irgendein Zeichen finden konnte, das ihr sagte, wie sehr er sie vermisste. In einem politischen Essay danach zu suchen war geradezu grotesk, und Sonja schalt sich dafür. Dennoch – sie konnte nicht anders.

Im März 1931 kam Charlie Chaplin zur Premiere seines Films *Lichter der Großstadt* nach Berlin und logierte im Adlon. Sonja beeilte sich, vom Funkhaus ins Hotel zu kommen. Sie wollte dabei sein, wenn der große Mime vorfuhr. Als Sonja durch das Brandenburger Tor trat, sah sie Chaplin bereits. Er stand im offenen Wagen vor dem Adlon und gab den herandrängenden Menschen Autogramme.

Die Pagen am Eingang winkten Sonja. Sie wollten ihr eine Gasse bereiten, damit sie vor Chaplin im Hotel wäre. Sonja musste sich durch die Menge kämpfen, die immer dichter wurde. Plötzlich spürte sie, wie sich eine Hand unter ihren Arm schob. Sie wollte protestieren, sich losmachen – doch als sie sich umwandte, erkannte sie, wer sie festhielt: der Meister selbst, Chaplin.

»Please, Miss, help me to come to the hotel«, bat er mit dem für seine Figur Charlie typischen, etwas hilflosen Lächeln. Mit vereinter Kraft gelang es den Pagen, dem Paar den Weg frei zu machen. Sonja an Chaplins Arm, oder besser Chaplin an Sonjas Arm, traten in die Halle, wo beide jubelnd empfangen wurden. Natürlich mussten alle glauben, dass sie zusammengehörten. Die Reporter bestürmten Chaplin.

Mr. Chaplin … Was wird Ihr nächstes Projekt sein? … Was bewegt Sie, den Auftakt Ihrer Weltreise in Berlin zu beginnen?

Sonja wollte sich vorsichtig von Chaplin lösen, doch der hielt weiter ihren Arm umklammert. Plötzlich sah Sonja unter den Reportern Julian. Er schob sich nach vorn.

»Wer ist die schöne Dame an Ihrer Seite, Mr. Chaplin? Ist das die Hauptdarstellerin für Ihren nächsten Film? Kann die Dame sprechen oder machen Sie wieder einen Stummfilm?«, flirtete Julian mit Sonja. Und die freute sich, dass Julian sie nach der langen Zeit in einer solch exponierten Situation wiedersah.

Mithilfe seiner Pagen gelang es Louis Adlon, die Menge zurückzuhalten. Auch Julian musste weichen.

»Mr. Chaplin. We are so proud and glad to welcome you!« Louis schüttelte dem berühmten Gast die Hand. »Danke, Sonja, dass Sie Mr. Chaplin aus dem Tumult gerettet haben.«

»Miss Sonja hat vor allem meinen Ruf gerettet.«

Endlich ließ Chaplin Sonja los, um sich aber sofort die Hände auf den Bauch zu legen.

»Ich stehe in Ihrer Schuld.«

Julian sah, wie Sonja und Chaplin etwas besprachen, was von Weitem sehr vertraulich wirkte. Chaplin deutete vor Sonja eine Verbeugung an und ließ sich von Louis Adlon zum Fahrstuhl führen, wo die beiden Männer herzlich lachten, bis sich die Türen schlossen.

Ein ganz Pfiffiger fand heraus, dass Chaplin keine Magenbeschwerden gehabt hatte, sondern dass ihm im Tumult vor dem Adlon sein Hosenknopf abhandengekommen war und er die ganze Zeit befürchtet hatte, nun womöglich noch seine Hose zu verlieren. Diese Neuigkeit machte ihre Runde durch die Halle, und die Menge der Schaulustigen begann sich zufrieden zu zerstreuen.

Endlich standen sich Sonja und Julian gegenüber. Julian machte sich schnell noch ein paar Notizen und meinte, dass diese Anekdote und Sonjas Mitwirkung darin ganz sicher in die Geschichte des Adlon eingehen würde. Er jedenfalls werde damit seinen Artikel über die Ankunft von Charlie Chaplin im Adlon würzen.

»Ich habe mir eben zwei Logenplätze verdient. Wenn du gerade Zeit hast, nehme ich dich mit«, sagte Sonja ausgelassen.

»Du meinst, wir gehen zusammen in die Premiere von *City Lights?*«

»Ich könnte die zweite Karte natürlich auch für das Zehnfache verhökern.«

»Ich habe diese Ehre nicht verdient.« Julian spielte den Zerknirschten. »Aber ich nehme sie an.«

Ein Landstreicher verliebt sich in ein blindes Blumenmädchen, das ihn für einen Millionär hält, und er tut alles, um sie glücklich zu machen. Ihr Glück bedeutet sein Glück. Sonja und Julian saßen im Halbdunkel des Kinos auf den besten Plätzen und genossen den Film und ihre Nähe, die sich trotz der vergangenen Jahre vom ersten Augenblick an wieder einstellte. Er nahm ihre Hand.

»Tamara und ich, wir werden uns scheiden lassen«, flüsterte er.

Sonja spürte, wie der Boden unter ihr wankte. »War das deine Entscheidung oder ihre?«

»Kann man so nicht sagen – aber es ist gut so. Genau so ist es gut.« Er hielt ihre Hand.

Würde sie ihm noch einmal vertrauen können? Aber hatte sie denn nicht auf diesen Augenblick gewartet? Für diesen Augenblick gelebt? Warum war sie plötzlich so traurig? Doch nicht wegen des Films, in dem der tollpatschige Landstreicher um das blinde Mädchen wirbt. Ist es in der Liebe entscheidend, was wir vom anderen glauben – oder ist es nicht viel entscheidender, was wir von uns selbst glauben? Der Landstreicher will das Mädchen glücklich machen, um selbst glücklich zu werden.

Wie in alten Zeiten liefen sie nach der Vorstellung durch den Tiergarten. Julian berichtete, wie sehr sein Buch polarisierte, dass er viel Post bekam, darunter auch Hasszuschriften.

»Man kann aller möglichen politischen Meinung sein, kommt aber ein schlechter Charakter dazu, dann wird daraus der selbst ernannte Herrenmensch, der sich über Herz und Vernunft erhebt und beginnt, alles um sich herum zu zerstören«, zitierte Sonja einen Absatz aus seinem Buch.

»Du hast es doch nicht etwa gelesen?«

»Natürlich. Ich mag deinen Stil. Aber gefährlich ist es allemal, was du schreibst. Damit trittst du einigen Leuten auf die Füße.«

Julian war ernst geworden.

»Ich weiß nicht, wie man in diesem Land weiterleben soll, Sonja. Auf der einen Seite genießen wir so viele Freiheiten und können so gute Filme sehen wie eben, im Theater gibt es Hauptmann, Brecht und Wedekind. Und auf der anderen Seite kommt von rechts etwas auf uns zu, das die barbarische Seite des Menschen bestärkt. Was soll aus Deutschland werden, wenn Hitler an die Macht kommt?«

Sonja hatte auf diese Frage keine Antwort. Sie hoffte, dass sich die NSDAP und die SA in Luft auflösten und sich ihr aller Leben zum Guten entwickeln würde.

Sie blieben stehen, sahen sich in die Augen und küssten sich zum ersten Mal in ihrem Leben. Als sie sich lösten, versuchte Julian zu erklären:

»Ich konnte dir damals kein Mann sein. Du warst ein Kind, das nach einer Familie suchte. Ich aber wollte frei sein, mich entwickeln.«

»Darum hast du ganz schnell Tamara geheiratet.«

»Ihr Vater hat mich gefördert und mich finanziell unterstützt.«

Sonja sah ihn überrascht an.

»Ich weiß, was du denkst. Aber ich habe mich nicht kaufen lassen. Ich habe geglaubt, das Leben eines Mannes zu beginnen.«

Kurze Zeit später stiegen Sonja und Julian wieder durch Vollmoellers geöffnete Fenster. Der Dramatiker gab eine Party zu Ehren Chaplins. Am Klavier improvisierte Friedrich Hollaender, der Komponist der Filmmusik zum *Blauen Engel*. Marlene Dietrich, die für die Rolle der »feschen Lola« von Regisseur Josef von Sternberg an der Bar des Adlon entdeckt worden war und durch ihre Darstellung Berühmtheit erlangte, lebte in jenem Jahr schon in Hollywood.

Es wurde getanzt und geknutscht. Als Höhepunkt des Abends führte Chaplin seinen berühmten Stierkampf auf, bei dem er Matador und Picador und die Pferde und das Publikum und auch der Stier – alles zugleich – war.

Lichter der Großstadt wurde in der ganzen Welt ein Sensationserfolg.

Als sie zwanzig war, hatte Sonja von einer Ehe mit Julian geträumt, und Hedda hatte ihren Schützling vor einem kleinbürgerlichen Leben gewarnt. Nun, da Sonja und Julian ein Paar waren, dachte keiner von beiden daran, ein biederes Leben zu beginnen. Julian zog zu Sonja ins Appartement. Sie hatten beide mit ihrer Arbeit zu tun. Und sie schauten beide mit dem gleichen Blick auf die Welt. Vor vielen Jahren hatten sie sich miteinander vertraut gemacht. In diesen politisch kälter werdenden Tagen gaben sie sich Zuversicht und hofften, dass sich das Land wieder stabilisieren würde, dass die Wahlen im Herbst 1932 ein Ergebnis bringen würden, das für Deutschland und

Europa einen Fortschritt bedeutete: Frieden und Völkerverständigung. Sie waren trotz allem überzeugt, dass die faschistischen Ideen und eine von Hass und Vorurteilen geprägte Sicht auf die Welt einem Blick der konstruktiven Vernunft weichen würde.

Es war, als wenn ein Licht in ihr Leben hereingebrochen wäre und alles beleuchtete, was ihnen wichtig war. Sie lebten, ohne Atem zu holen. Sie gaben sich ihrer Liebe zueinander hin und ihrer Liebe zur Arbeit. Es waren Monate im Rausch einer großen Gemeinsamkeit.

35. Kapitel

An einem Sommerabend im Jahre 1932 hielt ein Cabriolet vor dem Hotel. Louis Adlon junior, inzwischen fünfundzwanzig Jahre alt, sprang aus dem Wagen und warf dem Pagen den Schlüssel zu.

»Sehen Sie zu, wo Sie das gute Stück unterbringen.«

Ihrem Bruder folgte die drei Jahre ältere Susanne. Louis' Zwillingsbruder Carl half seiner amerikanischen Freundin beim Aussteigen.

»Es wird ganz einfach, du wirst sehen«, beruhigte er sie.

»Carl, wo bleibt ihr denn?«, rief Louis junior, der schon mit Susanne an der Drehtür des Hotels war.

Carl winkte ihnen nervös zu und sprach weiter beruhigend auf Mary-Lou Eitel ein, während sie zu den beiden anderen aufholten.

»Hedda interessiert sich nicht für uns, und Papa ist zufrieden, wenn Hedda zufrieden ist. Alles wird wunderbar ausgehen.«

Zu viert betraten sie das Hotel, als würde es schon ihnen gehören.

Im Restaurant war ein Tisch für die ganze Familie gedeckt. Louis senior hatte seine Kinder lange nicht mehr gesehen. Susanne und Louis versuchten in Los Angeles Karriere als Schauspieler zu machen. Carl arbeitete im Hotel von Mary-Lous Eltern in Chicago. Der jüngste Bruder Larry fehlte. Er war auf einer Weltumsegelung verschwunden und hatte sich das letzte Mal aus Bombay gemeldet.

»Still ruht das Meer«, sagte Louis junior und winkte dem Kellner, ihm Wein nachzugießen. »Wir haben Nachforschungen angestellt, aber …«

»Das haben wir auch«, unterbrach sein Vater, verstimmt darüber, dass sich sein Sohn offensichtlich betrank. »Aber weder wurde ein Unfall gemeldet noch irgendein anderes Vorkommnis.«

Louis junior hob das Glas. »Auf unseren Bruder Larry, und dass er das Glück gefunden hat!« Wohl oder übel hoben Louis und Hedda ihre Gläser.

Hedda fühlte sich deplatziert. Sie wusste, dass sie von den Kindern ihres Mannes »Miststück« genannt wurde und dass sie ihr die Schuld dafür gaben, dass die Familie getrennt war. Hedda wandte sich an Mary-Lou Eitel, die ihr noch als die neutralste Person am Tisch erschien, und versuchte unverfängliche Konversation.

»Wo, sagten Sie, hat Ihre Familie ihr Hotel?«

Statt Mary-Lou antwortete Carl. »Sie haben das Bismarck in der Randolph Street in Downtown Chicago.«

»Hotel Bismarck«, beteiligte sich Louis Adlon senior am Gespräch. »Mein Vater hat mir davon immer mit großer Anerkennung erzählt. Dabei war er selbst nie in Amerika.«

Carl wollte diesen Moment nutzen.

»Ich möchte euch etwas sagen.« Er stand auf.

»Nicht so ernst, Carli, wir sind doch schon betrunken«, lallte Louis junior und angelte mit den Fingern ein Stück Fleisch von der Platte.

»Mary-Lou und ich … wir möchten heiraten.« Carl griff die Hand seiner Freundin, küsste sie und setzte sich wieder.

Louis und Hedda waren perplex. Sie hatten sich im Vorfeld alle möglichen Varianten überlegt, mit denen sie von der »Brut«, wie Hedda Louis' Kinder nannte, überrumpelt oder konfrontiert werden würden. Doch Heiratspläne und die damit verbundenen juristischen Veränderungen hatten sie nicht in Erwägung gezogen.

Hedda fing sich als Erste.

»Und wie sind eure Pläne nach der Hochzeit, Carl? Wo wollt ihr leben?«

»In Berlin«, platzte Carl überglücklich heraus.

Und um ihre familiären Absichten herauszustreichen, fügte Mary-Lou Eitel ahnungslos und naiv hinzu:

»Vielleicht kann ich mich nach der Hochzeit im Adlon nützlich machen.«

Heddas Blick gefror. Mary-Lou sprach munter weiter.

»Wenn ich hier erst einmal alle kenne, dann könnte ich mich doch um das Gesellschaftliche kümmern?«

Louis Adlon sah Heddas Blick und räusperte sich. Louis junior übernahm die Gesprächsführung und wehklagte theatralisch wie eine Figur aus einem Tschechow-Stück:

»Das ist mein Bruder. Er hat nicht nur irgendeine Frau kennengelernt, sondern sogar eine, die zu uns passt. Wenn mir doch mal so was gelingen könnte. Aber ich bin ein Versager, eine Niete.«

Carl verstand nicht, was zwischen den Zeilen ablief. Mary-Lou spürte den eisigen Wind aus Heddas Richtung und wusste nicht, was sie falsch gemacht haben könnte.

Nach dem Essen bat Susanne ihren Vater um ein Gespräch unter vier Augen. Er war dankbar, dass wenigstens sie sich ihm in alter Verbundenheit anvertrauen wollte.

Während sich Hedda in ihre Suite zurückzog, gingen Vater und Tochter ins Büro. Dort eröffnete Susanne ihrem Vater, dass sie ein Kind bekommen wolle, und zwar von einem verheirateten Mann, dem weltberühmten Tenor Rudolf Laubenthal.

»Ich bin jetzt über vier Jahre mit Rudolf zusammen«, sagte Susanne und sah in das erschütterte Gesicht ihres Vaters. »Rudolf hat schon ein Grundstück für uns ausgesucht.«

»Womöglich in der Nähe seiner Ehewohnung?«, erwiderte Louis. »Susanne, du darfst dich nicht einem Mann an den Hals werfen, der sich nicht entscheiden kann.«

»Rudolf hat sich entschieden, für mich und für ein Kind. Er will sich nur nicht scheiden lassen. Aber das ist mir egal.«

»Er benutzt dich, deine Naivität, deine Liebe«, hielt Louis ihr aufgebracht entgegen.

»Du kennst ihn doch gar nicht.«

»Nein, aber ich kenne die Männer.«

Susanne schaute ihren Vater spöttisch an.

»Ich habe eure Mutter geliebt«, verteidigte sich Louis, »und ich liebe Hedda. Ich habe mich immer entschieden.«

»Ich habe mich auch entschieden, Vater, und zur Not tue ich es ohne deinen Segen.«

Sie ging. Louis blieb bestürzt zurück.

Kurze Zeit später machte er seinem Herzen bei Hedda Luft.

»Soll ich ihr das erlauben, ein uneheliches Kind?«

»Sie werden erwachsen, deine kleinen Nichtsnutze, und nun wirst du bald Großpapa.«

Hedda schaute nicht von ihrer Post auf, die sie für den Versand fertig machte, und kam, wie es ihre Art war, leichthin zu dem Thema, das ihr seit dem Familienessen schwer im Magen lag.

»Was sagst du denn zu Mary-Lou Eitel?«

»Ich werde morgen mehr Informationen über die Familie bekommen. Ich habe mich schon an unseren Freund Hearst gewandt.«

Louis meinte den Verleger William Randolph Hearst, der Amerikas größten Zeitungskonzern besaß und regelmäßig im Adlon verkehrte.

»Ich habe das Gefühl, es geht ihr gar nicht um Carl, sondern ums Adlon.« Hedda klebte die Briefmarken mit besonderer Akribie auf den Umschlag.

»Liebling, übertreibst du nicht?«

»Carl ist gutmütig. Er lässt sich leicht um den Finger wickeln. Stell dir vor, sie hetzt ihn auf, dass er hier um jeden Preis Juniorchef werden will – dann haben wir nur Ärger in der Familie.«

Sie schwiegen.

»Carl soll seine Hochzeit verschieben«, entschied Louis, »und wir lernen die junge Dame erst einmal kennen.«

Während Hedda einen Plan entwickelte, der ihre Rolle als Patronin des Hauses nicht in Gefahr brachte, saßen die jungen Adlons an der Bar. Mary-Lou hatte geweint. Carl hielt ihre Hand.

»Ich habe die Kirche bestellt. Die Karten für das Hochzeitsmenü sind gedruckt. Die Gästeliste steht fest.«

Louis junior goss allen Champagner nach und orderte eine weitere Flasche.

»Ich verstehe dein Problem nicht, Carl. Wozu brauchst du den Segen von Vater? Heiratet, wenn euch danach ist.«

»Dann werde ich mich mit ihm überwerfen«, erwiderte Carl verzagt.

»Das Adlon erben wir sowieso, und Karriere kannst du auch drüben machen.« Louis wandte sich an Mary-Lou. »Das Bismarck braucht doch sicher einen Juniorchef?«

»Wir wollen in Deutschland leben.« Ihr kamen wieder Tränen.

»Ach, Kinder! Das sind Sentimentalitäten. Deutschland ist ein komisches Land geworden. Was wollt ihr hier so unbedingt?«

»Du versuchst doch auch, bei der Ufa Karriere zu machen«, hielt Carl seinem selbstverliebten Bruder entgegen.

»In meinem Beruf braucht man dafür nur gute Laune und eine Portion Fantasie.«

Susanne kam in die Bar, bestellte sich einen Kognak und trank ihn in einem Zug aus.

»Vater hatte genug Affären.« Sie äffte ihn nach. »›Ich habe mich entschieden …‹ – Hedda hat für ihn entschieden!«

Sie sah in die neugierigen Gesichter ihrer Brüder und sagte entschlossen:

»Ich werde ein Kind von Rudolf Laubenthal haben. Ich werde glücklich sein.«

Während sich all dies im Hotel Adlon ereignete, logierte Tilly Adlon im Hotel Continental, wo sie sich am nächsten Tag mit Carl und Mary-Lou traf.

»Wir werden trotzdem heiraten«, schloss Carl seinen Bericht. »Mary-Lou und ich, wir würden uns freuen, wenn du mit meiner Schwester Elisabeth, also wenn ihr zu unserer Hochzeit kommt.«

Im Laufe dieses Gespräches traf ein Page aus dem Adlon ein, der Tilly einen Umschlag überreichte.

»Mit den besten Empfehlungen von Herrn Adlon, gnädige Frau.«

Sie öffnete das Kuvert und überprüfte die Summe ihrer jährlichen Apanage. Dann unterschrieb sie die Quittung, die ihr der Page vorlegte.

Tilly wandte sich wieder ihrem Sohn und seiner Freundin zu.

»Das heißt, du willst dich ganz und gar auf eigene Füße stellen, Carl?«, fragte sie nachdrücklich und ließ den Scheck in ihrer Handtasche verschwinden. »Du musst dir bewusst sein, dass diese Frau«, sie meinte Hedda, »dafür sorgen wird, dass dein Vater dich nicht mehr unterstützt.«

»Ich werde für meine Familie aus eigener Kraft aufkommen.« Carl griff entschlossen Mary-Lous Hand.

Die Hochzeit fand mit einer kleinen Zahl ausgewählter Gäste in der Berliner Marienkirche statt. Auch Sonja und Julian hatten eine Einladung bekommen.

Das Brautpaar stand am Altar und beantwortete die seit Jahrhunderten gestellte Frage.

»Willst du, Carl Adlon, die hier anwesende Mary-Lou Eitel zu deiner rechtmäßigen Frau nehmen und sie lieben und ehren in guten und in schlechten Tagen, bis dass der Tod euch scheide?«

»Ich will«, antwortete Carl und nahm sich vor, es anders zu machen als sein Vater und das zu tun, was sein Großvater beschworen hatte: Er würde die Familie, die er gerade begründete, zusammenhalten.

Beim Verlassen der Kirche regnete es Rosen. Mary-Lou warf den Brautstrauß direkt in Sonjas Arme. Die Brautleute stiegen in Louis juniors Wagen und fuhren davon.

Julian legte den Arm um Sonja. Gemeinsam schauten sie dem glücklichen Paar nach, das sich auf die Rückreise nach Chicago machte.

»Ich beneide jeden, der Deutschland verlassen kann«, sagte Julian. »Und trotzdem glaube ich, dass unser Platz hier sein muss. Wir können unser Land nicht den Nationalsozialisten überlassen.«

36. Kapitel

Am 6. November 1932 wurde die NSDAP bei den Reichstagswahlen stärkste Partei. Am 30. Januar 1933 erklärte Reichspräsident Paul von Hindenburg Hitler zum Reichskanzler.

Das Adlon war ausgebucht. Die Menschen waren aus ganz Deutschland gekommen, um den Fackelzug der SA zu sehen, der durch das Brandenburger Tor über den Pariser Platz und weiter Unter den Linden entlangführte. An der Rezeption drängten sich die Schaulustigen.

»Die ganze Provinz will dabei sein«, sagte Friedrich mit bitterem Unterton. »Was gibt es hier zu sehen, außer dass der Terror die Macht übernimmt.«

Margarete kam aus dem Waschraum der Damen. Bei ihrem Eintreffen am Arm eines hochrangigen SS-Offiziers hatte sie ihren Bruder nur flüchtig begrüßt und war gleich im Beethovensalon verschwunden, der für die Siegesfeier der NSDAP gemietet worden war.

Margarete hatte sich verändert. Sie war bieder geworden und machte in der Art, wie sie sich kleidete und das lange Haar in einem geflochtenen Zopf um den Kopf trug, dem Nazi-Ideal von der deutschen Frau alle Ehre.

Friedrich trat ihr in den Weg. »Wenn du mit diesen Leuten zusammen sein musst, dann bitte niemals mehr im Adlon.«

»Spiel dich nicht so auf, Fritz, du wirst noch mal froh sein, dass ick deine Schwester bin.«

Sie winkte Sonja, die aus dem Fahrstuhl trat. Sie hatten sich, seitdem Margarete ihre Stelle als Telefonistin gekündigt hatte, nicht mehr gesehen. Margarete zog ihre Nichte in eine Nische.

»Männe hat mir einen Heiratsantrag gemacht. Die Wohnung haben wir schon anjesehen. Vier Zimmer, Küche, Badewanne, Zentralheizung.«

Margarete meinte Manfred Böhm, ihren Geliebten, an dessen Arm sie ins Hotel gekommen war. Sie hatte ihn kurz nach Johannes' Geburt und Arnos Emigration in die USA kennengelernt und klammerte sich nun in ihrer Torschlusspanik an ihn. Margarete sah Sonjas kritischen Blick und rechtfertigte sich:

»Weißt du, wie schön det is, endlich nicht mehr uff die Mark gucken zu müssen? Und alle sagen ›gnädige Frau‹ zu mir.«

»Hast du deinem künftigen Mann schon von Johannes erzählt?«, fragte Sonja kühl.

»Auf keinen Fall. Dann muss ick ihm doch sagen, det ick mal was mit nem Juden hatte.« Und ohne Sonja in die Augen zu schauen, fügte Margarete an: »Johannes is bei seinen Pflegeeltern gut uffjehoben – und in Sicherheit. Dank dir, Sonja, und dem Geld, watt du zu Kost und Logis dazuschlägst. Du bist ein guter Mensch.« Margarete gab Sonja zum Abschied Küsschen auf die Wangen. »In der neuen Wohnung müsst ihr uns unbedingt besuchen kommen, du und dein Julian.«

Sie ging zurück in den Beethovensalon, wo die Gesellschaft in bester Laune tafelte.

Der Gleichschritt der Stiefel auf der Allee Unter den Linden war bis in den letzten Winkel des Hotels zu hören. Louis, gewappnet mit dem unerschütterlichen Lächeln des Gastgebers, betrat die Bar, wo Max Liebermann mit Kollegen und Freunden trank.

»Ick kann jar nicht so viel fressen, wie ick kotzen möchte«, sagte der Malerfürst in die Runde. Niemand hatte ein Wort des Trostes für ihn. Nun war es zu spät, um auf einen schnellen Wandel der politischen Situation zu hoffen. Max Liebermann würde zwei Jahre später eines natürlichen Todes sterben und sich so den Schrecken des Holocaust entziehen. Seine Frau Martha würde sich 1943, nachdem sie einen Deportationsbefehl bekommen hatte, das Leben nehmen.

Louis versuchte in Manier seines Vaters die Stimmung zu heben:

»Warum heitern Sie meine Gäste nicht ein bisschen auf, Herr Kuh? Sie haben doch sonst so eine scharfe Zunge.«

Anton Kuh schaute Louis Adlon ohne Begeisterung an.

»Nicht in diesen Zeiten, Herr Adlon.«

Louis beugte sich diskret zu Kuh.

»Ich brauche Ihr Talent zur Unterhaltung jetzt mehr denn je und könnte Ihnen im Gegenzug Ihr Zimmer für einen weiteren Monat mietfrei anbieten.«

Kuh sagte nichts, bestellte sich stattdessen einen Kognak aufs Haus, was »ja« zu Louis' Angebot hieß, und schaute in die Runde.

»Zur Situation, meine Herren! Ein Mann wird aus dem Wirtshaus geworfen, macht ein langes Gesicht und sagt: Jetzt ist Schluss. Jetzt mache ich mich selbstständig.«

Plötzlich war Sebastian wieder da. Er gehörte zu den neuen Chefredakteuren, die gemeinsam mit Propagandaminister Joseph Goebbels das Funkhaus bezogen und die alten Chefs, die den Rundfunk aufgebaut hatten, wegdrängten.

Sonja traute ihren Augen nicht, als Sebastian sie in seinem Büro empfing.

»Sonja, ich freue mich ja so. Wir werden zusammenarbeiten.«

Der einstmals schüchterne Gigolo war ein mächtiger Mann geworden und sich seiner Wirkung bewusst. Statt seines Monokels trug er eine elegante Brille.

Sebastian berichtete Sonja, dass er nach jener unheilvollen Nacht von Siegfried nicht mehr aus den Augen gelassen worden war. Um Sonja nicht zu schaden, hatte er die Füße stillgehalten und war nach München gegangen, um dort Journalistik zu studieren. Dann hatte er als Praktikant und junger Reporter bei den *Münchner Neuesten Nachrichten* gearbeitet.

»Ich habe das Malen aufgegeben und das Schreiben gelernt, Sonja, und den Tag ersehnt, wo ich dir gegenüberstehe. Dein Enthusiasmus für den Rundfunk war meine Triebkraft.«

Sonja war hin- und hergerissen. Auf der einen Seite sah sie den alten Freund aus Kinder- und Jugendtagen, die verlorene Seele, die sich ihr einmal anvertraut hatte. Auf der anderen Seite ahnte sie, dass Sebastians Entwicklung in München nichts mit ihrem Leben und ihrer Sicht auf die politischen Ereignisse zu tun hatte. Um keine neue Nähe entstehen zu lassen, setzte sie Sebastian sofort von ihrem Verhältnis zu Julian in Kenntnis und betonte, dass sie gemeinsam im Adlon wohnten.

Sebastian behielt die Contenance.

»Seid ihr verheiratet?«

»Julian und ich, wir schätzen die Freiheit«, erwiderte Sonja und hoffte, dass er ihre Verbindung dennoch ernst nahm.

Sebastian ging zu seinem Schreibtisch und drehte einen Bilderrahmen um.

»Meine Frau. Wir sind also beide in festen Händen, Sonja, wenn das keine Grundlage für eine gute Zusammenarbeit ist.«

Am Abend hörte sich Julian Sonjas Bericht an.

»Was wird aus deinen alten Chefs und Obermeier?«, war seine erste Frage.

Einen Monat später hatten sie die Antwort. In der Nacht vom 27. zum 28. Februar stand das Reichstagsgebäude in Flammen. Am nächsten Tag wurden mit der Reichstagsbrandverordnung die

Grundrechte der Weimarer Verfassung außer Kraft gesetzt. Der Weg war sofort frei für die Verfolgung der politischen Gegner der NSDAP. Kurt Obermeier und Sonjas langjährige Kollegen, Mitglieder der SPD, wurden direkt an ihrem Arbeitsplatz im Funkhaus verhaftet und ins Konzentrationslager nach Oranienburg gebracht.

Am gleichen Vormittag hämmerten SA-Männer unter dem Kommando des SS-Sturmführers Siegfried von Tennen an die Tür des Büros in Steglitz, das sich Julian und Billy Wilder seit Jahren teilten. Die beiden Reporter stopften die Artikel, an denen sie gerade arbeiteten, in ihre Aktentaschen und sprangen durch das Fenster auf den Hof. Billy, klein und wendig, konnte entkommen. Julian gelang die Flucht nicht. Er wurde von Siegfried von Tennen gestellt und festgenommen.

Sonja, die sich nach den Verhaftungen im Rundfunk eilig auf den Weg zu Julians und Billys Büro gemacht hatte, hörte von den Nachbarn, was passiert war. Sie war erschüttert. Wohin Julian gebracht worden war, konnte Sonja weder bei der Polizei noch im Gestapo-Hauptquartier in Erfahrung bringen. In ihrer Not wandte sie sich an Sebastian. Er versprach seine Hilfe. Schließlich wollte er sich Sonja gegenüber beweisen.

In den nächsten Wochen wurde Deutschland von einer Terrorwelle ergriffen. Der Nationalsozialismus hatte sich über ein Jahrzehnt auf diese Machtübernahme vorbereitet, aber an die Macht hatten ihn die Wähler gebracht. Innerhalb von wenigen Monaten war aus der Weimarer Republik eine faschistische Diktatur geworden, die ihr tyrannisches Wesen, ohne auch nur einen Augenblick zu zögern, im hellen Licht der Frühlingssonne und vor den Augen der Öffentlichkeit entfaltete.

37. Kapitel

An einem Samstagnachmittag fuhr Friedrich Sonja nach Oranienburg. Auf der Fahrt schwiegen sie. Links und rechts der Straße wuchs das erste Grün. Die Luft roch nach Frühling. Anemonen bedeckten die Waldsäume.

Auf einem ehemaligen Brauereigelände in Oranienburg war das erste deutsche Konzentrationslager errichtet worden. Das Areal war mit Stacheldraht umzäunt und wurde von SA-Männern mit Hunden bewacht. Häftlinge in gestreiftem Drillich schoben Karren mit Mörtel, sägten Balken, mauerten, verputzten – sie mussten ihr eigenes Gefängnis aufbauen. Ein SA-Mann am Eingang kontrollierte Sonjas Ausweis und ihre Besuchserlaubnis, die sie durch Sebastians Fürsprache bekommen hatte. Sie durfte in die angrenzende Baracke passieren, in der sich neben einer Häftlingsküche und der Wäschekammer auch das Besuchszimmer befand. Ein Tisch, zwei Stühle.

Endlich wurde Julian hereingeführt. Er war abgemagert, die Häftlingskleidung nahm ihm jede Würde. Als sie sich umarmen wollten, schnauzte der Wachmann:

»Setzen und Hände auf den Tisch.«

Sie mussten Platz nehmen, den Holztisch zwischen sich. Unter der Aufsicht des Wachmanns wollte Sonja der Satz, den sie in den letzten Wochen immer und immer wieder vor sich hin gemurmelt hatte, nicht über die Lippen kommen.

»Wie geht es dir?«, fing Julian an. »Hast du noch mal was von Billy gehört?«

Sonja schüttelte den Kopf und sah Julian in die Augen. Ihr Blick sollte es ihm sagen.

»Er wird wohl Urlaub machen«, führte Julian vor dem Wachmann ihre unverfängliche Unterhaltung fort in der Hoffnung, dass so vielleicht die eine oder andere wichtige Information darin verborgen werden konnte.

Sonja fing sich und nahm seinen Ton auf.

»Wenn du wieder zu Hause bist, machen wir auch Urlaub. Ich dachte, wir könnten zu meiner Mutter ans Meer fahren«, schlug sie vor.

Julian begriff sofort, dass sie von der Emigration in die USA sprach, und erwiderte:

»Ja, ich glaube, es ist an der Zeit, dass ich meinen Vorsätzen untreu werde und deine Mutter kennenlerne.«

Sie schwiegen. In die Stille hinein hauchte Sonja: »Ich bin schwanger.«

»Laut sprechen«, bellte der Wachmann.

Julian hatte sie verstanden. Er schüttelte entsetzt den Kopf. Sonja hielt seinem Blick stand.

»Ich möchte sie Anna nennen.«

Julian schluckte. Er konnte nicht über seine Gefühle sprechen, ohne dass er sich dem Wachmann preisgegeben hätte. So schüttelte er noch einmal energisch den Kopf. Sonjas Blick blieb fest. Er gab nach.

»Meine Mutter hieß Maria.« Es kam nur ein Krächzen, so groß war seine innere Not.

»Anna-Maria«, schlug Sonja erleichtert vor.

Sonja erlebte die gesamte Schwangerschaft ohne Julian. Sie arbeitete weiter unter Sebastians Schutz im Rundfunk und organisierte stillschweigend ihre Emigration in die USA. Alma und Undine schickten eine Bürgschaft. Friedrich besorgte über einen Stammgast aus der britischen Botschaft einen Pass für Julian. Nach anderthalb Jahrzehnten würde Sonja nun doch die Reise nach San Francisco antreten, gemeinsam mit dem Mann, den sie liebte und der einmal einer der Gründe gewesen war, warum sie das Adlon nicht hatte verlassen wollen. Welche Ironie des Schicksals!

Im September 1933 wurde Anna-Maria geboren. Sonja hatte keinen Augenblick daran gezweifelt, dass sie eine Tochter bekommen würde. Als ihr die Hebamme das Neugeborene in den Arm legte, schaute das Kind seine Mutter an, als wollte es den Menschen ergründen, der ihm der Nächste war. In diesen Minuten innigen Zusammenseins versprach Sonja ihrer Tochter die Treue.

Friedrich war ein stolzer und glücklicher Großvater. Rena und er boten Sonja an, sich um die Kleine zu kümmern, damit Sonja wenige Wochen nach Anna-Marias Geburt wieder ins Funkhaus zurückkehren und ihre Arbeit fortsetzen konnte. Bei einem ihrer Besuche im Konzentrationslager hatte Julian Sonja aufgefordert, ihren Platz im Rundfunk nicht aufzugeben. Dort könne sie die Hörer an eine bessere Welt erinnern.

Seid umschlungen Millionen. Diesen Kuss der ganzen Welt. Sonja und Katharina saßen Schulter an Schulter im Konzerthaus am Gendarmenmarkt und erlebten gemeinsam Beethovens Neunte.

In der Pause hatten sie mit Sekt auf das neue Jahr und ihre Gesundheit angestoßen und darauf, dass sie sich gefunden hatten. Katharina schaute in die strahlenden Augen ihrer Großmutter und wünschte sehnlichst, ihre Mutter davon zu überzeugen, sich mit Sonja zu versöhnen.

»Wenn die ganze Geschichte aufgeschrieben ist, Katharina, werden wir sie deiner Mutter geben«, hatte Sonja gesagt, als habe sie die Gedanken ihrer Enkelin erraten.

Ja, wer auch nur eine Seele sein nennt auf dem Erdenrund! Und wer's nie gekonnt, der stehle weinend sich aus diesem Bund!, sang der Chor den Schiller-Text.

Nach der Vorstellung stieg Sonja vor dem Schauspielhaus in ein Taxi, um sich nach Hause fahren zu lassen. Katharina schaute ihnen nach, bis der Wagen in die Friedrichstraße abgebogen war, dann stopfte sie die Hände in die Taschen ihrer Jacke und ging die paar Straßen zum Restaurant, wo ihre Mutter mit Freunden und Kollegen feierte. Katharina blieb am Fenster stehen und sah hinein. Anna-Maria, ein Rotweinglas in der Hand, stand zwischen anderen Silvestergästen in angeregtem Gespräch. Die Mutter schien Katharinas Blick zu spüren und blickte sich suchend um. Bevor sie ihre Tochter hinter der Scheibe entdecken konnte, trat Katharina zur Seite. Sie würde nicht hineingehen.

Katharina lief weiter und geriet Unter den Linden in die große Silvesterparty. Sie ließ sich zwischen den fröhlichen und angetrunkenen Menschen treiben, bis ihr jemand an die Schulter griff. Sie drehte sich um und erkannte Matthias Seifert, ihren Bauleiter.

»Dachte mir, ich schaue mal nach unserem Bau. Hatte keine Vorstellung, was hier für eine Bambule ist«, sagte er.

»Mir geht es genauso«, gestand Katharina und spürte, dass sie sich entspannte. »Jetzt fällt mir ein, dass meine Chefs von einer Sicherheitsfirma für heute gesprochen haben.«

»Die Männer sind auf ihrer Position und nüchtern«, beruhigte Seifert sie. »Alles paletti. Wir können feiern.« Er schob sie zu einem Stand mit Getränken und kaufte eine Flasche Rotkäppchen-Sekt. »Das war in der DDR das Prickelwasser Nummer eins für alle Anlässe«, erläuterte er gut gelaunt und goss für sie beide die

Plastikbecher voll. »Also dann auf ein neues!« Sie tranken vergnügt. »Was wünschst du dir, Katharina?«

Katharina überlegte, ob sie Seifert von ihrer Familiengeschichte erzählen sollte, doch dann ließ sie es.

»Keine Ahnung! Und du?«

Seifert wurde ernster. »Dass ich meinen Sohn regelmäßig bei mir haben kann.« Und so erfuhr Katharina von Seiferts Scheidung, die gerade hinter ihm lag, und vom Sohn, den ihm seine Frau vorenthielt. Er sollte zahlen, aber sehen durfte er ihn nur selten. »Damit werde ich dir jetzt nicht die Laune verderben, Katharina. Gleich ist das alte Jahr vorbei. Freuen wir uns aufs kommende.«

Unter dem Feuerwerk über dem Brandenburger Tor tranken sie die Flasche leer und dachten jeder für sich an eine heile Familie.

Am Neujahrsmorgen, einem Sonntag, rief Katharina Alexander an und sprach ihren Neujahrswunsch für ihn auf die Mailbox.

»Vielleicht sehen wir uns ja doch mal wieder. Ich würde mich jedenfalls freuen. Mach's gut!«, schloss sie.

Kaum hatte sie aufgelegt, klingelte ihr Handy. Es war Anna-Maria.

»Ich habe dich gestern vermisst.«

Katharina spürte keinerlei Vorwurf, das verwunderte sie.

»Tut mir leid, ich bin mit meinem Bauleiter am Brandenburger Tor hängen geblieben«, fasste sie ihren Abend zusammen.

»Ich habe morgen noch einen Termin bei Gericht. Dann fliege ich zurück«, sagte die Mutter, fragte aber nicht, ob sie sich sehen wollten. Vielleicht wollte sie Katharina nicht bedrängen. Vielleicht wollte sie keine Zurückweisung. Sie tauschten noch ein paar Sätze zum nasskalten Neujahrswetter und darüber, dass sie sich vom Feiern und vom Alkohol etwas angeschlagen fühlten. Dann legten sie auf.

Ich sollte mich mit ihr treffen, dachte Katharina mit Blick auf ihr Handy und überlegte, ob sie gleich noch einmal wählen sollte. Aber sie tat es nicht.

Anna-Maria war überrascht, als Katharina am nächsten Tag vor dem Gerichtssaal auf sie wartete.

»Ich wollte dich einfach noch mal sehen, bevor du wieder zurückfährst.«

»Schade, hätte ich das gewusst, wäre ich erst morgen früh geflogen. Jetzt kann ich meinen Flug nicht mehr umbuchen.«

»Ich bringe dich zum Flughafen«, schlug Katharina vor.

Sie fuhren durch den Berufsverkehr zum Flughafen Tempelhof.

»Ich möchte dich zu meinem Geburtstag einladen«, sagte Katharina spontan.

»Du willst feiern?«

»… ja … mit Sonja und dir.«

Anna-Maria schwieg.

»Zum Geburtstag kann man sich doch was wünschen, oder?« Der Verkehr kam plötzlich ins Stocken. Katharina musste scharf bremsen.

»Ich bin überrascht, Katharina. Du bist doch ein denkender Mensch und glaubst die Geschichten einer alten Frau, die sich rechtfertigen will, für das, was in Deutschland passiert ist?«

»Sie rechtfertigt sich nicht.«

»Die Deutschen haben sich eine schöne Sprachregelung geschaffen: Machtergreifung der Nationalsozialisten, als wenn es sie im Schlaf überrascht hätte.«

Anna-Marias Stimme klang scharf. Sie fühlte sich verraten und wollte verletzen, weil sich ihre Tochter der Frau annäherte, zu der sie selbst den Kontakt abgebrochen hatte.

»Versuch doch wenigstens, sie kennenzulernen.«

»Ich kenne sie.«

Katharina schaute ihre Mutter irritiert an.

»Ich habe fast zehn Jahre in der DDR gelebt, und da haben wir schon so etwas Ähnliches wie ein familiäres Verhältnis gepflegt.«

»Davon hast du mir nie was erzählt.« Katharina war perplex.

»Das war vor deiner Zeit. Als ich in Frankfurt angekommen bin, habe ich einen harten Schnitt mit meiner Vergangenheit gemacht und nur noch für die Zukunft gelebt. Und dann bist du auf die Welt gekommen, Katharina.«

»Und warum lässt du mich dann allein mit ihr? Warum sprechen wir uns nicht gemeinsam aus?«

»Der Mensch muss sich entscheiden für sein Leben oder für eine Familie, die ihm wie ein Klotz am Bein hängt. Ich werde mich nicht verstricken.«

Sie kamen vor dem Flughafengebäude an, einem monströsen Bau aus den Zwanzigerjahren. Katharina fuhr in eine Parklücke.

Anna-Maria stieg aus dem Wagen. »Sonja hätte die Chance gehabt, mit Julian Zimmermann und ihrer kleinen Tochter Deutschland zu verlassen. Aber sie hat es vorgezogen, in Nazideutschland zu bleiben.«

Katharina holte das Gepäck ihrer Mutter aus dem Kofferraum.

»Was ist denn damals passiert, dass sie euch im Stich gelassen hat?«

»Ich war ein dreijähriges Mädchen. Ich kann mich beim besten Willen nicht erinnern.«

»Du willst dich nicht erinnern.«

»Ja, vielleicht auch das … vielleicht hat es einfach zu sehr wehgetan.« Anna-Maria legte ihrer Tochter die Hand auf die Schulter. »Warum kannst du nicht respektieren, Katharina, dass ich keinen Kontakt zu ihr haben möchte?«

»Sie ist meine Großmutter.«

Anna-Maria nickte. Sie wirkte niedergeschlagen.

Katharina war es auch. Sie verabschiedeten sich. Katharina blieb noch stehen, bis ihre Mutter im Flughafengebäude verschwunden war.

38. Kapitel

Zu den Olympischen Sommerspielen, im Sommer 1936, war das Adlon seit Langem wieder ausgebucht. An der Rezeption standen die Telefone nicht still. Die meisten Anfragen nach einem Zimmer, einem Appartement, einer Suite mussten abschlägig beschieden werden. Inzwischen baten die Sportbegeisterten sogar darum, im Zimmer eines Bekannten in der Badewanne übernachten zu dürfen. Es gab keine frische Bettwäsche mehr, weil das Kommen und Gehen die Kapazitäten der Wäscherei sprengte. Louis' neue rechte Hand, Georg Behlert, hatte Verbindung zur nahe gelegenen Charité aufgenommen. Dort war man sofort bereit, mit frischer Wäsche auszuhelfen.

»Wenn es sein muss, sollen unsere Gäste in den Badewannen ihrer Freunde übernachten«, gab Louis Friedrich die Erlaubnis.

»Sehr wohl, Herr Adlon.« Friedrich schob einen Pagen ins Blickfeld des Patrons. »Raphael möchte sich verabschieden.«

»Ich brauche ein Zeugnis, Herr Adlon. Meine Eltern warten in Brasilien auf mich«, sagte der junge Mann befangen, weil er ausgerechnet in dieser turbulenten Zeit seine Heimat und das Hotel, dem er sich verpflichtet fühlte, verlassen wollte. Er wäre gern geblieben. Doch seine Eltern drängten.

Louis nahm einen Bogen Briefpapier.

»Raphael ist dein Name?«

»Raphael Grünberg.«

Louis schrieb, wie zufrieden er mit seinem Angestellten gewesen war, und empfahl ihn für einen künftigen Arbeitgeber.

Raphael stand abwartend vor dem Schreibtisch des Patrons. Am liebsten wäre er geblieben. Brasilien? Er konnte nicht einmal die Sprache.

Louis faltete das Blatt zusammen und verstaute es in einem Briefumschlag. Dann griff er in eine Schublade und fügte dem Umschlag ein paar Geldscheine bei.

»Geh deinen Weg, mein Junge. Viel Glück!«

»Danke, Herr Adlon«, sagte Raphael mit einem Kloß im Hals und verließ gemeinsam mit Friedrich das Büro.

Louis schaute ihnen nach. Vielleicht ging der junge Grünberg voreilig. Die neue Regierung konnte sich doch nicht auf Dauer derart unanständig benehmen. Vernunft und demokratische Verhältnisse mussten sich wieder durchsetzen.

An diesem Tag lauteten die Schlagzeilen, die der Zeitungsjunge vor dem Adlon ausrief: *»Amerikanische Sportler kommen nun doch nach Berlin! Über einhunderttausend Gäste erwartet! Deutsche Sportler in Topform!«*

Sonja kam aus dem Funkhaus. Sie freute sich auf den Abend mit ihrem Töchterchen und nahm sich vor, nach Olympia weniger zu arbeiten. Sie wollte mehr Zeit mit ihrem Kind verbringen. Die stundenlangen Redaktionsbesprechungen, die ständigen Änderungen an ihren Texten, um politisch nicht ins Kreuzfeuer zu geraten, fraßen ihre Zeit und ihre Kraft. Noch immer hatte Julian keinen Prozess bekommen, und sie hofften von Woche zu Woche, dass er freikam und sie endlich das Land verlassen konnten.

Auf dem Pariser Platz sah Sonja, dass das Adlon am Vormittag mit den Fahnen aller an den Olympischen Spielen beteiligten Länder geschmückt worden war, natürlich auch mit Hakenkreuzfahnen. Hedda und Louis widersetzten sich den Anordnungen der neuen Machthaber nicht. Sie schwammen mit dem Strom. Sonja dachte darüber nach, wann Kompromisse noch vertretbar waren und wann man seine Seele verkaufte. Sie selbst hatte gerade Stunden im Funkhaus bei einer Redaktionssitzung zugebracht, wo sie über die Anordnungen des Propagandaministers Joseph Goebbels zur Olympia-Berichterstattung belehrt worden waren. Vor der internationalen Öffentlichkeit sollte sich Deutschland als ein modernes, prosperierendes Land darstellen, in dem seit der Machtübernahme durch die NSDAP die Arbeitslosigkeit drastisch gesunken war und die Kriminalitätsrate gegen null ging. Das stimmte sogar. Aber welchen Preis an Terror und Schrecken mussten sie dafür bezahlen? Die Medien waren gleichgeschaltet. Es durfte nichts geschrieben oder gesagt werden, was der NSDAP nicht passte. Die Bücher großer deutscher Dichter der Vergangenheit sowie einst gefeierter Schriftsteller der Gegenwart waren öffentlich verbrannt worden. Auch Julians Buch gehörte dazu.

Plötzlich kam ein Mann auf Sonja zu. Sie wollte ausweichen. Da erkannte sie Julian. Ihr Herz raste, als sie ihm entgegenlief.

»Warum hast du denn nicht Bescheid gesagt? Wir hätten dich doch abgeholt.«

Sie hatte diesen Augenblick so sehr herbeigesehnt, und nun war alles fremd.

»Es ist die reine Willkür. Du kriegst Befehl, dich in der Kleiderkammer einzufinden, deine Sachen in Empfang zu nehmen und den Entlassungsschein. Dann stehst du auf der Straße«, sagte Julian bitter. »Stell dir nur vor, wenn einer seine Wohnung kündigen musste, weil sie während der Haft nicht zu bezahlen war, und er nun seine Freunde oder Verwandten nicht belästigen oder in Gefahr bringen will. Wohin geht der?«

Er war endlich frei, aber ein Teil von ihm war noch im Lager. Sonja griff seine Hand.

»Du hast ein Zuhause, und gleich wirst du deine Tochter kennenlernen.«

Sie liefen zum Adlon. Unbemerkt von Friedrich und dem Personal gelang es ihnen, durch die übervolle Halle in Sonjas Appartement zu kommen. Sie konnten jetzt keine Fragen und Willkommenswünsche gebrauchen. Sonja wollte Julian ein paar Augenblicke ganz für sich allein, die Fremdheit überwinden, die drei Jahre Konzentrationslager bewirkt hatten. Doch Julian wich ihr aus. Der Luxus im Appartement stand im krassen Widerspruch zu der Welt, aus der er gerade kam. Er wehrte Sonjas Suche nach Nähe ab. Er wollte das Erlebte mit sich allein ausmachen. Sonja wusste, dass sie ihm nur helfen konnte, wenn sie ruhig und tolerant blieb. Dennoch traf es sie.

Sie bereitete ihm ein Bad, ließ Wasser in die Wanne und gab Badesalz dazu. Ach, sie hätte jeden Wohlgeruch der Welt herbeigeholt, wenn er nur das Leid, das ihr Liebster erfahren hatte, von ihnen genommen hätte.

Während Julian badete, rief Sonja Friedrich an der Rezeption an.

»Sonja, schön, dass du dich gleich meldest, hast du das Telegramm gefunden?«

»Nein.« Sonja schaute sich um und entdeckte es auf der Anrichte.

»Deine Mutter wird bei der Olympiade als Fotografin arbeiten. Ich habe mich schon um ein Zimmer für sie bemüht. Es sieht schlecht aus. Wir müssten vielleicht eine Aufbettung in deinem Appartement vornehmen.«

»Julian ist wieder da.«

Freudiges, erschrockenes Schweigen am anderen Ende der Leitung. »Braucht ihr etwas? Soll ich etwas zu essen ordern?«

»Anna-Maria. Vielleicht könnte sie bald kommen?«

»Selbstverständlich. Ich gebe Rena sofort Bescheid, dass sie sich auf den Weg macht.«

»Etwas zu essen für Julian ist bestimmt gut.«

»Wird sofort erledigt.« Friedrich legte auf.

Sonja öffnete das Telegramm. Überrascht las sie, dass die Mutter schon bald eintreffen werde. Ein unverhofftes Wiedersehen. Sonja musste sich setzen. Das alles war zu viel für einen Tag. Im Badezimmer rauschte das Wasser.

Nicht einmal eine Stunde später – Julian hatte etwas von der Suppe und den Vorspeisen gegessen, die Friedrich für den Heimkehrer zusammengestellt hatte – klopfte es an der Tür. Rena und Friedrich brachten die Tochter. Als die zweieinhalbjährige Anna-Maria den fremden Mann sah, begann sie zu weinen. Julian war so abgemagert, dass ihm seine alten Sachen nicht mehr passten. Die Dusche und die Rasur hatten ihm keine Frische gebracht, im Gegenteil, das Grau seiner Haut, das stumpfe Haar überdeckten seine einstmals so attraktive Erscheinung. Anna-Maria wollte nicht zu dem Fremden. Sonja behielt das Kind auf dem Schoß. So konnte es seinen Vater aus sicherer Entfernung betrachten.

Unter dem aufmerksamen Blick seiner Tochter begann sich Julians Erstarrung zu lösen. Und genauso wie Sonja in den ersten Stunden und Tagen nach der Geburt von einer Welle unendlichen Glücks überflutet worden war, so umspülte dieses Gefühl nun auch Julian. Vorsichtig schob er seine Hand zu Anna-Maria, und sie legte ihre viel kleinere darauf. Sonja beobachtete, wie sich Vater und Tochter ohne Worte bekannt machten.

Als Sonja Anna-Maria zu Bett gebracht hatte – das Kind bewohnte das ehemalige Zimmer von Galla –, war Julian bereits eingeschlafen. Er hatte es gerade noch geschafft, die Schuhe auszuziehen. Sonja setzte sich zu ihm und suchte nach ihren Gefühlen, die sie die Jahre der Einsamkeit hatten überstehen und die Hoffnung nie aufgeben lassen.

Am 1. August vormittags erreichte die Olympische Fackel die Berliner Innenstadt. Fast zeitgleich kam Alma durch die Drehtür ins Hotel. Sie trug Hosen und einen weiten Mantel, genauso wie Undine damals bei ihrer Ankunft mit der Entourage von Edison. Friedrich ging ihr entgegen. Ein Wiedersehen nach fünfzehn Jahren. Auch Hedda unterbrach ihren eiligen Gang durch die Halle.

»Alma, herzlich willkommen! Ich habe schon gehört, dass Sie als Fotografin arbeiten werden.«

»Die meisten meiner Kollegen wollten nicht nach Deutschland reisen, da war es leicht, eine Akkreditierung zu bekommen. Niemand in *America* hat geglaubt, dass unsere Sportler den Boykott aufheben.« Sie sprach inzwischen mit leicht amerikanischem Akzent.

»Lassen Sie uns Zeit finden für einen Drink. Auch wenn ich nicht weiß, wo mir gerade der Kopf steht.« Hedda eilte weiter, und Alma wandte sich wieder Friedrich zu. »Es hat sich so viel verändert. Ich hätte Berlin gar nicht mehr wiedererkannt.«

»Sonja ist noch im Funkhaus. Sie lässt dich grüßen. Sie kommt so schnell wie möglich. Ich habe ein kleines Zimmer an der Wilhelmstraße für dich organisieren können.«

Friedrich winkte dem Pagen mit dem Gepäckwagen.

Eine Gruppe von SS-Männern trat ins Adlon.

»Das IOC übergibt bei uns die Olympiafahne«, erklärte Friedrich Alma den Auflauf. »Entschuldige mich bitte, ich muss mich kümmern.«

Draußen vor der Tür gingen Blitzlichter. Gefolgt von einem Tross von Reportern kam Deutschlands berühmtester Boxer.

... Herr Schmeling! ... Herr Schmeling, nur ein paar Worte! Bitte hierher ... in die Kamera!

Schmeling ergab sich gern dem Blitzlichtgewitter.

»Glaub'n Se bloß nicht alles, was Ihnen so aufgetischt wird. Deutschland ist ein fabelhaftes Land mit wunderschöner Natur und fabelhaften Menschen – so wie ick! Nich' wah'?«

Er lachte vergnügt und folgte den SS-Männern in den Beethovensalon, wo gleich das Festessen des Internationalen Olympischen Komitees beginnen sollte.

Die olympische Hymne war im Auftrag der deutschen Regierung von Richard Strauss komponiert worden und würde unter seinem Dirigat vor dem Propagandaminister Joseph Goebbels, wichtigen Vertretern der Wirtschaft, den besten Sportlern und deutschen Schauspielgrößen wie Emil Jannings, Pola Negri, Gustaf Gründgens, Conrad Veidt, Marianne Hoppe in wenigen Minuten seine Uraufführung erleben.

Alma war schon auf dem Weg zum Fahrstuhl, als ihr plötzlich ein SS-Mann in den Weg trat.

»Alma Schadt, wenn ich nicht irre.« Siegfried von Tennen betrachtete sie eingehend. »Ja, die Olympischen Sommerspiele sind wie ein Magnet … auch für Gesockse, das wir in Deutschland nicht mehr haben wollen.«

Er trat so dicht an Alma heran, dass sein Atem sie streifte.

»Die deutsche Frau wird in meinem Land geehrt. Huren und Lesben bringen wir ins KZ.«

Bevor ihre Begegnung irgendein Aufsehen erregen konnte, ließ Siegfried sie einfach stehen und ging weiter in den Beethovensalon zur Festveranstaltung. Alma war schockiert.

Friedrich, der mit den Reportern beschäftigt gewesen war, hatte die Begegnung zu spät bemerkt. Er kam eilig zurück.

»Ist was passiert?«

Alma zitterte am ganzen Körper. »Was ist denn in diesem Land los … was ist denn hier bloß los?«

Unter dem Jubel von hunderttausend Sportbegeisterten erklärte Adolf Hitler im neu erbauten Olympiastadion:

»Ich verkünde die Spiele von Berlin, zur Feier der 11. Olympiade neuer Zeitrechnung, für eröffnet.«

Drei Jahre später würde das Deutsche Heer in Polen einmarschieren und den Zweiten Weltkrieg beginnen.

»So kleine Händchen. Ja, sieh mal. Ich bin deine Grandma.«

Alma beugte sich zu ihrer Enkelin. Die Kleine betrachtete ihre Großmutter neugierig. Für das Mädchen war die Familie in den letzten Tagen gewaltig gewachsen.

Ein Kellner deckte in Sonjas Appartement zum Abendessen. Bald saßen die drei Erwachsenen, Anna-Maria abwechselnd auf dem Schoß, um den Tisch. Nichts mehr erinnerte an die Distanz zur Mutter damals nach dem Tod der Großeltern, als Sonja sich so barsch und ablehnend ihr gegenüber verhalten hatte. Almas und Sonjas Beziehung war in diesen Tagen auf eine schöne Art selbstverständlich.

Eigenartig, dachte Sonja, während sie über sechzig Jahre später die Erinnerungen in ihre Maschine tippte. Damals war von Ottilies Gift nichts mehr zu spüren. Wie hatte es dann in der nächsten Generation wieder so tödlich sein können? *Die Frauen in unserer Familie taugen nichts.* Sonja musste ihrer Geschichte folgen. Irgendwo lag die Antwort.

»Mich interessiert die Stimmung in Amerika«, wollte Julian von Alma wissen. »Wie sieht man dort die Verfolgung des jüdischen Volkes?«

»Wir sind empört … aber was hier wirklich los ist, davon haben wir keine Ahnung«, gestand Alma.

Julian setzte seine Gedanken fort: »Hitler wird seinen Hass auf ganz Europa ausdehnen, vielleicht auf die ganze Welt. Warum schreitet die Öffentlichkeit nicht ein?«

Doch Alma war nicht nach einer politischen Diskussion zumute. Sie war in diesem Land nur noch zu Gast. Ihr ging es um das Wohl der Tochter und der Enkelin.

»Ihr müsst aus Deutschland raus, so schnell wie möglich«, drängte sie.

Julian zündete sich eine Zigarette an.

»Wir haben uns noch nicht entschieden«, sagte Sonja.

Alma schaute sie überrascht an. »Ich dachte, dass die Pässe und die Visa längst vorbereitet sind.«

»Friedrich hat Julians Pass über die britische Botschaft besorgt. Er weist ihn als britischen Staatsbürger aus. Aber Julian sieht seine Aufgabe hier«, fügte Sonja mit sehr gemischten Gefühlen hinzu. Sie hatten das in den letzten beiden Tagen immer wieder diskutiert.

»Wir müssen endlich den Widerstand organisieren«, erklärte Julian verhalten, aber energisch. »Die Deutschen zum Handeln zwingen.«

»Ihr müsst vor allem an euer Kind und an eure Sicherheit denken«, widersprach Alma. Sie verstand nicht, wie es überhaupt ein Zögern geben konnte.

Später, als Anna-Maria schlief und Alma in ihr Zimmer gegangen war, sprachen sich Sonja und Julian aus.

»Ich bin Deutscher, Sonja. Das ist meine Sprache, in der ich denke und schreibe. Wie soll ich in Amerika unsere Familie unterhalten?«

»Wir tun es gemeinsam. Zuerst werden uns Alma und Undine unter die Arme greifen. Vielleicht arbeiten wir auch als Fotografen oder … wir machen eine Pension auf.«

Sonja wollte die Stimmung aufheitern. Dabei erschien ihr die Zukunft genauso unsicher und nebulös wie Julian.

»In Deutschland darf ich dich nicht einmal heiraten, um dich zu schützen, Julian, und unsere Tochter gilt als Halbjüdin.«

Die Nürnberger Rassengesetze verboten seit 1935 die Legitimation ihrer Beziehung in einer Ehe. Anna-Maria galt nach diesen Gesetzen als Halbjüdin. Für die kleine Familie gab es in Deutschland keine Zukunft.

Julian suchte nach Orientierung und wollte Kontakt zu seinen ehemaligen linken Journalisten- und Schriftstellerkollegen aufnehmen. Vergeblich. Diejenigen, die nicht längst außer Landes gegangen waren, saßen im KZ oder im Gefängnis oder waren totgeschlagen worden, und wenn nichts von alldem zutraf, dann waren sie in die innere Emigration gegangen. Letzten Endes musste Julian nachgeben und Sonjas Plänen zustimmen.

Ein Page stapelte Almas Gepäck. Sie hatte in diesen Tagen nicht ein einziges Mal die Fotokamera in die Hand genommen. Ihr war die Lust vergangen, Fotos in die Staaten zu schicken, die fröhliche Spiele und glückliche Menschen zeigten. Wären nicht das Wiedersehen mit Sonja und Friedrich und das Kennenlernen ihrer Enkelin und ihres Schwiegersohnes gewesen, hätte sie die Reise vollkommen umsonst angetreten. Doch so konnte sie wenigstens darauf drängen, dass Sonja mit ihrer Familie das Land verließ.

Das Taxi, das Alma zum Bahnhof bringen sollte, fuhr vor. Sonja – Anna-Maria auf dem Arm – und Julian brachten sie hinaus. Friedrich öffnete die Tür des Wagens.

»Nun sag schön ›Good bye‹ zur Grandma. Bald sehen wir uns wieder.«

»Good bye, Grandma«, sagte die Kleine, wie sie es in den letzten Stunden Dutzende Male von Sonja vorgesprochen bekommen hatte.

»Ich finde, wir brauchen jetzt ein Foto«, schlug Sonja vor.

»Natürlich, dass ich selbst nicht darauf gekommen bin.« Alma holte ihren Apparat aus einer Tasche, richtete ihn ein und erklärte einem Pagen, wie man den Auslöser betätigte. Dann nahmen Alma und Friedrich Sonja in ihre Mitte. Julian hielt Anna-Maria auf dem Arm.

»Und nun – Foto bitte«, befahl Alma mit Regiestimme.

Der Page ließ den Auslöser klicken. Ein historisches Bild. Die ganze Familie war vereint, und Sonja stand zum ersten und letzten Mal im Leben zwischen ihren Eltern.

»Machen Sie noch eines. Zur Sicherheit«, wies Alma den Pagen an. Der Auslöser klickte ein zweites Mal. Der Page übergab Alma den Apparat. Sie umarmte Sonja und küsste Anna-Maria auf beide Wangen.

»Wenn ihr endlich da seid, ich werde euch verwöhnen. Das schwöre ich bei Gott.«

Dann drückte sie Julians und Friedrichs Hand und stieg in den Wagen.

»Auf Wiedersehen, Mutter.« Sonja winkte und griff dabei die Hand ihrer kleinen Tochter. So winkten sie beide.

Alma schaute zurück. Da standen sie alle unter dem blauen Baldachin des Adlon.

Nur wenige Tage später trafen sich die Adlons mit Julian und Sonja zu einem letzten Glas Champagner. Sie hatten sich, um jedes Aufsehen zu vermeiden, im Büro verabredet.

»Morgen wird alles so sein wie immer«, erklärte Sonja ihren Plan. »Ich gehe sogar ins Funkhaus. Und danach verschwinden wir einfach von der Bildfläche.«

»Sie haben sich richtig entschieden.« Louis reichte ihnen die Gläser. Sie stießen an. Sonja musste an jenen Abschied vor fünfzehn Jahren denken, als Louis' Kinder nach Amerika geschickt worden waren. Aus heutiger Sicht eine weise Entscheidung, denn so hatten sie sich dort eine Existenz aufbauen können. Damals waren sie alle voller Optimismus gewesen und glaubten in eine Zukunft zu blicken, deren Protagonisten sie selbst sein würden. Doch nun bestimmten andere. Das galt für Hedda und Louis genauso wie für Sonja und Julian.

»Sie könnten doch auch gehen. Für das Adlon einen Treuhänder einsetzen«, schlug Sonja vorsichtig vor.

»Sobald wir Deutschland verlassen, enteignen sie uns als Vaterlandsverräter«, entgegnete Louis mit einer Schärfe, die Sonja an ihm nicht kannte.

»Die Aschinger AG hat uns ein Angebot gemacht, das Adlon zu kaufen«, sagte Hedda mit ruhiger Stimme.

»Aber nur zum halben Preis«, ergänzte Louis. »Damit ist entschieden, dass wir bleiben.« Er hob sein Glas. »Es hat doch auch was Gutes. Sie wissen, dass Sie im Adlon immer ein Zuhause haben.«

39. Kapitel

Julian verstaute die letzten Sachen in ihrem Reisegepäck. Anna-Maria saß auf dem Bett und schaute mit ihrem Großvater ein Bilderbuch an. Friedrich wusste sehr gut, dass die drei gehen mussten, und dennoch zerriss es ihm das Herz. Er verlor seine Tochter und seine Enkelin. Wieder ein Abschied, und es war ungewiss, ob und wann sie sich jemals wiedersehen würden.

»Ich werde Sie vermissen, Friedrich.« Julian stellte die Tasche auf den Gepäckwagen. »Vielleicht kommen Sie uns besuchen? Natürlich müssen Sie kommen«, sagte er mit Nachdruck. »Sie kriegen so schnell wie möglich Post von uns.«

Es klopfte. Ein blutjunger Page kam mit einer Nachricht.

»Sie werden im Vestibül erwartet, Herr Zimmermann.«

Julian nahm den Zettel vom Tablett.

»Ein Kollege von mir. Ich dachte, dass der längst außer Landes ist. Ich bin gleich wieder da.« Er verließ eiligen Schrittes das Appartement.

In der Halle trat ein anderer Page auf ihn zu.

»Der Herr wartet draußen, Herr Zimmermann.«

Obwohl Julian mit jeder Faser seines Körpers spürte, dass etwas faul war, ging er dennoch durch die Drehtür. Als er sich suchend ein paar Schritte vom Adlon entfernt hatte, traten zwei Männer in

Ledermänteln auf ihn zu und stießen ihn unsanft in einen Wagen. Der Page, der Julian eben noch die Nachricht überbracht hatte, stürzte aus dem Hotel.

»Aber das habe ich nicht gewusst!«

Oben im Zimmer bekam Friedrich die Nachricht, dass Julian verhaftet worden war.

Während Julian durch die Gänge des Gestapo-Hauptquartiers in der Prinz-Albrecht-Straße geführt wurde, machte Sonja eine Tonprobe. Dies war ihre letzte Sendung. Sie würde direkt vom Funkhaus zum Bahnhof gehen, wo Julian und Anna-Maria sie im Zug nach Aachen erwarteten. Von dort würden sie nach Ostende fahren, sich nach England einschiffen und zwei Tage später in die USA weiterreisen, um endlich ein neues Leben, ihr Leben, zu beginnen.

Die beiden Gestapo-Männer, die Julian vor dem Adlon überwältigt hatten, drückten ihn unsanft auf einen Hocker und stellten sich hinter ihn, bereit, jederzeit zuzuschlagen. Die Tür ging auf. Siegfried von Tennen betrat den Raum. Die Stunde seiner Rache war gekommen.

Julian hatte keine Ahnung von der alten Geschichte zwischen Sonjas Mutter und Siegfried. Er wusste nichts von dem Faustschlag, den Friedrich dem jungen Offizier in aller Öffentlichkeit verpasst hatte. Julian hatte Siegfried nur einmal flüchtig gesehen in jener Nacht, als Galla ermordet worden war. Er kannte seinen Namen, weil sie damals eine Anzeige gemacht und Julian die Verstrickung der SA mit der Berliner Polizei recherchiert hatte.

Vergeblich versuchte Friedrich Sonja im Funkhaus zu erreichen.

»Frau Schadt ist auf Sendung«, sagte die Sekretärin ins Telefon. »Aber ich werde ihr Bescheid geben.« Als sie auflegte, schaute sie ängstlich zu dem Mann im Ledermantel, der sich vor ihrem Schreibtisch aufgebaut hatte. Sebastian diskutierte mit einem zweiten Mann.

»Ich kann doch nicht Pausenmusik spielen. Lassen Sie Frau Schadt im Studio«, beschwor er den Gestapo-Mann.

Siegfried von Tennen hielt Julians britischen Pass in der Hand.

»Sie wissen, dass Sie das Land nicht verlassen dürfen, und wollen es trotzdem tun?« Er genoss seine Überlegenheit. »Mit gefälschtem Pass.«

Julian schwieg. Die beiden Schergen hatten den Pass bei der Durchsuchung seiner Kleider gefunden. Was für ein Fehler, dass er ihn überhaupt schon bei sich getragen hatte, dachte Julian. Wenn er diese Situation lebend überstand, würde er zurück ins Konzentrationslager gebracht werden. Wer nur, wer konnte ihre Absichten, außer Landes zu gehen, verraten haben?

Ein Faustschlag traf Julian ins Gesicht.

Sebastian hatte die beiden Gestapo-Männer überzeugen können, Sonja bis zum Schluss auf Sendung zu lassen. Und ohne eine Ahnung von der im Gang befindlichen Katastrophe zu haben, kündigte sie die Premiere des neuen Films mit Heinz Rühmann an.

»Im Reich der Feen befällt der Geist Lumpazivagabundus die Söhne und provoziert einen Streit zwischen der Hüterin des Glücks, Fortuna, und der Liebesfee Amorosa. Viel Spaß also im Kino und ein schönes Wochenende, liebe Hörerinnen und Hörer«, beendete Sonja ihre Sendung und setzte hinzu: »Ich sage nun Lebewohl.«

Der Tontechniker zog die Regler hoch. Musik begann: *Ein Freund, ein guter Freund,* sang Heinz Rühmann das Titellied aus dem Film *Die drei von der Tankstelle.*

Sonja packte ihr Manuskript zusammen, winkte wie stets, wenn sie Feierabend machte, in die Regie, schaute sich ein letztes Mal in dem Raum, in dem sie so viel Zeit verbracht hatte, um und verließ das Studio. Draußen wurde sie verhaftet. Sebastian eilte aus seinem Büro und erklärte nervös, dass sie nichts zu befürchten habe, es könne sich nur um ein Missverständnis handeln. Er werde sich kümmern.

Auch Sonja wurde in die Prinz-Albrecht-Straße gebracht. Die beiden Gestapo-Männer führten sie an dem Verhörraum vorbei, in dem Julian zusammengeschlagen wurde.

Siegfried von Tennen erwartete sie in seinem Büro.

»Sonja Schadt. Was für eine Freude, Sie wiederzusehen.« Er bot ihr mit charmanter Geste den Besucherstuhl vor seinem Schreibtisch an. »Sie wollen Deutschland verlassen?«

Sonja räusperte sich. Sie hatte keine Ahnung, was passiert war, und hoffte inständig, dass Julian in Sicherheit wäre.

»Sie wollen Ihre Hörer im Stich lassen? Unser Vertrauen missbrauchen?«, fuhr Siegfried fort, als handle es sich um eine alltägliche Konversation.

Sonja schwieg.

Siegfrieds Tonfall nahm an Schärfe zu. »Woher haben Sie die gefälschten Papiere für Ihren Freund?« Er legte ihr Julians Pass vor. Sonja starrte auf das Foto und auf den Namen. Sie hatten sich für Thomas Woolf entschieden.

»Wo ist er? Wo ist mein Mann?«

»Ihr Mann?«, höhnte Siegfried. »Dafür haben unsere Gesetze gesorgt, dass der Jude nicht dein Mann sein kann. Oder ist mir da was entgangen? Wo sind die gefälschten Papiere her? Wer ist dein Mittelsmann? Du hast es selbst in der Hand, ob du den Juden und deine Tochter wiedersiehst.« Siegfrieds Stimme hob an, als stünde er auf der Bühne des Preußischen Staatstheaters. »Sprich, Schadt. Wer hat dir die gefälschten Papiere besorgt?«

Es klopfte. Ein Gestapo-Mann kam und flüsterte Siegfried etwas zu. Für einen flüchtigen Moment sah Sonja Sebastian im Nebenzimmer. Siegfried verließ das Büro, der Mann blieb zu ihrer Bewachung. Der Minutenzeiger der Wanduhr rückte unbarmherzig vorwärts. Sonja dachte daran, dass der Zug in weniger als einer Stunde den Bahnhof verlassen würde. Noch konnten sie es schaffen.

Siegfried von Tennen kam zurück. Er wirkte aufgebracht und befahl seinem Schergen mit einer ungeduldigen Handbewegung, das Büro zu verlassen. Dann legte er Sonja ein Blatt Papier auf den Tisch.

»Schreib!«

Sie starrte auf das Blatt. Die Hand, mit der sie nach dem Bleistift griff, zitterte.

»Geliebter Julian … so sagst du doch zu deinem Juden?«

Sonjas Hand bewegte sich nicht.

»Wo ist mein Mann?«

»Schreib!«

Julian blutete aus Mund und Nase. Der Scherge, der ihn zusammengeschlagen hatte, warf ihm einen Lappen vor die Füße. »Wisch dir das Gesicht ab.«

Julian wurde in einen Wagen der Gestapo geschoben, in dem bereits Friedrich mit Anna-Maria saß. Man hatte die beiden unter dem Vorwand aus dem Hotel geholt, dass Sonja auf das Kind warte.

»Wo ist Sonja?«, fragte Friedrich leise. Julian hatte keine Ahnung. Anna-Maria schaute ängstlich in das blutverkrustete Gesicht ihres Vaters. Da sahen sie Sonja, die mit Sebastian in einen zweiten Wagen der Gestapo stieg. Die beiden Fahrzeuge setzten sich in Bewegung und fuhren aneinander vorbei. Sonja sah Julian, Friedrich und ihr Kind. Sie hämmerte gegen die Scheibe. Doch der andere Wagen entfernte sich in die entgegengesetzte Richtung.

»Wo fahren sie hin?«, schrie Sonja Sebastian an.

»Du hast mein Vertrauen missbraucht, Sonja. Und ich habe dir gerade das Leben gerettet.«

Flankiert von den Gestapo-Männern erreichten Julian und Friedrich, der Anna-Maria auf dem Arm trug, den Bahnsteig. Dort stand der Zug nach Aachen zur Abfahrt bereit.

»Sollten Sie auf die Idee kommen, unterwegs auszusteigen, werden Sie verhaftet«, sagte einer der Gestapo-Männer und gab Friedrich einen Wink, die Kleine dem Vater zu übergeben. Friedrich wollte protestieren, erklären, dass das Kind zu seiner Mutter gehörte. Doch der Gestapo-Mann entriss ihm Anna-Maria und drückte sie Julian in den Arm.

Ein Junge kam angerannt und fragte atemlos: »Sind Sie Herr Zimmermann?«

Julian nickte irritiert.

»Ich soll Ihnen das hier geben.« Der Junge hielt ihm einen Umschlag entgegen. Kaum hatte Julian ihn genommen, rannte er auch schon wieder weg.

»Ich kann Deutschland nicht verlassen«, las Julian. »Man bietet mir hier alles, was ich brauche. Ich weiß, dass das für Dich anders ist. Leb wohl … viel Glück für Dich und das Kind.«

Es war unverkennbar Sonjas Handschrift. Der Schaffner pfiff. Sie mussten unter der Aufsicht der Gestapo-Männer einsteigen. Anna-Maria begann zu weinen und streckte ihre Arme nach Friedrich aus, der auf dem Bahnsteig zurückgeblieben war. Der Schaffner warf die Türen zu. Langsam setzte sich der Zug in Bewegung. Durch die Scheibe des davonrollenden Waggons sah Friedrich das schmerzverzerrte Gesicht seiner Enkelin und wie Julian versuchte, sie zu trösten.

Die alte Sonja unterbrach ihre Niederschrift. Niemals würde sie vergessen, wie bestürzt ihr Vater gewesen war, als sie sich kurze Zeit später im Adlon trafen.

»Julian hat kein Geld dabei, nichts anzuziehen, weder für sich noch für Anna-Maria.«

»Ich werde in Ostende den Portier des Hotels informieren, das als erste Etappe eurer Reise vorgebucht ist«, schlug Friedrich vor. »Wenn Julian dort ankommt, überweisen wir telegrafisch Geld.«

»Ich kann doch hier nicht warten«, sagte Sonja und wusste gleichzeitig, dass sie nicht reisen konnte. Siegfried hatte ihr den Pass mit dem amerikanischen Visum abgenommen. Es würde Tage, wenn nicht Wochen dauern, bis sie wieder in Besitz von gültigen Papieren war.

Julian und Anna-Maria kamen nie im Hotel in Ostende an und auch auf keiner anderen Station der gemeinsam geplanten Reiseroute. Sonja und Friedrich warteten vergeblich auf ein Lebenszeichen. In regelmäßigen Abständen nahmen sie Kontakt mit Alma auf. Doch auch die blieb ohne Nachricht.

40. Kapitel

»Wir versuchten uns Mut zu machen. Schließlich wussten wir doch, dass Tausende auf der Flucht waren, dass die Wege den aktuellen Möglichkeiten angepasst werden mussten und dass die Flüchtenden oftmals tage- oder wochenlang auf eine Weiterreise warteten. Doch tief in meinem Herzen kannte ich die Wahrheit. Julian vertraute mir nicht mehr. Der Brief, den mich Siegfried von Tennen hatte schreiben lassen, hatte sein Gift entfaltet. Ich blieb im Adlon, an dem Ort, an dem mich Julian immer finden konnte«, fasste Sonja die Situation von damals zusammen. »Friedrich hat mich in den Monaten nach der Katastrophe wie eine Kranke aufgepäppelt und über meine Gesundheit gewacht. Er hat nicht zugelassen, dass ich mich aufgab.«

Es war Katharinas Geburtstag. Ihre Großmutter war zu Gast. Eine Kerze brannte. Der Tisch war mit Kaffee und Kuchen gedeckt.

Am Vormittag hatte Anna-Maria angerufen und gratuliert. Katharina hatte nicht gewagt zu fragen, ob die Mutter am Nachmittag kommen würde. Kurze Zeit später brachte ein Bote einen Blumenstrauß. Sonja war pünktlich um drei Uhr erschienen. Sie hatte ihrer Enkelin einen kleinen Topf mit Alpenveilchen überreicht.

»Lach jetzt bitte nicht über mich. In der DDR waren das zu dieser Jahreszeit mehr oder weniger die einzigen Blumen, die es zu kaufen gab. Ich dachte mir, wenn wir schon so viel über alte Zeiten sprechen, dann sind Alpenveilchen genau das Richtige.«

Dazu übergab Sonja ihrer Enkelin ein Geschenk und verlangte, dass sie es sofort auspackte. Es war die Bleistiftzeichnung eines jungen Mädchens, gefasst in einen schlichten Holzrahmen. Sonja und Katharina betrachteten den feinen Strich, mit dem der Künstler das Mädchen charakterisiert hatte. Eine Skizze von höchster Sensibilität.

Katharina erinnerte sich an Sonjas Besuch in Sebastians Dachkammer.

»Kannst du verstehen, dass ich das Bild trotz allem aufbewahrt habe?«, fragte die Großmutter.

»Es ist ein Bild von dir. Ein schönes Geschenk. Danke!« Katharina stellte es vor die Bücher in ihrem Regal, aufhängen würde sie es später.

»Was ist aus Sebastian geworden?«, erkundigte sie sich.

»Er kam, einige Tage nachdem Julian und Anna-Maria das Land verlassen hatten, und wollte mich überzeugen, meine Arbeit im Rundfunk wieder aufzunehmen. Doch ich wollte nur eines, raus aus Deutschland, so schnell wie möglich. Ich habe nie wieder einen Fuß ins Funkhaus gesetzt, und so haben wir uns für viele Jahre aus den Augen verloren, bis er eines Tages wieder vor mir stand.«

Es klingelte. Katharina lief zur Tür. Sonja hörte eine Männerstimme und war enttäuscht. Auch sie hatte auf Anna-Maria gehofft.

Augenblicke später kam Katharina mit Alexander ins Zimmer und machte die beiden miteinander bekannt.

»Ich hoffe, dass ich nicht störe, wenn ich hier einfach so reinplatze«, entschuldigte sich Alexander. »Ich wollte die Blumen eigentlich bei den Nachbarn abgeben. Habe gar nicht damit gerechnet, dass Katharina zu Hause ist.«

»Du kommst perfekt. Es ist sogar schon für dich gedeckt.«

Katharina zeigte auf den Platz, der eigentlich für ihre Mutter vorgesehen gewesen war, und goss ihm Kaffee ein.

»Wie weit seid ihr denn inzwischen mit dem Adlon?«, erkundigte er sich.

»Die Denkmalbehörde schließt ihre Arbeit gerade ab. Sie haben nichts Nennenswertes gefunden«, berichtete Katharina. »Wir beginnen also mit dem Fundament. Und wenn alles nach Plan läuft, gibt es Anfang des Sommers das Richtfest.«

»So bald?« Sonja war überrascht.

»Der Rohbau ist die Phase, in der man schnell was sieht. Fassade, Fenster, Innenausbau, das kostet Zeit und Nerven.«

Das Gespräch ging hin und her, streifte auch Alexanders Arbeit in der Kinderkardiologie. Er hatte inzwischen seine Dissertation abgegeben und wartete auf den Verteidigungstermin.

Sonja gefielen seine Ernsthaftigkeit und sein Charme, und sie wünschte ihrer Enkelin, dass doch noch etwas aus der Beziehung wurde. Etwas allerdings irritierte Sonja an dem jungen Mann. Aber sie konnte nicht sagen, was es war.

Als die Kerzen heruntergebrannt waren, legte Sonja einen Umschlag mit dem nächsten Kapitel auf den Tisch und verabschiedete sich.

»Ich wünsche euch beiden einen schönen Abend.«

»Ich fahre dich nach Hause«, bot Katharina ihrer Großmutter an. Doch die bestand darauf, sich ein Taxi zu nehmen. Katharina und Alexander begleiteten die alte Dame hinunter und halfen ihr in den Wagen. Als sich Sonja noch einmal umwandte, wusste sie plötzlich, an wen Alexander sie erinnerte. Was für ein merkwürdiger Zufall!

Katharina und Alexander räumten das Kaffeegeschirr in die Küche. Sie taten alles so selbstverständlich, als hätte es den Bruch zwischen ihnen nie gegeben. Sie öffneten eine Flasche Rotwein, legten sich aufs Sofa, und Katherina begann vorzulesen.

41. Kapitel

»Als wir eingezogen sind, hätten wir uns nicht träumen lassen, dass wir mal im Adlon gefangen sein könnten, was, Sonja?«

Die Patronin kam wie jeden Abend auf ihrem letzten Rundgang vor dem Zubettgehen an der Rezeption vorbei. Dort hatte Sonja, seit es ihr besser ging, die Nachtdienste übernommen. Nach der Trennung von Mann und Kind schlief Sonja schlecht. Wenn sie sich zur Ruhe legte, erfassten sie Panik und Entsetzen. Schreckgespenster tanzten vor ihren geschlossenen Lidern. Was konnte den beiden passiert sein? Sie musste wach bleiben.

Sonja schob Hedda das Anmeldebuch zu. Mit einem routinierten Blick umfasste die Patronin An- und Abreisen für den nächsten Tag. Dann nickte sie Sonja zu.

»Gute Nacht!«

»Schlafen Sie gut!« Sonja schaute Hedda nach, wie sie die Freitreppe hinaufschritt.

Am Vormittag hatten Louis und Hedda die Wilhelmstraße 70a an die Reichsregierung verkaufen müssen.

Hedda schüttelte sich, als sie daran dachte, wie sich der Beamte nach der Unterzeichnung zu Louis gebeugt hatte.

»Ein gut gemeinter Rat, Herr Adlon, inoffiziell versteht sich. Der internationalistische Geist in Ihrem Haus. Seien Sie nicht so großzügig. Es muss heute nicht mehr jeder in der Hauptstadt logieren. Deutschland kann sich seine Gäste aussuchen.«

»Die Devise meines Vaters war stets: Das Adlon wird von seinen Gästen erwählt. Und daran halte ich mich«, hatte Louis kühl erwidert.

»Sie haben Fürsprecher, Herr Adlon … Männer, die sich Berlin nicht ohne Ihr Haus vorstellen können. Aber so etwas kann sich schnell ändern.«

Der Beamte hatte die Urkunde umständlich in seiner Aktenmappe verstaut und war mit einem »Heil Hitler!« gegangen.

»Drohungen! Sie können nichts als drohen«, murmelte Hedda, während sie zu ihrer Suite hinaufging. Nach dem Besuch des Beamten hatten Louis und sie beschlossen, mit der Renovierung der Gästezimmer in der Beletage zu beginnen. Sie würden sich von dem Regime nicht zermürben lassen!

Anfang des Jahres 1939 meldete sich Margarete plötzlich bei Sonja. Am Telefon teilte sie ihr mit, dass ihr Sohn nicht länger bei der Pflegefamilie bleiben konnte. Der Vater sei schwer erkrankt und die Mutter dankbar über jeden Esser weniger.

»Aber wir zahlen doch für Unterkunft und Logis?«, sagte Sonja verwundert. Sie unterstützte Margarete trotz deren Ehe mit Böhm immer noch finanziell.

»Ja, schon«, erwiderte Margarete. »Aber es reicht wohl nicht. Und Johannes is' ja nu' och schon vierzehn. Könntest du bei den Adlons ein jutes Wort für ihn einlegen? Es wäre schön, wenn er bei euch unterkommt. Wirste das für mich tun, Sonja?«

Natürlich würde sie das tun, zumal gutes Personal gesucht wurde.

»Und Friedrich? – Du musst ihm …«

Margarete ließ Sonja gar nicht ausreden. »Sprichst du mit ihm? Ick möchte bei der janzen Sache jar nicht groß in Erscheinung treten.« Dann legte sie auf und hatte, ganz wie es ihre Art war, die Verantwortung abgeschoben.

An einem von Friedrichs freien Abenden fuhr Sonja nach Moabit. Zu dritt aßen sie zu Abend. Als der Tisch abgeräumt war und der Mokka in kleinen Tässchen mit Goldrand vor ihnen stand, rückte Sonja mit der Sprache raus. Sie wusste zu gut, dass es eigentlich nicht an ihr war, Margaretes Geschichte zu erzählen. Doch sie war darin verstrickt, insofern kam es darauf nun auch nicht mehr an.

Friedrich schwieg betroffen, nachdem er von Margaretes Schwangerschaft und den Umständen damals erfahren hatte. Rena legte ihre Hand auf die seine und stand dann auf, um Vater und Tochter allein zu lassen.

»Meine Schwester hat doch selbst erlebt, wie viel Leid es bringt, wenn man sein Kind nicht anerkennt«, fand Friedrich endlich die Sprache wieder. »Und dich lässt sie die Kohlen aus dem Feuer holen?«

Sonja hob die Schultern. »Ich habe damals schließlich mitgemacht und all die Jahre für Johannes' Unterbringung bezahlt.«

»Na, wenigstens ist damit jetzt Schluss«, sagte Friedrich. »Natürlich wird mir der Patron nicht abschlagen, dass mein Neffe im Hotel eine Ausbildung macht.«

»Es tut mir so leid, Vater! Es war Margaretes Entscheidung.«

»Wenn einmal der Wurm in einer Familie ist, dann nagt er immer weiter.«

»Womöglich gibt es gar kein perfektes Leben, sondern der Mensch hangelt sich von Entscheidung zu Entscheidung.«

»Meine schlaue Tochter.« Friedrich war plötzlich richtig glücklich. »Na, das ist ja mal ein Ding! Einen vierzehnjährigen Jungen also!« Er rief nach Rena. »Schade, dass uns Margarete nicht eingeweiht hat. Wir hätten ihr Kind aufgezogen, was?«

Rena nickte. Trotz aller Hoffnung hatten die beiden keine eigenen Kinder bekommen.

Aber auch ein Vierzehnjähriger brauchte elterlicher Zuwendung und Erziehung, vor allem wenn er seiner Wurzeln beraubt war und ihm der Boden unter den Füßen weggezogen wurde. Friedrich entschied, dass Johannes bei ihnen in Moabit wohnen sollte. So konnten sie nachholen, was Margaretes Entscheidung verhindert hatte – eine Familie sein.

In einem Wagen des Hotels holte Friedrich seinen Neffen von der Pflegefamilie ab. Auf der Fahrt von Spandau ins Adlon klärte er Johannes über die familiären Zusammenhänge auf und eröffnete ihm die Zukunftspläne.

»Eigentlich wollte ich viel lieber Schreiner lernen«, sagte Johannes. »Im Hotel arbeiten, das ist doch kein Handwerk. Was soll man damit schon auf Dauer anfangen!«

Anders als sein Vater, der untersetzte quirlige Arno, war Johannes groß und für sein Alter ernst.

»Du wirst deine Lehre nicht in irgendeinem Haus machen, Johannes, sondern in einem der besten Hotels der Welt.«

»Ein Handwerk wäre mir trotzdem lieber gewesen.«

»Nun, wenn es dir gar nicht gefällt, dann werden wir darüber reden.«

Den Rest der Fahrt schwiegen sie, jeder mit seinen Gedanken beschäftigt. Friedrich dachte daran, dass er nur ein paar Jahre älter gewesen war, als er die Möglichkeit bekommen hatte, als Hilfskraft bei Lorenz Adlon in den Dienst zu treten. Es war ihm damals wie das Himmelreich auf Erden erschienen.

Johannes dachte an die Welt, die er verließ, an seine fünf Geschwister, älter und jünger als er, die ihm gute Vertraute waren. Er dachte an seine Pflegemutter, die beim Abschied geweint hatte, ihn aber beschwor, die Rückkehr zu seiner Familie als Chance zu sehen, die sie ihm nun, da der Vater so schwer krank war, nicht vorenthalten durfte.

»Du gehörst in eine andere Welt, Johannes. Dort hast du eine Zukunft und kannst viel aus deinem Leben machen.«

Johannes war sich da nicht so sicher, und wie er neben seinem Onkel auf dem Beifahrersitz des Mercedes-Benz saß, sehnte er sich nach der Einfachheit des Lebens, das er gerade zurückließ.

Sonja und Johannes mochten sich vom ersten Augenblick an. Vielleicht war es das ähnliche Schicksal, das sie verband, vielleicht auch die mütterliche Liebe, die Sonja ihrem viel jüngeren Cousin entgegenbrachte. Sie erzählte ihm von seinem leiblichen Vater, Arno, dem Saxofonisten, und er erfuhr Sonjas und Friedrichs Geschichte und auch die von Anna-Maria und Julian.

»Jedes Detail wird auf der Gästekarte vermerkt, Johannes«, erklärte Sonja. Sie standen Schulter an Schulter hinter dem Rezeptionstresen und schauten auf einen Schrank mit unzähligen Schubladen, in denen sich die alphabetisch geordneten Karteikarten befanden.

»Jeder noch so kleine Anhaltspunkt ist für unsere Arbeit wichtig, verstehst du?«

»Aber wieso vermerkt man, dass der Gast Kakao trinkt? Nächstes Mal will er vielleicht lieber Kaffee.«

»Die Frage des Etagenkellners lautet stets: ›Darf es wieder Kakao sein? Oder vielleicht etwas anderes?‹«

Johannes seufzte. Sonjas Finger zeigte auf eine andere Position der Karteikarte.

»Was trägst du in dieser Rubrik ein?«

»Rechnung?«, las Johannes unsicher vor. »Was der Gast bezahlen muss?«

»Ob wir ihm die Rechnung nach Hause schicken oder ob er sie in bar begleicht.«

Sonja sah Margarete durch die Drehtür kommen. Sie winkte ihrer Nichte und dem Sohn kokett zu und nahm dann in einer Nische Platz.

»Was will die denn hier?«, fragte Johannes, der seine Mutter bisher nur wenige Male und dann auch nur sehr kurz gesehen hatte.

»Ich habe sie um etwas gebeten, und ich kann sie nur hier treffen. Außerhalb des Hotels wäre es zu gefährlich«, erwiderte Sonja.

»Übernimm bitte kurz meinen Platz«, bat sie Johannes und ging zu Margarete.

»Gut siehste aus, Sonja, als wenn dir det Alter nichts anhaben kann.«

Margarete schaute neidisch auf Sonjas schlanke Figur. Sie selbst war fülliger geworden.

Sonja setzte sich und kam gleich zur Sache.

»Hast du was in Erfahrung bringen können?«

»Ick habe Männe, so gut es jing, ausjefragt. Natürlich ohne dass er Verdacht schöpft.«

Margarete brach ab, weil ihr der Kellner einen Sherry servierte. Erst als er außer Hörweite war, sprach sie weiter:

»In solchen Fällen wie Julian werden die Leute aus'm Land jebracht. Sie müssen zusehen, wie'se weiterkommen. Nach Deutschland kommen sie jedenfalls nicht mehr rinn. Offiziell jedenfalls. Man ist schließlich heilfroh, wenn man die Juden losjeworden ist.«

Sonja nickte.

»Aber wo se hin sein könnten?«, sprach Margarete weiter. »Männe meint, dass Amerika keene Juden mehr uffnimmt. Die sind da jenauso unerwünscht.« Margarete nippte an ihrem Sherry. »Dein Julian hätte sich in der Zwischenzeit wirklich mal melden können. Schließlich jibt es Telefone und Telegramme. Wer weeß det besser wie ick.« Margarete lachte. »Männer ... da nimmt sich deiner och nicht aus ... Männe ist so jut wie jar nicht mehr zu Hause. Tach und Nacht musser beim Führer sein. Ick weeß jar nicht, was die alles zu besprechen haben.«

Margarete schaute neugierig zur Rezeption »Und? Johannes, macht sich also jut?«

»Er ist Friedrichs ganzer Stolz«, erwiderte Sonja.

»Na, hoffentlich guckt sich mein Sohn nicht so vülle von seinem Onkel ab.«

In diesem Augenblick drehte sich Johannes zu ihnen um. Margarete winkte.

»Männe sagt, dass es bald Krieg geben wird. Dann ist mein Sohn hier jut uffjehoben. Bestimmt wird det Adlon als kriegswichtig einjestuft. Aber sprich bloß nicht drüber. Ist noch jeheime Verschlusssache.«

»Weiß dein Mann inzwischen …«

»Nein! Er hat keene Ahnung … mein Sohn ein Halbjude… der würde durchdrehen.« Margarete seufzte und bekam einen sehnsüchtigen Blick. »Ach, ick stell mir manchmal vor, dass mein Junge mal sein eigenes kleines Hotel führt, im Schwarzwald vielleicht oder in Potsdam an einem schönen See … und da lässt es sich seine Mutti denn jut jehn.«

Friedrich kam und sah erstaunt, dass Margarete mit Sonja zusammensaß.

»Johannes' Dienst geht bis acht Uhr. Du kannst am Dienstboteneingang auf ihn warten, falls er dich überhaupt sehen will«, sagte er statt eines Grußes.

»Du wirst immer schlimmer. Deine Tochter und ick, wir waren verabredet. Wenn Sonja nicht hier wäre, ick würde dir Johannes wieder wegnehmen.«

Friedrich verzog keine Miene und ging weiter.

Margarete trank einen letzten Schluck Sherry und stand auf.

»Gott, wie du es mit Friedrich aushältst.«

Sie umarmte Sonja zum Abschied. Dann fiel ihr etwas ein, sie holte ihre Geldbörse aus der Handtasche und reichte Sonja einen Geldschein.

»Grüße für Johannes von seiner Mutti.«

Margarete rauschte ab.

Am 1. September 1939 begann der Krieg. Wie schon 1914 leerte sich das Adlon schlagartig. Die Gäste aus den Ländern, denen Deutschland den Krieg erklärt hatte, zogen aus. Dafür bezog das Außenamt die komplette oberste Etage und richtete einen Sprachendienst ein, dessen Aufgabe es war, Feindsender abzuhören und als Nachrichten aufzubereiten, geheim oder offiziell, je nachdem. Die Bar wurde zur Informationsbörse für die Presse. Da saßen die Journalisten stundenlang, tranken, rauchten und warteten auf Neuigkeiten, bis sich eine Sprecherin des Außenamtes im wahrsten Sinne des Wortes herabließ, um sie mit Informationen zu versorgen.

Gleich mit Kriegsausbruch wurde das Adlon Internierungslager für Diplomaten aus den gegnerischen Ländern, die Deutschland nicht rechtzeitig hatten verlassen können. Sie mussten hinter verschlossenen Zimmertüren ausharren, bis man sich auf einen Austausch oder eine Auslieferung geeinigt hatte.

Ende April 1941 kam Graf von Schulenburg, deutscher Botschafter in der Sowjetunion, nach Berlin und bezog gemeinsam mit seiner Frau ein Appartement. Er ahnte, dass Hitler einen Angriff auf die Sowjetunion plante, und hatte dem Führer »aller Deutschen« ein Vieraugengespräch abgerungen, in dem er ihm klarmachen wollte, dass ein Krieg gegen die Sowjetunion nicht zu gewinnen wäre.

Als Schulenburg aus der Reichskanzlei wieder ins Adlon kam, stürzte sich die Presse auf ihn. Der deutsche Botschafter versicherte, dass sich Deutschland und die Sowjetunion nicht als Feinde gegenüberstünden.

»Der Nichtangriffspakt von 1939 ist für die Sowjets wie auch für Deutschland bindend. Ich habe persönlich mit dem Führer zu dieser Frage gesprochen. Der Führer beabsichtigt keinen Krieg gegen Russland.«

Am Abend bei einem privaten Abendessen mit den Schulenburgs erfuhren Hedda und Louis, dass Hitler sich in Wahrheit nicht für die Informationen aus Moskau interessiert hatte.

»Hitler hat den Nichtangriffspakt von seinem Außenminister Ribbentrop abschließen lassen. Daher bin ich mir nicht sicher, ob sich der Führer daran gebunden fühlt«, fasste von Schulenburg seine Besorgnis zusammen.

Der Diplomat sollte recht behalten. Am 21. Juni 1941 war Bewegung in den Fluren der obersten Etage. Schwärme von Sekretärinnen rückten an. Beamte trugen schwere Kisten in die Räume. Bewaffnete Soldaten bezogen vor den Türen Position, in denen das Außenamt arbeitete.

Sonja beobachtete von der Rezeption aus das Kommen und Gehen. Sie griff zum Telefonhörer und wählte die Nummer der Villa in Neu Fahrland.

»Ich weiß nicht, was hier los ist … es hat den Anschein, dass das Außenamt mobilmacht. Sie haben sich schon nach zusätzlichen Räumlichkeiten erkundigt.«

»Ich komme sofort.«

Louis legte auf und sah zu Hedda, die in den Türrahmen getreten war. Sie ahnten beide, was das zu bedeuten hatte.

Die meisten Journalisten blieben in dieser Nacht unten an der Bar. Weit nach Mitternacht kam eine Sekretärin von oben und meldete:

»Das deutsche Außenamt lädt Sie um fünf Uhr zu einer Sonderpressekonferenz ein.«

Am nächsten Morgen titelten die Zeitungen: *Kampf gegen den Bolschewismus beginnt. Hitler erteilt Befehl zum Angriff auf die Sowjetunion um 3.00 Uhr.*

Am Vormittag des gleichen Tages versuchte der Großmufti von Jerusalem – Hitlers arabischer Freund, der auf Kosten der deutschen Regierung im Adlon logierte – zu telefonieren. Doch der Apparat war tot. Wütend riss er die Tür seiner Suite auf und brüllte:

»Telefon kaputt … was los im Adlon … ich werde mich bei Herrn Hitler beschweren … sie mich abschneiden … Sie mich wohlmöglich schikanieren.«

Sonja kam eilig und versprach, dass man sich sofort um sein Anliegen kümmern werde. Auf dem Weg zur Telefonzentrale traf sie mit Louis Adlon zusammen. Schon von Weitem sahen sie die Telefonfräulein herumstehen. Einige drückten schnell ihre Zigaretten aus. Keine sagte ein Wort. In ihren Räumen verwanzten zwei Techniker die Schalttafeln.

»Darf ich erfahren, wer Sie dazu befugt hat«, fragte Louis scharf.

»Anweisung vom Oberkommando des Heeres.«

»Wer ist hier der Chef?«

Ein SS-Sturmbannführer kam aus der Tiefe des Raumes, wo er sich umgesehen hatte.

»Heil Hitler.«

Louis überging den Gruß. Er griff nach dem Schriftstück, das ihm der Mann reichte, und las verwundert:

»Zum Schutze der deutschen Verteidigungslinie … Ich frage mich, welche Verteidigungslinie mein Hotel darstellt?«

»In Ihrem Haus wimmelt es von Spionen aus der ganzen Welt.«

»Ich habe das Außenamt hier«, erwiderte Louis. »Wenn die sich bedroht fühlen würden, hätten sie längst Maßnahmen ergriffen.«

»Sesselfurzer! Die haben doch keine Ahnung von Sicherheit. Sie können froh sein, wenn wir Ihr Paradies nicht aushebeln.«

Louis und Sonja ließen sich nicht provozieren. Auf dem Weg zum Fahrstuhl verständigten sie sich.

»Wir werden unseren Gästen bei der Anmeldung empfehlen, ihren Telefonverkehr auf das Nötigste zu beschränken.«

Sonja ergänzte: »Wegen der Kosten.«

Louis nickte. »Und für die Nacht bieten wir ihnen zusätzlich die extraweichen und großen Kissen an.«

Die meisten Gäste verstanden die Botschaft und legten die Kissen, die ihnen bei der Ankunft aufs Wärmste empfohlen wurden, über die Telefone in ihren Zimmern.

Nur wenige Wochen nach dem Einmarsch der Wehrmacht in die Sowjetunion traten Louis und Hedda in die NSDAP ein. Sie wollten kein Misstrauen der Regierenden mehr und keine ständigen Kontrollen in ihrem Hotel. Es war ein Heulen mit den Wölfen.

42. Kapitel

Die Bombardements der Alliierten auf Berlin nahmen von Monat zu Monat zu. Am 23. November 1943 wurde das Hotel Kaiserhof getroffen und brannte ab. Dessen Stammgäste, die meisten davon überzeugte Nationalsozialisten, wechselten ins Adlon und bestimmten von nun an laut und rüde die Atmosphäre. Johannes, inzwischen achtzehnjährig und ein vorbildlicher Kellner, bediente die Runde, ohne mit einer Miene seine Verachtung zu zeigen.

Ein Offizier wurde auf ihn aufmerksam.

»Hej du, warum bist du nicht an der Front?«

»Trägt Tabletts, der Feigling!«, lallte ein anderer Offizier am Tisch.

Plötzlich stand Louis Adlon hinter Johannes.

»Es handelt sich bei diesem Haus um einen Wehrwirtschaftsbetrieb. Jeder Mann und jede Frau, die hier arbeiten, dienen Deutschland«, sagte er und winkte Johannes mit einer Handbewegung aus dem Restaurant.

Nur wenige Tage später kamen für Johannes und zwei Pagen die Einberufungsbefehle.

Sonja und Friedrich brachten die drei jungen Männer zum Anhalter Bahnhof. Dort hatten sich die Rekruten einzufinden. Die meisten von ihnen hatten vorzeitig die Schule beendet und hofften, beim Endsieg dabei zu sein und als ruhmreiche Helden nach Hause zurückzukehren. Die drei jungen Männer aus dem Adlon waren verhalten. Für sie war die Welt nicht an Berlins Grenzen zu Ende. Sie kannten die Gespräche der Journalisten an der Bar und wussten, dass die deutschen Truppen längst zurückgedrängt wurden und ein Sieg Deutschlands kaum noch möglich war.

Margarete hatte in letzter Minute ein Telegramm geschickt und Geld überwiesen. Sie könne leider nicht kommen, eine Grippe hielte sie im Bett fest. Aber sie wünsche ihrem Sohn, dass er heil und gesund bei Kriegsende zurückkehren möge. Wörtlich schrieb sie: »Du wirst nun ein Mann, und ich bin stolz auf dich.«

Johannes hatte kaum Notiz von dem Telegramm genommen und Sonja gebeten, das Geld für ihn aufzubewahren. Vielleicht hoffte er, dass es sich unter Sonjas Obhut neutralisieren und ihn später nicht mehr an die Herkunft erinnern würde?

Friedrich klopfte seinem Neffen auf die Schulter und riet ihm, was sein Vater ihm damals geraten hatte, als er einer Einberufung in den Ersten Weltkrieg nicht mehr ausweichen konnte.

»Niemals vorne, auch nicht hinten. Immer schön in der Mitte, Junge. Das kann dir beim Überleben helfen.«

»Stopp mal, bitte!«, unterbrach Alexander Katharinas Lektüre.

»Mein Vater hat eine Kellnerlehre gemacht, bevor er eingezogen wurde. Er hieß auch Johannes.«

Katharina ließ das Manuskript sinken.

»Hat er mal das Adlon erwähnt?«

Alexander schüttelte den Kopf. »Nein nie! Und Johannes' Nachname war ja wohl auch Loewe. Margarete war nicht verheiratet, als er auf die Welt kam«, sagte Alexander, sicher, dass sein Vater und der Johannes aus Sonjas Geschichte niemals ein und derselbe Mensch sein konnten.

»Sie hat später doch diesen Böhm geheiratet«, tastete sich Katharina vor. Die Möglichkeit, die sich gerade auftat, war aufregend und ungeheuerlich zugleich.

»Johannes Böhm. So heißt mein Vater.«

Sie schwiegen verwirrt.

Katharina fasste sich, stand auf und holte ein Blatt Papier von ihrem Schreibtisch. Dann setzte sie sich wieder neben Alexander und begann den Familienstammbaum aufzuzeichnen.

»Friedrich und Margarete sind Geschwister. Margarete ist die Tante von Sonja. Sonja und Johannes sind also Cousin und Cousine. Somit ist er der Großcousin von meiner Mutter Anna-Maria. Wenn dein Vater und Johannes ein und derselbe sind, dann könntest du mein Großgroßcousin sein.«

»Jetzt brauche ich einen Schnaps.«

Alexander ließ sich gegen die Lehne der Couch fallen. Katharina holte aus der Küche das einzig Hochprozentige, das sie im Haus hatte, eine Flasche Kirschlikör und zwei Gläser. Sie kippten das klebrige Gesöff und schüttelten sich. Dann reichte Katharina Alexander das Manuskript.

»Lies weiter. Bitte!«

Als die Offiziere kamen und Johannes und die zwei anderen jungen Männer antreten ließen, gingen Sonja und Friedrich zurück zu ihrem Wagen. Dabei sahen sie, wie SS-Männer mit Hunden unzählige ältere und alte Männer und Frauen mit gelbem Stern an Jacke oder Mantel zu einem Bahnsteig trieben. Dort wartete der reguläre Zug nach Prag, an dessen Ende zusätzliche Waggons der dritten Klasse angehängt worden waren. Die Menschen hatten mit ihren Ersparnisse einen Platz im Alterswohnsitz Theresienstadt gekauft. Dass es sich dabei um ein Getto handelte, das direkt mit den Verbrennungsöfen von Auschwitz verbunden war, wussten sie nicht.

Ab 1944 gab es kaum noch eine Nacht ohne Fliegeralarm. Gleichzeitig gingen immer mehr Deportationszüge der jüdischen Bevölkerung in die Konzentrations- und Vernichtungslager.

In einer dieser Bombennächte stand plötzlich eine Frau an der Rezeption und erbat sich ein Zimmer. Sie hatte ihr Gesicht unter einem breitkrempigen Hut verborgen. Dennoch erkannte Sonja Tamara und erinnerte sich an den Klang der Klarinette und ihre Eifersucht, als Julian und Tamara Hochzeit feierten. Sie schob Tamara ein Anmeldeformular über den Tresen.

»Wie lange wollen Sie bleiben, gnädige Frau?«

»Drei Nächte, vielleicht …«

Sonja wählte einen Zimmerschlüssel.

»Ich empfehle Ihnen ein Zimmer zum Hof hinaus. Dort ist es ruhiger.«

»Gern. Zum Hof hinaus.«

Sonja übergab einem Pagen den Zimmerschlüssel.

»Bring das Gepäck hinauf.«

Dann wandte sie sich wieder Tamara zu. »Darf ich Sie in den Luftschutzkeller begleiten?«

»Nein … nein, ich möchte lieber auf mein Zimmer.«

Doch Sonja nickte ihr beruhigend zu. »Kommen Sie, Tamara, unten ist es in jedem Fall sicherer.«

Der Weinkeller war zu einem gastlichen Luftschutzraum mit Perserteppichen und bequemem Mobiliar umgestaltet worden und den Gästen des Hotels vorbehalten. Während oben die Stadt in Schutt und Asche versank, trank man sich hier unten einen Rausch an, witzelte über die Situation und hüllte sich in den Rauch edler Zigarren.

Sonja nahm zwei Gläser Wein vom Tablett des Kellners und ging mit Tamara in eine ruhige Ecke.

»Zum Wohl.«

Tamara nippte nur.

»Kann ich Ihnen vielleicht helfen?«

»Machen Sie sich keine Gedanken um mich. Ich bin mit Freunden verabredet.« Tamara trank nun doch einen großen Schluck. »Ich habe gute Freunde.«

Von draußen waren immer heftiger werdende Einschläge zu hören. Die Wände zitterten. Putz rieselte. Die Menschen im Luftschutzkeller wurden nun doch ängstlich.

»Darf ich Sie etwas Privates fragen?«

Tamara wandte Sonja ihr Gesicht ganz zu.

»Haben Sie vielleicht etwas von Julian gehört?«

Tamara schüttelte überrascht den Kopf. »Ich dachte, dass er bei Ihnen ist. Sind Sie denn nicht ein Paar?«

»Wir haben uns verloren. Er ist irgendwo im Ausland.«

»Ach wirklich? … Sie haben sich also verloren«, wiederholte Tamara immer noch überrascht.

In diesem Augenblick tönten die Entwarnungssirenen. Ein allgemeines Stühlerücken begann.

»Gute Nacht.«

Tamara ging zwischen den anderen eilig die Treppe hinauf, ihr Gesicht unter der Hutkrempe verborgen.

Zwei Tage später trat Louis an den Rezeptionstresen und bat Sonja, mit ihm zu den Gästezimmern hinaufzugehen. Ein Zimmermädchen hatte Tamara gefunden und den Patron informiert. Sie lag elegant bekleidet auf dem Bett. Neben ihr standen ein leeres Tablettenröllchen und ein halb ausgetrunkenes Glas Wasser. Auf dem Sekretär lag ein Brief, der an Sonja adressiert war. Sonja faltete ihn auseinander und las:

»Liebe Sonja, Ihnen hier zu begegnen war wie die Erinnerung an ferne Tage, an denen es noch Frieden gab. Zumindest glaubten wir das. Ich musste mich entscheiden, in den Zug zu steigen, der mich in eine der Gaskammern bringen würde, oder ein paar letzte

Stunden an dem Ort zu verbringen, der in gewissem Sinne auch mein Schicksal war. Ich wage Sie zu bitten, dafür Sorge zu tragen, dass mein Leichnam im Familiengrab auf dem Jüdischen Friedhof in der Schönhauser Allee bestattet wird. Ich weiß, dass das in diesen Zeiten viel verlangt ist. Doch in Erinnerung an Julian und an einen letzten Abend, den wir gemeinsam verbrachten und der sich von größter Freiheit in größtes Unheil verwandelte – ich verlor das Vertrauen meines Mannes, und Sie verloren Ihre Freundin Galla –, hoffe ich, dass Sie meinen letzten Wunsch erfüllen. Bitte, behalten Sie mich in angenehmer Erinnerung. Tamara«

»Können Sie sich darum kümmern, Sonja, dass der Leichnam so diskret wie möglich unser Haus verlässt?«, fragte Louis.

»Selbstverständlich«, sagte Sonja.

Louis verließ das Zimmer. Sonja verhängte den Spiegel. Dann setzte sie sich ans Bett der Toten. Sie würde Tamaras letzten Willen erfüllen. Natürlich würde sie das.

43. Kapitel

Als die 2. Weißrussische Front immer näher auf Berlin zukam, riefen Hedda und Louis die Belegschaft zusammen.

»Wenn Sie auf dem Lande Familie haben oder sich anderweitig in Sicherheit bringen können, dann tun Sie das, bitte«, forderte der Patron seine Leute eindringlich auf. »Meine Frau und ich, wir ziehen uns jetzt nach Neu Fahrland zurück.«

Seit einigen Wochen waren das Vestibül und die Restaurants zum Lazarett umfunktioniert worden, und nur noch sehr wenige Gäste hielten sich im Hause auf. Die meisten davon waren verwundete Offiziere oder Nazis, die sich aus ihren Behörden abgesetzt hatten.

»Komm mit uns, Sonja«, sagte Hedda beim Abschied. »Im gewissen Sinne trage ich doch immer noch Verantwortung für dich.«

Doch Sonja konnte ihren Vater nicht zurücklassen. Auch Rena war inzwischen zu ihnen ins Adlon gezogen und lebte mit Friedrich in dessen Angestelltenzimmer. In diesen Tagen wollten Familien einander nicht verlieren.

Hedda seufzte.

»Es ist Leichtsinn, mitten in der Stadt zu bleiben.«

»Wir sehen uns nach dem Krieg wieder, Hedda!«

Die Adlons verabschiedeten sich mit einem Handschlag von jedem Mitarbeiter. Dann durchquerte das Paar die einstmals prächtige Eingangshalle, in der nun die Verwundeten lagen.

Viel zu junge Krankenschwestern, die meisten davon noch Schülerinnen, hasteten von einem zum anderen. Doch sie konnten kaum Hilfe leisten. Es fehlte an allem. Zwei Schülerinnen in weißem Kittel reichten den Verwundeten Rotwein zur Schmerzlinderung. Als sie die Adlons sahen, wollten sie eine Entschuldigung stammeln, weil sie sich einfach im Weinkeller bedient hatten. Doch der Patron winkte nur ab.

Beim Weitergehen hörte Hedda, wie ein schwer verletzter Soldat unter Schmerzen zu scherzen versuchte.

»Hab ick mir imma jewünscht ... ne Nacht im Adlon ... nen Mädchen im Arm ... ne jute Flasche Wein ... und dazu noch Musike.«

Ein anderer Soldat mit blutverklebtem Kopfverband trank sein Glas in einem Zug aus.

»Musik ... wir wollen Musik!«

In der Bar legte jemand den Tonarm auf das Grammophon. *Ich tanze mit dir in den Himmel hinein,* erklangen die Stimme von Willy Fritsch und Lilian Harvey, *in den siebenten Himmel der Liebe ... komm lass uns träumen bei leiser Musik, unser romantisches Märchen vom Glück ... die Erde versinkt und wir zwei sind allein. ... In den siebenten Himmel der Liebe,* fielen die Soldaten ein. Nur mit Mühe behielten Hedda und Louis die Contenance.

Die Drehtür führte nicht mehr direkt auf den Pariser Platz hinaus, sondern lag hinter einer Schutzwand aus Beton. Davor waren, bewacht durch einen SS-Mann, KZ-Häftlinge damit beschäftigt, nach Blindgängern des letzten Angriffs zu suchen.

»Veranlassen Sie, dass die Gefangenen etwas zu essen bekommen«, wandte sich Louis an Friedrich, als könne er damit das Leid der Geschundenen mildern.

»Selbstverständlich, Patron.«

Friedrich verabschiedete sich zuerst von Hedda und dann von Louis. Und genauso, wie er vor fast zweieinhalb Jahrzehnten – als er Lorenz Adlon zu dessen täglichem Spaziergang ans Brandenburger Tor verabschiedete – nicht gewusst hatte, dass der alte Herr in wenigen Stunden nicht mehr am Leben sein würde, so ahnte Friedrich auch diesmal nicht, dass dies das letzte Mal sein würde, dass er sich vor Louis Adlon verneigte. Friedrich schlug die Tür der Beifahrerseite zu und blickte ihnen nach, wie sie durch das Brandenburger Tor Richtung Heerstraße fuhren.

Im Büro ordnete der zum neuen Direktor ernannte Georg Behlert den Schreibtisch. Unter den verstreuten Papieren verbarg sich ein russisches Wörterbuch, das er nun ganz obenauf legte. Er wollte vorbereitet sein.

»Die Barrikaden werden Berlin retten«, versuchte Emil Jannings die Stimmung im Weinkeller des Adlon zu heben. »Und wissen Sie auch, wieso?« Der Schauspieler schaute in die illustre Runde und gab die Antwort gleich selbst. »Wenn die Russen unsere Barrikaden sehen, werden sie sich totlachen.«

Niemand stimmte in sein dröhnendes Gelächter ein. Jeder hoffte bei sich, beim Einmarsch der Russen mit heiler Haut davonzukommen. Jannings griff nach einer Flasche Châteauneuf-du-Pape aus dem Jahre 1925 und schenkte sich nach.

Aus dem Staatstheater war Gustaf Gründgens gekommen. Die Ufa-Schauspielerin Gisela Uhlen war da. Die beiden kannten sich von den Dreharbeiten zu *Der Tanz auf dem Vulkan* im Jahre 1938. Damals hatte niemand geahnt, dass nur sieben Jahre später Berlin in Schutt und Asche liegen würde.

Hitlers Leibarzt suchte in Adlons Weinkeller genauso Schutz wie Professor Sauerbruch und sein Ärzteteam aus der Charité. Herbert von Karajan und dessen Frau Anita saßen neben Wilhelm Furtwängler. Die beiden Maestros dirigierten alternierend in der Berliner Staatsoper, die nach einem der ersten schweren Bombenangriffe im April 1941 zerstört worden und auf Hitlers Betreiben in gerade einmal anderthalb Jahren wieder aufgebaut worden war. Jetzt führten sie einen Disput über die Interpretation von Mozarts *Don Giovanni*.

Draußen schlugen die Bomben ein.

»Nicht, als ob ich zweifelte«, begann Gustaf Gründgens aus Schillers *Die Räuber* den Moor zu deklamieren. »Sie werden mich zeitig genug finden, wenn die oberen Mächte es so wollen. Was soll ich, gleich einem Diebe, ein Leben länger verheimlichen, das mir schon lang im Rat der himmlische Wächter genommen ist?«

Sonja war im letzten Moment in den Schutzraum geeilt und stand nun etwas abseits und hoffte auf die Entwarnung.

Plötzlich sah sie hinter den Weinregalen, in einer Ecke, wo kaum noch Licht hinfiel, eine Gestalt hocken. Der Mann sah nicht so aus, als gehöre er zu den Privilegierten, die Zutritt zu diesem Kellerraum hatten. Als Sonja näher trat, erkannte sie Sebastian von Tennen. Er sah abgerissen aus, wie damals im Herbst 1923, als er sie vor dem Adlon angesprochen und um Hilfe gebeten hatte.

»Sebastian?« Sonja beugte sich zu ihm hinunter.

Er war inzwischen ein Mann von über vierzig Jahren. Sein Gesicht war hager und hart geworden. Nichts mehr erinnerte Sonja an den Jungen mit Akne, der sie als junger Maler und Gigolo umworben hatte.

»Du musst mir helfen. Ich brauche frische Sachen und einen Pass … einen britischen vielleicht oder einen holländischen … bitte, Sonja … die Russen dürfen mich nicht finden«, beschwor er sie.

»Wo soll ich jetzt einen Pass herbekommen? Die Botschaften arbeiten seit Kriegsbeginn nicht mehr, und die Journalisten haben die Stadt längst verlassen.«

»Sonja, ich habe euch damals das Leben gerettet.« Sebastians Tonfall verriet, dass er eine Gegenleistung forderte.

»Dein Bruder hat meine Familie zerstört. Und ich weiß nicht einmal, ob mein Mann und meine Tochter überhaupt noch am Leben sind.« Sonja war bemüht, ihre Stimme zu dämpfen.

Die Entwarnungssirenen heulten auf. Stühle wurden gerückt. Alle hatten es plötzlich eilig, aus dem Keller zu kommen.

Sebastian hielt Sonja fest.

»Mein Bruder hatte sich vorgenommen, euch beide ins Lager zu bringen und deine Tochter ins Kinderheim. Nur deshalb wurde Julian überhaupt aus dem KZ entlassen. Mir hast du zu verdanken, dass es so glimpflich ausgegangen ist.«

»Glimpflich?« Sonja entzog sich ihm. »Du kannst hier unten bleiben. Aber wie du dich in Sicherheit bringst … dafür musst du selbst sorgen.«

Sie folgte den anderen nach oben. Immer noch diskutierten Herbert von Karajan und Wilhelm Furtwängler.

»Die Musik spricht, nein, sie ruft doch geradezu die Sehnsucht nach Erlösung aus, Herr Furtwängler.«

»Ja, im Finale. Aber es geht doch um den Weg dahin, Herr von Karajan. Ein Dessert ist ohne die Gänge davor nur Zuckerguss!«

Das Mädchen aus der Telefonzentrale reichte Frau von Karajan ihren Pelzmantel, den sie während der Bombenangriffe in Obhut genommen hatte. Die Gattin des berühmten Dirigenten drückte ihr ein großzügiges Trinkgeld in die Hand.

»Gute Nacht, Frau von Karajan«, knickste die junge Telefonistin.

Vor dem Hotel waren die KZ-Häftlinge schon beim Aufräumen. Die Gäste gingen vorbei, ohne davon Notiz zu nehmen. Der Himmel über Berlin war blutrot von den Flammen. Die Maestros liefen Unter den Linden entlang, vorbei an den brennenden Trümmern und geradewegs auf ihre Staatsoper zu. Sie waren fest entschlossen, einander früher oder später zu beweisen, wessen Interpretationen die besseren wären.

Die Rote Armee war inzwischen bis in Berlins Innenstadt vorgestoßen und nahm Straßenzug für Straßenzug ein. Die Einschusslöcher des Maschinengewehrfeuers in den Fassaden der noch intakten Häuser würden Jahrzehnte überdauern und die späteren Generationen an diese letzten Tage des Krieges erinnern.

Am 30. April schob sich das Mädchen in der Telefonzentrale den Kopfhörer herunter und trat in das provisorische Lazarett.

»Unser Führer ist ruhmreich gefallen.« Sie hatte Tränen in den Augen.

»Hitler ist tot.« Sonja brachte die Nachricht mit einem Teller Suppe zu Sebastian, der, nur mit einem Unterhemd bekleidet, ein Messer über einer Kerze erhitzte.

»In wenigen Stunden werden die Russen hier sein.« Er reichte ihr das Messer und zeigte auf die Tätowierung unter der linken Achsel.

»Was ist das?« Sonja nahm ihm das Messer nicht ab.

»Eine Blutgruppen-Tätowierung. Du musst sie mir rausbrennen, Sonja.«

»Das kann ich nicht. Ich bin kein Arzt.«

»Dann hol mir einen von den Ärzten runter.«

»Oben sind nur noch Kinder.«

»Die Russen erschießen jeden, der bei der SS war. Willst du mein Leben auf dem Gewissen haben, Sonja?«

Von draußen waren Schüsse und Detonationen zu hören. Die Front hatte das Brandenburger Tor erreicht. Sebastian begann, die Tätowierung eigenhändig herauszubrennen. Sonja stellte eine Flasche Hochprozentigen zur Schmerzlinderung und zur Desinfektion auf den Tisch. Dann ging sie nach oben.

In den frühen Morgenstunden des 1. Mai stürmten Soldaten der Roten Armee das Adlon und räumten das Lazarett. Die deutschen Soldaten, die noch laufen konnten, mussten die Schwerverwundeten und Sterbenden hinaustragen und auf Lastwagen hieven … Chaos … Blut … Schüsse … Tote … *Dawei! … Faschist!*

Wenige Tage später hielt ein Wagen der Roten Armee vor der Villa der Adlons in Neu Fahrland. Ein Offizier sprang heraus und hämmerte mit der flachen Hand gegen die Tür. Seine Rotarmisten flankierten ihn mit entsicherten Gewehren. Das Dienstmädchen öffnete und stammelte beflissen:

»Keine Nazis. Keine Soldaten. Nix! Nix.«

Die Truppe um den sowjetischen Offizier schob sich ins Haus, die Waffen im Anschlag.

»Das Haus gehört Herrn und Frau Adlon. Er ist Generaldirektor vom Hotel Adlon«, redete das Dienstmädchen voller Angst weiter.

»Wo ist General?« Der Offizier hielt die Pistole auf sie gerichtet.

»Generaldirektor … verstehen Sie, Hotel Adlon in Berlin.«

Der Offizier verstand nicht. Sein Ton wurde drohend.

»Wo ist General?«

Louis Adlon trat aus dem Salon.

»Herr Adlon …«, wollte sich das Dienstmädchen erklären. Doch es war schon zu spät. Die Soldaten richteten ihre Waffen auf Louis. Hedda kam aus dem Salon gestürzt.

»Wir haben uns nichts zuschulden kommen lassen. Wir sind immer neutral gewesen.«

Der Offizier schenkte ihren Worten keinerlei Beachtung und führte Louis ab.

»Es wird sich aufklären, Hedda«, sagte Louis, so ruhig es ihm möglich war. Draußen wurde er auf einen Lastwagen gestoßen, der inzwischen mit anderen Gefangenen eingetroffen war.

»Falls ich länger wegbleiben muss, arbeite mit Sonja zusammen. Ich vertraue ihr mehr als Behlert«, rief Louis seiner Frau zu.

»Ich werde nichts ohne dich entscheiden, Louis.«

»Das Adlon braucht dich jetzt, Hedda.«

Die Wagen setzten sich in Bewegung. Hedda lief ihnen nach, bis sie Louis zwischen den anderen Gefangenen nicht mehr sehen konnte.

Zurück im Haus, befahl sie dem Dienstmädchen, Feuer im Kamin zu machen. Sie holte die beiden Parteiabzeichen und die Parteibücher aus dem Schrank und schmiss sie in die Flammen.

44. Kapitel

Die Schornsteine des Krematoriums von Sachsenhausen ragten in den Himmel. Es war jener Ort, an dem Julian nach dem Reichstagsbrand 1933 drei Jahre lang eingesperrt gewesen war. In den Jahren der Nazidiktatur war das KZ zu einem Vernichtungslager ausgebaut und seine Logistik stetig verfeinert worden. Seit der Befreiung Ende April nutzte es die Rote Armee als Gefangenenlager für Soldaten und Offiziere der deutschen Wehrmacht und für Kriegsverbrecher.

Louis Adlon wurde mit den anderen vom Wagen gestoßen und durch das Lagertor mit der Inschrift *Arbeit macht frei* getrieben, vorbei an Bergen von unbekleideten Leichen.

Ausgezehrte Männer – die meisten trugen immer noch die Häftlingskleidung – waren dabei, ihre toten Kameraden zu identifizieren und Protokolle anzufertigen. Louis musste sein Taschentuch gegen Mund und Nase drücken. Im Zellentrakt, den die SS für Folter und zermürbende Einzelhaft genutzt hatte, fiel die Stahltür hinter ihm zu.

Am Brandenburger Tor und an der Siegessäule herrschte Touristenstimmung. Die sowjetischen Offiziere besichtigten die Monumente, die den Krieg fast unbeschadet überstanden hatten, und fotografierten sich gegenseitig in Siegerposen. Auf dem Reichstag wehte die rote Fahne.

Vor dem Adlon hielten ein Geländewagen der Roten Armee mit fünf Offizieren und ein zweiter Wagen mit Rotarmisten. Einer der Offiziere kannte das Hotel aus den Erzählungen seines Großvaters, eines ehemaligen Leibwächters der Zarenfamilie. Der hatte Russlands Souverän und dessen Hofstaat 1913 zu den Hochzeitsfeierlichkeiten von Prinzessin Viktoria Luise, der Tochter des letzten deutschen Kaisers Wilhelm II., begleitet.

»*Adlon, gostiniza Adlon! Towarischi, sdejs schiel moi ded trizat let tomu nasad. Poidjom!*«, lud der Enkel des Leibwächters die Kameraden ein. Die Offiziere betraten das Adlon an der Brandmauer vorbei durch die Drehtür. Ihre Soldaten flankierten den Besuch mit Kalaschnikows. Drinnen schauten sie sich enttäuscht um. Vom Nobelhotel war wenig zu sehen.

Hoteldirektor Behlert kam eilig und verbeugte sich beflissen, um den Siegern deutlich zu machen, dass er ganz zu ihren Diensten stünde.

Der Enkel des Leibwächters drückte Behlert seine Pistole in den Rücken.

»*Dawai … Kuchnija … vino … dawai … essen …*«

Jetzt wollten sie bewirtet werden. Jetzt wollten sie es sich gut gehen lassen.

»Meine Herren … *towarischi, boschalista,* ich könnte Ihnen eine Suite anbieten … und dann sehe ich, was ich Ihnen an Speisen servieren kann … ich muss dazu Rücksprache mit der Küche halten … *kuchnija* …«, gelang es Behlert die ersten Brocken seiner gerade erworbenen Sprachkenntnisse zu nutzen.

»Nix suite!«, der sowjetische Soldat machte eine Geste für essen und trinken. Sie wollten selbst entscheiden, womit sie sich aus den Vorratskellern bedienten. Also führte Behlert den Trupp direkt in den Weinkeller. Dorthin, wo Lorenz Adlon den Kaiser bewirtet und

Louis sein erstes Rendezvous mit Hedda inszeniert hatte. Behlert hatte keine Ahnung, dass sich hinter einem der Regale Sebastian von Tennen versteckte.

Zur gleichen Zeit saß Louis Adlon im Lager Sachsenhausen vor einem Offizier der Roten Armee und versuchte den Vorwurf, er sei ein Nazi, von sich abzuwehren.

»Ich bin immer neutral gewesen.«

Ein junger Leutnant übersetzte das Verhör.

»In Ihrem Hotel hat Hitlers Außenministerium gearbeitet.« Louis nickte, was sollte er darauf sagen? Dass es ihm selbst nicht recht gewesen war? Dass er keinerlei Möglichkeit gehabt hatte, das zu unterbinden? Dass er, nachdem Hedda und er sich entschlossen hatten, in Deutschland zu bleiben, ungewollt zum Mitläufer des faschistischen Regimes wurde?

»Sie hatten Offiziere der SS und hochrangige Mitarbeiter der faschistischen deutschen Regierung bei sich zu Gast.«

Louis Adlon schaute auf den Boden zu seinen Füßen. Flecken von geronnenem Blut hatten sich in die Dielen gefressen. Bis vor wenigen Tagen noch war das Büro vom Lagerkommandanten der SS benutzt worden.

»Ich bin Hotelier. Mein Anliegen ist es, ein guter Gastgeber zu sein. Ich habe nichts mit Politik zu tun.« Der Leutnant übersetzte.

Louis schaute auf und blickte dem Offizier ins Gesicht. Verachtung schlug ihm entgegen.

»Sie können gehen.« Der Offizier verließ den Raum. Dessen Adjutant öffnete Louis die Tür. Draußen waren die ehemaligen Lagerinsassen beim Aufräumen. Louis ging an ihnen vorbei durch das Tor. Er folgte der Richtung, von der er annahm, dass sie ihn zu einem Bahnhof bringen würde. Links und rechts lagen die Äcker brach, von Panzerspuren zerfurcht. Louis dachte an seinen Vater und daran, wie der ihn nun wohl sehen würde – einen gebrochenen Hotelier, der sich nach einem verlorenen Krieg nach Hause schleppte.

»Wir sind nur die Bühnenbildner, Louis«, hörte er die Stimme des Alten. »Wir schaffen die Kulisse, in der unsere Gäste Geschichte schreiben.«

Louis strauchelte. Vor seinen Augen tanzten die Protagonisten des Welttheaters, das im Adlon stattgefunden hatte. Ihre Körper verschmolzen zu einem irren Reigen.

»Ich war doch nur ein Bühnenbildner«, stöhnte Louis. Sein Herz raste. Er stürzte zu Boden. Über ihm kreiste ein Schwarm Raben. Wie hatte Liebermann damals beim Tod seines Vaters gesagt? »Der Alte hat sich in einer besseren Welt einquartiert.«

In Neu Fahrland klingelte das Telefon. Hedda kam eilig. Draußen stritten Raben um ein Stück totes Fleisch.

Im Weinkeller des Adlon sangen die Offiziere der Roten Armee schwermütig ihre Lieder. Die wertvollsten Flaschen wurden entkorkt.

Plötzlich entdeckten die Soldaten, dass zwischen den Regalen ein Mensch kampiert hatte. Die Stimmung schlug um. Sie griffen nach den Waffen. Zitternd vor Todesangst verbarg sich Sebastian neben einer verschlossenen Eisentür. Er hatte keine Ahnung, dass der Schlüssel dazu direkt neben ihm zwischen zwei Mauersteinen lagerte.

»*Dawai* … Hände hoch … Faschist!«

»Ich bin ausgebombt. Nix Faschist!« Sebastian hob die Hände. Sein blutiger Ärmel wurde sichtbar. Einer der Soldaten zog ein Messer und schlitzte mit einem raschen Griff den Stoff auf. Die offene Wunde war genau an der Stelle, wo die SS ihre Männer gekennzeichnet hatte. Eine Gewehrsalve traf Sebastian.

»Faschist!«

Die Weinseligkeit war dahin. Die Offiziere schossen in die Regale mit Hochprozentigem, als stünde jede Flasche für einen Faschisten. Als die Magazine leer waren, flammte ein Streichholz und fiel in eine Kiste mit Stroh. Feuer loderte auf und griff rasch um sich. Personal unter Behlerts Leitung stürzte herbei, um den Brand zu löschen. Doch sie wurden mit vorgehaltenen Waffen gezwungen, das Hotel zu verlassen. Ungehindert fraßen die Flammen ihren zerstörerischen Weg durch den Keller ins Foyer und weiter durch die Stockwerke des prächtigen vorderen Teils des Gebäudes.

Brandgeruch ließ Friedrich aufschrecken. Eilig weckte er Rena. Sie rannten hinunter zur Rezeption, wo schon die ersten Flammen aus dem Keller ins Restaurant schlugen.

»Geh du raus zu den anderen.« Friedrich schob seine Frau durch die Drehtür. »Ich schaue nach Sonja.«

Sonja war in dieser Nacht zum ersten Mal seit sehr langer Zeit in einen tiefen Schlaf gesunken. In ihrem Traum stolperte sie über die Ruinen der zerbombten Stadt und suchte nach ihren Lieben. Jemand hatte ihr gesagt, wenn sie nur gründlich genug schaute, würde sie Julian und Anna-Maria finden. Also lief sie und sah in jedes Mauerloch … bis eine Stimme sie rief … und Hände sie schüttelten. Doch sie durfte nicht nachlassen in ihrer Suche.

»Sonja! Es brennt!«, schrie Friedrich ein ums andere Mal und versuchte die Schlafende aus dem Bett zu zerren. Endlich schlug Sonja die Augen auf. Im Traum hatte sie vor einem Abgrund gestanden, in dessen Tiefe sich ein brennender Krater befand. Beißender Rauch stieg ihr in die Nase. Friedrich riss Sonjas Mantel vom Haken, hielt ihn unter den Wasserhahn und schlang ihn der Tochter übers Nachthemd. Dann griff er nach ihrem Koffer mit den wichtigsten Unterlagen, der immer noch aus den Bombennächten gepackt stand.

Als sich Sonja und Friedrich durch den sengenden Qualm ins Vestibül und dann auf die Straße gekämpft hatten, begriff Sonja das Ausmaß der Katastrophe.

»Sebastian! Er ist im Keller. Wir müssen ihn da rausholen!« Sonja wollte zurück ins Haus rennen. Doch Friedrich hielt sie auf.

»Was?«, schrie Behlert. »Sie haben von dem Mann da unten gewusst?«

Das Wörterbuch in der Hand beschwor Behlert die Offiziere:

»Wir müssen löschen … *Woda* … Wasser, verstehen Sie … *Tuschit* … Löschen!«

Doch seine Worte prallten gegen Gewehrmündungen. Glas splitterte. Aus dem Fenster der Suite, die Louis und Hedda bewohnt hatten, wehte ein brennender Brokatvorhang.

Während sich die Flammen bis ins Dach ausbreiteten, fuhr ein offener Wagen der Roten Armee vorbei, auf dem eine Kamera montiert war. Ein Filmteam nahm das brennende Hotel auf, als sammle es Trophäen auf Zelluloid.

Der Hoteldirektor und sein Personal mussten mit ansehen, wie ihr legendäres Adlon, das den Krieg unbeschadet überstanden hatte, in den ersten Tagen des Friedens zu einer Ruine verbrannte. Nur der Seitenflügel in der Wilhelmstraße blieb weitestgehend verschont.

Als die Mai-Sonne aufging und die Mauerreste lange Schatten zum Brandenburger Tor hin warfen, lief ein Mann im wehenden Frackmantel mit weißem Schal über das Trümmerfeld. Gustaf Gründgens hatte von der Katastrophe erfahren und wollte sich selbst ein Bild machen. Wäre es nicht so tragisch, ergäbe diese Steinwüste eine beeindruckende Kulisse für ein Theaterstück oder einen Film.

Irgendwann in den späten Nachmittagsstunden kam Hedda, die sich von Neu Fahrland über Falkensee nach Staaken und von dort in die Berliner Innenstadt durchgeschlagen hatte. Die adlonsche Villa auf dem Land war von den Russen beschlagnahmt worden. Beim Anblick der Ruine ihres Hotels begriff die Patronin, dass sie von einem Tag auf den anderen nicht mehr besaß als zwei Koffer.

Es war weit nach Mitternacht, als Katharina und Alexander das Manuskript zur Seite legten.

»Willst du bei mir übernachten?«, schlug Katharina vor.

»Ich muss morgen um sieben ins Labor. Ich nehme mir ein Taxi.« Alexander griff nach seiner Lederjacke. Katharina griff nach seiner Hand. »Ich rufe gleich morgen früh Sonja an und frage sie nach Johannes.«

Alexander seufzte.

»Unglaublich, oder?«

Sie trennten sich mit einer innigen Umarmung und waren beide gleichermaßen verwirrt. Wie konnte es sein, dass unter Millionen Menschen ausgerechnet sie sich gefunden hatten? Katharina aus Frankfurt am Main und Alexander aus Ostberlin – die angehende Architektin und der Assistenzarzt in der Charité.

Alexander war schon auf der Treppe, als Katharina ihren Mut zusammennahm.

»Was ist eigentlich … mit deiner Kollegin … mit Bettina? Seid ihr noch zusammen?«

Alexander blieb stehen und schaute zu Katharina hinauf.

»Wir sehen uns nur noch selten. Es ist kompliziert.«

»Ach?«, erwiderte Katharina. »Ich denke, kompliziert ist es mit uns.«

»Ist es ja auch.«

Er grinste und lief weiter die Treppe hinunter. Sie hörte seine Schritte und dann die Haustür klappen.

Gleich nach dem Aufstehen am Morgen telefonierte Katharina mit Sonja.

»Ach, Kinder, natürlich hättet ihr euch jederzeit bei mir melden können. Ich habe doch sowieso die halbe Nacht geschrieben«, sagte Sonja putzmunter nach nur drei Stunden Schlaf. »Johannes' letzte Feldpost kam aus Lemberg. Dann haben Friedrich und ich bis weit nach Kriegsende nichts mehr von ihm gehört. Und um euch jeden Zweifel zu nehmen – Alexander sieht Johannes sehr ähnlich.«

Katharina wählte Alexanders Nummer. Doch sie erreichte nur die Mailbox. Sie bat ihn, sofort zurückzurufen. Dann fuhr sie zur Baustelle.

Urban und seine Leute packten gerade ihre Sachen zusammen. Aus der Traum vom großen archäologischen Fund, der ihm und seinem Team zu Ruhm hätte verhelfen können.

»Der Krieg«, sagte Urban, als wollte er sich entschuldigen, »der Krieg hat zu viel zerstört; und dann noch der Brand im Adlon, der das Hauptgebäude vernichtet hat. Vielleicht, wenn wir noch ein paar Schichten tiefer graben würden … Aber du liebe Güte, wer soll das bezahlen? Wir lassen das für spätere Generationen. Wenn Berlin einmal untergegangen ist wie Babylon, dann freuen sich die Nachgeborenen, dass noch was übrig ist. Und möglicherweise rekonstruieren die Berlin dann ganz anders.«

Nun, nachdem die Denkmalschützer die Baustelle verlassen hatten, konnte Katharina endlich an die Planung des Bauablaufs gehen. Sie saß über den Terminlisten, als ihr Telefon klingelte. Es war Alexander.

»Ich habe gerade mit meiner Mutter gesprochen. Mein Vater ist in einer Pflegefamilie aufgewachsen und hat tatsächlich im Adlon eine Kellnerlehre gemacht. Anfang 1944 wurde er eingezogen, im Sommer 1944 ist er desertiert und in sowjetische Kriegsgefangenschaft gekommen.«

»Es gibt wohl keine Zufälle im Leben«, sagte Sonja statt einer Begrüßung, als Katharina und Alexander vor ihrer Tür standen.

»Kommt rein, Kinder, der Tisch ist schon zum Abendessen gedeckt.«

Sie gingen in die Küche.

»Barbara war übers Wochenende in Krakau. Sie hat eine ganze Tasche voller Spezialitäten mitgebracht.«

Sonja machte eine einladende Handbewegung zum Tisch und reichte Alexander eine Flasche Rotwein. »Gießt du uns ein, Alexander? Da ich ja deine Großcousine bin, gehe ich gleich zum Du über, und du tust das bitte auch.«

Sie hoben die Gläser.

»Auf unsere Familie!«

»Auf unsere sehr ausgefallene Familie«, wiederholte Katharina.

Beim Essen erzählte Alexander von seiner Kindheit, von seinem stets abwesenden Vater, der in seiner Position als hoher Funktionär gefordert war.

»Im Westen saßen die Feinde, die unsere Republik und den Sozialismus bedrohten. Niemals habe ich gewagt, irgendeine Frage zu stellen oder die Zweifel zu beschreiben, mit denen ich als Heranwachsender konfrontiert war. Das Westfernsehen war bei uns zu Hause tabu. Wir bekamen keine Westpakete wie meine Freunde in der Schule. Ich trug Kordhosen anstatt Jeans.«

»Heute wärst du damit modisch ganz vorn.« Katharina lachte und strich über seine Hand.

Alexander lächelte und griff nach ihrer Hand, während er weitererzählte.

»Als ich vierzehn war, ließ sich meine Mutter scheiden. Die politische Erstarrung meines Vaters, seine Phrasendrescherei, seine Rechthaberei, sein Schwarz-Weiß-Denken belastete die Ehe meiner Eltern. Meine Mutter, die als Abteilungsleiterin in einem Modebetrieb arbeitete, hatte keine Lust mehr darauf. Hinzu kam, dass mein

Vater trank und stets mit einer Alkoholfahne vom Dienst oder von den Versammlungen kam. Nach der Scheidung nahm meine Mutter wieder ihren Mädchennamen Wendt an, und ich machte es genauso. Ich wollte die Welt meines Vaters hinter mir lassen. Ich wollte mir kritische Fragen über den Sozialismus erlauben. Ich wollte selbstbestimmt denken und handeln, wollte rebellieren und mich ausprobieren. Das alles erlaubte mir der harte Bruch mit meinem Vater.«

Katharina und Alexander räumten den Tisch ab, während Sonja Kaffee kochte und dabei weitererzählte.

»Gleich nach dem Krieg habe ich Julian und Anna-Maria als vermisst gemeldet.«

45. Kapitel

Im Zelt des Roten Kreuzes, das auf dem zerbombten Potsdamer Platz nicht weit von Sonjas erstem Arbeitsplatz im Vox-Haus-Studio aufgebaut worden war, drängelten sich Menschen vor Papptafeln mit Fotos und Suchmeldungen nach ihren Kindern und Partnern, nach Familienangehörigen und Freunden. Sie alle waren auf der Suche nach ihrem verloren gegangenen Leben.

Sonja saß vor einer Mitarbeiterin des Roten Kreuzes.

»Julian Zimmermann und unsere Tochter Anna-Maria. Sie wird nächsten Monat elf Jahre alt … während der Flucht war sie noch nicht einmal drei… Sie trug einen roten Mantel und eine weiße Mütze«, vergegenwärtigte sich Sonja das Bild ihrer Tochter auf Friedrichs Schoß im Wagen der Gestapo. Die Mitarbeiterin tippte Sonjas Angaben auf einer Schreibmaschine in den Fragebogen.

»Wir geben Ihre Informationen ans Internationale Rote Kreuz. Wenn auch Ihr Mann eine Suchmeldung herausgegeben hat, dann könnten Sie großes Glück haben.«

Sonja nickte. Julian brauchte nicht nach ihr zu suchen. Er wusste, wo er sie finden konnte.

Als Sonja die Baracke verließ, hielt jemand sie am Ärmel fest.

»Sonja! Sonja!« Hinter ihr stand strahlend Margarete, neben sich zwei Koffer, auf dem Rücken ein Rucksack. »Wir sind ausgebombt.

Die Amerikaner haben Männe mitjenommen. Ist Johannes noch bei euch?«

Sonja schüttelte den Kopf und berichtete das wenige, was sie von Margaretes Sohn wusste.

»Wir hoffen sehr, dass er in Kriegsgefangenschaft ist.«

»Bei den Russen? Das ist ja schrecklich.«

»Dann wäre er wenigstens am Leben«, erwiderte Sonja.

Nach über einem Jahrzehnt kam Margarete zurück ins Hotel. Unkompliziert, wie sie war, krempelte sie die Ärmel hoch und wurde wieder Teil der Adlon-Gemeinschaft, so, als wenn es die Jahre mit Böhm und dessen Kumpanen nie gegeben hätte. Friedrich blieb auf Abstand zu seiner Schwester. Sie war ihm fremd geworden.

Mitte Mai hielt ein amerikanischer Militärjeep dort, wo einmal der Haupteingang des Nobelhotels gewesen war. Zwei Offiziere um die vierzig Jahre sprangen heraus und griffen ihre Rucksäcke, dann fuhr der Wagen weiter. Ratlos standen die Amerikaner vor der Ruine.

Friedrich, der mit einigem Personal die Trümmer beiseiteräumte, wandte sich um.

»Can I help you?«

»Friedrich? – Oh my goodness, Friedrich Loewe!«

Friedrich erkannte Louis Adlon junior.

»Louis! – Herr Adlon!«

Mit kraftvollen Schritten lief Louis junior über die Trümmer und schüttelte dem inzwischen fünfzigjährigen Friedrich die Hand und stellte seinen Kameraden vor.

»Das ist Billy. Billy Wilder.«

Friedrich führte die Männer in die Wilhelmstraße, wo Sonja an der provisorischen Rezeption arbeitete. Sie sah von ihren Unterlagen auf, erkannte Louis junior und in dem untersetzten Mann mit fröhlichen Augen unter runder Brille Julians ehemaligen Mitstreiter. Sie begrüßten sich herzlich.

»Wie geht es Julian?«, erkundigte sich Billy.

»Ich habe keine Ahnung«, erwiderte Sonja. »Ich hatte gerade die Hoffnung, dass ihr mir etwas sagen könnt.«

Billy schüttelte den Kopf. »Ich habe ihn das letzte Mal am Tage nach dem Reichstagsbrand gesehen, als die SA unser Büro gestürmt hat.«

Sonja nickte enttäuscht. »Ich warte auf eine Nachricht von ihm. Deshalb bin ich hier geblieben, damit er mich immer finden kann.«

»Ich hoffe, Julian weiß deine Treue zu schätzen«, sagte Billy voller Mitgefühl. Er sah die Tränen in Sonjas Augen.

»Ich zieh mal los. Ich will nach meiner Mischpoche suchen.«

Er meinte seine jüdische Familie, von der er nach seiner Flucht aus Deutschland nichts mehr gehört hatte.

»Und wenn ich schon von Pontius zu Pilatus marschiere, werde ich auch versuchen, etwas über Julian rauszufinden«, versprach er. Dann schulterte er seinen Rucksack und ging zur Tür, die ihn direkt in die Trümmerlandschaft der Wilhelmstraße führte und weiter in die fast vollständig zerstörte Prachtstraße Unter den Linden. Bevor er hinausging, drehte er sich noch einmal um.

»Es gibt Optimisten, die sagen, dass Berlin in fünfzig oder sechzig Jahren wieder aufgebaut ist. Ich sage, es ist aussichtslos. Berlin ist am Ende.«

»Das ist der Preis, den wir zahlen für unsere Gleichgültigkeit, Faschisten die Geschicke unseres Staates in die Hand gegeben zu haben «, erwiderte Friedrich.

Billy winkte in die Runde. Dann fiel die Tür hinter ihm zu.

»Wo ist mein Vater?«, erkundigte sich Louis. »Diesen Anblick kann der Alte doch gar nicht überlebt haben.«

Er sagte es mit der ironischen Bissigkeit, die er stets an den Tag gelegt hatte, wenn es um seinen Vater ging. Doch sein Lächeln erstarb, als er in den Gesichtern von Sonja und Friedrich die traurige Wahrheit las.

Über Trümmer stiegen sie hinauf in Louis seniors ehemaliges Direktionsbüro, von dem außer verkohltem Mobiliar nicht mehr viel übrig war. Die wenigen Unterlagen, die das Feuer verschont hatte, waren in Behlerts Büro gesichert worden.

»Er ist von der sowjetischen Militäradministration zum kommissarischen Leiter des Hotels berufen worden«, erklärte Sonja. »Sein Büro ist in der Wilhelmstraße.«

Am Abend saß die alte Belegschaft mit Louis junior am großen Esstisch in der Küche in feuchtfröhlicher Runde zusammen. Louis hatte amerikanische Konserven, Schokolade und Zigaretten mitgebracht.

»Wir haben wenigstens Strom und Wasser. Die meisten haben nicht mal das«, beschrieb Sonja die privilegierte Situation durch die einstmals weise Entscheidung von Lorenz Adlon, für das Hotel ein eigenes Elektrizitätswerk und eine autarke Wasserversorgung einzurichten.

Louis Adlon zündete sich eine Zigarette an. Margarete stand auf und angelte sich ebenfalls eine aus seiner Packung.

»Jetzt wollen Sie also für die Amis über Berlin schreiben?« Sie gab sich damenhaft.

Louis reichte ihr Feuer. »Yes, Ma'am, I am a war correspondent.«

Margarete setzte sich neben Louis. Sonja beobachtete das Getue ihres Tantchens und war amüsiert. Friedrich stand auf und gab vor, noch anderweitig zu tun zu haben.

»Und wie ist das da drüben so … ick wollte ja och mal nach Amerika … mein erster Mann lebt dort. Aber leider habe ick schon lange nichts mehr von ihm gehört.«

»Tja, wie ist es da drüben so?« Louis lachte. »Dekadent! Viel Geld kann man verdienen, vor allem beim Roulette.«

»Wollen Sie das Adlon nicht nach Hollywood holen? Ist doch ejal, wo man's wieder aufbaut.«

»Keine schlechte Idee. Ich werde drüber nachdenken … wenn ich nur nicht so schrecklich faul wäre.«

Später bereitete Sonja Louis das Zimmer für die Nacht.

»Hör zu, Sonja, wenn Julian in Amerika ist, wird er versucht haben, als Journalist zu arbeiten. Ich werde meinen Verleger bitten, dass er Erkundigungen über ihn und deine Tochter einholt«, versprach Louis.

Am nächsten Tag kam Hedda. Behlert hatte ihr ein Telegramm geschickt, dass sie mit Louis alle Fragen den Nachlass betreffend klären könnte. Nun saßen die Stiefmutter, der Junior und der kommissarische Hoteldirektor in seinem kleinen, mit Akten und Unterlagen vollgestopften Büro.

»Wir haben bereits sechsunddreißig Zimmer wieder in Betrieb. Die sowjetische Militäradministration hat uns ins offizielle Zimmerkontingent der Stadt aufgenommen mit der Maßgabe, dass wir den Antifaschisten, die aus dem Exil heimkehren, Quartier geben. Vor allem Schriftsteller, Schauspieler und Künstler sollen bei uns untergebracht werden«, fasste Behlert die Situation für Louis zusammen.

Der lehnte sich in seinem Stuhl zurück und nickte amüsiert.

»Hört! Hört! Der Alte würde applaudieren, wenn er erführe, welch heroische Anstrengungen hier unternommen werden, das Hotel wieder flottzumachen.«

»Es tut mir leid, Herr Adlon, mehr ist im Augenblick nicht drin. Es gibt keine Baustoffe, keine Handwerker. Wir sind froh, so weit gekommen zu sein.«

»Nutzen Sie Ihre Kontakte und sorgen Sie dafür, dass so viel wie möglich vom Haupthaus wieder aufgebaut wird«, befahl Hedda.

»Irgendwann müssen die Russen abziehen und diese Enteignungen rückgängig gemacht werden.«

Sie wandte sich an ihren Stiefsohn. »Dein Vater und ich, wir waren keine Nazis.«

»Ihr habt aber auch nichts gegen das System unternommen«, sagte Louis scheinbar leichthin.

»Das konnten wir nicht … das konnte niemand … Dein Vater und ich, wir haben alles Menschenmögliche dafür getan, dass man uns das Adlon nicht aus den Händen nimmt«, verteidigte sich Hedda und sah zu Behlert, dass er sie als Zeuge der Ereignisse unterstützte. Doch der hatte keine Lust auf eine politische Diskussion. Der Krieg war vorbei, und es galt nach vorn zu schauen. Wie sie alle in diese unsägliche Situation geraten waren? Niemand konnte es mehr sagen. Behlert nahm seine Unterlagen.

»Ich darf Sie dann allein lassen?«

»Gute Arbeit, Herr Behlert. Sie halten mich auf dem Laufenden.« Hedda entließ ihren Angestellten wie in früheren Zeiten.

»Selbstverständlich, gnädige Frau.« Behlert ging. Er hielt sich an die alte Hierarchie. Möglicherweise würden sich die Zeiten wieder ändern, und dann war es gut, wenn man nach allen Seiten abgesichert war.

»Ihr seid sogar in die NSDAP eingetreten.« Louis zündete sich eine Zigarette an.

»Das hatte doch nichts zu bedeuten. Dein Vater hat sich in allen Vereinigungen angemeldet, um den Nazis zu zeigen, dass es für ihn nur eine Formalie war. Motorradstaffel … Reiterverein … sogar im Bund deutscher Mädel war er.«

Louis junior lachte herzlich. »Das sieht dem Alten ähnlich. Ein Fisch – man kriegt ihn nicht zu fassen.«

Heddas Ton wurde geschäftlich. »Vielleicht kann dein Verleger Hearst ein gutes Wort für mich einlegen. Wenn der russische Spuk vorbei ist, brauche ich eine Bank, die mir Kredit gibt. Der Name

Adlon wird uns schnell wieder zu dem machen, was wir mal waren: die erste Adresse in Berlin.«

»Da wird sich Carl freuen, wenn er endlich sein eigenes Hotel bekommt. Du dachtest doch nicht, dass wir auf unser Erbe verzichten?«

»Ihr habt euch all die Jahre nicht blicken lassen und jetzt … nachdem wir den Kopf hingehalten haben …?«

Louis unterbrach sie. »Streiten wir uns nicht, Stiefmütterchen. Dir gehört ja nicht mal mehr das Silber hier. Sollte sich daran etwas ändern, treffen wir uns mit unseren Anwälten.«

Damit war für ihn das Gespräch beendet. Er ließ Hedda einfach sitzen. Sie schaute sich in dem primitiven Büro um und seufzte. Die glorreiche Zeit an Louis' Seite war viel zu kurz gewesen.

Sonja blieb vor der Tür des Gästezimmers stehen und hörte auf das Geklapper der Schreibmaschine. Als es drinnen einen Augenblick still wurde, klopfte sie an.

»Come in!« Sie trat ein. Louis drückte seine Zigarette aus. Die Luft war schwer von Rauch. Auf dem Bett lag sein Gepäck.

»Du willst schon wieder abreisen?«, fragte Sonja überrascht. Seine Anwesenheit hatte ihr ein Gefühl von Geborgenheit gegeben.

»Hearst will, dass ich weiterziehe und mir das ganze Land anschaue. Die Amerikaner sind süchtig nach Geschichten aus Deutschland.« Er zog das Blatt ein Stück aus der Maschine und las vor: »›Die Amerikaner lieben Berlin. Sie werden uns nicht im Stich lassen‹, sagt Hedda Adlon vor den Trümmern des einstmals nobelsten Hotels der Welt.«

Louis suchte zwischen seinen Papieren, bis er ein Telegramm fand, das er Sonja reichte.

»Julian lebt in Palästina. Er arbeitet als Journalist für eine hebräische Tageszeitung. Hier ist seine Adresse.«

»Ist Anna-Maria bei ihm?«

Sonja musste sich setzen. Das Telegramm in ihrer Hand zitterte. Die Buchstaben verschwammen. Ihr Herz schlug heftig.

»Von deiner Tochter hat der Detektiv nichts in Erfahrung bringen können.«

Louis zündete eine Zigarette an und gab sie Sonja. Sie, die sonst nie rauchte, inhalierte den Rauch, als könnte er sie am Leben halten.

46. Kapitel

Zwei Wochen später fuhr Friedrich Sonja in einem Saporoschez, den die sowjetische Militäradministration dem Adlon für den Transport der Gäste zur Verfügung gestellt hatte, zum Flughafen Tempelhof. Der Abschied fiel ihnen schwer.

Sonja hatte keine Minute darüber nachgedacht, einen Brief an Julian zu schreiben. Sie war sich sicher, dass nur eine persönliche Begegnung den Vertrauensbruch ausräumen konnte. Louis hatte ihr Reisepapiere und ein Flugticket nach London besorgt. Dort würde sie an Bord eines Schiffs nach Haifa gehen. Außerdem hatte Louis sie mit ausreichend Dollars ausgestattet. Eine großzügige Geste, wie Sonja sie auch von seinem Großvater und seinem Vater kannte. Louis junior war seinen Vorfahren ähnlicher, als ihm selbst bewusst war.

Es war eine weite Reise und für eine Deutsche mit hohem Risiko verbunden, überhaupt ans Ziel zu kommen. Sonja wusste nicht, was sie in Palästina erwartete. Würde sie Julians Vertrauen wiedererlangen können? War Anna-Maria noch am Leben? Und was hatte Julian der Tochter über die Mutter erzählt?

Ein junger Sergeant der US-Army sah sich Sonjas Reiseunterlagen an. Er schien jeden Quadratzentimeter der Papiere zu überprüfen. Dann verschwand er in einem Büro. Sonja schaute auf die

Wanduhr. Es war nicht mehr viel Zeit bis zum Start ihres Flugzeugs. Das Flughafengebäude war voll von Militär der alliierten Streitkräfte. Nur wenige Zivilisten mischten sich darunter. Eine Gruppe von Passagieren sammelte sich bereits vor dem Ausgang zum Flugfeld. Fast alle waren amerikanische oder britische Militärangehörige. Zwei Zivilisten begleiteten einen katholischen Priester. Sonja konnte ihren Blick nicht von dem Würdenträger abwenden. Wie hypnotisiert starrte sie ihn an – und erkannte unter der Soutane Siegfried von Tennen. Er trug einen langen Bart nach Art orthodoxer Priester. Dennoch – er war es ganz gewiss. Sie trat näher. Er bemerkte ihr Interesse und wandte sich um.

»Siegfried von Tennen!«, stieß Sonja verwirrt hervor.

Er sah sie gleichgültig aus seinen wässrig-blauen Augen an und reagierte mit keiner Miene. Da wurde die Tür zum Rollfeld geöffnet. Die Gruppe strömte hinaus zur Maschine. Sonja wollte folgen, um Siegfried zurückzuhalten. Es konnte doch nicht sein, dass ein SS-Offizier ungestraft davonkam. Ein bewaffneter GI trat ihr in den Weg. Um Fassung ringend zeigte sie auf die Gruppe der Passagiere.

»Der Mann dort ist ein SS-Mann. Siegfried von Tennen. Ich habe ihn zuletzt im Hauptquartier der Gestapo gesehen, in der Prinz-Albrecht-Straße.« Ihr fehlten vor Aufregung die englischen Vokabeln.

»Ich brauche einen Dolmetscher«, rief sie und schaute sich in der Halle um. »Kann mir jemand helfen? Bitte!«

Der junge Sergeant kam mit Sonjas Reiseunterlagen zurück. »Please keep calm«, herrschte er sie streng an. »Be quiet!«

Sonja wies auf die Tür zum Rollfeld und versuchte zu erklären, um wen es sich bei dem Priester handelte. Doch der Sergeant packte sie am Oberarm und führte sie energisch in einen separaten Raum, wo er auf einen Stuhl wies.

»Sit down und keep quiet!«, herrschte er sie noch einmal an. Ein Offizier kam und entließ den Soldaten. Dann setzte er sich Sonja gegenüber und studierte ausführlich ihre Reiseunterlagen. Noch einmal wollte Sonja darauf aufmerksam machen, dass draußen ein ranghoher Nazi das Land verließ. Doch ihr Gegenüber hatte kein Interesse an der Aussage einer deutschen Frau, die seinen Leuten mangelnde Wachsamkeit vorwarf.

»Sie wohnen im sowjetischen Sektor. Im Hotel Adlon?«, begann er seine Befragung auf Deutsch mit amerikanischem Akzent und blätterte in einem Dossier. »Sie haben bis sechsunddreißig in Goebbels' Rundfunk gearbeitet und während des Krieges im Adlon«, konstatierte er und hob seinen Blick.

»Ja.«

»Hitlers Außenamt war dort untergebracht.«

»Wir hatten Diplomaten im Haus und auch die ausländische Presse. Es gab tägliche Pressekonferenzen. Das war offiziell bekannt«, versuchte Sonja zu erklären. Der Zeiger der Wanduhr fraß unbarmherzig die Minuten. »Bitte, lassen Sie mich fliegen. Ich will zu meinem Kind, zu meiner Tochter«, flehte sie. Doch der Offizier dachte gar nicht daran, seine Befragung zu beschleunigen. Akribisch verglich er ihren Pass mit den Angaben im Dossier.

»Jetzt arbeitet das Adlon mit der sowjetischen Militärregierung zusammen?«

Sonja schüttelte den Kopf. Die Fragen brachten sie zur Verzweiflung.

»Sie wollen in Tel Aviv Julian Zimmermann treffen?«

»Und meine Tochter Anna-Maria. Ich habe sie zehn Jahre nicht mehr gesehen.«

Der Offizier klappte das Dossier zu und lehnte sich zurück. »Julian Zimmermann ist verheiratet und hat drei Töchter. Eine Anna-Maria gibt es in seiner Familie nicht.«

Später konnte Sonja nicht mehr sagen, wie sie zurück in den sowjetischen Sektor gekommen war. Ihre Reiseunterlangen und das Visum hatten die Amerikaner einbehalten. Sie lief an der Ruine des

Adlon vorbei, bog mechanisch in die Wilhelmstraße und ging die wenigen Meter bis zum Eingang des intakten Seitenflügels. Es war weit nach Mitternacht. Alles schlief. Friedrich würde erst zum Frühstück von ihrem Unglück erfahren. An der Bar goss sie sich ein großes Glas Kognak ein. Plötzlich entdeckte Sonja, dass sie nicht allein war. An einem der Tische saß ein einzelner Mann und schaute sie an. Sonja straffte sich.

»Guten Abend!« Sie schlüpfte wieder in die Rolle der Gastgeberin, als wenn es die wenigen Stunden der Hoffnung nicht gegeben hätte. »Sie sind heute angekommen? Haben Sie alles, was Sie brauchen?«

Der Mann stand auf.

»Sonja, Friedrich sagte mir, dass du verreist bist.«

Da erkannte sie Johannes. Er hatte Krieg und Gefangenschaft überlebt. Sonja begann zu weinen.

»Ich muss doch wissen, ob mein Kind noch lebt. Aber sie lassen mich nicht fliegen.«

Johannes erfuhr, was Sonja in den letzten Stunden widerfahren war. »Sollte ich mich noch einmal in Tempelhof sehen lassen, geben sie meinen Fall an ein Militärgericht«, schloss Sonja ihren Bericht.

»Das Adlon und deine Arbeit im Rundfunk sind doch nur Vorwände, Sonja. Die wollen keine Bürger aus dem sowjetischen Sektor reisen lassen. Das ist die Wahrheit. Der Krieg geht weiter ... Jetzt geht es gegen die Sowjetunion.«

Aus dem Jungen, den Sonja ins Herz geschlossen hatte, war ein Mann geworden. Ein Mann, auf dessen Schultern eine große Last zu liegen schien. Was hat er in den zwei Jahren Krieg und Gefangenschaft erlebt, dachte Sonja, das ihn so hart gemacht hat?

Margarete kam hereingerauscht. Sie war beim Tanzen gewesen. Alle Welt tanzte, als sei das Leben nur durch unablässiges Amüsement zurückzugewinnen.

»Sonja, du bist ja da?«, sagte sie überrascht und wandte sich neugierig dem Fremden zu. »Johannes?«

Er nickte.

»Was machst du denn hier?«

Johannes nahm den Zimmerschlüssel vom Tisch.

»Gute Nacht«, sagte er zu Sonja.

»Begrüßt man so seine Mutter?« Margaretes Stimme klang hysterisch. »Wir dachten, du bist gefallen«, rief sie ihm nach. Doch er interessierte sich nicht für sie. Margarete setzte sich zu Sonja.

»Da macht man sich Sorgen, kann nachts nich' schlafen …« Sie brach ab und schaute Sonja an. »Wieso bist du eigentlich hier?«

Johannes verabschiedete sich am nächsten Tag von Sonja und Friedrich. Er wollte sich bei den Genossen seiner Grundorganisation melden, um mit der Arbeit zu beginnen. Seine Mutter interessierte ihn nicht.

Margarete beklagte sich lautstark zuerst bei Sonja, dann bei Friedrich. Doch keiner von beiden ergriff ihre Partei.

Im Frühling 1947 kam ein Telegramm von Susanne Adlon mit der Nachricht, dass ihr Bruder Louis, noch nicht einmal vierzigjährig, in Kalifornien gestorben war. Nach einer durchzechten Nacht im Casino war er tot aus dem Auto gefallen. Ein Tod ohne Schwere, so wie Louis sein ganzes Leben eingerichtet hatte. Wie sehr er unter dem Verlust seines Vaters gelitten hatte? Wer weiß das schon.

Zur gleichen Zeit trennte sich Susanne von Rudolf Laubenthal, um mit ihrem gemeinsamen Sohn allein zu leben.

Sonja bekam den Brief, den sie an Julian geschrieben hatte, zurück. RECEIVER REFUSED DELIVERY – stand mit blauen Lettern auf der Adresse.

»Mein Mann und mein Kind waren für mich verloren«, fasste Sonja ihre Situation von damals zusammen und schaute in die betroffenen Gesichter von Katharina und Alexander.

»Das Verhör in Tempelhof hatte mir gezeigt, wie verstrickt die politische Situation war. Das Adlon sollte immer ein neutraler Ort sein. Doch das war nie gelungen. Nicht in den Tagen der Novemberrevolution 1918, nicht in den Zeiten des Nationalsozialismus, nicht im Krieg und erst recht nicht, als das Nachkriegsberlin den Viermächtestatus bekam. Später wurde der Begriff vom Eisernen Vorhang viel gebraucht, und man gab dem Osten die Schuld für die Teilung der Stadt und des Landes. Ich habe das Gefühl eines Eisernen Vorhangs erlebt, lange bevor er zum alltäglichen Sprachgebrauch der Menschen gehörte.«

47. Kapitel

»Am 7. Oktober 1949, vier Monate nach der Gründung der Bundesrepublik Deutschland, wurde die Deutsche Demokratische Republik gegründet. Ich war seit jeher ein Mensch, der mit Politik nicht viel anfangen konnte. Die Einteilung der Welt in Ideologien, in etwas, was man zu denken hat, weil es einer Gruppe von Menschen als das einzig Richtige, als das einzig Wahre erscheint, ist nicht meine Sache. Dennoch war ich damals stolz auf die Gründung der DDR. Wir waren fest entschlossen, den Faschismus hinter uns zu lassen, und zwar als ein geeintes Volk. Die erste Strophe unserer Nationalhymne erzählte von dieser Vision: *Auferstanden aus Ruinen und der Zukunft zugewandt, lass uns dir zum Guten dienen, Deutschland einig Vaterland. Alte Not gilt es zu zwingen und wir zwingen sie vereint, denn es muss uns doch gelingen, dass die Sonne schön wie nie über Deutschland scheint …*

Mitte der Fünfzigerjahre hatte Stalin übrigens das Angebot gemacht, dass sich die Sowjets aus Deutschland zurückziehen und so dem Land die Chance geben würden, wieder geeint zu sein. Die einzige Bedingung, die Stalin an seinen Rückzug knüpfte, war die militärische Neutralität der Deutschen. Doch die Westdeutschen gingen nicht auf dieses Angebot ein. Der Marshallplan und dessen Wiederaufbau-Kredite, die aus den USA nach Westdeutschland und Westberlin flossen, machten einen nie da gewesenen wirtschaftlichen Aufschwung möglich. Das Wirtschaftswunder der Fünfzigerjahre schuf Abhängigkeiten, emotionale und wirtschaftliche. Die Westdeutschen fühlten sich mit den Amerikanern und deren Politik verbunden, und die wiederum betrachteten Westdeutschland als wichtiges Bollwerk gegen den Kommunismus. Außerdem wollten sich die Amerikaner den strategischen Vorteil, ihre Army so weit östlich wie möglich in Europa stationieren zu können, nicht nehmen lassen. Also blieb die politische Teilung wie 1945 im Potsdamer Abkommen festgelegt.«

Am Tag, als die DDR gegründet wurde, war die Stadt ein einziges Fahnenmeer. Sonja erlebte das Fest gemeinsam mit Johannes. Unter den Linden trieben sie durch die Menschenmenge, tranken Punsch und aßen Bockwurst, die es an diesem Tag ohne Lebensmittelmarken gab.

»Das Adlon ist enteignet. Das Hauptgebäude wird abgerissen. Du solltest dich endlich für eine eigene Wohnung anmelden«, versuchte Johannes Sonja zum wiederholten Male von einem Leben außerhalb des Adlon zu überzeugen. Er war inzwischen Mitglied der SED und Mitarbeiter in der jungen Regierung unter Wilhelm Pieck.

»Du könntest im Rundfunk arbeiten, bei der DEFA oder bei der Schallplatte anstatt in einem maroden Hotel. Bekommst du überhaupt Gehalt?«

Sonja musste lachen. Johannes hatte ins Schwarze getroffen. »Behlert bezahlt mich wie ein Zimmermädchen.«

»Dieser Kapitalist«, sagte Johannes abfällig, und Sonja sah für einen kurzen Moment den Jungen von einst aufblitzen.

»Man kann ihm nichts vorwerfen, und Hedda vertraut ihm.«

Behlert war inzwischen vom Berliner Magistrat als Hoteldirektor bestätigt worden, fühlte sich aber der ehemaligen Patronin immer noch verpflichtet.

»Ostberlin ist jetzt die Hauptstadt der DDR, Frau Adlon«, sagte Johannes mit stolzer Ironie. »Die Amerikaner werden hier niemals das Zepter schwingen.«

»Du warst mal froh, dass dir die Adlons einen Platz gegeben haben.«

Sonja dachte an den vierzehnjährigen Jungen, der von Hedda und Louis ganz selbstverständlich aufgenommen worden war.

»Sonja, warum ziehst du nicht endlich einen Schlussstrich und fängst ganz neu an?«

Alle Welt versuchte einen Neustart. Es war die Zeit, in der man sein altes Leben zurücklassen und sich die Karten des Lebens noch einmal neu mischen konnte. Doch das war für Sonja undenkbar. Der Schock und der Verlust saßen tief. Während der Nächte, in denen sie schlaflos im Bett lag, träumte sie sich immer wieder den Moment herbei, in dem Julian auf der Suche nach ihr durch die Tür treten würde. Dann dachte sie auch an Galla, die ihr sagen würde: »Wenn ein Mensch nur lange genug träumt, wird sich sein Traum erfüllen.«

Und so lebte Sonja von der Hoffnung.

BUCH 3
Anna-Maria

Die Hoffnung war in Pandoras Büchse verblieben – die Hoffnung darauf, dass sie alle endlich erwachten und sich ihrer wahren Bestimmung und ihrer wahren Kraft und ihrer grenzenlosen Möglichkeiten bewusst wurden und dass sie diese nicht mehr einsperrten in die Gefängnisse, die sie sich für ihre Seelen erschufen.

Die Frauen begannen Fragen zu stellen. Wo war in den Verwüstungen der Liebe die Büchse der Pandora geblieben? Vergraben an verborgenen Orten? Oder schwamm sie auf den Wellen der Meere? Wo sollten sie nach der Hoffnung suchen?

Großmutter und Enkelin gaben die Dritte, die Tochter und Mutter, nicht auf.

Denn nun ist es genug!

48. Kapitel

Das Mädchen, das im Herbst 1950 im Restaurant des Adlon Tee trank, hatte sein rotblondes Haar zu einem Pferdeschwanz gebunden und trug einen dunkelblauen Blouson; auf einem Ärmel waren Buchstaben in Hebräisch aufgenäht.

Sonja kam von einem Termin außer Haus und ging eilig zum Rezeptionstresen, um sich einen Überblick über die an- und abreisenden Gäste zu verschaffen. Bevor die Mittagsgäste die Tische besetzten, wollte sie noch einen Kontrollgang durch Restaurant und Küche machen. Da sah sie sie.

»Warten Sie auf jemanden? Kann ich Ihnen helfen?«

Sonja entdeckte die Buchstaben. Das Mädchen sprang auf und rannte aus dem Restaurant. Die Tasse war umgefallen. Der Tee breitete sich auf der gestärkten weißen Tischdecke aus. Sonja starrte auf den Fleck, als könnte sie daraus die Zukunft lesen.

»Anna-Maria«, flüsterte sie.

Endlich gelang es ihr, sich loszureißen und dem Mädchen zu folgen. Doch es war zu spät. Sonja stürzte zum Telefon und rief Johannes an.

»Ich glaube, meine Tochter ist in der Stadt. Nein, ich habe keine Ahnung, ob Julian auch hier ist. Sie trägt eine Jacke mit hebräischer Schrift. Fast wie eine Uniform.«

Johannes versprach herauszufinden, ob Gäste aus Israel in Berlin wären. Sonja legte auf und wartete. Endlich klingelte das Telefon. Johannes teilte ihr mit, dass eine Jugendgruppe aus Tel Aviv in Berlin sei.

»Es gibt dort ein Mädchen mit dem Nachnamen Zimmermann. Aber sie heißt nicht Anna-Maria.«

Am Vormittag des nächsten Tages fuhren Sonja und Friedrich im Dienstwagen des Adlon nach Pankow. Das Gästehaus des Jugendverbandes befand sich in der Nähe von Schloss Niederschönhausen in einer Villa, die bis Kriegsende einem hohen Nazi gehört hatte.

Eine junge Frau im Blauhemd des Jugendverbandes *Freie Deutsche Jugend* kam ihnen entgegen.

»Wir wollen zu Anna-Maria Zimmermann«, sagte Sonja. »Möglicherweise hat sie einen anderen Vornamen.«

»Bei uns ist eine Shulamit Zimmermann«, erwiderte die FDJlerin und zeigte auf eine Tür am Ende des Ganges. »Sie können im Aufenthaltsraum warten. Ich sage ihr Bescheid.«

Sonja und Friedrich gingen den Flur entlang, vorbei an Wandzeitungen mit Fotos von jungen Menschen beim Ernteeinsatz, beim Sport, beim Lernen, beim Musizieren. Der Raum war mit schweren Sitzmöbeln aus der Gründerzeit ausgestattet, die Wände mit dunklem Eichenholz getäfelt. Sogar einen Kamin gab es. Auf einem Tisch mit Wachstuchdecke standen ein Samowar und ein Wasserkrug. Friedrich holte Sonja ein Glas Wasser. Sie versuchte zu trinken. Doch ihre Hände zitterten zu stark. Sie lächelte entschuldigend und stellte das Glas zurück auf den Tisch.

Endlich kam das Mädchen. Seine Ähnlichkeit mit Julian war unverkennbar. Sie war wie er schlank und hoch aufgeschossen. Sonja trat auf die Tochter zu. Doch Anna-Maria wich aus. Sie wollte keinen Händedruck und erst recht keine Umarmung. Sonja fand keine Worte und musste sich setzen. Friedrich sprang ein.

»Wir suchen seit 1936 nach Julian Zimmermann und seiner Tochter Anna-Maria.«

»Ich heiße Shulamith.« Das Mädchen verschränkte abweisend die Arme vor der Brust.

»Wir haben auf eine Nachricht von euch gewartet. Die ganzen Jahre«, sagte Friedrich sanft und ohne Vorwurf. »Ich bin dein Großvater.«

Anna-Maria verwies mit einer Kopfbewegung auf Sonja. »Sie wollte Ihren Mann und Ihr Kind nicht.«

»Deine Mutter hat deinem Vater und dir das Leben gerettet. Sie musste in Berlin bleiben, damit ihr gehen konntet.«

»Ich habe keine Mutter. Ich bin eine Kibbuznik. Wir brauchen keine Mütter«, schleuderte die Tochter Friedrich scharf entgegen. »Ich bin hergekommen, weil mich die DDR interessiert. Der Teil Deutschlands, der einen neuen Weg geht, einen besseren Weg. Mit Ihnen will ich nichts zu tun haben.«

Sie verließ den Raum. Friedrich setzte sich ratlos zu Sonja. In der Stille hörte man aus einem der Nebenräume den Klang einer Gitarre. *Spaniens Himmel breitet seine Sterne über unsere Schützengräben aus,* sang ein junger Mann die Hymne der Spanienkämpfer. Es roch nach Kohl und Malzkaffee. Hinter den Fenstern wogten die Zweige der Bäume im Wind. Der Himmel hatte sich verdunkelt. Wurde es schon Abend? Sonja hatte jegliches Zeitgefühl verloren.

»Shulamith, die Friedliche, die Friedvolle. Der Name ist abgeleitet von Shalom.«

Sonja ließ das Nachschlagewerk sinken und schaute Johannes an, der es ihr mitgebracht hatte.

»Ich muss etwas mit dir besprechen, Sonja.« Er holte eine Mappe aus seiner Tasche und schlug sie auf. »Deine Tochter möchte in der DDR bleiben. Ich habe hier eine eidesstattliche Erklärung mitgebracht, dass du ihre leibliche Mutter bist. Damit bekommt sie sofort das Aufenthaltsrecht, später dann unsere Staatsbürgerschaft. Sie kann studieren und erhält ein Stipendium.«

»Anna will hierbleiben?«, fragte Sonja verwundert und dachte an Julian. »Hat ihr Vater sein Einverständnis gegeben?«

»Die Jugendgruppe ist bereits ohne deine Tochter abgereist. Je schneller wir sie bei uns eingliedern, desto besser.«

»Aber was sagt Julian dazu?«

»Sie hat ihrem Vater einen Brief geschrieben und einer Freundin mitgegeben.«

Johannes schraubte eilig seinen Füllfederhalter auf und reichte ihn Sonja. Sie griff danach und hielt inne.

»Ich muss darüber zuerst mit Anna sprechen.«

»Sie will keinen Kontakt mit dir.«

Sonja reichte ihm den Füller zurück. Sie kannte dieses Verhalten nur zu gut. Damals, als sie selbst gerade mal fünfzehnjährig unerbittlich gegen Alma gewesen war und fest entschlossen, nicht mit ihr nach San Francisco zu gehen. Sonja klappte die Mappe mit dem Antrag zu.

»Dann muss ich es ihr wohl oder übel so übermitteln.« Johannes nahm die Unterlagen, stand auf und ging zur Tür. »Du wirst doch deiner Tochter bei einer so wichtigen Entscheidung nicht im Wege sein?«

Sonja schwieg. Sie wollte ihm nichts erklären.

Wenige Tage später trafen sich Mutter und Tochter ein weiteres Mal im Aufenthaltsraum der Pankower Villa.

»Ich habe nicht viel Zeit. Bitte unterschreiben Sie einfach«, sagte Anna-Maria.

»Anna! Ich kann nicht unterschreiben, wenn ich nicht weiß, ob das deinem Vater überhaupt recht ist.«

»Ich habe alles mit Aba geklärt.«

»Wann? Etwa in dem Brief, den du deinen Freundinnen mitgegeben hast?« Sonja schaute ihre Tochter an und wünschte, dass sie ewig um diese Unterschrift feilschen könnten, um sich dabei nahe zu sein, um sich kennenzulernen.

»Ich glaube, dass du dir Illusionen machst über die politischen Verhältnisse bei uns.«

»In Nazideutschland wären Leute wie Sie glücklicher«, warf ihr die Tochter an den Kopf.

Sonja überging das. »Du bist noch nicht einmal volljährig. Und die Entscheidung, die du treffen willst, ist dann nicht mehr rückgängig zu machen. Du wirst deinen Vater vielleicht niemals wiedersehen. Es sei denn, dass er dich besuchen kommt.«

»Aba betritt keinen deutschen Boden mehr.«

»Dann wird es ihn umso mehr verletzen. – Anna!«

»Ich heiße Shulamith!«, fuhr sie ihre Mutter aufgebracht an.

»Ich unterschreibe nur, wenn dein Vater einverstanden ist«, erwiderte Sonja leise.

Da brach es aus Anna-Maria heraus.

»Aba hat eine neue Familie. Er hat zwei Töchter. Er braucht mich nicht.« Sie schob ihrer Mutter das Formular zu. »Sind Sie nun meine Mutter oder nicht?«

Sonja unterschrieb. Anna-Maria nahm das Dokument und ging ohne Gruß.

Johannes organisierte, eine Fahrstunde vom Adlon entfernt in Berlin-Karlshorst, eine Wohnung für Sonja und Anna-Maria. Zwei Zimmer, Küche und Toilette auf halber Treppe. Sonja wollte ihrer Tochter das Zuhause geben, das sie selbst nie hatte. Margarete half Sonja beim Renovieren und Einrichten.

»Siehste, Julian konnte Anna-Maria nicht halten – 'ne Tochter jehört nun mal zur Mutter. Das ist een Instinkt … Mit Johannes ist keen vernünftiges Wort zu reden. Ick versteh nicht, nach wem der kommt?«, beklagte sich Margarete, während sie die Gardinen anbrachte. »Arno war ein Egoist. Aber er war immer lustig, hat keinen Spaß ausjelassen. Weeßte noch, wie wir gefeiert haben?«

Sonja dachte an ihren einundzwanzigsten Geburtstag, als sie alle das letzte Mal unbeschwert gewesen waren. In dieser Nacht war Galla erschossen worden.

Margaretes Tonfall wurde konspirativ.

»Männe hat sich übrigens gemeldet. Die Amis haben ihn aus'm Gefängnis entlassen. Er wohnt jetzt im Wedding. Ob ick mich mit ihm treffen soll? Eigentlich hat er mir ja nie viel bedeutet, aber ick käme mal wieder raus. Weeßte noch, als du mich ins Kranzler einjeladen hast? Da warste ein steinreiches Mädchen. Ick hab dich beneidet und wäre jern ein bisschen so jewesen wie du ... Ach, wieder mal 'nen richtigen Kaffee trinken mit Schlagsahne obendrauf ...« Margarete stieg von der Leiter und bewunderte ihr Werk. »So ein schönes Zimmer für deine Tochter. Wunderschön!«

Sonja wickelte Blumen aus dem Papier, die ihr Friedrich aus Westberlin mitgebracht hatte, und arrangierte sie in einer Vase. Margarete polierte ihre Fingerabdrücke von der Fensterscheibe.

»Warum sagste deiner Tochter nich, wie es wirklich jewesen ist?«

»Ich habe es versucht. Sie glaubt mir nicht.«

»Dann versuch es noch mal.«

Sonja stellte die Blumen aufs Fensterbrett.

»Erzähl ihr, wie gefährlich es war. Datt die jemacht haben, watt se wollten. Wenn Männe Besuch hatte und die zu vülle intus hatten ... wat die da jeredet haben ...« Margarete schüttelte sich. »Ick hatte och Angst, Sonja.«

»Und da willst du dich wieder mit deinem Mann treffen?« Sonja packte müde das Werkzeug zusammen.

»Du hast recht, 'ne blöde Idee!« Beim Verlassen des Zimmers putzte Margarete mit einem Mopp den Fußboden hinter ihren Füßen blank. »Und dein Julian sollte dich och besser kennen und seiner Tochter nicht beijebracht haben, det du eine Verräterin bist. Er hat sich nicht fair benommen, Sonja. Das musste dir mal überlegen und nicht die janze Schuld auf dich nehmen.«

Als Sonja gemeinsam mit Johannes Anna-Maria im Studentenwohnheim abholen wollte, erfuhr sie, dass sich die Tochter verliebt hatte und nicht bereit war mitzukommen.

Johannes wusste bereits Bescheid.

»Der Freund deiner Tochter heißt Thomas Wegener. Er ist Jurastudent und Kandidat der SED. Ich habe die Genossen auf der Erweiterten Oberschule, wo deine Tochter ihr Abitur macht, informiert. Die Lehrer dort werden aufpassen, dass sie nicht nachlässt. Wie ich hörte, ist sie fleißig und könnte schon im nächsten Sommer ihr Abitur ablegen.«

Sonja schaute Johannes irritiert an. Wozu hatten sie den ganzen Aufwand betrieben, die Wohnung besorgt, renoviert und eingerichtet?

»Es tut mir leid«, sagte Johannes, »ich hätte mit dir drüber sprechen sollen. Aber ich wollte nicht vorgreifen oder mich einmischen.«

Sie verließen das Haus.

»Freu dich, dass deine Tochter freiwillig bei uns in der DDR lebt.« Johannes hielt Sonja die Tür seines Wagens auf.

»Sie tut es doch nicht freiwillig. Anna ist ein verletztes Kind.«

Sonja schaute die Fensterfront des Hauses hinauf in der Hoffnung, dass Anna irgendwo stand. Doch die Fenster waren geschlossen, und kein Mensch war zu sehen.

Sonja gab die Schlüssel für die Wohnung zurück. Wieder war das Adlon der Ort ihrer Zuflucht. Und wie in all der langen Zeit war Friedrich an ihrer Seite. Ihre Familiengeschichte wiederholte sich. Auch wenn nichts mehr so roch, so schmeckte oder sich so anfühlte wie damals – als Alma ihre Hochzeit platzen ließ und mit Undine nach San Francisco ging; als Sonja mit Galla und ihrem Gepäck ins Adlon zog –, gab es nun zum dritten Mal einen harten Schnitt zwischen Tochter und Mutter.

49. Kapitel

Anna-Maria legte ein glänzendes Abitur ab und begann ein Studium der marxistisch-leninistischen Philosophie an der Humboldt-Universität. Der Staat unterstützte das Mädchen, das aus der westlichen Welt in die DDR übergesiedelt war. Und Johannes hielt seine schützende Hand über Anna-Maria. Er war ehrgeizig, seine Großcousine zu einem gelungenen sozialistischen Projekt zu machen. Mit Argusaugen wachte Friedrich über die Integrität seines Neffen.

Später erfuhr Sonja, dass es beim Arbeiteraufstand am 17. Juni 1953 gewesen war, als Anna-Maria die ersten Zweifel über ihre neue Heimat kamen.

Die Genossen im Wohnheim diskutierten scharf. Anna war nicht gewillt, ihre Gedanken über die Situation durch offizielle Sprachregelungen und ideologische Termini im Zaum zu halten. Als sie mit ihrem Freund Thomas allein war, sprach sie aus, was ihr durch den Kopf und mehr noch durchs Herz ging.

»Es sind die Arbeiter, die nicht mehr weitermachen. Warum redet ihr davon, dass der Westen sie ideologisch beeinflusst? Sie wären nicht beeinflussbar, wenn sie sich bei uns wohlfühlen würden.«

»Wir leben im Kalten Krieg. Da geht es nicht um wohlfühlen, sondern um einen festen Klassenstandpunkt«, hielt ihr der Freund entgegen.

»Dennoch müssen wir die Fragen der Demonstranten ernst nehmen«, ging Anna nicht auf seine Floskeln ein.

»Klassenkampf ist Überzeugungssache, Anna-Maria. Da muss man nicht lange reden. Da handelt man.«

»Warum hast du für alles ein Schubfach?«

»Der Westen hat den Arbeitern so lange die angeblichen Ungerechtigkeiten in der DDR und die Ideale eines Wirtschaftswunder-Landes ins Ohr getrötet, dass sie nun dran glauben.«

Anna schüttelte empört den Kopf.

»Spann dich nicht vor den Karren der Revanchisten, Anna-Maria«, mahnte Thomas und glaubte einzulenken, als er anfügte: »Meine kleine Shulamith, das braucht noch eine Weile, bis du eine überzeugte Genossin bist. Die Juden haben nun mal keinen Klassenstandpunkt. Bei euch gründet sich alles auf Religion.«

»Wir Juden sind der Sündenbock?«, erwiderte Anna wütend. »Wenn was schiefläuft, sind wir schuld, deshalb hat man uns ja auch vergast. Schade nur, dass mein Vater und ich überlebt haben!«

»So habe ich das doch nicht gemeint.« Thomas war erschrocken.

»Dann überleg dir deine Worte. Und hör endlich auf, den Besserwisser zu geben.«

Anna griff ihre Jacke und ging. Aber sie wollte die Kluft zwischen ihr und dem Freund, die diese Auseinandersetzung gezeigt hatte, nicht wahrhaben. Ein paar Stunden später kam sie zurück und versöhnte sich mit Thomas.

Zur Niederschlagung der Aufstände fuhren sowjetische Panzer auf. Republikweit wurden Tausende Demonstranten und Andersdenkende verhaftet und in Schnellverfahren verurteilt. Wieder einmal war die politische Situation im geteilten Berlin zum Zerreißen gespannt.

»Ich steh in Vertragsverhandlungen mit Kempinski. Sie wollen vielleicht ein Hotel mit unserem Namen in der Nähe vom Ku'damm eröffnen. Aber ich gebe den Namen Adlon nur her, wenn sie auch bereit sind, unser Haus auf dem Pariser Platz wieder aufzubauen, wenn der kommunistische Spuk vorbei ist.«

Hedda war mit Behlert und Sonja im Büro und verpackte die letzten wertvollen Stücke aus dem Familienbesitz der Adlon. Silberbestecke mit Monogramm verziert, goldene Tortenheber, ein Dutzend Likörgläser aus geschliffenem Glas.

»Von irgendetwas muss ich ja leben«, rechtfertigte die ehemalige Patronin ihr Tun. »Ich schreibe jetzt übrigens die Geschichte des Adlon. Die *Revue* hat mir ein Angebot gemacht. Sie wollen es als Fortsetzungsroman in ihrer Zeitschrift drucken.«

Es klopfte an die Tür. Margarete kam mit den beiden Koffern und dem Rucksack, so wie Sonja sie bei Kriegsende im Zelt des Roten Kreuzes getroffen hatte.

»Wohin willst du denn?«, fragte Sonja verblüfft.

»Ich geh mit Frau Adlon rüber. Männe hat Arbeit jefunden, im Finanzamt. Er wird uns eine größere Wohnung besorgen.«

»Du willst zu diesem Mann zurück?«

»Hier ist doch keen Leben, Sonja. Wegen jedem bisschen rumlaufen und anstehen. Ick will meinen Kaffee trinken, 'ne anständige Zigarette rauchen und meine Freiheit jenießen.«

Sonja schwieg.

»Außerdem, wie Johannes mit mir umgehen tut«, verteidigte sich Margarete. »Das musste doch zujeben. Det tut weh und ist unwürdig. Det muss ick mir nicht länger freiwillig antun.«

»Komm mit uns, Sonja.« Hedda schloss die Reisetasche mit dem Silberzeug.

»Dich wird das Kempinski sofort einstellen. Mehr Erfahrung als du kann keen Mensch haben«, bekräftigte Margarete.

»Man hat aus Amerika den Titel Manager eingeführt. Dafür wärst du perfekt. Und ich würde dir ein erstklassiges Zeugnis ausstellen«, versuchte Hedda Sonja nochmals zu überzeugen.

»Danke. Aber, nein!« Sonja schüttelte den Kopf.

Hedda seufzte und verabschiedete sich von Behlert.

»Lassen Sie sich nicht von den Kommunisten auf der Nase rumtanzen.«

Sonja brachte die beiden Frauen durch die Reste des abgebrannten Weinkellers bis zur Eisentür, die in die Katakomben unter dem Pariser Platz führte. Von dort aus kam man ungehindert nach Westberlin. Zwischen den beiden Mauersteinen lag der Schlüssel.

Margarete küsste Sonja zum Abschied.

»Wir jehen doch nur einen Stadtteil weiter. Und du könntest trotzdem deine Tochter sehen – wenn se dich denn sehen will«, insistierte Margarete. »Komm doch mit.«

Hedda nahm Sonjas Hand. »Ich bin froh, dass ich dich hier weiß, Sonja. Niemand anderer kennt und liebt das Adlon so wie du. Hüte es, auch wenn es im Augenblick fast nur noch eine Ruine ist.«

Sonja sah ihnen nach, wie sie durch das Kellergewölbe gingen. Natürlich hätten die beiden auch ganz offiziell die Sektorengrenze passieren können. Aber nicht mit einem Koffer voller Antiquitäten und Margaretes Gepäck.

Sonja ließ den Schlüssel für die Eisentür wieder zwischen den beiden Mauersteinen verschwinden.

»Ist diese Frau denn wahnsinnig?«

Johannes war schockiert, als er an einem der nächsten Tage bei Sonja im Adlon vorbeikam und von der Entscheidung seiner Mutter erfuhr. Sonja verschwieg ihm, dass sich Margarete ein weiteres Mal für das Leben an der Seite eines Nazis entschieden hatte. Sie hoffte, dass er es niemals erfahren würde.

Doch Johannes arbeitete inzwischen in hoher Position im Staatsapparat. Die Gründe für die Entscheidung seiner Mutter würden ihm nicht verborgen bleiben. Er würde sich vor seinen Genossen rehabilitieren müssen, und im schlimmsten Fall war seine berufliche Karriere am Ende.

An der Tür drehte sich Johannes noch einmal um.

»Anna-Maria hat ihr Studium unterbrochen und arbeitet jetzt in der sozialistischen Produktion.«

Sonja begriff sofort, dass die Tochter strafversetzt worden war. »Wo hat man sie hingesteckt?«

»Sie arbeitet in der Werkzeugmaschinenbaufabrik in Weißensee.«

50. Kapitel

Sonja wartete vor dem Werktor. Der Vorplatz war mit einer Tanne, an der Sterne aus bemaltem Sperrholz hingen, weihnachtlich geschmückt. Ein eisiger Wind wehte.

Anna-Maria kam mit den anderen Arbeitern die Straße zwischen den Werkhallen entlang. Sie zögerte, als sie die Mutter sah. Doch dann lief sie schneller. Ihre Begrüßung war unbeholfen. Nicht weit von der Fabrik suchten sie sich eine Eckkneipe und bestellten Glühwein.

»So blöd das klingt, aber ich lerne in diesem Betrieb mehr als an der Uni.«

Anna wärmte sich die Hände am Glas. Sonja sah das Grau im Gesicht ihrer Tochter. In den Poren um Nase und Stirn hatten sich Schmieröl und Ruß eingefressen.

»Die Arbeiter teilen die Gesellschaft wie schon vor hundert Jahren in ›die oben‹ und ›die unten‹. ›Die oben‹ ordnen an, was ›die unten‹ zu denken haben und sagen dürfen. ›Die unten‹ halten die Klappe und rebellieren, indem sie den Arbeitstag nach ihren Regeln angehen. Meistens ist nicht genug Material da, dann stehen die Maschinen still, und die stehen so lange still, wie ›die unten‹ das wollen.«

»Wie lange musst du noch … ›lernen‹?« Sonja war besorgt über die Euphorie in Annas Stimme.

»Wenn ich mich ›bewähre‹, kann ich im Sommer weiterstudieren.«

Sonja nickte. Eine kleine Perspektive. »Hast du mal was von deinem Vater gehört?«

Anna-Maria schüttelte den Kopf. »Meine Post aus der DDR erreicht ihn in Tel Aviv nicht. Aber ich denke, es geht ihm gut. Aba hat noch nie großen Wind um sich und seine Gefühle gemacht.«

Sonja erinnerte sich an Julians spöttisches Lächeln, das sie so geliebt hatte, und sie erinnerte sich an seine abweisende Kälte, wenn er sich schützen wollte.

Als sie den Glühwein bezahlt hatten, brachte Anna-Maria ihre Mutter zur Straßenbahnhaltestelle.

»Wollen wir gemeinsam Weihnachten feiern?«, wagte Sonja die Frage.

»Thomas und ich, wir sind in Oberwiesental beim Skifahren.«

Sonja holte ein kleines in Weihnachtspapier gewickeltes Paket aus ihrer Tasche.

»Frohe Weihnachten!«

Anna-Maria zögerte, es anzunehmen. Doch Sonja drückte es ihr einfach in die Hand. Als die Straßenbahn kam, stieg Sonja ein. Durch die Scheibe sah sie, wie die Tochter die Hände in die Taschen ihrer Jacke stopfte und in der Dunkelheit verschwand. Sie hätte so gern gefragt, ob Anna glücklich war.

Kurz nach Neujahr bekam Sonja eine Ansichtskarte aus Oberwiesental. Darauf stand: »Wir haben geheiratet!« Sonja war sich nicht sicher, ob das die Antwort auf ihre Frage war. Sie hatte kein gutes Gefühl, wenn sie an das Leben der Tochter dachte, einer jungen Frau, die als kleines Kind vor den Nazis nach Israel fliehen musste und nun voller Idealismus in den sozialistischen Teil des geteilten Deutschlands zurückgekehrt war.

Die politischen Verhältnisse spitzten sich zu. Der Kalte Krieg hielt die beiden politischen Lager in Atem. Wenn die Amerikaner ihre Atombomben in der Karibik testeten und die Sowjets mit einer militärischen Antwort drohten, war die Furcht der Deutschen in Ost und West groß, dass daraus ein Nuklearkrieg werden könnte, der Deutschland an der Nahtstelle zwischen den militärisch-politischen Einflusssphären von Sowjetunion und USA vernichten würde.

Johannes meldete sich nicht mehr bei Sonja. Auch mit Friedrich hatte er den Kontakt abgebrochen.

Ein paarmal im Monat war Sonja zu Gast bei Friedrich und Rena in Moabit. Manchmal ging sie in Westberlin ins Kino. Noch waren die Grenzen geöffnet. Trotz des Säbelrasselns zwischen Amerikanern und Sowjets glaubte niemand daran, dass Berlin oder Deutschland endgültig getrennt werden könnten.

Eine bleierne Zeit. Der verlorene Krieg lastete auf den Menschen. Deutschland war zu Trümmern zerfallen und wiederauferstanden. Über die Wunden, die das hinterlassen hatte, sprach in dieser Zeit niemand gern. Es gab keine Worte dafür. Denn für den Holocaust, für den Tod von Millionen Menschen durch Krieg und Vertreibung, durch Vergewaltigung und heimtückischen Mord gibt es nur eine Sprache: die der Anerkennung des Geschehenen. In der DDR verteilte man sprachliche Versatzstücke und verordnete Antifaschismus. Die Funktionäre, die den jungen Staat regierten, waren von den Faschisten verfolgt gewesen und trotz KZ und Zuchthaus am Leben geblieben. Ein anderer Teil kam aus der Emigration in die Sowjetunion, wo sie vom Stalinismus geprägt worden waren. Und dann gab es noch Funktionäre wie Johannes, die in der sowjetischen Kriegsgefangenschaft vom Wehrmachtsangehörigen zum Kommunisten umerzogen worden waren. Eine Melange aus Millionen unterdrückten Gefühlen, Ängsten, Hoffnungen kennzeichnete die Fünfzigerjahre in der DDR und wurde das Material, aus dem sich das Land formte.

Nachdem sich Anna-Maria ein Jahr lang in der sozialistischen Produktion bewährt hatte, durfte sie ihr Studium an der Humboldt-Universität fortsetzen. Sie wechselte von der Philosophie zur Rechtswissenschaft.

Manchmal kam sie zum Essen ins Adlon. Sonja genoss diese kostbaren Begegnungen, in denen sie erfuhr, wie es der Tochter erging und mit welchen Gedanken sie sich auseinandersetzte. Anna-Maria war eine glühende Anhängerin der sozialistischen Ideale und einer auf die Logik der materialistischen Weltanschauung gegründeten marxistischen Philosophie. Doch die geistige Indoktrination in der DDR machte ihr zu schaffen. Sie begann ihre Doktorarbeit zu schreiben und versuchte darin, diesen Konflikt zu bearbeiten.

Sonja dachte an Julians erstes Buch, das sie aus Liebe verschlungen hatte und aus dem sie immer noch aus dem Kopf zitieren konnte. Es war das Wertvollste, was sie von ihm besaß. Anna kannte das Buch nicht. Sonja schenkte es ihr zum siebenundzwanzigsten Geburtstag und dachte: Vielleicht sind es genau diese Momente, die wichtiger sind als ein ganzes gemeinsames Leben.

Anna-Marias Ehe mit Thomas hielt nicht lange. Als sie ihre Dissertation verteidigte, ließen sich die beiden scheiden. Anna lebte allein in der kleinen Wohnung, die sie nach der Hochzeit zugesprochen bekommen hatten. Sie arbeitete als Dozentin an der Humboldt-Universität.

51. Kapitel

Im Frühsommer 1961 zog Billy Wilder mit seiner Filmcrew ins Adlon und begann mit den Dreharbeiten zu einer Gaunerkomödie um Coca-Cola und den KGB mit dem Titel *Eins, zwei, drei.*

Billy war für Sonja fast wie ein Stück von Julian, und als er mit seiner runden Brille, eine Zigarette im Mundwinkel, durch die Wilhelmstraße ins Hotel trat, kamen ihr die Tränen. Billy war betroffen, als er hörte, dass Julian keinen Kontakt zu Sonja wünschte. Billys jüdische Familie war in den KZs ermordet worden, dennoch war er Berlin verbunden geblieben. Er war ein guter Freund und ein humorvoller Mensch, der gemeinsam mit seiner Crew an den Abenden, wenn die Szenen im Kasten waren, das Restaurant unsicher machte und den ungarischen und bulgarischen Rotweinen zusprach.

»Ich verstehe Ihre Frage so, dass es Menschen in Westdeutschland gibt, die wünschen, dass wir die Bauarbeiter der Hauptstadt der DDR mobilisieren, um eine Mauer aufzurichten. Ja?«, antwortete Walter Ulbricht im Juni bei einer Pressekonferenz auf die Frage eines Journalisten. »Mir ist nicht bekannt«, sagte der Staatsratsvorsitzende weiter, »dass eine solche Absicht besteht, da die Bauarbeiter in der Hauptstadt der DDR mit dem Wohnungsbau beschäftigt sind und ihre Arbeitskraft voll eingesetzt wird. Niemand hat die Absicht, eine Mauer zu errichten.«

Im Restaurant lief Sonjas altes Radio. Die Gäste, die Deutsch verstanden, rümpften die Nase über Ulbrichts Fistelstimme und amüsierten sich über sein Sächsisch. Billy übersetzte die Rede für seine Crew ins Englische.

»Irgendwann werden wir ins Lexikon gucken müssen: Kalter Krieg? Was war das noch?«, sagte Billy zu Sonja und hob das Glas.

In einer dieser Sommernächte – Sonja legte noch letzte Hand an die für das Frühstück gedeckten Tische – tauchte Johannes auf. »Bekommt man bei euch noch was zu trinken?«

Sonja nickte und ging zur Bar.

»Schön, dass du wieder mal vorbeikommst. Friedrich ist dieses Jahr in Rente gegangen. Aber wenn ihn das Adlon braucht, kommt er her. Und das passiert eigentlich mindestens einmal in der Woche.« Sonja lachte. »Ich glaube, dass er sich freuen würde, dich wiederzusehen.« Sie stießen mit einem Wodka an.

»Ich mache mir Sorgen um Anna-Maria«, kam Johannes sofort zur Sache. »Ihre Dissertation hat uns sehr betroffen gemacht. Meinungsfreiheit! Freiheit der persönlichen Grundrechte vor jeder Weltanschauung. Eine Arbeit voll von bürgerlicher Ideologie. Ich habe immer schützend meine Hand über deine Tochter gehalten – aber nach dieser Dissertation …«

Johannes hob die Hände. Sonja spürte Wut in sich aufsteigen.

»Deine Genossen sollten sich mit Annas Vergangenheit beschäftigen, mit den Erfahrungen, die sie in ihrem Leben gemacht hat, dann werden sie ihre Gedanken verstehen. Möglicherweise ist sie eine größere Sozialistin als ihr alle zusammen.«

Johannes trank aus. Sonja goss nach. Sie schwiegen. Dann stand er auf.

»Du solltest sie von meinem Besuch informieren«, sagte er, schon im Gehen.

Wenige Tage später verabredeten sich Sonja und Anna-Maria am Märchenbrunnen im Volkspark Friedrichshain. Jenem Brunnen, für dessen Genehmigung der Kaiser fünfzehn Jahre gebraucht hatte, bis schließlich 1907, im Jahr der Eröffnung des Adlon, mit dessen Bau begonnen werden durfte. Nach dem Krieg waren die Trümmer und der Schutt der Umgebung am Fuß des Parks zu einem Berg aufgeschüttet worden. Der »Mont Klamott«, wie ihn die Berliner nannten, hatte eine stattliche Höhe von 78 Metern und war inzwischen bewachsen. Die Natur holte sich ihren Frieden zurück. Aber der Krieg ging in den Menschen und Systemen weiter.

Mutter und Tochter suchten sich eine Bank zwischen den Büschen. Von dort hatte man einen guten Blick auf die Fontänen und die Spaziergänger.

»Was geht es meinen Cousin an, was ich wie schreibe?« Anna-Maria war genauso wütend, wie Sonja es gewesen war. »›Es hat uns betroffen gemacht …‹«, wiederholte Anna sarkastisch. »Wer sind eigentlich ›uns‹ und ›wir‹?«

Plötzlich stand Anna auf und ging zu einem Mann, der die ganze Zeit bei der Skulptur »Hans im Glück« herumstand und immer wieder zu ihnen herüberblickte.

»Fragen Sie doch direkt! Was wollen Sie wissen? Dass ich enttäuscht bin von diesem Land? Dass ich glaubte, hier meine Heimat zu finden? Fragen Sie mich direkt und Sie bekommen eine direkte Antwort.«

Sie sagte es barsch. Sie war verletzt. Der Mann antwortete nicht und ging. Anna kam zurück und setzte sich wieder neben ihre Mutter. Anna wird in diesem Land nicht glücklich werden, dachte Sonja, sie ist ein Freigeist wie ihr Vater.

In der Nacht zum 13. August 1961, einem Sonntag, riegelte sich Ostberlin gegen Westberlin ab. Mit dem Mauerbau, den Ulbricht noch vor wenigen Wochen als Stimmungsmache des Westens abgetan hatte, war mitten in der Nacht begonnen worden. Zu viele Bürger verließen die DDR, um ihr Glück im Westen zu suchen. Ihre Arbeitskraft und Qualifikationen fehlten überall. Hinzu kam das Währungsgefälle von Ost- und Westmark. Die DDR blutete wirtschaftlich aus. Die Abschottung der DDR glich einer Versuchsanordnung, um den »Aufbau des ersten sozialistischen Staates auf deutschem Boden« nun unter Laborbedingungen weiterzuführen.

Sonja rannte auf die Straße und sah, dass vor dem Brandenburger Tor Stacheldraht gezogen wurde. Soldaten mit Gewehren bewachten die Bauarbeiter. Im Westen standen Demonstranten und brüllten ihren Protest in den Osten. Auf dem Pariser Platz fuhr ein Lautsprecherwagen auf und begann Arbeiterlieder abzuspielen, um die Parolen aus dem Westen zu übertönen. In Ostberlin herrschte der Ausnahmezustand. In Westberlin hatte man Angst vor einem Krieg.

Im Frühstücksraum des Adlon diskutierte der verzweifelte Billy mit seinem Produktionsleiter. Niemand wusste, wie unter diesen Umständen der Film zu Ende zu bringen wäre.

Anna kann nicht hierbleiben, dachte Sonja verzweifelt. Sie muss rüber und sich dort ein Leben aufbauen. Sie rannte zum Telefon, um Friedrich anzurufen, damit er die Tochter aus der Pankower Wohnung holte. Doch sie hörte nur das Besetztzeichen. Da begriff Sonja, dass die Telefonleitungen gekappt worden waren und dass sie nun von ihrem Vater durch eine Mauer getrennt war.

Behlert und Sonja hatten zu tun, die ausländischen Gäste zu beruhigen und ihnen die inzwischen als Fernschreiben eingetroffene offizielle Erklärung zu übermitteln, die verlautbarte, dass es sich um die Sicherung der Staatsgrenze der DDR handelte und dies keinen feindlichen Akt gegen die westlichen Alliierten oder Westberlin darstellte. Die Situation sei unter Kontrolle, hieß es. Am Checkpoint Charlie fuhren amerikanische Panzer auf.

Billy gelang es trotz des Chaos, telegrafisch mit einem Vertreter seiner Filmcompany in Los Angeles Kontakt aufzunehmen. Man traf die Entscheidung, den Film in München auf dem Gelände der Bavaria zu Ende zu drehen. Die Bayern waren bereit, innerhalb kürzester Zeit das Brandenburger Tor nachzubauen.

Am späten Nachmittag konnte Sonja endlich ein paar Stunden frei nehmen. Die Bahnen fuhren unregelmäßig, und weil sie keine Zeit verlieren wollte, ging Sonja bis nach Pankow zu Fuß. Anna-Maria öffnete. Sie war blass und angespannt.

»Mutter!«

Sie verständigten sich nur mit Blicken. Anna-Maria zeigte auf ihre Aktentasche, in der sie stets ihre Studienunterlagen transportiert hatte. Sie war prall gefüllt. Dann schrieb sie auf einen Zettel: »Ich muss rüber. So schnell wie möglich!«

Sonja nickte erleichtert über die Entscheidung. Scheinbar in bester Laune verließen die beiden Frauen das Haus und unterhielten sich lachend über Nichtigkeiten. Als sie weit genug entfernt und einigermaßen sicher waren, nicht beobachtet zu werden, sagte Sonja besorgt:

»Vielleicht überwachen sie die Keller unter dem Pariser Platz bereits.«

»Das Risiko muss ich eingehen. Die Vorstellung, in dieser Stadt eingemauert zu sein und mich für jeden Gedanken, der außerhalb der Norm liegt, rechtfertigen zu müssen, ist mir unerträglich«, erwiderte Anna-Maria.

An der Endhaltestelle Pankow-Vinetastraße stand eine U-Bahn. Sie stiegen ein und fuhren bis Thälmannplatz, die letzte Station auf

Ostberliner Seite. Dahinter waren die Gleise abgeriegelt worden. Alles musste von langer Hand vorbereitet worden sein. Überall waren Soldaten und Männer der Kampfgruppe mit Gewehren. Stacheldraht wurde abgeladen. Lastkraftwagen mit Steinen und Zement versperrten die Straßen, die nun von Westberlin abgeschnitten waren.

Ohne innezuhalten, gingen Mutter und Tochter zum Adlon und durchquerten den zerstörten Weinkeller bis zur Eisentür. Dort zog Sonja den Schlüssel zwischen den Mauersteinen hervor und schloss die Tür auf.

Vor Anna lag der Tunnel, der sie in ein Leben führen würde, das sie so nicht gewollt hatte, als sie Israel verließ, um im sozialistischen Teil Deutschlands abzutragen, was die Deutschen dem jüdischen Volk angetan hatten. Jetzt ging sie in den Westen, wo im Jahr 1961 die Abrechnung mit den Verbrechen des Nationalsozialismus noch längst nicht begonnen hatte, wo Nazirichter und Nazistaatsdiener wieder im Amt waren. Anna-Maria musste von einer Lüge in eine andere gehen.

Sonja schob ihr Kind über die Schwelle. Sie sorgte sich um die Zukunft ihrer Tochter. Dieser Schritt erschien ihr jedoch als der einzig richtige.

»Willst du nicht mitkommen?« Anna-Maria stellte noch einmal ihre Aktentasche ab. »Es gibt doch nichts mehr, worauf du hier aufpassen musst.«

»Hier ist mein Leben.« Sonja bemerkte, dass ihre Stimme ohne Zweifel war. Auch wenn sie die Gründe für ihre Entschlossenheit in diesem Moment selbst nicht kannte. Zumindest ihre Gefühle waren im Einklang mit ihrem Handeln. Das war viel.

Anna-Maria reichte ihrer Mutter die Hand. Sie schauten sich an. Eine Umarmung wäre sicher angemessener gewesen. Aber sie hatten zu wenig Erfahrung mit körperlicher Berührung. Sonja dachte an das kleine Kind, das sie liebkost hatte und dessen süßer Kindergeruch in ihrer Erinnerung stets präsent war. Sie dachte daran, dass dieses verlorene Kind und die erwachsene Frau ein und derselbe Mensch waren, und sie musste die Tränen zurückhalten.

Anna-Maria ließ die Hand ihrer Mutter los. Sonja schaute ihr nach, bis die Dunkelheit des Tunnels sie verschluckt hatte. Dann verschloss sie die Tür und legte den Schlüssel zurück zwischen die Mauersteine. Hier unten hatte sie die Kriegstage überstanden, gemeinsam mit Johannes, mit Friedrich, mit Rena und mit den Adlons. Hier unten war Sebastian gestorben. Hier unten verlor sie ihre Tochter ein weiteres Mal.

Sonja beendete ihre Geschichte. Die Uhr zeigte, dass es weit nach Mitternacht war. Doch Alexander und Katharina hatten alles hören wollen bis zum Schluss.

Sonja stand steif vom langen Sitzen auf und holte aus einer Schublade ihr weißes Taschentuch, in das ein rostiger Schlüssel eingewickelt war.

»Der Schlüssel zur Eisentür.«

Jetzt begriff Katharina, warum ihre Großmutter so berührt gewesen war, als sie den Schlüssel zwischen den Fundstücken im Büro der Architekten entdeckt hatte.

»Meinen Vater und Rena habe ich ein paar Jahre nach dem Mauerbau in Prag getroffen«, berichtete Sonja. »Wir hatten uns dort verabredet. Es war das letzte Mal, dass wir uns sahen. Denn die Gesetze für einen Besucherverkehr zwischen West- und Ostberlin traten erst Anfang der Siebzigerjahre in Kraft. Da waren beide schon gestorben.«

»Und deine Tochter? Hast du sie dann nochmals wiedergesehen?«, wollte Alexander wissen.

Sonja schüttelte den Kopf.

»Auch deinen Vater habe ich aus den Augen verloren, als die Mauer gebaut wurde«, sagte Sonja. »Als die Mauer dann fiel, habe ich an Johannes gedacht und wie es ihm wohl gehen muss, mit dem

Scheitern seiner Weltanschauung. Vielleicht sollte ich ihn einmal besuchen?« Sie zögerte. »Aber eigentlich ist unsere Geschichte zu Ende. Er hat immer seine schützende Hand über Anna gehalten und uns im letzten Moment sogar gewarnt. Nein, ich kann ihm nichts vorwerfen. Und ich glaube, dass ich keine Kraft habe, einem desillusionierten Menschen zu begegnen.«

»Wie hast du denn von meiner Geburt erfahren?«, fragte Katharina ihre Großmutter.

»Das war ein Zufall.« Sonja lächelte bei der Erinnerung. »Als sich der Besuchsverkehr zwischen der DDR und Westdeutschland und Westberlin normalisiert hatte, durfte ich als Rentnerin rüberfahren. Meistens habe ich mich dann ins Kranzler gesetzt, Kaffee getrunken und die Zeitungen gelesen, die man bei uns nicht bekam. Deine Mutter war eine sehr engagierte Rechtsanwältin geworden, und ihre Fälle waren die eine oder andere Meldung wert. So habe ich erfahren, dass Anna-Maria in Frankfurt am Main lebt und dass sie alleinerziehende Mutter einer Tochter ist.«

»Aus der Zeitung hast du vom weiteren Lebenslauf deiner Tochter erfahren. Das ist schon hart«, konstatierte Katharina betroffen.

»Man muss geduldig sein«, sagte Sonja verschmitzt, »und niemals die Hoffnung verlieren.«

52. Kapitel

»Ich begrüße die Fahrgäste nach Karlsruhe über Frankfurt am Main und Mannheim«, kam die Durchsage des Zugbegleiters über die Lautsprecheranlage des ICE, als sie den Bahnhof Zoologischer Garten verließen. Katharina saß am Fenster und schaute auf die vorbeiziehende Stadt. Im Stillen nannte sie das Reisen »mein Land durchmessen« und meinte damit wohl auch ihre innere Landschaft. Zum ersten Mal seit langer, langer Zeit fühlte sie sich frei und kraftvoll. Sie trug keine Schuld im Gepäck, kein Gefühl mehr, den Ansprüchen und Bedürfnissen der Mutter und allen anderen nicht zu genügen. Katharina dachte an den Satz ihrer Ururgroßmutter: *Die Frauen in unserer Familie taugen nichts.*

Von klein auf hatte sie sich ungenügend gefunden, nicht hübsch, nicht begabt, nicht intelligent, erst recht nicht fleißig genug, eine bloß geduldete Person im Umfeld ihrer Bekannten und Freunde. Im Augenblick wusste sie nicht, ob sie sich sofort und konsequent von diesen Gefühlen frei machen konnte. Doch es tat ihr gut, darum zu wissen, wie tief verwurzelt diese Empfindungen bei den Frauen in ihrer Familie waren. Und vielleicht gehörte diese Wunde nicht nur zu ihnen, sondern zu unzähligen Frauen in diesem Land? Und wenn das so war, gehörte sie dann vielleicht auch zu den Frauen auf der ganzen Welt? Und wenn schon die Frauen so über sich dachten, wie dachten dann die Männer über die Frauen? Und warum befreiten sie die Frauen nicht von diesen destruktiven Gefühlen? Oder kam ihnen dieser Glaubenssatz gerade recht, damit ihnen die Frauen nicht über den Kopf wuchsen?

Katharina dachte an Friedrich und daran, wie er zuerst Alma und dann Sonja geliebt und unterstützt hatte. Er war immer an dem Platz geblieben, an den ihn das Leben gestellt hatte – bis zuletzt. Und Sonja, seine Tochter, auch sie blieb, solange es möglich war, an dem Ort, zu dem Mann und Kind zurückkehren konnten. Katharina fiel die Scherbe des kaiserlichen Hochzeitsservices ein, das sie sich gemeinsam mit Sonja angeschaut hatte. Pandora, von Zeus geschaffen, um die Übel über die Welt zu bringen, war eine Frau. Dass es diese Legende überhaupt gab, musste ins Bewusstsein, und dann sollte endlich Schluss sein damit.

Es war zwei Uhr nachmittags, als der Zug im Frankfurter Hauptbahnhof einfuhr. Katharina hastete über den Bahnsteig zum Ausgang und hoffte, dass ihre Mutter nicht ausgerechnet an diesem Tag zu einem eilig einberufenen Termin musste. Sie hatte vor ihrer Abfahrt in der Kanzlei angerufen und sich bei der Sekretärin angemeldet, die ihr allerdings – Katharina hatte nichts anderes erwartet – keinen Zeitpunkt hatte sagen wollen, an dem es eine Lücke im übervollen Arbeitstag ihrer Chefin gäbe. Aber wenigstens hatte Katharina aus ihr herausgepresst, dass die Mutter voraussichtlich im Büro sein würde.

»Ich kann Ihnen aber nichts versprechen, Katharina«, wiederholte die Sekretärin.

»Kein Problem«, hatte Katharina erwidert und während des Telefonats ihre kleine Reisetasche gepackt. Sie fuhr ins Blaue. Und nun, als sie durch die Bahnhofshalle rannte und nach dem Taxistand suchte, fühlte sie wieder diese neue Leichtigkeit.

Anna-Maria Zimmermanns Kanzlei befand sich im zwölften Stock eines Bürohochhauses in der Innenstadt. Als Katharina aus dem Taxi stieg und auf die unzähligen Firmenschilder an der Hausfassade schaute, dachte sie daran, wie ihre Mutter über die hohe Miete fluchte, über die Anonymität des Hauses und dass sie sich doch eigentlich etwas eigenes Feines besorgen müsste – doch die Jahre waren vergangen, und Anna-Maria war geblieben. Vielleicht waren dieses Gebäude und seine Anonymität letztlich ein Teil des Schutzraumes, den ihre Mutter brauchte, überlegte Katharina. Aber vielleicht war Anna-Maria auch so sehr Sozialistin, dass sie Eigentum im tiefsten Innern verabscheute.

Frau Schindler, die Sekretärin, die ihren Schreibtisch direkt gegenüber der Eingangstür hatte, wollte Katharina aufhalten, als sie mit kurzem Gruß eintrat und gleich weiterging.

»Ihre Mutter hat einen Termin. Sie können da nicht einfach reinplatzen.«

»Danke, Frau Schindler, ich kläre das.« Katharina öffnete die Tür zum Büro ihrer Mutter.

Anna-Maria unterbrach das Gespräch und wandte sich ungehalten um.

»Katharina?«, sagte sie überrascht. »Was ist passiert? Warum meldest du dich denn nicht an?«

»Ich habe mich mein ganzes Leben lang angemeldet.«

»Das ist meine Tochter«, entschuldigte sich Anna-Maria bei ihrem Gast. Der stand auf.

»Wir waren ja im Prinzip auch fertig.«

»Es tut mir leid … ich …« Anna-Maria sah plötzlich wie ein Schulmädchen aus, das seine Aufgaben nicht zu Ende brachte. Frau Schindler stand im Türrahmen und sah Katharina vorwurfsvoll an.

»Kein Problem!«, sagte der Gast. »Wir können ja nachher noch mal telefonieren. Ich glaube, das hier«, er machte eine Geste, die Katharina und Anna-Maria einschloss, »ist wichtiger.«

Dann ging er mit einem neugierigen Blick auf Katharina. Frau Schindler begleitete ihn hinaus. Die Tür fiel zu. Mutter und Tochter standen sich gegenüber.

»Ist was passiert, Katharina?«

»Sprich endlich mit deiner Mutter.«

»Deswegen platzt du hier herein?« Anna-Maria griff verärgert nach einer Wasserflasche und zwei Gläsern. »Es gibt nichts zu rechtfertigen oder zu entschuldigen. Sonja soll einfach zugeben, dass sie sich immer an die Verhältnisse angepasst und damals nicht um Mann und Kind gekämpft hat.«

»Kämpfen kann so oder so aussehen«, erwiderte Katharina ruhig. »Das habe ich in den letzten Wochen begriffen. Man kann mit dem Kopf gegen die Mauer laufen und sich blutig schlagen. Man kann aber auch stille sein und in der Stille wie ein Leuchtturm sein Licht senden. So hat es Sonja gemacht.«

»Was redest du denn da?« Die Mutter war blass geworden. »Sie hat Mann und Kind allein auf die Flucht geschickt … von Land zu Land sind wir gejagt worden …«

53. Kapitel

Anna-Maria war zu jung gewesen, um sich an jenen Tag zu erinnern, als sie von ihrem Großvater weggerissen und dem Mann übergeben worden war, der – so hatte man es der Kleinen wieder und wieder erklärt – ihr Vater sein sollte. Julian hatte ihr später von den Ereignissen und dem Tag berichtet. Es waren Bruchstücke gewesen, die sie sich, während sie heranwuchs, zusammensetzte. Doch der Schmerz des kleinen Mädchens war ihr steter Begleiter gewesen. Auch jetzt noch schnürte er ihr die Brust und hinderte sie am Durchatmen. Wenn er aufflammte, brachte er der erwachsenen Frau Wut und Trauer.

Anna-Maria kannte ihren Vater nicht anders als einen beherrschten Menschen, der seine Emotionen kontrollierte. Julian lachte selten. Er schien von einem Glashaus umgeben, das ihn nach innen und außen schützte. Erst viel später wurde Anna bewusst, dass die Jahre im Konzentrationslager ihren Vater geprägt hatten. In der Gefangenschaft hatte er den Anschluss an das Leben und die Liebe verloren.

Als der Zug in Berlin abfuhr, hielt Julian sein weinendes Mädchen im Arm und funktionierte von nun an, so gut er konnte. Im wahrsten Sinne des Wortes trug er Verantwortung.

In den ersten Morgenstunden des nächsten Tages kamen sie in Aachen ein. Zwei Männer der Gestapo erwarteten sie bereits auf dem Bahnsteig und brachten sie in einem Wagen zur holländischen Grenze. Irgendwo im Niemandsland mussten sie Deutschland verlassen. Stundenlang irrte Julian, das Kind auf den Schultern, durch fremde Landschaft. Kurz vor Sonnenuntergang fanden sie endlich einen Bauernhof. Die holländische Familie gab dem deutschen Flüchtling und seiner kleinen Tochter Quartier. Anna-Maria schlief sofort ein. Julian lag neben ihr auf dem schmalen Bett, hörte ihren leisen Atem und überlegte, was zu tun wäre. Er dachte überhaupt nicht daran, Sonja oder Friedrich eine Nachricht zukommen zu lassen. Er fühlte sich so sehr verraten, dass er alle Verbindung abbrach.

Julian hatte gehört, dass Fritz Landshoff, ein Bekannter und ehemaliger Leiter des Kiepenheuer Verlags, in Amsterdam den Querido Verlag führte. Sie gaben dort Bücher von deutschen Emigranten heraus. Wenn es ihm gelänge, Landshoff von einem Buch zu überzeugen, könnte er für sich und seine Tochter vielleicht eine Existenz aufbauen.

»Wo ist meine Mama?« Die Kleine war aufgewacht.

»Deine Mama muss arbeiten. Wir beide fahren morgen nach Amsterdam.«

Anna-Maria begann zu schluchzen.

Julian erklärte ihr, dass sie in einem Land mit den Namen Holland oder Niederlande wären und Amsterdam die Hauptstadt sei. Er sprach zu ihr wie zu einer Erwachsenen. Der gewichtige Klang seiner Stimme beruhigte das Kind allmählich.

Am nächsten Vormittag brachte sie der Bauer zum Bahnhof nach Maastricht und bezahlte die Fahrkarten. Julian und er schüttelten sich lange die Hand.

Der Querido Verlag befand sich nicht weit vom Hauptbahnhof. Landshoff empfing Julian erfreut und bat seine Sekretärin, sich um das Kind zu kümmern. Die beiden Männer tauschten sich über die Zeiten vor 1933 aus, sprachen über Julians Haft und Landshoffs Entscheidung, nicht mehr nach Deutschland zurückzukehren. Julian kam schnell zur Sache. Er wolle über den Faschismus schreiben, der sich über ganz Europa wie ein Virus ausbreitete und nur wenige Jahrzehnte nach dem Weltenbrand 1914 bis 1918 wiederum ein großes Schlachten ausrief. Was waren die Mechanismen, die die Menschen zu derartiger Destruktivität antrieben? Wo lagen die Ursachen für ihre Sucht nach Zerstörung der menschlichen Gemeinschaft?

Landshoff, dessen Verlag bereits Schriftsteller wie Heinrich und Klaus Mann, Albert Einstein oder Alfred Döblin verlegte, sah keine Möglichkeit für das Buch eines unbekannten Journalisten. So gern er Julian helfen wolle, aber auch er müsse sich jeden Titel genau überlegen, und er sehe für ein solches, eher journalistisch ausgerichtetes Buch im Augenblick keine Verkaufsaussichten. Zum Abschied drückte der Verleger Julian ein kleines Darlehen in die Hand.

»Sie können es mir irgendwann wiedergeben, wenn es passt.« Julian nickte. Es war alles zu viel für ihn.

In der fremden Stadt, in der sich bereits Tausende deutsche Flüchtlinge und Emigranten aufhielten, suchte Julian, der in seinem Leben nur selten einen Fuß in eine Synagoge gesetzt hatte, mit Anna-Maria die jüdische Gemeinde auf. Dort bekamen Vater und Tochter eine Unterkunft, zu essen und den Kontakt zur Jewish Agency, die deutschen Juden half, nach Yerez Israel, ins Gelobte Land, zu kommen, das damals noch zu Palästina gehörte und unter britischem Mandat stand.

Im Februar 1938 erreichten Julian und Anna-Maria Palästina. Ihre Reise hatte sie von Amsterdam über Belgien nach Frankreich geführt und weiter nach Triest in Italien. Dort hatten sie sich, gemeinsam mit Hunderten anderer jüdischer Flüchtlinge, auf einen Dampfer nach Haifa eingeschifft. Auf den Stationen ihrer Reise hatten sie oft wochenlang auf Geld oder Tickets warten müssen. Um nicht in eines der Lager abgeschoben zu werden, die inzwischen überall in Europa für die deutschen Flüchtlinge errichtet wurden, waren sie in den fremden Städten auf die Solidarität der Menschen und der jüdischen Gemeinde angewiesen.

Ein Mitarbeiter der Jewish Agency holte sie am Hafen in Haifa ab und brachte sie Hunderte Kilometer weit in die Wüste zu einem Kibbuz, der gerade im Entstehen begriffen war und wo jede Hand zum Aufbau gebraucht wurde. Dem kargen, unwirtlichen Land wurden Felder und Olivenhaine abgerungen.

Anna-Maria kam ins Kinderhaus, wo sie gemeinsam mit den anderen Kibbuz-Kindern rund um die Uhr betreut wurde. Julian bezog ein kleines Zimmerchen, in dem gerade einmal ein Spind und ein Bett Platz hatten. Vater und Tochter, die auf der beschwerlichen Reise unzertrennlich geworden waren, durften sich nur noch wenige Stunden in der Woche sehen. Das war die Vorstellung von zionistischer Erziehung. Sie stellte das Kollektiv vor den Einzelnen.

Julians Herz verschloss sich ein weiteres Mal. Anna-Maria weinte viel, rief nach Vater und Mutter. Die Erzieherinnen, selbst noch halbe Kinder, gaben ihr einen neuen Namen – Shulamit. Sie sollte von nun an ein anderer Mensch sein, sie sollte nicht mehr deutsch, sondern hebräisch sprechen und nicht mehr weinen.

Das arabische Land blieb Julian fremd. Die immerwährende glühende Hitze machte ihm zu schaffen. Wenn er auf Vertreter des jüdischen Volkes traf, die das Land aus allen Teilen der Welt kommend seit nunmehr fünfzig Jahren bevölkerten, so waren ihm auch diese Menschen fremd.

Doch hier würde er nun für Anna und sich ein Leben aufbauen müssen. Es gab keinen anderen Ort mehr auf der Welt, der ihn aufnehmen würde.

Nach monatelanger Arbeit beim Aufbau des Kibbuz bekam Julian endlich ein wenig Geld ausgezahlt und ergatterte eine Mitfahrgelegenheit nach Tel Aviv. Er wollte sich als Journalist bei einer auch in deutscher Sprache erscheinenden Wochenzeitung bewerben. Tel Aviv entstand direkt neben der am Mittelmeer gelegenen alten Hafenstadt Yaffa. Breite Straßen wurden gebaut, mit modernen mehrstöckigen Wohnhäusern im Bauhausstil. Alle Hoffnungen des über Jahrhunderte wieder und wieder vertriebenen und durch Pogrome geschundenen Volkes knüpften sich an dieses neue Land.

Der Chefredakteur stellte Julian sofort ein, und Anna sah ihren Vater fast ein ganzes Jahr lang nicht mehr. Ende 1939, die Deutschen waren bereits in Polen einmarschiert, holte Julian Anna nach – in seine neue Familie. Er hatte die Tochter des Chefredakteurs geheiratet und war mit ihr in eines der neu erbauten Häuser auf dem Rothschild Boulevard gezogen. Kurz hintereinander wurden Annas Halbschwestern Adna und Malka geboren.

Nach einem verlorenen Krieg, 55 Millionen Toten und sechs Millionen ermordeter Juden, Sinti und Roma kapitulierte Deutschland am 8. Mai 1945. Anna-Maria war elf Jahre alt. Für einen kurzen Moment feierte die Welt den Frieden. Doch im August, nur wenige Tage nach Ende der Konferenz der Siegermächte in Potsdam und der Neuordnung Deutschlands, warfen die Amerikaner zwei Atombomben auf die japanischen Städte Hiroshima und Nagasaki. Gerade erst hatten die USA gemeinsam mit der Sowjetunion Hitler besiegt. Nun stürzte sich die Welt in den nächsten feindlichen Konflikt. Die beiden militärischen Blöcke um die USA und die Sowjetunion begannen mit dem Aufbau ihrer Nuklearwaffen, der in einem Wettrüsten enden sollte.

In Yaffa kamen die Schiffe mit den Überlebenden des Holocaust an. Gemeinsam mit ihren Freundinnen und Mitschülerinnen stand Anna-Maria am Kai, Blumen in der Hand. Die Mädchen sahen, wie zutiefst erschöpft die Ankömmlinge waren. Die meisten nahmen die Blumen mit gesenktem Blick, so als schämten sie sich dafür, dass sie noch am Leben waren.

Anna war dabei, als die Neuen in Yerez Israel ein Zuhause fanden. Sie erlebte aber auch, dass über das Erlebte nicht gesprochen wurde, so, als läge ein Makel über denen, die den Holocaust überstanden hatten. Für Anna, die jetzt Shulamit hieß und plötzlich zwei jüdische Halbschwestern hatte, war das alles schwer zu verkraften. Sie selbst war keine Jüdin, denn ihre Mutter, evangelisch getauft, hatte ihr die Religionszugehörigkeit, die Zugehörigkeit zum jüdischen Volk, nicht weitergegeben. Anna war einfach nur eine Jekke, von der man hinter vorgehaltener Hand sagte, dass die Mutter eine überzeugte Nationalsozialistin gewesen sei. Sie habe in Goebbels' Rundfunk gearbeitet und Mann und Kind verraten.

Anna schämte sich und zog den Kopf ein, um nicht gesehen zu werden. Sie wagte nicht mehr, hebräisch zu sprechen, weil sie das Gefühl hatte, dass ihr das nicht zustand. Sie wagte aber auch nicht, deutsch zu sprechen, die Sprache der Mörder des jüdischen Volkes. Anna-Maria wurde sprachlos. Ihre Freundinnen und Mitschülerinnen begannen sie zu meiden.

Am 14. Mai 1948, an einem Freitagnachmittag, eine Stunde vor Beginn des Sabbats, konnte Yerez Israel seine Unabhängigkeit von Großbritannien erklären. Das war die Geburtsstunde des Staates Israel. Noch in der gleichen Nacht begann die Regierung des jungen Landes mit einem Krieg gegen die arabischen Nachbarländer. Dieser erste arabisch-israelische Krieg dauerte bis zum Januar 1949. Fast eine Million Araber mussten aus Palästina fliehen oder wurden vertrieben. Von da an gab es keinen Frieden mehr in der Region.

Anna-Maria litt darunter, dass Aggression und Angst Teil ihres Lebens geworden waren, und wollte sich davon befreien. Als sie zu Beginn des Jahres 1950 erfuhr, dass eine Jugendgruppe von der jungen DDR eingeladen worden war, meldete sie sich sofort an. Warum sich die israelische Jugendorganisation entschloss, ausgerechnet ins geteilte Berlin zu fahren, ist Anna-Maria bis heute ein Rätsel, denn die DDR stand immer aufseiten der Araber als dem vertriebenen und um sein Land betrogenen Volk. Aber es gab diese Reise. Niemals davor und niemals mehr danach hatte es eine solche Einladung gegeben. Im Nachklang erschien es fast schicksalhaft, dass Anna-Maria die Möglichkeit bekam, in ihre Geburtsstadt Berlin zu reisen.

Julian wollte seiner inzwischen fast erwachsenen Tochter diese Möglichkeit nicht verwehren. Er war sich sicher, dass sie längst schon in Israel verwurzelt war, Freundinnen hatte und Pläne für die Zukunft. Es war ihm unvorstellbar, dass Anna ihre Heimat in einem Land suchen würde, das in Trümmern lag und in dem noch bis vor Kurzem faschistische Mörder an der Macht gewesen waren. Julian, der Freigeist, war erschüttert, als er wenige Wochen später Annas Brief in den Händen hielt, in dem sie ihm mitteilte, dass sie in der DDR bleiben wolle, um sich dem Aufbau des Sozialismus auf deutschem Boden zu widmen, als Wiedergutmachung für Krieg und Holocaust. Mit der Loslösung seiner Tochter ging ein neuer Riss durch Julians Leben.

Anna-Maria holte das Bild ihres Vaters vom Schreibtisch und reichte es Katharina. »Vater Jude, Mutter Deutsche, Vater aus Deutschland geflohen, Mutter dort geblieben … Stiefmutter, Halbschwestern … Für mich blieb alles halb: Ich musste mir mein eigenes Leben aufbauen, verstehst du … ich wollte endlich nicht mehr ›halb‹ sein.«

54. Kapitel

Auf der Rückreise nach Berlin dachte Katharina darüber nach, wie Anna-Marias Leben verlaufen wäre, wenn sie bei Sonja in Berlin aufgewachsen wäre. Sie hätte den Krieg erlebt, die Bombennächte im Luftschutzkeller. Sie hätte eine liebende Mutter und einen liebenden Großvater gehabt. Zum Kriegsende wäre sie fast zwölf Jahre alt gewesen. Wie viel Naziideologie wäre durch die Schulerziehung im Dritten Reich in ihrem Kopf gewesen? Wie hätte sie ihren jüdischen Vater gesehen?

Alexander erwartete Katharina am Ostbahnhof. Sie fiel ihm in die Arme. Wie schön es war, wieder ganz selbstverständlich miteinander zu sein. Alexander hatte Katharina am Vorabend in Frankfurt angerufen und gefragt, ob sie gemeinsam zu seinem Vater gehen wollten. Wenn sie einverstanden wäre, würde er sie bei Johannes anmelden und Katharina vom Bahnhof abholen. Sie hatte sofort eingewilligt.

»Wie geht es deiner Mutter?«, erkundigte sich Alexander, während sie zur S-Bahn liefen.

Katharina berichtete, dass sie zum ersten Mal seit Jahren bei ihrer Mutter im Gästebett übernachtet hatte.

»Stell dir nur vor, wir haben fürs Abendessen eingekauft. Ich durfte in ihrer Küche Spaghetti bolognese kochen. Kein Restaurant.

Keine eiligen Telefonate. Kein Plädoyer, das schnell noch geschrieben werden musste. Meine Mutter hat am Küchentisch gesessen, Wein getrunken und mir beim Kochen zugesehen. So friedlich haben wir schon lange keinen Abend mehr verbracht. Vielleicht noch nie?« Katharina überlegte. »Es war einfach nur schön.«

Die Laubenkolonie, in der Johannes Böhm seit dem Mauerfall lebte, lag hinter den Lichtenberger Hochhäusern. Katharina war in dieser Gegend Ostberlins, nur sechs U-Bahn-Stationen vom Alexanderplatz entfernt, noch nie gewesen. Sie gingen zwischen den Plattenbaublöcken aus DDR-Zeiten hindurch.

»Ich glaube, der Lebensradius meines Vaters besteht aus seinem Garten und dem Gang zur Kaufhalle. Aber ich habe keine Ahnung, wie er gelebt hat, als er noch Funktionär im Staatsdienst war.«

Sie kamen am Gartentor an. Hinter einem der halb blinden kleinen Fenster bewegte sich die Gardine. Dann wurde die Tür geöffnet, und ein drahtiger Mann von knapp siebzig Jahren kam ihnen entgegen. Die Ähnlichkeit mit Alexander war unverkennbar.

»Es tut mir leid, dass ich euch unter diesen Bedingungen empfange. Aber wie du ja weißt, Alexander, habe ich keinen Anlass, eine Rolle zu spielen und so zu tun, als ob. Eine Einladung ins Restaurant kostet Geld, das ich als Rentner nicht habe. Und schon gar nicht als Strafrentner, weil ich ein Land aufgebaut habe, das sich sozialistischen Idealen verschrieben hat.«

»Das ist Katharina Zimmermann«, machte Alexander die beiden miteinander bekannt.

Johannes musterte Katharina.

»Vor ein paar Monaten wurde Ihre Mutter in der Zeitung erwähnt. Sie hat eine Kindsmörderin verteidigt. Als ich den Namen las und den Hinweis, dass sie zur Verteidigung aus Frankfurt am Main in ihre Geburtsstadt Berlin kommt, um diesen Fall zu übernehmen, war mir klar, dass es sich um Sonjas Tochter handeln muss.«

»Von mir aus können wir Du sagen. Wir sind ja verwandt«, schlug Katharina vor.

Johannes nickte. »Warum nicht!«

Sie gingen in das kleine Haus, in dem ein Kanonenofen ordentlich Hitze machte. Johannes hatte drei Kaffeetassen bereitgestellt, daneben Kondensmilch im Plastikkännchen und Würfelzucker. Eine Glasschale mit Spekulatius stand auf dem Tisch, an den sie sich setzten.

»Alexander hat mir schon gesagt, dass ihr Ahnenforschung betreibt.« Johannes tat Instantkaffee in die Tassen und nahm den Kessel vom Ofen, in dem das Wasser schon eine ganze Weile siedete. Die Fenster waren von Wasserdampf beschlagen. Er füllte die Tassen.

»Ich habe deine Mutter immer geschützt, Katharina«, sagte er und rührte Milch und Zucker in seinen Kaffee. »Wenn ich nicht gewesen wäre, hätte sie viel früher Probleme bekommen. Man hatte sie bereits auf die Liste gesetzt für die Verhaftungen nach dem 17. Juni 53.«

»Aber sie war doch gar nicht unter den Aufständischen?« Katharina war überrascht.

»Sie hat die falschen Fragen gestellt. Letztlich war sie den Genossen immer verdächtig. Schließlich kam sie aus Israel. Und die DDR war damals proarabisch und vor allem propalästinensisch, weil sie die Okkupation Palästinas durch den jüdischen Staat als völkerrechtswidrig ansah. Zu Recht, wie ich finde. Nein, ich habe Anna-Maria stets geschützt und Sonja immer rechtzeitig gewarnt und informiert. Dass sie sich in den Westen absetzen konnte, verdankt deine Mutter mir. Aber ich habe es nicht nötig, mich nachträglich zum Helden zu machen. Wahrscheinlich denkt ihr, ich war ein überzeugter DDR-Bürger. Ich habe diesen Staat mit aufgebaut. Ich habe unrecht getan.«

»Wir sind nicht hier, um zu urteilen, Johannes.« Katharina ahnte, wie sehr er gewünscht hatte, sich einmal auszusprechen.

»Das könnt ihr auch nicht. Man muss es selbst erlebt haben, um halbwegs eine Ahnung zu haben. Ich war neunzehn, als ich in Hitlers Krieg musste und meine gleichaltrigen Kameraden neben mir sterben sah. Ich habe die erstbeste Gelegenheit genutzt und bin zur Roten Armee übergelaufen. Die sowjetischen Genossen haben mir die Möglichkeit gegeben, eine Weltanschauung zu entwickeln, einen Klassenstandpunkt. Die Werte, die man mir im Lager nahebrachte, waren in vielfacher Hinsicht den Werten meines Elternhauses – meiner Pflegefamilie – ähnlich. Mein Vater war Vorarbeiter bei Siemens. Und meine Mutter hat den Lebensunterhalt der Familie mit Näharbeiten aufgebessert. Leider wurde mein Vater sehr krank. Der schlimmste Tag in meinem Leben war, als mich diese Frau, die meine leibliche Mutter gewesen ist, von meiner Pflegefamilie wegholen ließ. Ich musste den Namen ihres Mannes annehmen. Aber sie hat sich keine Minute um mich gekümmert, sondern die Erziehung ihrem Bruder überlassen. Friedrich war ein guter Onkel, der beste, den man sich vorstellen kann. Aber ich hatte doch schon eine Familie, ich hatte Geschwister, und ich wollte Schreiner werden. Und nun musste ich reiche Gäste bedienen.

Von meinem leiblichen Vater habe ich nie ein Foto gesehen. Dennoch hat sich Margarete nach dem Krieg mit ihm gebrüstet, als habe sie ihrem jüdischen Freund Schutz gegeben, als sei sie eine Widerstandskämpferin gewesen. Dabei habe ich sehr wohl mitbekommen, welches Leben meine Mutter an der Seite dieses Nazis geführt hat. Schlimm genug, dass ich seinen Namen trage. Als Margarete dann zu ihm in den Westen abgehauen ist, war das im Prinzip das Ende meiner beruflichen Laufbahn. Ich bin niemals mehr über die mittlere Leitungsebene hinausgekommen. Letztlich war mein Leben verpfuscht.«

Johannes drehte sich nach seiner Schrankwand um. »Wollt ihr einen Schnaps? Ich trinke nicht mehr.«

Katharina und Alexander schüttelten den Kopf.

»Warum bist du Funktionär geblieben? Du hättest doch in einem richtigen Beruf arbeiten können. In der DDR herrschte immer Mangel an Fachkräften«, sagte Alexander.

»Ich hatte einen richtigen Beruf.« Johannes reagierte unwirsch. »Ich habe die DDR aufgebaut. Auch wenn dieser Staat jetzt verpönt ist und lächerlich gemacht wird.« Die Tasse in seiner Hand zitterte. »Den Sozialismus auf deutschem Boden aufzubauen, dazu war ich in der Sowjetunion ausgebildet worden. Und dann haben uns die Sowjets im Stich gelassen ... Gorbatschow hat den Sozialismus verraten ... er hat alles zusammenstürzen lassen aus purer Geltungssucht.« Johannes schüttelte verletzt den Kopf. »Wir hätten eine Chance gebraucht, unser System zu entwickeln. Aber wir mussten uns von der ersten Minute an gegen den Westen verteidigen.«

Er stand auf und bereitete noch einmal drei Tassen Kaffee zu. Während er hantierte und ihnen den Rücken zuwandte, sagte er das, was ihm wohl am meisten auf dem Herzen lag:

»Ich habe deine Mutter geliebt, Alexander. Als ich sie kennenlernte, war sie Sekretärin in meinem Ministerium. Ich habe alles möglich gemacht, damit sie sich entwickeln konnte. Als du auf die Welt gekommen bist, hatte sie gerade mit dem Studium begonnen. Der einzige Mensch, der mir etwas vorwerfen kann, bist du – für dich hatte ich zu wenig Zeit, als du noch klein warst. Später nach der Trennung von deiner Mutter hat sie dafür gesorgt, dass wir beide uns nicht mehr sehen. Schade! Das ist etwas, das ich wirklich bedauere.«

Johannes servierte den Kaffee. Er war zu heiß, um ihn schon zu trinken. Sie schwiegen.

Katharina schaute sich in dem kleinen Zimmerchen um. Bücherstapel lagen auf dem Boden und Packen von Zeitungen. Auf dem Tisch eine Lupe, eine Schere und ein Bündel Zeitungsausschnitte. Wonach forschte er? Wollte er sein Leben verstehen oder Argumente der Rechtfertigung zusammentragen? Als habe Johannes Katharinas Gedanken erraten, sagte er in die Stille:

»Die Idee, mich in irgendeiner Art mit dem System der BRD zu arrangieren und dafür die Werte, für die ich vierundvierzig Jahre eingetreten bin, einfach über Bord zu werfen, das ist für mich unvorstellbar.«

Es war schon dunkel geworden, als Johannes das junge Paar mit einer NVA-Stablampe durch die dunklen Gärten zum Ausgang der Siedlung brachte. Auf der Hauptstraße winkten sie ein Taxi heran.

»Was kann sich ein Mensch Besseres wünschen, als klar im Kopf und körperlich gesund über sein Leben nachzudenken. Zeit zum Denken und Reflektieren ist ein großer Luxus«, sagte Johannes beim Abschied.

Im Taxi schwiegen Katharina und Alexander. War es wirklich nur ein Zufall gewesen, dass sie sich kurz nach dem Mauerfall im Theater am Schiffbauerdamm bei einer Vorstellung von *Der gute Mensch von Sezuan von* Bertolt Brecht begegnet waren und sich sympathisch fanden? Damals studierte Katharina im zweiten Jahr Architektur an der Freien Universität. Alexander arbeitete als Arzt im Praktikum an der Charité.

Alexander hatte Katharina angesprochen und gefragt, wie ihr die Vorstellung gefiele. Sie waren sich sofort einig, dass es Konzentration brauchte, der Parabel zu folgen. Sie stritten über Brechts Episches Theater. Alexander fand die Theorie des Dramatikers, dass Theater die Zuschauer in erster Linie belehren sollte, arrogant.

»Ich habe nichts dagegen, mich zum Nachdenken anregen zu lassen«, entgegnete Katharina.

»Stimmt«, Alexander grinste. »Die Karte ist schließlich teuer genug. Für den Preis können wir durchaus noch ein bisschen was lernen.«

»Zumindest ist unsere Zeit sinnvoll verbracht.«

»Na, Brecht konnte es sich eben leisten, schließlich wurde er von den Genossen in der DDR in jeder Hinsicht unterstützt. Er bekam ja sogar sein eigenes Theater.«

»1949 hat die DDR den Dichter mit diesem Angebot aus der Schweiz geholt«, erwiderte Katharina kampfeslustig. »Du weißt schon, dass Brecht ursprünglich ein Westdeutscher ist?«

Alexander schaute sie perplex an. Nein, das hatte er nicht gewusst.

»Er ist in Augsburg geboren und dort zur Schule gegangen. Schon als Pennäler hat er seine ersten Gedichte geschrieben und damit provoziert.«

»Hast du das alles im Kopf?«

»Klar!« Sie lächelte und hob das Programmheft. »Ich habe vor der Vorstellung ein bisschen drin gelesen.«

Es klingelte zum Ende der Pause. Als sie endlich den Saal betraten, wurde schon das Licht gedämpft. Das Ehepaar neben Katharina war in der Pause gegangen. So sahen sie den zweiten Teil der Vorstellung Schulter an Schulter. Als sie das Theater verließen und sich in einem der improvisierten Szenecafés in der Oranienburger Straße auf ein Glas Wein niederließen, war unausgesprochen klar, dass sie sich mochten und dass sie sich wiedersehen wollten.

Vor seiner Haustür in der Leipziger Straße in Ostberlin stieg Alexander aus dem Taxi. Er beugte sich zu Katharina und schaute sie an. Sie waren einander angenehm vertraut.

Katharina fuhr weiter über den Potsdamer Platz nach Hause, nach Wilmersdorf in Westberlin. Sie griff in ihre Tasche und wickelte den rostigen Schlüssel aus Sonjas weißem Taschentuch.

»Gebt ihm einen guten Platz«, hatte Sonja beim Abschied in der Pension zu Katharina und Alexander gesagt, »damit die Tür in eure Freiheit niemals verschlossen ist.«

55. Kapitel

»Ich hatte mein Leben an das Adlon gebunden. Ich hatte versucht, den Geist des Ortes zu hüten … Dieser Geist war nicht böse und nicht gut, er war nicht falsch und nicht richtig. Er nahm alles in sich auf, was verging und wieder auflebte. Es war das Leben selbst.«

Sonja zog das letzte Blatt ihrer Lebensgeschichte aus der Schreibmaschine. Dann stand sie auf, packte das fertige Manuskript in ihre Reisetasche und legte obenauf das einzige Familienbild, das 1936 vor Almas Rückreise in die Staaten aufgenommen worden war. Friedrich und Alma haben Sonja in ihrer Mitte, neben ihnen steht Julian, Anna-Maria auf dem Arm.

Es war das letzte Mal, dass Sonja ihre Mutter gesehen hatte. Als nach dem Krieg die Post wieder ging, schickten sie sich über Friedrichs Westberliner Adresse zu den Feiertagen Briefe. Nach dem Mauerbau riss ihr Kontakt ab. 1969 bekam Sonja über das Außenministerium der DDR die Nachricht, dass ihre Mutter gestorben und sie als einzige Tochter die offizielle Erbin sei. Doch als Sonja erfuhr, dass Undine noch lebte, verzichtete sie.

Es klopfte an der Tür. Barbara Kaminsky kam.

»Hier ist Ihre Fahrkarte nach Frankfurt am Main, Frau Schadt.«

»Danke, Barbara!« Sonja schloss ihre Tasche.

»Und, Sie haben Besuch.«

Hinter Barbara trat Anna-Maria ins Zimmer.

»Ihr Zug geht in einer Stunde. Ich sollte Ihnen spätestens in zwanzig Minuten ein Taxi bestellen«, sagte die Hausdame und schloss diskret die Tür hinter sich.

»Anna?« Sonja wies auf ihre Fahrkarte. »Wie schön! Ich wollte mich gerade auf den Weg zu dir machen.« Sie schob einen Stuhl am Tisch zurecht. »Aber bitte setz dich doch. Möchtest du einen Tee? Kaffee?«

Anna-Maria schüttelte den Kopf. »Danke, Mutter!«

Sie holte einen Brief aus ihrer Handtasche. Der Umschlag war fleckig und vergilbt.

»Als ich damals in die DDR gekommen bin, sollte ich dir das hier geben … von Aba.« Anna-Maria legte den Brief auf den Tisch. »Aber ich wollte nicht, dass ihr euch versöhnt.«

Sonja zögerte, dann nahm sie den Brief, öffnete ihn und trat damit ans Fenster. Sie erkannte Julians Handschrift.

»Liebe Sonja, Anna-Maria besteht darauf, Dich kennenzulernen. Natürlich gebe ich ihr die Erlaubnis. Sie ist genauso Deine Tochter. Ich habe inzwischen Post von Louis junior bekommen. Er hat mir von seinem Besuch bei Dir im Adlon berichtet und davon, dass wir beide, Du und ich, einer Intrige der Nazis zum Opfer gefallen sind. Zuerst wollte ich ihm nicht glauben. Doch je mehr Zeit vergeht, desto mehr ahne ich, dass er recht hat. Heute werfe ich mir vor, dass ich keinen Kontakt mit Dir aufgenommen habe. Schließlich wusste ich immer, wo ich Dich erreichen kann. Ich war so mit meinen Verletzungen beschäftigt, und ich habe Dir für alles die Schuld gegeben. Wenn Anna-Maria zurückkehrt, wird sie mir von Dir berichten. Bis dahin grüße ich Dich. Julian.

P.S. Gallas Glücksbringer, der kleine Elefant aus Elfenbein, war bei mir, als ich Deutschland verlassen musste. Er steht nun auf meinem Schreibtisch in Tel Aviv und erinnert mich an eine Zeit, in der wir einander vertraut waren.«

... DEINE ZAUBER BINDEN WIEDER,
WAS DIE MODE STRENG GETHEILT,
ALLE MENSCHEN WERDEN BRÜDER,
WO DEIN SANFTER FLÜGEL WEILT.

Ich danke meinem Verleger Christian Strasser, der an die Autorin und dieses Buch geglaubt hat. Geduldig hat er mich ermutigt, weiterzumachen und die ganze Geschichte aufzuschreiben. Ich danke der Lektorin Silwen Randebrock, die in letzter Minute zu uns stieß und sich des Textes unermüdlich und konzentriert annahm.